«Que te sea leve»

Norberto Rosalez

| Ideales Literarios |

A mis padres.

ÍNDICE

AGRADECIMIENTOS

Este agradecimiento es para la persona que más claramente se lo ha ganado, que ha confiado en mí desde el primer día, y que aún continúa haciéndolo: mi esposa Carolina, quien además, y cómo si eso de ser mi esposa fuera poco, es mi compañera inseparable, mi consejera literaria y de vida, mi *proofreader* y crítica literaria que, sobre todo —y a pesar de coincidir con mi criterio literario— me ha estimado de manera constructiva aportando sugerencias interesantes y lúcidas hasta en las disidencias, hasta cuando se le ha hecho inviable leer ciertos pasajes por la contundencia y la crudeza que yo he decidido imprimirle *ex profeso* y con total consciencia. Para ella, mi reconocimiento absoluto y todo mi amor.

Prólogo

Cuando mi esposo me invitó a escribir el prólogo de su primera obra publicada reaccioné con toda la emoción del caso, me sentía honrada, como cuando te eligen para ser la madrina de un recién nacido. Luego caí en cuenta de la responsabilidad que tenía sobre mis hombros, puesto que yo sabía que prologar su novela de manera resumida y precisa iba a ser una tarea difícil de sobrellevar.

Para comenzar, «Que te sea leve» es una novela ficcional inspirada en hechos históricos narrada con perspicacia, astucia y sobre todo audacia; de a ratos con un realismo inverosímil y, en otros, con un humor que raya lo absurdo, quizás para evadir el llanto o a título de una representación tan necesaria como para tolerar hasta la vida más trágica que se pueda conocer. «Que te sea leve» es una novela que debe ser leída en profundidad, pero no solo en la hondura discursiva de la narración, sino también en el abismo de los hechos históricos e íntimos de los personajes, pero también, y por sobre todo, en las representaciones que en su caso son innumerables y en las múltiples lecturas que esta novela ofrece. Los hechos narrados constituyen una denuncia política y social de lo que sucedió en la última dictadura militar argentina y en lo que, de manera diferente, continúa sucediendo hoy en días en las demás sociedades de todo mundo. Desde el discurso del relato, el escritor nos incita a no perder la memoria, a revivir lo enterrado, a desenterrar lo oculto, lo que no se sabe —o lo que no se debe saber—, es decir, con esos actos constantes, analizar los aspectos que constituyen a los argentinos como pueblo, sin dejar de extenderse al resto de la humanidad razonando los aspectos que nos constituyen como seres humanos.

Si profundizamos aún más en el análisis, «Que te sea leve» es una novela narrada con una multiplicidad de voces que actúan como ecos de la atrocidad y de lo que culturalmente constituye al pueblo argentino, que van desde la intertextualidad más concreta a los conceptos culturales más diversos, abstractos y contradictorios que se entremezclan en un cambalache impetuoso, a veces ridículo, a veces irónico, que constituyen esa manera tan peculiar de narrar la realidad donde la verdad y la mentira, de la presencia y la ausencia, la vida y la muerte, y sobre todo la incoherencia entretejen tanto la historia como la narración «ficcional» de la novela.

Los ausentes

«Canada, where poverty isn't always easy to see», decía el anuncio oficial de la parada de la calle Davisville, a pocas cuadras de la estación del subte. Todas las mañanas caminaba cuesta abajo con la serenidad de una persona que ya ha pensado y repensado toda su rutina diaria. Tenía la capacidad de planificar el tiempo de manera quirúrgica como si fuese un cirujano que, ante una operación de rutina, sabe cómo hacer su intervención y cuánto durará. También, ante las situaciones apremiantes, tenía la condición de ser paciente, como si el tiempo estuviese detenido para él; por eso se daba el lujo —si es que así puede decirse— de tomarse el tiempo para pensar sus actos hasta el último detalle.

Caminaba cuesta abajo en el frío invernal de Toronto y pensaba, entre las pequeñas distracciones, dónde debía prestar atención: en las aceras resbaladizas por el hielo, en los cruces de calle, o en los carteles que leía en voz baja dentro de su bufanda para ejercitar la pronunciación del idioma. En ocasiones lo distraía el afán por ver la *CN Tower* que, según algunos exagerados, puede verse desde todos los puntos cardinales de la ciudad. No obstante, a él y a su esposa les resultaba entretenido buscar lugares desde donde no pudiesen ver la torre y conjeturar el por qué. En algunas ocasiones, la tapaba un edificio inmenso; en otras, apenas la tapaba el borde de una pared en el filo de una ventana; y a veces simplemente era cuestión de perspectiva, si uno cruzaba la calle y miraba hacía atrás podía verla.

En tanto que caminaba, su percepción a menudo confundía en su mente la realidad y la fantasía, ya sea en recuerdos o relatos como los de un niño nacido en Bruselas y criado en Banfield a quien él admiraba, que desde pequeño ensayaba escritos que luego le regalaba a su afligida madre. Bajó las escaleras de la estación Davisville recordando algo y se paró en la plataforma a esperar el subte que lo llevaba a la estación Bloor. En los bolsillos de su pantalón siempre organizados estaban las llaves, su billetera —*Que no tenía habitualmente dinero. Una costumbre que había adquirido en su ciudad natal*— y nada más; mientras que en el bolsillo delantero superior izquierdo de la campera de pluma que lo abrigaba en todas sus salidas invernales, guardaba su celular. Un *layout* básico pero necesario que lo ayudaba a no olvidar nada indispensable para su actividad diaria.

Ya sobre el andén vio llegar el convoy. Observó detenerse la puerta del vagón justo delante suyo, lo cual lo obligó a dar un paso lateral para dejar bajar a un pasajero. Antes de hacer cualquier otro movimiento, se acomodó la mochila que le estaba remordiendo la campera y lo incomodaba. Cuando nadie más bajó por aquella puerta, despreocupado, dio un paso hacia el vagón y penetró como si estuviera incursionando en un extraño nuevo mundo. *«Please stand clear of the doors»* —asestó la voz femenina del convoy en su mente todavía adormecida—. El frecuente silencio de su pensamiento cuando estaba solo lo predisponía a escuchar su entorno. Le divertía escuchar los diferentes idiomas o acentos e intentar identificarlos por sus características fónicas.

«Excuse me», una señora lo importunaba desde atrás con su paso apenas deslizante por su lado izquierdo para anticiparse al movimiento de la apertura de las puertas. La mujer intentaba ganar la parte central para evitar a la gente que en el andén se apostarían a los lados del acceso esperando su turno para entrar. Mientras la mujer se adelantaba, él leía la numerosa cartelera del coche e intentaba descifrar el sentido de los textos que lo acosaban con sus tipografías y colores. *«Melissa Z: If we could take a moment and think about others instead of ourselves for once. Give up the blue seats to those in need. #TTC».* Volteó a la derecha y leyó el siguiente:

«Lamond D: OMG! Why is there always that one person who thinks it's okey to block the door on the train?! #Move #TTC». Se alineó detrás de la señora a la que le había dado paso para hacer lo que todos hacían, aunque era innecesario puesto que todavía no tenía la menor intención de bajar.

—*Recuerdo que en aquel momento se sentía incómodo, como cuando a uno lo sujetan de ambos lados; pero sin que haya gente allí sujetándolo. Advertí que esperaba a que la puerta se abriese para hacerse a un lado y dejar pasar a la gente que descendería en St. Clair*—.

«Please stand clear of the doors», fue la orden que luego lo llevó a moverse—. No había escuchado las demás instrucciones porque, como pasa con los estímulos visuales, el oído se acostumbra a la sobreestimulación. En ese instante le pareció escuchar una frase en algún otro idioma que ocasionó que una niña volviese con su mamá para tomarla de la mano. *«Next station is St. Clair, St. Clair station...».* Como lo había planificado, cuando las puertas se abrieron, dio un paso al costado para dejar pasar a los demás que estaban perfectamente alineados detrás suyo. *«GET BRIGHTER AND LIGHTER SKIN!»*, rezaba una publicidad un tanto exagerada y sobre todo incoherente. Las personas apenas lo rozaban cuando pasaban junto a él, mientras el espacio que se liberaba a su alrededor lo hacía sentirse momentáneamente aliviado. Sin embargo, a menudo, ese espacio que se generaba a su alrededor como otras tantas situaciones lo hacían sentirse desencajado.

—*A pesar de que hacía años que residía en aquella ciudad, aquella experiencia le resultaba siempre extraña, como si nunca la hubiese percibido anteriormente, como si hubiese nacido de nuevo y este período fuese una nueva niñez en la adultez. Siempre había pensado que aquellas conformaciones eran una abominación y ahora estoy completamente segura de que lo sigue pensando.*

Entonces, se sentó para darle un buen alivio a sus pies fatigados por las caminatas y el frío invernal, en tanto observaba a las personas que viajaban introspectas, aisladas cada cual en sus propios pensamientos, y algunas en sus teléfonos inteligentes. En ese instante advirtió que nadie se veía con nadie, como si el entorno no existiese para nadie, como si todos estuviesen desconectados el uno del otro. Ese hecho nostálgico, y quizás lógico, le recordaba tanto a los inmigrantes que habían llegado a la Argentina en la primera y segunda década del siglo anterior. En sus pagos había sucedido algo similar, con la salvedad de que Girondo ya había escrito sus *Veinte poemas para ser leídos en el tranvía* —o en cualquier otro medio de transporte si se quiere—, y que esos veinte poemas, *racconto* desordenado de sus viajes por Europa que escribió desligando la literatura del círculo de élite y cediéndosela a la clase media, eran una distracción que esa gente tenía en sus viajes. Imaginó entonces, como producto de aquella mezcolanza cultural, el origen del lunfardo, del tango y del nostálgico arrabal de sus abuelos a quienes nunca había conocido; o quizás sí, pero no lo recordaba.

—*La idiosincrasia de sus padres, de quienes tenía un vago recuerdo, provenía de allí; de allí y del infinito horizonte de la planicie pampeana: de las culturas de Güiraldes, de Hernández, de sus raíces y, por sobre todo más atrás en el tiempo, de las civilizaciones más profundas donde Lucio Mansilla había realizado sus incursiones.*

Intuía que muchos de aquellos pasajeros, que por uno u otro motivo estaban allí en ese mismo vagón, eran como él: «*despojados*» de la maternidad de sus lenguas natales. Ahora su lengua de acogida era algo más frívola. Para él aquella franca lengua era nada más que utilitaria, una lengua que le sonaba cacofónica y despojada de la sonoridad natural de lo maternal por accesoria y, por sobre todo, porque estaba desligada del aspecto emocional que la vinculaba con los afectos originales. En aquel momento pensó que su lengua adoptiva era como una madrastra e inmediatamente recordó a su tía Isabel a quien adoraba tanto y pensó: «*¿Por qué no quererla?*».

«*Arriving at Summerhill, Summerhill station...*». Llegaba a la siguiente estación y contemplaba a un hombre con un cochecito que parecía estaqueado a un lado del pasillo para no importunar a nadie. Más allá veía a dos perros de invierno alineados al costado del pasillo como para que la gente pase con comodidad. De repente recordó aquel perro comediante de color café con collar de trapo rojo que graciosamente descansaba en el travesaño de la mesa de cedro donde había estado sentada su esposa escribiendo en el libro de visitas de la pulpería La blanqueada. Una escena llena de gracia que les demostraba que el azar y el ocio podían ser divertidos, y de hecho lo son. Aquel viaje de primer aniversario lleno de descubrimiento y diversión había sido para él y su esposa sencillamente inolvidable. Así fue cómo recordó que en aquella visita a la pulpería, una guía que les había parecido particularmente joven les relató la historia de Don Segundo Ramírez y del San Antonio de Areco de la época. Asimismo su caprichosa memoria lo llevó a recordar además que la joven le refirió al matrimonio sobre una inundación reciente y de la solidaridad de la gente de aquel pequeño pueblo de la provincia de Buenos Aires.

—*Un hecho increíble para él consistía en ver replicada la incoherencia en los pueblos que conocía. Para él los pueblos estaban plagados de buena gente que, no obstante, hacían las cosas más tontas o atroces como si esa fuese una característica innata del ser humano. Comúnmente observaba que las personas eran capaces de las más grandes proezas humanas, y luego echaban todo por la borda como si la humanidad no les importase en absoluto. Para él, los seres humanos se dedican a reconstruir una y otra vez sus civilizaciones devastadas por sus propias inclemencias de las que ningún pueblo escapa, porque ninguna concentración de humanos escapa a la devastación de sí mismos, a las abominaciones y a las inclemencias naturales.*

En este nuevo lugar en el que estaba, comenzaba a ver las mismas grietas, incluso las observaba de una manera algo peculiar, como si fuesen la otra cara de la misma moneda o como si sencillamente tomaran diferentes y caprichosas formas culturales que conducían siempre a lo mismo. *«No todo lo que brilla es oro»*, pensaba mientras escuchaba la próxima estación. *«Arriving at Rosedale, Rosedale station. Doors will open on the right»*. Amagó a acomodarse como para bajarse y se dio cuenta de que esa no era su estación. Entonces permaneció inmóvil observando la actitud de los demás. Las personas permanecían nostálgicas, cada cual inmersas en sus pensamientos, movidas mecánicamente como si la rutina diaria los comandara resignados hacia un futuro que cada uno creía conocer.

«El problema —pensó— *no es el futuro»* —*Y yo coincido plenamente con ese pensamiento.*

«Disculpe», se le escapó en español al darse cuenta de que las puertas del vagón se abrían en Bloor. Al ver que la persona de adelante no se movía, arremetió al unísono de un alarmante: *«¡Sorry!»*, y la persona obedeció al empujón de inmediato. Luego, huyó aturdido de aquel mundo sin saber de dónde provenía esa perturbación y salió de la estación con paso rápido y decidido a pesar de ser consciente de que la biblioteca todavía estaba cerrada.

La Toronto Reference Library era uno de los lugares donde se sentía más a gusto para realizar su trabajo. Necesitaba aislarse de las preocupaciones íntimas por el término de algunas horas; y leer mucho, pensar demasiado y desarrollar sus cavilaciones casi hasta el agotamiento. En algunos momentos era tal el bienestar que experimentaba con su trabajo que a veces pensaba que aquello era lo que más se acercaba a la felicidad. El otro lugar donde le gustaba trabajar era la Deer Park Library, una biblioteca que quedaba más cerca de su casa, a la cual le gustaba ir solamente caminando para hacer algo de ejercicio incluso en el crudo frío invernal.

Esperó allí algunos minutos sentado en un tapial cerca de dos *homeless* muertos de frío que estaban en la vereda recostados contra el tapial. Los hombres que estaban más abajo que él sentados en la acera le dedicaban discretas e intermitentes miradas como reconociéndolo de alguna manera. Ambos estaban abrigados con camperas y unas frazadas que los protegía del frío en las piernas, además de estar tomando una bebida caliente que él no alcanzaba a identificar pero que suponía que se trataba del café que los transeúntes a menudo les regalaban.

—No recuerdo bien, y creo que en algún momento se preguntó a sí mismo: «¿Cómo es posible tantos homeless *en una sociedad tan próspera como la de Toronto?» Otro hecho que le resultaba curioso —y a eso sí lo recuerdo bien— era la abundancia de trastornados que veía en las calles, hablando solos o estando sencillamente abstraídos de la realidad, en ocasiones, con el mismo aspecto nostálgico que caracterizaba a los demás que viajaban en el subte.*

Quizás los locos eran más de lo que él creía, quizás muchos más de esos silenciosos nostálgicos estaban desahuciados y no lo expresaban en absoluto. Entonces sintió la curiosidad de saber cómo habían sido sus subsistencias para quedar en ese estado. En ese instante hubiese querido ser omnisciente para saber todo acerca de ellos, por sobre todo, hubiese querido conocer sus pensamientos y sus sentimientos en profundidad. Entonces pensó o recordó cuánto hacía que no hablaba con alguien realmente desconocido. Alguien le había contado alguna vez que muchos de esos hombres y mujeres fingían su demencia, pero él lo dudaba de manera categórica. *«No puede haber tanta gente —*pensaba*— fingiendo demencia o inhabilidad al mismo tiempo».*

Precisamente, la hora señalada —ni un minuto más ni uno menos—, la biblioteca abrió sus puertas y él ingresó por la puerta giratoria que le pareció que se torcía un poco hacia la derecha cuando giraba, una sensación extraña teniendo en cuenta que las puertas giratorias giran hacia la izquierda. En ese momento recordó las obsesiones que tenía con las puertas. Le pasaba que no podía ver las puertas abiertas. Las puertas abiertas le resultaban realmente insoportables. Recordaba que antes no les prestaba atención, y de a poco resultó que no las podía ver abiertas. Un día pasó por la puerta del baño y le resultó inconcebible que la puerta estuviese abierta. *«¿Sería producto de que mi esposa con la excusa del feng shui me inculcó que dejara la tabla del inodoro o la puerta del baño cerrada?»* —se preguntaba—, pero aquella obsesión era demasiada consecuencia para una medida que le habían inculcado artificialmente.

Ya establecido en el interior de la biblioteca estaba abocado a la escritura de un trabajo de investigación sobre La verdad y la mentira en el realismo de la novela moderna. *—Más bien, creo que era algo como, por ejemplo, lo verdadero y lo falso en el discurso del Astrólogo de Roberto Arlt, o algo así.* Ya había olvidado aquello de la puerta giratoria y lo de la puerta del baño cuando se sentó en uno de los escritorios de la imponente Toronto Reference Library para concentrarse en lo que debía, ya que había estado trabajando seriamente desde hacía un largo tiempo en aquella tesis. Había abierto su computadora, la había conectado a la red y había revisado su teléfono inteligente para ver si había noticias de su esposa que en ese momento se encontraba trabajando.

Pasado el mediodía salió de la biblioteca para hacer una llamada. Salió con cierto apuro y parece que no se dio cuenta de que salía por la puerta de entrada. Se enteró de su falta recién cuando la gente lo ignoró y él miró hacia adelante buscando el motivo.

—En una ocasión hablando con una compañera que nos conocía a nosotras y a este relato, bromeábamos de que una falta sumamente grave es mirar al otro. En Toronto, las gentes no se miran (y mucho menos se tocan). Eso es inconcebible. «Ni los perros te miran» —me decía ella—. «Dicen que si un perro te mira, multan a su dueño» —exageraba—. «Cuando arribó a la ciudad —me decía, bromeando acerca del personaje—, una de las cosas que más le llamó la atención fue que no había caca de perro. Se preguntó si se trataba de perros genéticamente manipulados, que tenían todas las funciones de los perros, pero que no hacían sus necesidades para no importunar a nadie, incluso a sus dueños. Otra cosa extraña que notó es que en

aquella ciudad los perros no ladran —y eso es cierto. No ladran—. Es realmente curioso porque si hay algo que caracteriza a los perros es las heces y los ladridos».

—Ah, sí. Ya me acuerdo. Nuestra compañera también bromea a menudo acerca de una supuesta conspiración mundial de perros que al parecer estaría bastante avanzada en países como Canadá.

Desde la biblioteca llamó a su esposa, que estaba trabajando, para cerciorarse de que tuviese la llave ya que, después de perderlas, todavía no tenía una copia suya. Eso le interesaba particularmente porque quería revisar bien una primera parte del ensayo que estaba escribiendo y, si bien él siempre trabajaba la misma cantidad de horas diarias en sus escritos, sabía que a la hora de revisarlos y corregirlos minuciosamente no desistía de su actividad hasta que la terminara; y eso podía llevarle más tiempo de lo habitual. Su esposa atendió la llamada con una voz vibrante y medio entrecortada, como cuando una va caminando apurada, y saludó a su marido del modo como habitualmente lo hacía.

—¡Hola, mi amor bello precioso!

—¡Hola, amor! ¿Cómo estás?

—Bien gracias, ¿y tú?

—Muy bien amor, gracias. Te llamaba para saber si tenías las llaves; y para avisarte que, como ya terminé el primer borrador del trabajo que estoy escribiendo, ahora quiero darle una última revisada, para tenerlo listo y continuar con la siguiente parte. Así que me voy a demorar un poco.

—Está bien amor —dijo ella de manera amorosa—. Sí, tengo la llave. De hecho estoy entrando al departamento ahorita.

—Ah, ¿saliste antes del trabajo? —preguntó él medio intrigado.

—Sí, hoy día salgo antes. ¿Te acuerdas?

—No, no me acordaba. Pero bueno, yo termino de corregir y voy para allá. Pero eso va a ser a la tarde, calculo.

—Tómate el tiempo que necesites amor. ¡Ah, amor! —interrumpió su esposa levantando un sobre del suelo que había caído del cartero—. Te llegó una correspondencia desde Argentina.

—¿Sí? ¿Y de quién es? —dijo él realmente extrañado.

—No sé. Es de un estudio jurídico de Rosario.

—¿De un estudio jurídico? —se quedó pensando un momento—¡Qué raro! Es raro de un estudio jurídico. ¿Será algo de mi tía?

—No sé amor. Te la dejo arriba de la mesa.

—Bueno, dale. Cuando llegue a casa veo de qué se trata —dijo sin darle más importancia, en tanto escuchaba el ruido de los tacos de su esposa que se trasladaba unos pasos en el interior del departamento para quitarse el calzado.

—Amor, te dejo porque voy a entrar a bañarme. ¿Te acuerdas que hoy tengo salida con mis amigas?

—Sí, me acuerdo. Bueno, dale. Te veo a la vuelta.

—Dale mi amor. Te veo luego.

—*Okey* amor. Un beso —articuló mientras comía unos frutos secos que había sacado del bolsillo de la campera.

—¡Te amo!

—Yo también amor —respondió con la boca llena—. Besitos.

—Besitos.

En un primer momento, la novedad que le había dado su esposa no lo inquietó demasiado, pero luego pensó que un sobre que proviniese de un estudio jurídico de Rosario era algo extraño, sobre todo porque la única persona que solía escribirle era su tía Isabel. Solía escribirle por correspondencia desde que en un cierto momento la pensión de su marido ya no le alcanzó más que para alimentarse y para sus cuantiosos medicamentos sacrificando entre otras cosas el servicio telefónico.

—*Bueno, igualmente ella no usaba la tecnología. Muy de vez en cuando, cuando alguien se apiadaba de ella, la asistían con alguna llamada para hablar con su sobrino.*

Más tarde, la novedad no dejaba de conmocionarlo porque, considerando la avanzada edad de su tía, no podía dejar de pensar que algo le había sucedido. Entonces se le vino a la memoria la muerte su tío Rogelio y la profunda pena de su tía Isabel quien, a pesar de todo, se sobrepuso a toda adversidad para cuidar de a sobrino durante su adolescencia. Así fue como recordó el día que sus tíos quisieron contarle algo acerca de su niñez, pero ese era un tema del que nunca habían podido hablar con él. Las veces que él había atinado a mencionar su niñez, la actitud del matrimonio se tornaba sombría y se cargaba de una densidad impenetrable. Para colmo, el carácter tímido del joven tampoco le permitía adentrarse en el tema y mucho menos se animaba a interpelar a sus tíos.

—*Con lo único que contaba era con su prodigiosa memoria cuando se trataba de los hechos de su temprana infancia. No recordaba a todas las personas que lo habían acompañado, solo a sus padres y alguna que otra persona más. Tampoco recordaba el período de su historia a partir de 1976.*

Ahora recordaba fugazmente su niñez. Recordaba muy bien la cara de su mamá con sus ojos grandes y expresivos, siempre sonriente y cariñosa. La recordaba particularmente delgada y muy bonita. En cambio, de su papá no tenía tan presente su aspecto físico, sino más bien, y sobre todo, su trato sensible. Si bien tenía la referencia de que era un hombre esbelto y estilizado, recordaba especialmente su manera de hablar. Su padre le dejó la extraordinaria impresión de ser un hombre con una sabiduría innata. Después de tanto tiempo mantenía presente el tono de sus palabras siempre acertadas que le llenaban el alma. Él no recordaba ninguna frase completa que su padre le haya dicho o alguna enseñanza en particular que le haya dejado, sin embargo, y de manera extraña, tenía la fuerte impresión de que su padre le había transmitido —en los pocos años que lo había conocido— toda la sabiduría con la que pudo trascender en su hijo.

A su tío Rogelio lo había visto poco porque trabajaba todo el día, pero lo recordaba muy bien. Se levantaba temprano en la mañana y llegaba a la casa bien tarde, casi de noche. Trabajó siempre en una fábrica del cordón industrial de una ciudad cercana a Rosario de donde él era oriundo. Nunca nadie en el barrio supo cuál era su tarea específica en la fábrica; es posible que su tía lo supiese, pero nadie más.

—*Cuando digo «nadie más» me refiero a los vecinos y no a sus compañeros de trabajo. Ni siquiera yo misma lo sé habiéndole preguntado a medio mundo en aquella época. La fábrica metalúrgica quedaba, eso sí, en pleno cordón industrial. Lo recuerdo particularmente porque cuando su tío comenzó a trabajar en la fábrica fue unos veinticinco años antes de la reconstrucción del puente colgante, porque la actividad de todos los trabajadores había quedado indirectamente afectada a la reconstrucción del puente que colapsó con las inundaciones del Paraná en el ochenta y tres.*

—*¡Ah, el tristemente célebre puente colgante de Santa Fe!* —dijo su compañera que había llegado hacía rato, pero desde El Principio se había mantenido en silencio porque estaba ocupada en alguna planificación.

—*Exacto* —respondió mordiendo un sándwich que se había preparado—. *Parece kafkiano, pero se robaron un puente colgante en Santa Fe. Cuando el puente colapsó, sus partes quedaron en custodia del gobierno provincial. Anteriormente había sido llevado a unos depósitos del puerto de la ciudad desde donde desapareció. Se dice —y nada de esto es comprobable— que todavía se están vendiendo impunemente sus partes en alguna subasta de la provincia* —agregó con voz apenada cuando dejaba el sándwich arriba de la mesa.

—*¿Pero vos creés que eso pueda ser verdad?* —dudó su amiga, que había llegado cuando la narradora contaba lo de los perros y por tal motivo se acordó de narrarlo.

—*Muchas cosas parecen irreales y son verdad* —continuó la mujer tomando un trago de cerveza que había destapado para acompañar el sándwich—. *No te olvides que soy especialista en estos temas* —agregó sonriendo.

—*Bueno, como sea* —finalizó su compañera, mientras encendía un cigarrillo y se cruzaba de piernas en su asiento.

Pasadas las cuatro de la tarde, cuando ya había terminado con la revisión de su trabajo, entre una cosa y la otra, salió de la biblioteca rumbo a la terminal. Entonces, en la entrada del edificio se encontró con los mismos *homeless* de siempre con quienes antes había conpartido la espera de la entrada y a quienes reconocía tanto como ellos a él. Los había observado tan bien que podía dar detalles de cada uno, como el aspecto físico, la ropa que vestían, las costumbres que tenían y sus accesorios. No obstante, a la que más recordaba —y esto constituía un capricho de su memoria— era una mujer de unos cuarenta años que estaba siempre en otro lugar de la ciudad cerca de la otra biblioteca que él también frecuentaba. Aquella mujer le llamaba particularmente la atención porque dormía todas las mañanas en el mismo lugar de la vereda y en la misma posición, y tenía uno de esos inhaladores que usan las personas asmáticas para sosegar sus crisis respiratorias. Por alguna cuestión más alegórica que fáctica, esa mujer le causaba, más que una profunda pena, una singular curiosidad que no dejaba de obsesionarlo sinceramente en el mejor de los sentidos.

Cuando llegó a la otra cuadra, bajó las escaleras por la derecha y caminó por el interior de la estación Bloor con cierto apuro, siguiendo la línea amarilla porque quería llegar a su casa para encontrar a su esposa y alimentarse con algo de una vez por todas. Además, y por sobre todo, lidiaba con una intriga incesante ocasionada por la correspondencia que le había llegado desde su país y por las novedades que aquel sobre encerraría. Porque no podía imaginar qué asunto jurídico lo afectaba en aquella ciudad que había dejado hacía ya algún tiempo, pero que sin embargo aún le parecía lo suficientemente reciente como para que algo de allí todavía le concerniese.

—*No sé a él, pero en general a todos nos gustaría que el tiempo no pase tan rápido como suele acontecer.*

«*This is where you can help combat harassment on TTC*», rezaba el cartel asesorando cómo erradicar esa realidad tan indeseable del sistema de transporte de la ciudad. Se pegó a la pared del andén para no importunar a nadie permaneciendo en medio del camino. Esperó dos o tres minutos hasta que comenzó a sentir la brisa creciente que emana del túnel del subte cuando la formación de los vagones se acerca raudamente. Mantuvo la línea como todos los demás que portaban la actitud de siempre, entre apática y nostálgica.

—*Todos así, todo el tiempo, todos los días.*

El convoy se detuvo, abrió sus puertas, y él entró y se sentó en uno de los asientos para discapacitados que era uno de los pocos que había libres. Mientras viajaba con la mente en blanco, por un momento, iba escuchando regresivamente las mismas instrucciones y estaciones que había oído por la mañana. Mientras tanto observaba a una señora que, sin decir una sola palabra, le enseñaba —*Y creo que se trataba de su hijo*— a quitarle el envoltorio de un sándwich y a introducir el envoltorio convenientemente en su cartera. El niño, que estaba marcialmente erguido en su asiento, saboreaba mecánicamente el alimento que su madre había decidido darle. Así, las estaciones y las instrucciones se sucedían de manera regresiva sin que él tuviese plena conciencia de ello.

En cierto momento decidió prestar atención para saber en qué estación se encontraba. Se colocó los anteojos para ver de lejos y poder ver qué luz del tablero estaba titilando y divisó con sorpresa que ya tenía que bajarse. «*Arriving at Davisville, Davisville station. Doors will open on the right.*» Antes de pararse se detuvo por un momento en la expresión de aquel niño que le causaba una profunda tristeza que no podía explicar a pesar de que el niño parecía estar en condiciones óptimas de cuidado. *«Please stand clear of the doors.»* Vio la puerta del vagón abierta y salió prácticamente despedido del asiento ante la actitud indiferente de todos, como si ese acto desesperado de bajarse antes de que la puerta se cerrara fuese un fenómeno ajeno a la realidad.

Luego se encontró a la intemperie prácticamente solo en el andén de la estación. Se calzó la mochila en el hombro izquierdo, antes de acomodarse y cerrarse la campera, y reanudó la marcha lenta hacia la salida. Subió las escaleras para tomar el ómnibus, que a esa hora todavía tenía una buena frecuencia, y esperó unos minutos masticando la intriga de saber qué contenía aquella correspondencia que había llegado a su casa. Entonces rememoró algunos momentos de su niñez, momentos de felicidad que había tenido con sus padres mientras estaba con ellos. Recordó unas vacaciones en Córdoba que habían sido todo un acontecimiento para él. Tenía en su memoria la incomparable sensación que un niño tiene cuando descubre la novedad de un hotel en medio de las sierras donde todo es además amplio y confortable. Una amplitud que recorría siempre con la mirada atenta de su madre que lo cuidaba a cada paso. Entonces se adentraba al comedor del hotel cuando todavía no estaba abierto para los comensales y caminaba entre las mesas prolijamente dispuestas por las mozas que lo recompensaban con sonrisas casi maternales, esas sonrisas que las mujeres suelen dirigirle a los niños que las enternecen.

Además aquellas vacaciones habían sido para él el descubrimiento de un universo sorprendente. En esas vacaciones había descubierto que su padre cabalgaba y que lo hacía de manera increíble. Un día vio cómo su padre se subía a un brioso animal al cual, con un sacudón de las riendas y un movimiento de su cuerpo, puso en posición de salir disparado. Luego, casi simultáneamente, taloneó las costillas de la fiera e inclinando su cuerpo hacia adelante, consiguió que el animal obedeciese y a la carrera ambos, como en un duelo encarnizado, se perdieron en el paisaje serrano entre una cortina de polvo que el sol del atardecer reverberaba. Ese acto de su padre le había parecido increíble, su padre le había parecido entonces un ser sorprendente.

Recordaba también la guía de la mano de su padre cuando la familia junta caminaba descubriendo los caminos de La Herradura. Esas manos fuertes y hábiles para todo, ya sea para tocar la guitarra que tanto le apasionaba o para cocinarle a su familia. Era la mano con la cual juntos descubrían los caminos serranos del Valle de Punilla, senderos que les eran tan familiares a los lugareños pero que para ellos constituían una asombrosa novedad. Recordando llegó a imaginar qué cosas habían sucedido en aquellos paisajes que ahora quedaban ocultos por la historia y el tiempo: quizás un nacimiento en una morada cercana, una tragedia en esos mismos caminos polvorientos o una batalla de las guerras civiles entre Unitarios y Federales, hechos de los cuáles seguramente los vestigios materiales quedaban sepultados en la salvaje cerrazón de la geografía cordobesa por los siglos y de los siglos.

No sabría decir en qué momento subió al ómnibus, él no tenía tal registro —*Y esta narradora tampoco lo tiene*—, pero mientras estaba inmerso en sus recuerdos e imaginaciones comprendió que estaba a medio camino de la parada donde debía bajarse. Entonces se le vino a la memoria una fotografía que su tía Isabel tenía escondida en su cuarto. Un día, en que él estaba curioseando en el cuarto de su tía, abrió el cajón de abajo de la mesita de luz y vio, en el fondo del mueble, adentro de un libro, la foto, e inmediatamente recordó aquel momento en que él y su familia estaban en el comedor del Hotel Casagrande. Esa era la única fotografía que ella había conservado de su familia donde estaba él, su padre y su madre que, al momento de la fotografía, parecía estar embarazada.

—*Ésta era una presunción que él no podía comprobar de ninguna manera. En realidad ni siquiera sabía qué edad tenía él en esa fotografía y tampoco recuerda haber tenido una hermana o hermano. Quizás la pequeña pancita que su madre tenía en esa fotografía se debió a una posición viciosa o tal vez un engaño que la blusa le jugó a la familia y al fotógrafo al momento de disparar la cámara.*

Asimismo recordó —en el instante en que bajaba mecánicamente del ómnibus en Mount Pleasant— las visitas a El Zapato y al pueblo de Capilla del Monte, el cine del pueblo y la pizzería de la esquina, donde recordaba haber comido la pizza más deliciosa que había probado alguna vez. En ese instante, una automovilista, que lo había visto con la intención de cruzar por la entrada del estacionamiento de donde ella salía, se detuvo instantáneamente para cederle el paso; en tanto, él estaba parado esperando a que la mujer siguiese su marcha. Este hecho siempre le parecía inaudito. Muchas veces había experimentado hechos similares y nunca dejaba de sorprenderse o de paralizarse. Le costaba comprender y adaptarse a esos rasgos culturales, como a muchas otras costumbres tan diferentes, como la de pedir disculpas por cualquier hecho supuestamente inoportuno, mantener el orden en una escalera mecánica o seleccionar correctamente los desechos al momento de tirarlos. No era una cuestión de condescendencia o rechazo al cambio, sencillamente no estaba habituado porque en su cultura estos asuntos no existían. Entonces comprendió que debía seguir su marcha y cruzar frente al automóvil de la conductora que todavía lo estaba esperando de manera paciente a que cruzase.

Mientras continuó caminando por Davisville tomado de su mochila rememoró la visita a un dique donde había un increíble embudo que parecía una creación del mismísimo *Mandinga*, porque parecía que toda el agua del universo se iba por allí y que en cualquier momento la humanidad quedaría en la más acérrima sequía. Cuando su padre lo alzó en sus brazos para que viera por encima del tapial del dique le pareció un embudo infernal, algo al que únicamente su padre podría desafiar y en cuyos brazos se sentía seguro. A esas impresiones de su niñez las tenía en su memoria; no solo las imágenes, sino también las sensaciones que le producían esas experiencias que habían sido tan impresionantes para él. En el interín, y ya en el edificio, se encontró con la rumana que residía en uno de los pisos de abajo, que bajaba con sus dos perros provista de las bolsitas para levantar las heces de los animales. Como de costumbre, la mujer lo saludó de manera cortés en un inglés exageradamente acentuado. Ella quiso darle paso con un movimiento casi aparatoso que se debatía entre echarse hacia atrás o moverse hacía el costado, todo con las correas de sus perros en la mano derecha. El hombre, que entendió la imposibilidad de la vecina, la saludó al mismo tiempo que se quedó parado delante del sensor de la puerta para darle paso a la mujer que venía debatiéndose con los dos animales. Cuando llegó el ascensor a la planta baja y abierta la puerta, descubrió que los pasajeros, una pareja de asiáticos que venían del subsuelo donde estaba la lavandería, habían tomado sus puestos apropiadamente en el interior dejándole una posición cercana a la puerta donde se había ubicado cómodamente a pesar de los dos canastos con ropa que quitaban una gran cantidad del espacio. Saludó en inglés con cortesía al tiempo que escuchaba la devolución del saludo, se ubicó en su lugar y presionó en el tablero el botón que pertenecía a su piso.

Al entrar al departamento dejó como de costumbre la mochila y la campera sobre el sillón, se dirigió a la mesita del comedor donde él y su esposa tenían por costumbre dejar la correspondencia y encontró la carta que había llegado desde Argentina. Apenas la tuvo en sus manos, lo primero que atinó a leer fue la dirección de la ciudad de Rosario que le resultó menos familiar que el apellido del remitente. Miró la carta a trasluz como para saber dónde cortar el sobre con los dedos y la abrió. Cuando comenzó a leer la correspondencia desde el encabezamiento que el doctor Morales había tipeado en persona, la carta evidenciaba un tono cuidadoso, apesadumbrado y sumamente entrañable. El abogado era un amigo de sus tíos a quien había conocido —más precisamente a él y a su esposa— en un viaje por el norte argentino. Todos los años, la tía Isabel y su esposo Rogelio iban a las Termas de Río Hondo, se quedaban unos días en los baños termales y de paso visitaban las provincias de Tucumán, Salta y Jujuy. Entrando en la adolescencia, él había acompañado a sus tíos en esos viajes anuales, y es por eso que recordaba muy particularmente la noche que conoció a Juan Carlos Morales en el Boliche Balderrama. Lo recordaba porque aquella había sido una noche excitante para él, puesto que era la primera vez que escuchaba de manera presencial a los artistas que sus tíos escuchaban los domingos por televisión y en los *cassettes* que se apilaban junto al estéreo de la casa. Aquella noche había visto, y escuchado, a Zamba Quipildor y a Los Chalchaleros que fueron las figuras indiscutibles de la noche. En ese preciso momento no podía creer el espectáculo que estaba presenciando: ver en aquel sitio a los artistas que veía todas las semanas por televisión lo tenía maravillado. Incluso en el boliche reconoció fascinado el lugar donde había visto en un programa folclórico a Jorge Cafrune con su típica vestimenta gaucha, su frondosa barba que *«parecía comerle la cara»* y su guitarra, como cuchillo verijero entre sus piernas, cantando la Zamba de Balderrama.

—*Yo conocí a Cafrune; también conocí su música y su final aquella noche de febrero del setenta y ocho. El día de aquella inconclusa travesía de Buenos Aires a Yapeyú donde el destino o la saña lo inmortalizó.*

Entonces recordó que Morales estaba en una larga mesa de tres familias de amigos que se alojaban juntos en el mismo hotel por un favor que les había hecho el secretario general de los trabajadores de farmacias de Rosario. Su tío Rogelio, que había conseguido idéntico favor del mismo dirigente, reconoció a aquellas familias que se alojaban en el hotel de la avenida Yrigoyen. Como el boliche estaba repleto, su tío se acercó al abogado que tenía algo de lugar a su lado en la punta de la mesa.

—Disculpe. Buenas noches ¿Ustedes se alojan en el hotel de los trabajadores de farmacias? —preguntó Rogelio para iniciar la conversación.

—Buenas noches. Sí, estamos alojados ahí. Yo lo vi a usted, a su señora y al pibe cuando salían del comedor esta mañana —dijo Morales con toda sinceridad.

—Sí, yo también los reconocí a ustedes cuando los vi recién —dijo de manera agradable, silenciando la intención que ellos todavía no conocían.

En ese entonces, al tiempo que su mujer y su sobrino se acercaban a la mesa, la esposa del abogado, posando su mirada en el joven y en la mujer, intervino en el asunto que había intuido inmediatamente.

—¿Tienen lugar dónde sentarse?

—No, no tenemos. Está todo repleto —respondió la tía Isabel sonriéndole y simpatizando con la esposa del abogado.

—Vengan. Siéntense con nosotros, por favor —los invitó el doctor Morales, que era la misma clase de gente solidaria que su esposa y que había terminado de comprender la situación.

Apenas vieron al mozo, el matrimonio Morales le pidió si podía hacerles el favor de armarles tres puestos más en la mesa, entonces trajeron de algún depósito tres sillas medio empolvadas que el mozo limpió con un trapo húmedo e improvisaron entre todos, y de manera medio desordenada, entre movimientos de sillas y de gente, tres lugares más en la punta de la mesa. A continuación les trajeron tres platos con sus respectivos cubiertos y vasos, y los invitados quedaron cómodamente ubicados casi de frente al escenario donde unos artistas jóvenes se preparaban para tocar.

—Donde comen dos comen tres —bromeó el abogado en voz alta para provocar la jarana instantánea del grupo que escuchó la chanza entre los rasgueos de las guitarras y el silencio del público.

Desde entonces, las dos familias entablaron una verdadera amistad. Aquella noche compartieron la mesa, y el matrimonio Morales compartió también el asado que en ese momento estaban comiendo. Si bien Isabel y Rogelio no ordenaron el locro que habían tenido pensado comer, no desistieron de las empanadas: apenas se sentaron a la mesa se pidieron tres, una para cada uno; y mientras tanto, además, Morales y su esposa les convidaron también de su vino. Un rato después, el matrimonio de recién llegados le pidió al mozo —que era uno de esos viejos profesionales de la bandeja— que les trajera más vino, una gaseosa para su sobrino y una parrillada completa para reponer la que ya habían comenzado a comer de la remesa de Morales.

—¿Estuvieron en el Festival de Cosquín? —preguntó Mabel, la señora del abogado, medio cruzándose por delante de su esposo que esperaba la respuesta con la mirada atenta y el vaso de vino suspendido cerca de los labios.

—No, no fuimos —respondió rápidamente la tía Isabel. La verdad es que a mi marido le dieron las vacaciones desde febrero, así que decidimos venir directamente para el norte. La semana pasada estuvimos unos días en Río Hondo, y de ahí pasamos por Amaicha del Valle y San Miguel de Tucumán. Esta semana nos quedamos aquí en Salta porque queremos visitar la Quebrada de Humahuaca. Fue un viaje largo para manejar desde Rosario y todavía nos queda la vuelta.

—¡Ah! ¿Ustedes son de Rosario? —preguntó la mujer sorprendida.

—En realidad somos de Capitán Bermúdez, una localidad vecina cerca de Rosario —respondió Isabel a quien no le importó ser precisa.

—Nosotros también somos de Rosario —dijo Mabel de una manera muy expresiva.

—¿De qué zona son? —inquirió Rogelio que se había mantenido callado hasta ese instante porque había estado ojeando lo que pasaba en el escenario.

—Del barrio Pichincha..., de Santiago y Jujuy —dijo Morales en el tono morigerado que lo caracterizaba.

—¡Ah! ¡Mirá vos! ¡Qué casualidad! —agregó Rogelio como despistado, sin que nadie entendiese qué quiso decir.

—Y sí, es un viaje matador —aseguró Morales mientras se servía media tira de asado de la bandeja de acero inoxidable—. Nosotros viajamos en tres autos, pero fuimos parando. Primero nos quedamos una semana en Cosquín, después estuvimos un par de días en Tucumán y ahora hace tres días que estamos aquí en Salta, así que mañana nos pegamos la vuelta.

—¿Y qué tal estuvo el Festival de Cosquín? —preguntó medio retóricamente la tía Isabel que conocía la respuesta.

—¡Buenísimo! —intervino Mabel al mismo tiempo que su esposo cortaba un bocado en el plato—. Este año, el festival fue un hervidero de gente. Como eran las bodas de plata estuvieron los artistas más importantes. Estuvieron Atahualpa Yupanqui, Horacio Guarany, Mercedes Sosa, Alfredo Zitarrosa, El Chúcaro y Norma Viola, Eduardo Falú, Ariel Ramírez...

—Domingo Cura y Los Hermanos Ábalos también estuvieron —completó Morales con la boca llena mientras masticaba.

—La verdad es que estuvo hermoso. Fue una especie de *déjà vu* folclórico a otra época, un retorno a esos años de libertad, ¿no? —agregó Mabel viendo a su esposo al mismo tiempo que buscaba su aprobación innecesaria— ¡Fue realmente una fiesta!

—¡Me imagino! —dijo como lamentándose Isabel—. ¡Cómo hubiésemos querido estar allí! El año pasado fuimos a Cosquín y vimos a Di Fulvio, a Falú, a Atahualpa Yupanqui, a Daniel Toro y a Zamba Quipildor, y hoy lo venimos a ver acá también.

—*Dijo esto último en voz alta porque había comenzado la música de unos jóvenes cantantes a quienes ellos desconocían.*

«*Renace con emoción, el recuerdo de mi adiós. Nostalgias de tu río, el valle mío, ceibos en flor...*»

Los oyentes permanecían inmóviles escuchando las voces de los jóvenes cantores acompañados de los rasgueos de sus propias guitarras. Como es tradición, al instante, los aficionados

27

improvisaron una pista de baile entre las mesas y salieron a bailar en parejas. Un gaucho y una china se robaron las miradas de los concurrentes tanto por su destreza para la danza como por su vestimenta. La firmeza de los pañuelos blancos en alto, los sombreros en blanco y negro, y las camisas blancas, contrastaban con la pollera de la china que flameaba con el suave movimiento de su cadera. La bombacha del hombre, con su paso firme, cortaba el campo al son de los grillos de las espuelas herradas en sus botas de cuero negro. Hombre y mujer armonizaban, no debatían, a pesar de sus diferencias —el hombre con su facón; ella con su sonrisa y sensualidad—, y de sus roles.

El abogado miró de reojo los vasos vacíos sobre la mesa y dedujo que el tinto se había acabado. Sin mediar duda, pescó al vuelo al mozo que pasaba junto a su mesa para rogarle al tiempo que levantaba los pingüinos livianos:

—Mozo, ¿me los llena?

—¡Enseguida jefe! —respondió el mozo agarrando no solo ese sino los otros dos pingüinos vacíos de la mesa.

Él recordaba que esa noche, como todas aquellas noches, había sido una verdadera fiesta. Comieron el mejor asado, tomaron los mejores vinos y escucharon la mejor música en un ambiente rebosante de alegría. Aquella madrugada volvieron al hotel en los autos con los chicos dormidos en los asientos traseros y las mujeres acompañando con su charla acerca de los nuevos amigos que habían hecho en el Balderrama. Desde aquel entonces sus tíos y la familia de Morales no habían dejado de frecuentarse de vez en cuando, para los cumpleaños o las celebraciones más importantes.

—*Bueno, ahora es mi turno* —*dijo su compañera mientras se acomodaba en el asiento y apagaba su segundo cigarrillo. Del otro lado de la mesa, su amiga con un semblante indecible se cruzaba de brazos y se recostaba en el espaldar de la silla para escuchar la continuación del relato.*

Como la curiosidad pudo más que sus recuerdos, se decidió a

leer el encabezamiento de la carta donde Morales se dirigía con toda pena para comunicarle el fallecimiento de su tía Isabel. En aquel instante sintió un inmenso dolor que le provocó un llanto que le impidió momentaneamente continuar leyendo. Al tiempo que veía la pared borrosa que tenía enfrente sentía que el mundo se le venía encima, como si la realidad se le derrumbara por completo. Así fue como sentado en el sillón del living, con la carta entre sus piernas, lo invadió una abrumadora soledad. Se sintió completamente solo, como cuando uno viene al mundo, pero sin una mano que lo acogiese. Pensó que sus deseos y el hartazgo lo habían llevado demasiado lejos y que, cuanto más lejos llegaba, más solo quedaba. Luego sintió mucha pena por su tía Isabel y, al mismo tiempo, una extraña lejanía de aquel ser tan querido. No obstante había concebido que se alejaba de Isabel para hacer lo que para él tenía sentido. Y su tía había entendido lo mismo: *«Si a mí me pasa algo, vos no vuelvas»*, le había dicho ella antes de su partida. Parecía una contradicción el hecho de que Isabel fuese uno de sus seres más queridos y de que él haya decidido estar tan lejos de ella; pero tanto ella como él tenían un mismo tácito entendimiento que los había mantenido serenos a pesar de la distancia y del tiempo. Aquella era una misma concepción que, como un código original, había heredado de su familia a través de sus tíos. Entonces comprendió que la existencia es un juego de contrasentidos: dejar a quienes uno ama para subsistir, y dejar todo atrás para amar, y subsistir para morir cada cual haciendo lo suyo.

Con mucho dolor continuó leyendo la paternal epístola de Morales cuando al final, en la posdata, le señalaba que en el membrete de la carta encontraría su dirección de correo electrónico y su número de celular para que pudiese contactarse directamente con él. Porque la idea de Morales —no manifiesta en la carta— era hacer una videollamada para poder aclarar algunos temas pendientes que eran voluntad de la tía Isabel, algo que ella por protección, compasión o imposibilidad nunca había tratado con su sobrino de manera personal. O quizás Isabel lo había planeado de esa manera por entender que hay asuntos que nunca estamos preparados para afrontar. Además del dolor y la soledad, ahora lo colmaba la ansiedad de verse obligado a afrontar de una vez por todas su pasado, porque enfrentarnos con nuestro pasado constituye un acto humano de indiscutible valentía, y ahora a él le llegaba la hora en la que todo hombre debe conocer su destino.

Terminó de leer la carta sentado en la orilla del sillón de la sala. Su cuerpo comunicaba toda la desazón de la novedad y sabía que lo que se venía era seguramente mucho más penoso. Cerró la carta con la convicción de afrontar la situación cuanto antes por más dolorosa que esta sea. Resolvió entonces escribirle un correo a Morales para concertar una cita y hablar los temas que su tía había resuelto como su voluntad póstuma. El ocaso de invierno había caído temprano en la tarde y las luces de la ciudad resaltaban en la penumbra del anochecer. El lago Ontario apenas se divisaba como una especie de bruma en el horizonte en tanto a él lo inundaba una sensación de extrañeza.

—*Mientras miraba el lago pensaba que nunca hubiese creído afrontar ese destino en aquel momento y lugar. Nunca hubiese pensado que el destino le presentara las cosas de esa manera, pero el destino plantea sus hechos de manera caprichosa y él intuía que había que aceptarlos y dejarse llevar por los acontecimientos precisamente como se presentaban. Dobló la carta recordando la última vez que había visto personalmente a su tía. La noche anterior a su partida habían cenado juntos Isabel, él y su esposa que se habían casado un par de años antes. La partida aconteció en un clima de una apenada alegría, como entendiendo que este mundo nos da felizmente mucho y también nos quita de manera desgraciada. En esos momentos uno comprende que todo es esa confabulación de acontecimientos sutiles que, ante los hechos importantes, todas esas sutilezas se resuelven en una definitiva barbarie, como para que sepamos que esos hechos son relevantes. Ahora, él presentía que la* muerte de su querida tía era indiscutiblemente importante y lo que ella había planeado para él era algo realmente decisivo.

Luego dejó la carta abierta sobre la mesa del comedor que contrastaba con la tonalidad oscura del nogal negro. No tenemos registro de cuál fue la hora en que él se acostó, pero su esposa llegó unas dos horas después cuando él ya estaba dormido. Apenas entró al departamento, ella percibió la densidad de una gran pena en el ambiente. Vio la carta del doctor Morales sobre la mesa y la leyó comprendiendo de inmediato toda la situación. En seguida se dirigió al cuarto en busca de su esposo para saber cómo estaba y lo encontró acostado en posición fetal sobre la cama en la penumbra de la habitación. Ella entendió que las circunstancias eran mucho más complejas de lo que aparentaban, que no era solo, nada más ni nada menos, que la muerte de su tía que lo había criado y a quien amaba tanto.

Se sentó al borde de la cama acariciándole la cabeza.

—Hola amor, ¿estás bien? —preguntó de manera apesadumbrada—. Leí la carta del doctor Morales. ¡Qué pena amor lo de tu tía! —agregó mientras dejó de acariciarlo para tomarle la mano.

—Estoy bien —respondió él—. Ya estaba grande y enferma mi tía.

—El abogado dice en la carta que te comuniques con él para hacerte saber los pormenores de la última voluntad de tu tía Isabel.

—Sí, uno de estos días me comunico con él para ver qué es eso de la última voluntad de mi tía. Es raro, no entiendo por qué voy a enterarme las cosas de esta manera —agregó definidamente apesadumbrado y con algo de enojo.

—Bueno amor, no te estreses. Espera a ver qué información tiene el abogado para compartirte. Parece que lo de tu tía fue hace como dos semanas atrás.

—Sí, ahí dice que él se encargó de todo lo concerniente al velatorio. Sin embargo, conociéndola a mi tía, seguramente ella había arreglado todo de antemano con mucho tiempo de anticipación.

—Seguramente. Ella no dejaba las cosas así nomás libradas al azar —sentenció su esposa como manteniendo la conversación en suspenso.

La mujer permaneció un momento más junto a su esposo observándolo en silencio. Luego, cariñosamente le pidió que le hiciera un lugarcito a su lado para recostarse ella también y acurrucarse entre sus brazos, con una mezcla de empatía y consuelo que se revelaba en un silencio desolador. Ahora, la fría noche de Toronto arrecía una tormenta de nieve a través de la cual apenas se divisaban las siluetas de los edificios más cercanos en el gigantesco ventanal sin cortinas del dormitorio.

—*No podríamos precisar cuánto tiempo permanecieron juntos en ese estado, pero la simbiosis entre ellos era absoluta. No necesitaban de las palabras para presentirse. Las palabras estaban demás cuando ellos alcanzaban aquel estado.*

«Que te sea leve»

A la hora convenida, él estaba sentado frente a la computadora con la aplicación abierta para aparecer como conectado. Mientras el doctor Morales se demoraba, él intentaba mantener la calma, tal vez recordando hechos de su pasado que quizás nunca podremos conocer, anticipándose a la conversación que tendría con Juan Carlos de un momento a otro. La mesa del comedor donde estaba sentado a menudo se sacudía como en un terremoto cuando él manifestaba su impaciencia con un insistente movimiento de su pierna derecha que hacía vibrar cualquier mueble donde estuviese apoyada. Su esposa, que lo conocía perfectamente, había optado por ir a lavar la ropa para dejarlo solo, porque sabía que eso era lo que él quería además de preferir darle lugar a su privacidad.

—Mientras esperaba la comunicación con el abogado se puso a ver una red social que es, según yo, como un observatorio donde uno puede ver un simulacro incoherente de todo lo que hacemos. Sin embargo, a él lo atraía un poco más ver las páginas informativas (o deformativas, según como se las mire) o de propaganda propiamente dicha que le proporcionaba, criterio mediante, alguna idea de lo que estaba sucediendo en su país, algo que siempre era difícil de comprender.

Leyó entonces una noticia sobre la represión que el gobierno argentino mantuvo sobre una protesta de jubilados en la ciudad de Buenos Aires. Al parecer, todo ocurrió en el Puente Pueyrredón que une la ciudad con el municipio de Avellaneda. Los numerosos efectivos de la Policía Federal desataron una fuerte represión con carros hidrantes y hombres de la fuerza pública que arremetían a los *golpes contra los ancianos que protestaban por mejoras en sus haberes jubilatorios y por el deficiente servicio de salud. Ahora la salud pública, y sobre todo la asistencia médica de los abuelos, estaba nuevamente en decadencia. No había manera de saber por qué el Estado mantenía a sus ancianos en aquella condición de precariedad con una jubilación de hambre y una cobertura médica paliativa tan escasa que los mantenía en la mera subsistencia y los llevaba irremediablemente a una penosa y triste agonía.*

—Quizás menos ancianos, menos jubilaciones que pagar y menos recursos en salud. Es todo una cuestión de ahorro de costos y optimización de recursos —arremetió su compañera mientras cerraba la puerta de entrada y acomodaba su largo sobretodo negro en el perchero que estaba al lado—. Además existe lo que se llama transnacionalidad, por si no lo sabías, y los gobiernos no pueden hacerse los tontos. Los médicos del estado deben trabajar la mayor cantidad de horas posibles por día y deben atender una patología por vez a la cual no deben dedicarle más de quince minutos a cada una. Todo controlado por los guardias de seguridad. ¡Ah! y si se pasan de eso van presos. El objetivo principal es medicar a los ancianos con la mayor cantidad de drogas posibles y hacerles creer que sin ellas morirán. Así que tomarán esa gran cantidad de medicamentos —y quizás más— el resto de sus días.

—¡No digas locuras! A ver si hoy dejás de tirarme pálidas y te comportás un poco más positiva.

—Nunca fui positiva. La gente positiva me parece patética —respondió cuando se sentaba en la silla de enfrente.

—¿Puedo continuar? —inquirió su amiga medio irritada.

—¡Por favor! ¡Todo tuyo el relato, querida! Por ahora... —la desafió, mientras se levantaba a buscar un cenicero y a servirse un vaso de whisky.

En tanto, por algún capricho de la memoria, recordaba a los *homeless* de la ciudad y resolvió en su pensamiento que su tía bien podría haber terminado de la misma manera en una ciudad como

Rosario si no hubiese sido por el doctor Morales. La pensión de su marido y la casa que tanto les había costado conseguir eran una seguridad que habían logrado en otra época. No obstante, unos cuantos años atrás su tía, ya mayor en edad, había tenido problemas con su casa que pertenecía a un plan del Estado para trabajadores construido en las épocas en que el Estado se ocupaba de los planes de apartamentos a través de los distintos gremios financiados por el Banco Hipotecario. Claro que en aquella época el dinero de los trabajadores iba destinado principalmente para lo que debía destinarse. Entonces, en este sentido y en otros, las convicciones estaban un poco más claras. La escritura de la casa tenía una condición que fue propuesta por el gobierno de aquel entonces y que consistía en que los apartamentos destinados a los trabajadores no debían pagar impuesto inmobiliario. Pasados los años, el gobierno de la provincia comenzó a cobrarle sin más el impuesto que había sido eximido anteriormente por el mismo gobierno. Como no tenía cómo pagar los años de supuestas deudas que el estado provincial le reclamaba, su tía debió recurrir al doctor Morales quien le brindó asesoramiento de manera efectiva y gratuita.

—*Bueno, mi turno de nuevo* —*dijo su compañera, mientras se sentaba en su lugar nuevamente con el cigarrillo y el vaso de whisky. Del otro lado, su amiga se levantaba indignada y se dirigía a la cocina.*

Finalmente, el doctor Morales llamó unos cinco minutos después de la hora convenida.

Al tiempo que minimizaba la página de la red social para poder responder la llamada, conectaba con Morales que lo saludaba desde el otro lado.

—¡Hola nene! Buenas tardes —se escuchó en un tono alto y claro.

—Hola, doctor Morales. Buenas tardes —lo saludó con una entristecida alegría—. ¿Puede verme?

—¡Hola pibe! Sí, sí... te veo —respondió Morales medio impreciso por el apuro—. ¿Qué hacés? ¿Cómo estás?

—Bien, dentro de todo bien. ¿Y usted?

—Bueno, muy apenado por lo de tu tía. ¡Muy apenado realmente! —enfatizó—. Bueno, vos sabes que tus tíos y nosotros siempre fuimos muy buenos amigos; aunque no nos veíamos muy seguido, pero estábamos siempre presentes en los momentos buenos y malos. En los cumpleaños, en los festejos, siempre estábamos. ¿Te acordás? Y principalmente, tus tíos estuvieron muy presentes antes y después de la muerte de Mabel. De eso nunca me voy a olvidar. No la dejaron sola un solo momento. De la misma manera, después yo sentí el deber de hacer todo lo posible por sostener a Isabel cuando Rogelio se enfermó y falleció. Fue un padecimiento impresionante para ellos cuando tu tío se enfermó por todas las cuestiones con la obra social que no querían reconocerles ciertas prácticas y algunos medicamentos, ¿no? Pero después yo me encargué de todo eso y de que no le faltara nada a tu tío y a Isabel. Para mí, ustedes siempre fueron parte de mi familia.

Yo me acuerdo de que cuando tu tío Rogelio falleció en el ochenta y siete, Isabel quedó devastada. Aunque de por sí ella era una mujer muy fuerte, en aquel entonces se mantuvo de pie porque te tenía a vos. Ahora último, cuando me vino a ver, la vi medio desmejorada por los años y por su estado de salud, pero igualmente dentro de todo estaba bien. La noté tranquila, como resignada y acostumbrada a la soledad. En los últimos años, a tu tía Isabel la vi unas cuantas veces. Cada tanto, cuando andaba por el centro, pasaba por acá a saludar. Ella ya sabía que yo a las seis de la tarde me venía del trabajo, así que me encontraba siempre. Y para los cumpleaños ni te cuento: siempre estaba acá con algún regalito saludándome. Y una de las últimas veces que vino fue cuando me dijo si podía ayudarla con un asunto que es éste que hoy nos ocupa.

—*En ese momento se hizo un silencio algo incómodo que indicaba que la conversación se hacía inevitable y el abogado fue quien comenzó con el tema.*

—Bueno, mirá...—introdujo Morales poniendo un fuerte suspenso—, esta es una idea que elaboramos entre tu tía y yo, que fue en realidad su última voluntad. Ella siempre quiso que vos supieses sobre tu origen. Si ella no te contó todo anteriormente fue porque no quería sentirse juzgada por vos. Ella te adoraba y no quería sentirse sentenciada por la persona que más amaba en este mundo. Por otra parte, Isabel esperó a que hayas llegado a la madurez, a la plenitud, como para que te enteres de las cosas que acontecieron en tu pasado cuando vos eras apenas un nene. Tengo dos cosas para decirte y me gustaría saber si estás preparado para escucharlas.

—Sí, estoy preparado. Por supuesto —respondió con una seriedad expectante que duró casi toda la conversación.

—Bueno..., está bien...

Resulta que un día tu tía Isabel me llamó al estudio diciéndome que necesitaba hablar conmigo, que era un tema delicado y medio urgente. Para aquellos días, ella había comenzado a tener serios problemas de salud, por lo que creo que la urgencia tenía algo que ver con su deteriorado estado. Quizás ella creía que le quedaba poco y que, muerto tu tío Rogelio, necesitaba dejar constancia de lo que había acontecido tantos años atrás. En realidad, tampoco era cuestión de dejar constancia, sino más bien de decirte la verdad acerca de todo. En esa ocasión que me llamó, ella no me dijo de qué se trataba el asunto pero me lo dio a entender. Inmediatamente, yo sospeché de lo que me estaba hablando porque algo me había comentado tu tío alguna vez en confianza. Ahí nomás le dije a tu tía que, por supuesto, podía contar conmigo para lo que necesite. En ese momento arreglamos una cita en mi despacho un viernes, que es el día que yo siempre estuve más relajado, ya que además la había notado preocupada y me pareció que la situación ameritaba una charla un poco más minuciosa y extendida.

Una semana después, más o menos, tu tía vino a mi despacho con una carta. Ella comenzó a explicarme de manera detallada la situación familiar que, por otra parte, como te decía recién, yo algo conocía. Cuando ella leyó la carta en voz alta y me explicó todo lo que había sucedido, supe que no podía fallarles; entonces comprendí que debía asistirlos en este tema tan delicado. Como las implicaciones acerca de este tema ameritaban un tratamiento exhaustivo, enseguida supe que una sola cita con Isabel no iba a ser suficiente. Vos tenías que conocer todos los pormenores posibles acerca de lo sucedido, por eso decidimos acordar otros encuentros, porque Isabel necesitaba hacer otras gestiones y recabar cierta información que iba a ser necesaria para el caso.

De aquellas reuniones con Isabel salieron dos cosas: La primera fue un escrito detallándote los puntos que consideramos importantes que debías conocer acerca de tus padres —e incluso de tus abuelos— para que estés seguro de ello. Además, este escrito menciona a tu tío Carlos, el hermano de Isabel y de tu madre, con quien ella resolvió que debías hablar personalmente. Entonces convine con Isabel que yo mismo podía ponerte en contacto con él puesto que en algún momento fue cliente mío. En realidad, a tu tía le llevó varias llamadas convencerlo de que hable con vos, hasta que finalmente él accedió y se comprometió a hacerlo. Lo segundo que acordamos con Isabel fue lo que tengo para contarte, que es muy duro, y que creo te va a llevar algún tiempo asimilar. Por eso necesito saber si estás decidido a enterarte de los sucesos que acontecieron con tu familia cuando vos eras chico.

—La verdad es que me da un poco de miedo —respondió sinceramente el hombre—. Presiento por dónde viene la mano y entiendo que indefectiblemente debo saberlo.

—Así es. Toda persona que desconoce su origen merece conocerlo. Cuando alguien no sabe qué fue de sus padres, también merece saberlo. Mirá, ya que tengo tu consentimiento no voy a andar con más vueltas. Para empezar, tu nombre sí es el que tenés, pero no tu apellido. Vos tenías un papá y podrías creer que tu tío Rogelio era su hermano, pero en realidad tu tía Isabel era la hermana de tu madre. Después de lo que sucedió aquella noche —para protegerte y para protegerse— tu tía decidió cambiarse el nombre de Elizabeth a Isabel, y adoptar un apellido distinto para dejar de usar su apellido paterno. Unos años después, cuando se casó, adoptó el apellido de casada para borrar todo rastro de su verdadera identidad. En cuestión de un par de años ya no era la misma persona ni residía en el mismo lugar. A vos, que tenías el apellido de tu papá, mientras estuviste con unos amigos de la familia de tu padre, te lo cambiaron por el apellido de esa familia. Luego, cuando tu tía se casó, antes de que entraras a la escuela, te cambiaron el apellido de nuevo por el de tu padre adoptivo que fue tu tío Rogelio. Como te dije anteriormente, vos podrías pensar que tu tío era hermano de tu papá, pero en realidad tu tía Isabel era la hermana de tu mamá.

Por lo que refirió alguna vez tu papá en alguna reunión donde estaba Isabel, tu origen no es español —como seguramente siempre habrás pensado— sino italiano. Tu abuelo paterno vino desde Génova a este país escapando de la persecución del *squadrismo*. Vino a la Argentina en un barco que llegó primero a Brasil para finalmente atracar en el puerto de Buenos Aires. No tenemos detalles de lo que pasó posteriormente, pero al parecer, tu abuelo apareció en Rosario unos veinticinco años después del combate de El Espinillo del que seguramente todos hablaban por aquella época. La fecha no es exacta, pero sabemos que para la década del treinta estaba casado y establecido en una humilde morada del barrio Echesortu y que trabajaba en la construcción.

Tu abuela paterna, por lo que me refirió tu tía Isabel en uno de aquellos encuentros, tenía ascendencia ranquelina. Tu bisabuela había sido capturada y trasladada a pie a través de la provincia de Buenos Aires desde algún lugar de la Zanja de Alsina junto a cientos de indígenas más de aquellas tierras. Alguna vez leí que a los indígenas solían encerrarlos como rebaño en rediles alambrados y vigilados por los militares argentinos, donde permanecían deambulando en la intemperie días enteros, deambulando y rogando por agua o pan en una lengua ininteligible que no se parecía al español, bajo el sol incandescente, los vientos intensos de la llanura y las noches heladas de aquel desierto, en una época en que las políticas giraban en torno a reemplazar a los indios por ovejas y a los gauchos por inmigrantes.

Además lo que me relató Isabel es que tu abuela nació en la ciudad de Buenos Aires, donde su madre había sido adquirida para ser sierva doméstica por una familia de la burguesía urbana. Tu abuela nunca supo quién fue su padre, pero desde que tuvo edad se desempeñó como sirvienta en aquella familia hasta que decidió irse de la casa. Cuando su madre murió, ella decidió venirse con una amiga a la ciudad de Rosario, donde conoció a tu abuelo que al parecer residía en una pensión de inmigrantes cercana de la suya; después se casaron y se establecieron en barrio Echesortu donde residieron por el resto de sus días. Desconocemos los pormenores de aquella relación, sin embargo sabemos que tuvieron un hijo único que fue tu padre, y que tus abuelos ya habían muerto en diferentes circunstancias para cuando tu papá tenía dieciocho años.

Por otra parte, al padre de Isabel, tu abuelo materno, falleció joven ahogado en las orillas del Paraná. Aquel sábado, cerca del mediodía, él y sus amigos estaban pescando en el Remanso Valerio cuando su línea quedó fondeada en el lecho del río a pocos metros de la costa y él, que no sabía nadar, se metió en las aguas bastante más de lo que debía. Desde la costa, sus amigos vieron cómo el hombre se adentraba con dificultad siguiendo con afán la cuerda que lo llevaba hacia el fondo, cuando en un instante advirtieron que su amigo los veía con una inconfundible cara de desesperación como avisándoles que se hundía. Ellos sabían lo que todos sabemos: que a un ahogado no hay que intentar sacarlo porque en la desesperación él mismo ahoga a sus rescatadores y mucho menos tratándose del Remanso Valerio. Los amigos se quedaron perplejos viéndolo sin poder hacer nada porque en segundos tu abuelo, sin dar una sola voz de auxilio, ya estaba cubierto por las aguas turbias del Paraná. A tres días de aquel nefasto sábado encontraron su cuerpo flotando a pocos metros del lugar donde había sido visto por última vez cuando se ahogaba. Entonces tu abuela quedó viuda criando a sus hijos pequeños que eran Isabel, Carlos y tu madre.

—¿Me seguís pibe?

—Sí, lo sigo. Muy atentamente.

—Bueno. Ahora voy a referirte lo que sucedió muchos años después, la noche que desapareció tu familia de tu casa según el relato de Isabel. Para terminar de contarte sobre tus abuelos, esa noche de primavera de mil novecientos setenta y seis que voy a relatarte a continuación, la única de tus abuelos que había quedado era tu abuela materna que, después de un año de lo sucedido, murió de pena en su casa que quedaba en el mismo barrio donde ustedes residían.

Cuando vos tenías apenas tres años, la noche del primero de octubre golpearon la puerta de tu casa. En aquella época no se pensaba tanto en las desgracias casuales, y que llamen a la puerta a altas horas de la noche cuando uno tenía alguna actividad relacionada con los derechos de los trabajadores, la política o cosas por el estilo, era de mal augurio. Por lo que le contaron a tu tía Isabel, tu papá salió a ver quién era, y del otro lado de la puerta de madera respondió tu tío Carlos.

Carlos, que era militar, llegó con la novedad de que hacía más o menos una hora atrás habían estado averiguando el domicilio de tu familia. Unos hombres habían golpeado en la casa de doña Inés, la vecina de enfrente, y le preguntaron por el domicilio de tu papá. La mujer, que al instante se percató de que se trataba de milicos, fue solidaria con tu familia porque la conocía desde hacía ya algunos años. Cuando los hombres le preguntaron por tu papá, ella les dijo que no lo conocía como tal, que si tal vez le decían algún sobrenombre ella podría decirles su residencia. Por supuesto que ese ardid de la vecina le permitió ganar tiempo para correr la voz entre la gente indicada. Esperó casi una hora a que los tres hombres, que habían estado esperando en el interior de un Falcon, se retiren de la cuadra para mandar a uno de sus hijos a avisarle a Carlos que andaban buscando a tu papá. Esa tarde, tu padre había tenido una reunión de delegados; y tu madre había ido con vos y tu hermana —que era una bebé de apenas meses— a la casa de tu abuela. Cada vez que ustedes iban a la casa de tu abuela se quedaban todo el día. Almorzaban, dormían la siesta, tomaban mates y seguían conversando hasta la noche. Muchas veces sucedía que tu padre, en ocasiones como esta, pasaba por la casa de tu abuela, se quedaban a cenar y volvían a tu casa bastante tarde.

En un principio, esa noche fue una noche habitual. Ustedes volvieron tarde, y Carlos y su esposa Gladis calcularon bien la hora en que ustedes estarían en la casa. Como te dije, Carlos llegó a la puerta de tu domicilio y le contó a tu padre con lujo de detalles lo que tu vecina doña Inés le había mandado a decir con uno de sus hijos. Apenas Carlos le comunicó lo sucedido, tu papá decidió que debían dejar la casa. —*«O dejo la casa o me llevan de acá con los pies para adelante.», le dijo a su cuñado mostrándole la Colt cuarenta y cinco de fabricación argentina que tenía clavada en las verijas.* Entonces, Carlos se retiró furtivamente a buscar el auto para ayudar a su hermana y a su cuñado que estaban dispuestos a huir del lugar. Como vos y tu hermana ya estaban dormidos, los despertaron y, mientras tu padre se encargaba de unas cosas, tu madre preparaba los bolsos con algunas mudas de ropa para repartirse entre las casas de unos amigos.

Desde el primer momento, la decisión estuvo viciada de desesperación. Tus padres decidieron entonces que tu papá te llevaría a la casa de sus amigos, Victorio y Zulema, que fueron los que te albergaron en un principio. En realidad era una familia que residía cerca, a unas pocas cuadras, y era un buen lugar donde ocultarte, porque ellos llevaban una ocupación al margen de la militancia y no eran de verse mucho con tus padres. Por otra parte, a tu hermana y a tu mamá, Carlos las llevaría a la casa de otros amigos que residían a las afueras de Rosario, para estar todos separados al menos por unos días hasta que Carlos pudiese averiguar qué estaba sucediendo y entonces saber qué hacer.

Mientras terminaban de preparar las pocas cosas que se iban a llevar, tu padre sacó, por una ventana trasera de la casa que daba a un baldío, alguna evidencia que los comprometía. Le debe haber dolido mucho tener que desprenderse de esos bienes que tanto significaban para ellos, pero lo hicieron por una buena causa. Después, él tomó la veintidós que estaba siempre en un hueco detrás del aparador para que vos no pudieses alcanzarla, metió el arma en el bolsillo de su campera de cuero, se acomodó el bolso en el hombro izquierdo y se aseguró de tener la cuarenta y cinco en la parte delantera apoyando su mano sobre ella. Luego te cargó en sus brazos al tiempo que terminaban de tomar decisiones con tu madre. Carlos le contó a Isabel que, como tu mamá se tardaba en preparar el bolso de tu hermana, ambos decidieron que tu papá se adelante en salir de la casa. Cuando tu mamá estuvo lista se quedó esperando a su hermano a que viniese con el auto de un momento a otro.

En el interín, entre que tu padre salió de la casa con vos y que Carlos llegó, los tres hombres arribaron al domicilio nuevamente. No sabemos cómo supieron esta vez la dirección exacta, pero tocaron a la puerta y tu mamá en el apuro, pensando que se trataba de su hermano, atendió con la bebé en brazos y el bolso en el hombro, preparada para subirse al auto de Carlos. Tampoco sabemos muy bien lo que pasó en ese instante, si estos hombres entraron a la casa o hablaron con tu madre en el pasillo oscuro de la entrada, o la subieron directamente en el Falcon. Lo único que doña Inés alcanzó a ver desde enfrente fue cómo tu mamá con tu hermana en brazos subía en el asiento trasero del auto junto a un chico joven que iba a su lado de custodio. Doña Inés alcanzó a ver, entre las celosías envueltas con las enredaderas de la galería lateral de la casa, que el auto desaparecía en las oscuras calles de tierra del barrio y, cuando pasó por el foco que alumbraba la esquina, fue la última vez que vio la silueta de la cabellera de tu madre en el asiento trasero del Falcon.

Cuando tu tío Carlos llegó en su auto, doña Inés no lo vio

estacionar frente a la escuela que quedaba junto a la casa, lo vio entrar, eso sí, como tiro por el pasillo lúgubre de la entrada del domicilio. Doña Inés escuchó que golpeaba varias veces la puerta de madera, pero esperó a que saliera para llamarlo desde la galería de su casa en la vereda de enfrente. Tu tío cruzó la calle obedeciendo la voz de la vecina que lo llamó dos o tres veces desde su morada. Doña Inés, sin asomarse a la vereda, desde el escondite que le ofrecía la oscuridad de la celosía con la enredadera entramada, lo anotició de lo sucedido. Atónito con la novedad, Carlos cruzó la calle corriendo, se subió al auto y salió como un demonio dando la vuelta a la esquina en dirección hacía donde la vecina le había indicado que se habían llevado a su hermana y a su sobrina. Por lo que sé, esa fue la última noche que viste a tu familia. Aquella noche, a tu madre y a tu hermana parece como si se las hubiese tragado la tierra; a tu padre y a tu tío Carlos como si se los hubiese tragado la oscuridad. Tu tío apareció en su casa al día siguiente; y unos días después, Isabel y Carlos se reunieron a escondidas. Después de ese encuentro, Isabel me confió que vio una sola vez más a su hermano y no quiso volver a saber nada de él.

Por otro lado, quienes te albergaron sabían que no podían mostrarte en el barrio, por eso decidieron mantenerte encerrado en la casa sin salir nada más que al patio a jugar alguna que otra vez. El problema era que ellos no tenían manera de explicar a las autoridades cómo tenían al hijo de la familia del barrio que había desaparecido. Tu tía Isabel sabía que estabas en buenas manos, pero Victorio y Zulema se sentían sumamente comprometidos con tu presencia en la casa. Discretamente, tu tía te visitaba cada semana para verte y para ofrecerle al matrimonio algo de dinero que ellos de manera rotunda se rehusaban a aceptar. Esos eran los códigos en aquella época, cuando alguien te albergaba no esperaba una compensación económica ni se aprovechaba de la situación, y mucho menos en tu caso: el caso de un niño que había caído en desgracia una noche como esa en aquellos tiempos.

Finalmente, a los dos o tres meses Isabel se hizo cargo de vos, y fue en ese entonces que tu tía volvió a ver a su hermano Carlos para pedirle que te lleve a salvo a su casa y para hablar con él. Inmediatamente después Isabel y Rogelio comenzaron a cohabitar en otra localidad de la zona norte donde nadie los conocía con la excusa de que aquella residencia estaba más cerca del trabajo de tu tío. Durante los siguientes dos años, hicieron correr el rumor en el barrio donde se habían mudado de que estaban en trámite de adopción. En el barrio decían que vos eras el hijo huérfano de un familiar y que la justicia les adjudicaría la tenencia definitiva después del casamiento, porque el matrimonio y el domicilio fijo eran las condiciones fundamentales que el Tribunal de Menores les exigía para poder adoptar. Si bien eso era una verdad a medias, los vecinos, que eran seres de buena voluntad, les creían y hasta se solidarizaban con ellos. Así fue cómo llegaste a las buenas manos de tu tía Isabel y Rogelio desde que tenías casi cuatro años.

El siguiente paso consistió en cambiarte el apellido en el documento de identidad original antes de escolarizarte para no tener problemas. Un documento de identidad con un nuevo apellido en aquel tiempo no era tan complicado de hacer si uno tenía el contacto y la coima para pagarlo. Un día Rogelio se presentó con vos en la comisaría del barrio para hacer una denuncia por el extravío de tu documento de identidad. De inmediato, el sumariante le tomó la denuncia y le extendió un comprobante para que lo presentase ante el Registro Civil y pudiese tramitar el duplicado del documento. Esa constancia no era más que un requisito infame, ya que tu tío Rogelio había conseguido un contacto dentro del Registro Civil para que le tramitara el documento de identidad, digámosle original, expedido por el Registro de las Personas, con tu nombre pero con el apellido de tu tío. Entonces en ese documento que te tramitó tu tío Rogelio ya figuraba tu nombre y tu apellido tal como lo conoces ahora.

En aquel instante de *shock* perdió la atención de lo que el doctor Morales le decía recordando algo que le vino a la memoria. De repente le vino la imagen de aquella noche cuando en brazos de su papá iban por la vereda oeste de calle Laguna en dirección a Matheu. Recordaba el esfuerzo de su padre cargándolo en sus brazos, la oscuridad de la cuadra y las veredas desiguales mitad de ladrillos y mitad de tierra. Tenía la imagen de cuando su padre, aprovechando la oscuridad de la mitad de cuadra y faltando unos cincuenta metros, saltó las zanjas y cruzó de vereda para tomar la calle Matheu que estaba menos iluminada todavía. Aquel niño no sabía por qué pero tenía mucho miedo, no solo a la oscuridad que lo abarcaba todo, había algo desconocido que le daba un miedo inexplicable en aquel entonces. Recordaba los latidos de su corazón que parecían debatirse con los de su padre, que los sentía en el lado derecho de su cuerpecito. Era como si tuviese dos corazones latiendo de manera arrítmica como en contrapunto. Todavía podía sentir esa sensación. Recordó finalmente haber mirado hacia arriba en ese instante de pánico, oscuridad y silencio. Tenía en su memoria intacta la sensación que le producía la imagen de las estrellas y de la luna creciente que parecía perseguirlos.

Aquella noche había sido interminable. En el restaurante de Queen Street cada uno hacía su trabajo bajo la observación esporádica de James, el supervisor del turno de la noche, un *White Canadian* de unos veinticinco años originario de Barrie que ya estaba trabajando en su diminuta y sórdida oficina para cuando él llegó. Cinco noches a la semana salía de su casa con rumbo al subte que lo dejaba en Queen Station para caminar unas pocas cuadras y marcar la entrada en el restaurante antes de las cinco de la tarde. Apenas llegó se tomó unos minutos para ver el horario que estaba colgado en la puerta de la oficina de James, para ver si no había ningún cambio de última hora que hubiera modificado el franco que tenía al día siguiente. Luego de comprobar aquella información se sentó un rato en la entrada de la cocina para probar unos nachos que uno de los cocineros les había alcanzado para que comiesen los empleados que en ese momento entraban de su *break* de media hora. Desde su lugar también alcanzó a ver a Steve, el joven *manager* del restaurante, que terminaba de darles indicaciones a un par de supervisoras que se encargaban de la parte delantera del negocio. Lo veía clarito porque por su altura y porte siempre se destacaba entre los demás, además a Steve no era difícil ubicarlo: estaba generalmente en su cálida oficina que quedaba en la parte delantera del local y cuando no, podía vérselo en el sector de la barra o entre las mesas cuando los clientes todavía no habían llegado; eso sí, nunca entraba a la cocina, a lo sumo se asomaba a la inmunda oficina de James cuando no podía hacerle una seña desde afuera para que saliese. Mientras comía, a la derecha, contemplaba la parte externa del restaurante, impecable y cuidadosamente arreglada por las meseras que se esmeraban haciendo su tarea en el instante en que llegaban más comensales, justo en el momento en que Steve se despedía de las supervisoras para dirigirse a su casa; entretanto, a la izquierda registró la aplastante labor de sus compañeros que entraban y salían del lugar con las sobras que habían dejado los clientes o con los platos que la tripulación de la cocina iba sacando bajo la supervisión del chef que, cuando controlaba la elaboración y daba las instrucciones a sus subordinados, se parecía más a un capitán de una fragata dando órdenes a su tripulación en medio de una tormenta que a un jefe de cocina de un restaurante.

Cuando fue su hora volvió a entrar a la cocina y se acercó a Yasín que continuaba lavando la descomunal pila de utensilios, platos y bandejas que tenía en las estanterías de la vajilla sucia ubicadas delante de la lavadora. Se saludaron con una alegría cordial aunque algo menguada por el agotamiento de uno y quizás por la pesada resignación del otro que tomaba el puesto. Ya en su posición de trabajo podía percibir el ambiente que día tras día lo rodeaba: el sofocante calor del vapor de la lavadora de platos que se hacía sentir como un sauna cada vez que abría la máquina para extraer los cacharros limpios de allí adentro; el persistente olor crónico del aceite de la fritura que se adhería a todo lo que tocase — principalmente la ropa y el pelo—, que era lo que más abrumaba a quien entrase a aquel antro con algo de aire puro en sus pulmones y lo intercambiaba con el que se respiraba allí dentro. Después sucedía lo más curioso: los sentidos normalizaban aquel olor casi nauseabundo, porque después de estar un buen rato allí trabajando ya no lo percibía en absoluto, como sucede a menudo con tantos asuntos públicos cuando uno habita en estas aglomeraciones alienantes. —*Aquello alguna vez le había pasado, cuando llegó al aeropuerto de Ezeiza con los pulmones llenos de oxígeno de unas vacaciones, enseguida cayó en la realidad cuando comenzó a percibir el tufo apenas cruzó la aduana y se subió a un taxi.* Desde su lugar podía oír el ruido constante del los trastes de los cocineros que no cesaban un solo instante de producir la comida que despachaban como si para los clientes aquella fuese la última cena; oía los gritos de *«watch out»* en la ocasión en que alguien pasaba por entre la multitud de sus compañeros cuando todos estaban atentos cada quien en lo suyo; veía el suelo descabelladamente mojado por la eterna pérdida de agua de la lavadora de platos que perpetuaba un charco habitual que se extendía incluso hasta donde estaban los tres primeros cocineros: Samir y Raqueeb, y algo más allá Brandon, que cada dos por tres se buscaba una gaseosa y se preparaba una hamburguesa que devoraba de tanto en tanto al tiempo que cocinaba.

Parado en aquel lugar sacaba las sobras de los platos y de las fuentes, que desechaba en un tacho de basura que tenía al lado, y los acomodaba en la bandeja de la lavadora para pasarlos por el interior de la máquina que estaba continuamente encendida. En tanto los platos estaban en la lavadora, tomaba el trapo medio sucio que tenía para secar un poco los utensilios y vajilla incandescentes que salían de la máquina y los acomodaba a cada uno en diferentes contenedores: los cuchillos, los tenedores y las cucharas en uno; las bandejas en otro; los platos en otro; los vasos en otro; y así cuando los había acomodado a todos, mientras la lavadora continuaba lavando, él le llevaba los platos y las bandejas a los cocineros abriéndose paso entre sus compañeros también medio a los gritos de *«watch out»* como hacían los demás y, parado sobre el charco, los acomodaba en los estantes que Samir y Raqueeb tenían enfrente. Cada tanto volvía a la lavadora cuando esta completaba su ciclo de lavado y repetía la misma tarea que se reanudaba cuando preparaba una nueva bandeja repleta de vajilla sucia, abría la lavadora, sacaba el contenedor con la vajilla limpia y volvía a cargar la máquina con la vajilla mugrienta. Día tras día repetía aquella tarea incesante por la paga mínima que concretaba por el solo hecho de que tenía que hacerlo, como cuando uno tiene que ir a la escuela porque tiene que ir a pesar de la pesada modorra de los madrugones, del inclemente clima de la pampa húmeda que, aunque nos reciba en ciertas épocas con un amanecer agradable, se vuelve un tirano nomás a media mañana o al mediodía para tenernos luego en vilo durante todo el día hasta llegar a nuestros hogares, y a pesar de las decisiones de nuestros padres, de los maestros o profesores o de todo adulto que muestre alguna clase de interés en nosotros creyendo saber qué nos conviene más como si fuésemos sus mascotas, sus perros o sus gatos (en el mejor de los casos), o sus *hamsters* a los cuales hay que alimentar para mantenerlos en sus jaulas corriendo cada tanto en la rueda desde cría, engordándolos y reproduciéndolos a la edad adulta. Y allí se termina todo. ¿Quién se preocupa por la vejez del hámster cuando tuvo una existencia productiva y reproductiva feliz, cuando hizo lo que todos los *hamsters* hacen como mascotas encerradas en sus jaulas?

A eso de las diez y media de la noche le tocaba su *break.* Iba hasta la heladera donde estaban los refrescos, se servía una cola *light* y le pedía a Samir el favor de que le preparase una hamburguesa completa, que pasaba a retirar un rato después por la plancha de las hamburguesas antes de loguearse en el *break* y de activar la alarma de treinta minutos en su celular que le avisaba cuándo terminaba su período. Se sentaba en una sillita medio destartalada en un espacio mínimo a la salida de la cocina donde todos tomaban el *break,* un lugar donde apenas podía acomodarse en un rincón con las piernas flexionadas frente a un estante donde ponía la hamburguesa y la cola con la cual se alimentaba cada noche. Por el escaso espacio, aquel rincón le recordaba a los asientos de los aviones de la clase turista cuando una persona más o menos mediana no encuentra la manera de acomodar sus piernas para tener un viaje medianamente cómodo durante tantas horas. Si bien aquel rincón era pequeño, se había acostumbrado a comer primero la hamburguesa y a tomarse la coca medio de costado para estirar un poco las piernas para el lado del pasillo cuidando de no sacarlas mucho para que ninguno de sus compañeros se tropiece con la bandeja en la mano y genere un desastre. Después de comer buscaba comunicarse con su esposa que a esa hora ya estaba en su casa acostada viendo la televisión y en su celular conversando con sus amigas o con su madre o con algún otro miembro de su familia con el cual necesitara comunicarse. Cuando terminaba su media hora de descanso, le avisaba a su esposa que debía volver al trabajo, se despedía cariñosamente de ella y se dirigía a desloguearse del *break* que marcaba exactamente la media hora. Luego comenzaba la última parte de su turno que constaba de una hora estresante y una hora un poco más relajada. Las noches transcurrían así, implacables, hasta que los clientes comenzaban a retirarse de a poco al igual que el resto del personal del restaurante, hasta que a la una de la mañana quedaban solo dos en la cocina, él y Raqueeb, que hacían la limpieza y sacaban las inmensas bolsas de basura por la puerta trasera del local para arrojarlas en los contenedores del callejón antes de irse a sus casas.

«Que te sea leve»

La mañana siguiente no estuvo particularmente fría, así que decidió salir a caminar con un rumbo medio incierto, como quien se encamina indeciso hacia un lugar al que finalmente termina por no llegar. En un primer momento se encaminó hacía la biblioteca, que era el lugar donde sentía que nadie lo interrumpía en su labor, para luego desistir de esa idea y dirigirse hacia Yonge St. En ese primer momento tenía la intención de seguir investigando algunos aspectos más de su trabajo, que era un estudio literario innovador del cual se sentía orgulloso y satisfecho, no obstante aquel día no estaba de buen ánimo para profundizar en su estudio y decidió desviar su trayecto. Dobló a la izquierda en Yonge y se dirigió directo hacia el Mount Pleasant Cemetery. Al tiempo que caminaba lo invadía la sensación y el pensamiento de la conversación que había tenido la noche anterior con el doctor Morales. Nunca hubiese podido imaginar lo que le había sucedido a su familia. Nunca. Siempre tuvo la sensación de que había tenido una hermana bebé, pero jamás había tenido la seguridad absoluta de ello. Entonces, el efecto que vio en la foto que encontró escarbando el cajón de la mesita de luz de su tía Isabel no era *«una posición viciosa o tal vez un engaño que la blusa le jugó a la familia y al fotógrafo al instante de disparar la cámara»*, como quien dice.

Mientras caminaba hacía el centro de la ciudad repasaba los recuerdos que le venían a la memoria como queriendo que los hechos coincidan con el relato para darle veracidad, para terminar de creer la historia que le habían terminado de contar hacía unos días atrás. Aquella noche, luego de la cita con el doctor Morales, él y su esposa se sentaron a conversar acerca de la tremenda realidad que ahora les afectaba. La conversación los agotó hasta bien entrada la oscuridad y fue entonces cuando decidieron, en silencio y en sus respectivos pensamientos, entregarse a la turbación del insomnio. Caminaba por el cementerio en tanto que imaginaba a las víctimas de aquella abominación, pensaba en el destino que habría tenido su familia y hasta sus compatriotas. Era imposible no pensar de esa manera con semejante estímulo a su izquierda, el cementerio de Mount Pleasant, en ese instante, se mostraba imponente y hermoso como siempre.

—*Quizás los muertos estén mejor que los demás, estén donde estén.*

La gente a su alrededor caminaba con una tranquilidad absoluta, sumidos cada quien en sus pensamientos, haciendo seguramente las actividades que más les agradaba en ese momento. Algunos corrían para estar en buen estado físico, otros caminaban por distracción, y él caminaba sin rumbo como solía hacer las veces que necesitaba ordenar sus pensamientos, como si la actividad de la caminata y el paisaje urbano lo ayudaran en su reflexión.

Pasó caminando al lado de dos amigas que charlaban sentadas en un banco cubierto de nieve y mientras una parecía estar narrando una historia, la otra la interrumpía.

—*¿Estabas hablando de mí?*
—*Para nada. ¿Puedo continuar?*
—*Me pareció escuchar que hablabas de mí.*

Cuando de repente sintió la necesidad de escuchar música, sacó sus auriculares del bolsillo lateral de su mochila y lo conectó a su celular; entonces encontró la aplicación de música abierta con una lista de reproducción que había quedado interrumpida el día anterior. Caminó bastante hasta pasar Heath St., caminó un trecho más y a su derecha vio a una mujer que le resultó familiar. La curiosidad fue instantánea, porque la mujer no estaba ni sentada ni de pie sino recostada sobre la vereda y envuelta en una frazada que apenas la tapaba. Mientras se acercaba adivinaba por algunos indicios conocidos que se trataba de la misma mujer que veía siempre en aquel lugar y que había recordado unos días atrás saliendo de la Toronto Reference Library, era la misma *homeless* que le había llamado la atención por el inhalador para el asma que tenía a su lado mientras dormía en las mañanas de verano y de otoño.

—*No quiso quitarse los auriculares para escuchar el entorno porque esa música lo transportaba, para él era sublime. Buscaba inevitablemente de cualquier modo sentirse bien, no importaba si lo conseguía mediante un anclaje asociando la música con un período de felicidad de su subsistencia. No le importaba porque en definitiva era lo que la gente comúnmente hacía con la música, la comida, la bebida o las tradiciones.*

En la ocasión en que pasó junto a ella viéndola, la mujer lo miró con extrañeza quizás porque nunca nadie se fijaba en ella. En el preciso instante en que escuchaba la primera estrofa de una conocida canción de su banda favorita: *«Floating down through the clouds. Memories come rushing up to meet me now, ...»*, se acercó a la mujer con una sutil actitud de demostrarle algo de conmiseración. Si bien la gente a su alrededor la ignoraba completamente, eso no pasaba con él ya que ninguno de aquellos seres le pasaba inadvertido aunque en algunas ocasiones lo pareciese. Entonces se acercó a ella, se inclinó enfrente suyo y le puso un billete de diez dólares en la cajita de cartón vacía que estaba a su lado. La mujer reconoció de inmediato el billete y lo miró con la gratitud de una criatura primaria, como la de un perro famélico que agradece con la mirada cuando le dan la sobra de alguna comida.

«Goodbye Max, goodbye ma. After the service when you're walking slowly to the car».

Siguió su camino por la misma calle algunas cuadras más y tomó la pendiente hacia abajo sabiendo el esfuerzo que luego tendría que hacer para subirla de regreso. Caminaba mientras recordaba algunos de los detalles relacionados con su historia personal que el doctor

Morales le había contado. Recordaba la casa de los amigos de su padre, particularmente el aspecto de su fachada —a pesar de haberla visto apenas dos veces— con un alambrado de un entretejido romboidal y una puerta destartalada de palo y alambre cuya única cerradura consistía en un gancho hecho con el mismo alambre de la puerta. La casilla de madera estaba confeccionada con tablones delgados y angostos curvados por el efecto del sol y la aplastante humedad de la pampa. La casilla entera estaba pintada de un verde descolorido, como si la necesidad la hubiese pintado desgarbadamente algunas décadas atrás y de ahí en más, el olvido o el recuerdo de haber sido pintada la mantenía en una precariedad eterna, descascarada como quien persiste aferrada al recuerdo de sus años dorados y no percibe su estado del presente. El suelo de tierra de la entrada de la casa permanecía ralo e inhabitado como el del patio trasero, salvo por las pocas gallinas que los poblaban que, en los días de lluvia, se guarecían debajo del galpón del fondo entre la chatarra de un improvisado taller de herrería que para el dueño de casa significaba una de las maneras primordiales de asegurarse la subsistencia. Recordaba que, en brazos de su padre, esa noche permanecieron parados unos minutos al frente de la casa, desde que su padre llamó a su amigo por la ventana del dormitorio hasta que salió a recibirlos.

—¡Pasá negro! ¡Uh, mirá cómo está este chico! —dijo Victorio escrutando la expresión en la cara del niño— ¡Está asustado!

En el comedor de la casa, su padre lo paró arriba de una silla mientras agobiado conversaba con Victorio. El niño no comprendía de qué hablaban aquellos hombres pero percibía la alteración de sus voces y sobre todo la de su padre. En ese momento apareció la esposa de Victorio que, recién levantada y viniendo del cuarto, se arrimó a su marido envuelta en una campera delgada de lana que sujetaba entrecruzando los brazos por delante. En el comedor hablaron un período desesperado de tiempo que no puedo precisar, pero lo que sí puedo determinar es que entre los tres acordaron que el niño estaría seguro allí.

—Algunos padres no estamos en condiciones de ser beneficiosos para nuestros hijos, Victorio —dijo el papá mientras soltaba el bolso que traía en el hombro.

Miró a su pequeño con una profunda pena.

—¿Estás bien negrito? —le preguntó viéndolo a la cara como examinándolo.

El chiquito asintió enmudecido con los ojos grandes, las mejillas coloradas y la frente afiebrada donde se le pegoteaban los rulos empapados de transpiración.

—Nos vamos a quedar acá con el tío Victorio, ¿sabés?

El niño volvió a asentir con la misma expresión en su cara que parecía que nunca iba a quitársele.

Ahora recordaba haber visto la cara de su padre por última vez aquella noche. De allí en más, su memoria había entrado en un paulatina y profunda noche que con el tiempo se volvió permanente, un olvido reforzado por la negación que en aquel entonces su entorno se encargó de propinarle. Los únicos recuerdos que le venían a la memoria consistían en una aparición esporádica de figuras, lugares y caras que no alcanzaba a comprender o a reconocer. —*En realidad nunca supo con seguridad si alguna de las caras que le venían a la mente correspondían a las de Victorio y Zulema.* Además de que conservaba la impresión de que en aquellos días había transcurrido una temporada lluviosa y gris, guardaba un sentimiento íntimo de desamparo en tanto percibía de aquel matrimonio que apenas recordaba una profunda pena y un hondo sentimiento de conmiseración. Con el pasar de los días —*Y esto no me lo refirió nadie. Yo misma tuve algo que ver*— comenzó a sentirse algo más cómodo con la nueva familia que lo albergaba. Había comenzado a gustarle aquel patio con gallinas que le llamaban la atención, particularmente porque había descubierto que eran capaces de poner huevos, los mismos que usaba Zulema para alimentarlo con alguna tortilla española o sencillamente con huevos fritos y arroz.

Sin embargo algo recordaba de su humilde hogar porque la memoria, además de frágil, a veces es rebuscada y caprichosa. Mientras caminaba por Yonge St. recordaba las mañanas y las tardes con su madre en su hogar, pero las recordaba desde la noche anterior. Recordaba la habitación fría en invierno que su mamá calentaba con un mechero a kerosene, que regulaba con mucho cuidado para no afectar la salud de su hijo que dormía hacinado con sus padres en la misma habitación. Luego su madre entreabría un poco la puerta que daba a la galería para ventilar la habitación, se acercaba a su cama, lo tapaba con mucho esmero y cariño, y lo despedía con cariñosos mimos, especialmente con payasadas y juegos de sábanas que lo hacían reír hasta quedarse casi sin aire. Por las noches, su madre le dejaba la luz encendida hasta que se durmiese, porque normalmente le temía a la oscuridad, sobre todo cuando le ponía atención al ruido que hacían las ratas en el entretecho cuando corrían, se apareaban o cuando sus crías chillaban de hambre. Si bien nunca las había visto, el hecho de escucharlas e imaginarlas le resultaba tan perturbador que no podía conciliar el sueño. Su madre hacía el resto, se acostaba en la cama de dos plazas de cara hacia el pasillo entre las dos camas, encendía bajito la pequeña radio a pilas y la ponía junto a su oreja en el borde de la cama para que escuchasen los dos. La imagen de la cara de su madre, la luz mortecina de la lámpara ámbar y la melodía del tango lo tranquilizaba y finalmente el sueño lo vencía.

Nunca se enteraba cuándo llegaba su padre de trabajar del turno de la noche, pero a diario amanecía temprano y desde la cama lo escuchaba cuando charlaba con su madre mientras mateaban en la cocina y comían las facturas calentitas que su padre compraba de paso por la panadería llegando al barrio. El niño se levantaba y aparecía en la cocina con la cabeza revuelta y la remera andrajosa como si hubiese estado jugando a las luchas con la almohada, con el colchón y las sábanas. Sus padres lo saludaban y su papá lo sentaba en sus rodillas para seguir tomando los mates que su esposa le cebaba y que, a su vez, preparaba la leche caliente del niño que era el alimento que recibía todas las mañanas con alguna tortita negra o un sacramento que su padre le elegía en la panadería especialmente para él.

—«*Era una delicia ver cómo pasaban sus días*».

Luego de aquel desayuno, su padre se acostaba a descansar de la dura noche de trabajo junto a la bebé, mientras su madre se ocupaba de las tareas del hogar. Como era frecuente que ella necesitara el espacio para asear la casa, su madre lo dejaba salir a jugar solo al patio de la casa, ya que era un lugar entretenido donde el niño no corría peligro alguno. Él recordaba la galería techada donde jugaba los días de lluvia, cercada a lo largo por un tapial lateral que convergía con otro más pequeño, a punto de desarmarse, que la cerraba en la parte de adelante. En cambio, los días soleados jugaba en el patio abierto debajo del emparrado que lo protegía del despiadado sol de los días de verano, desde donde, en la semana, escuchaba el alboroto de los recreos de la escuela lindera. También escuchaba el extraño silencio que quedaba después del bullicio del horario de la salida que le indicaba, pasado el mediodía, la hora del almuerzo.

Después de asear la casa, su madre y él se iban a lo de Don Massei a comprar los abarrotes para hacer la comida. El almacén de Don Massei se caracterizaba por esa deliciosa mezcla de aromas que se percibía apenas uno cruzaba la cortina plástica de la puerta de entrada. Aquel era un almacén bien abastecido donde cada mañana las vecinas del barrio asistían para hacer las compras de sus proviciones que debían administrar con una esmerada eficiencia. Detrás del mostrador, Don Massei tenía la imperturbable idoneidad de un farmacéutico y la amena calidez de un amigo al mismo tiempo. En su negocio, todas las mañanas convergían casi siempre las mismas vecinas que se daban los buenos días e intercambiaban comentarios acerca de los acontecimientos del vecindario o de la ciudad, en tanto

Don Massei las despachaba con cariñosa diligencia al tiempo que intervenía esporádicamente en aquellos rumores que nadie mejor que él conocía. En aquellos días, la preocupación de la barriada era generalizada y comprendía, desde los comentarios por la enfermedad de alguno de sus miembros, hasta un atentado que se había producido en un sector de la ciudad o la desaparición inexplicable de alguien de los lugares que solía frecuentar.

Cuando la madre cocinaba, establecía al niño jugando en algún lugar de la casa para luego, cada tanto, comprobar que continuaba divirtiéndose en su silenciosa soledad. A veces lo encontraba recostado en el suelo viendo las fotos de una revista de animales que su padre guardaba en una caja de cartón debajo de la cama. No miraba las fotos, las observaba detenidamente recordando cada detalle de aquellas fieras que le parecían inofensivas y hermosas. Observaba las rayas y los colores de los tigres, y particularmente la silueta de las cebras porque le recordaba la forma que su padre le daba a los caballos en sus dibujos gauchescos cuando dibujaba en la galería cubierta. Otras veces lo encontraba también en el suelo garabateando animales y personas, haciendo lo posible por copiar las formas de las cabezas, las extremidades, los ojos y la boca que para él eran lo más difícil de lograr.

—*En realidad eran unos verdaderos mamarrachos, pero podía pasar horas enteras intentando hacer un dibujo como los de su padre.*

Su madre lo dejaba en aquel quehacer tan provechoso para él hasta que su padre se levantaba para comer. El puchero de su mamá era una delicia. Aquella mezcolanza de papa, calabaza, huevo, choclo y caracú hervidos conformaba una sopa maravillosa y especialmente sabrosa. Los días de calor se sentaban a almorzar en la mesa del patio, una mesa de madera rústica que el papá de alguna manera había heredado de su padre. Su madre, que recién le había enseñado a usar los cubiertos, le cortaba la carne y le hacía el puré con la papa y la calabaza para que él solito pudiese comer con su pequeño tenedor. Sentarse a la mesa a almorzar con sus padres era siempre una experiencia placentera, llenaba la panza y coleccionaba las tapitas de gaseosa con los personajes de Titanes en el Ring. Después de comer, a él lo vencía rápidamente la modorra y se dormía en su cama, mientras que sus padres se quedaban levantados un rato más lavando los platos y conversando antes de acostarse a dormir la siesta en la cama de al lado.

En las tardes se despertaba de la misma manera que en las mañanas, escuchando los ruidos que hacían sus padres en la cocina cuando organizaban la mateada. Su madre cebaba de manera alternada los cimarrones para su padre, los dulces para ella y los mates de leche para él, que era el único modo de comenzar de manera nutritiva con la tradición del mate desde pequeño. Mientras escuchaban los tangos en la pequeña radio a pilas, los tres compartían ese momento en que el tiempo parecía no transcurrir, en donde incluso —en el silencio individual que de tanto en tanto se manifestaba— cada uno se entregaba a sus reflexiones, incluso el niño parecía extasiado escuchando la música y tomando su bebida. Todas las tardes sus padres escuchaban en silencio los tangos en aquella radio a pilas que ponían sobre la mesa donde mateaban. Él, desde niño, había aprendido a reconocer a Gardel, a El Polaco, a Edmundo Rivero, a Hugo del Carril y a Julio Sosa, que hacía poco más de una década que había fallecido. Este hecho cultural que había causado tanta conmoción en la sociedad argentina por sus circunstancias potenció aún más su popularidad. Si Julio Sosa ya había alcanzado la popularidad en gran parte de América Latina, con su temprana muerte, como la de El Zorzal, alcanzó definitivamente un lugar privilegiado en el panteón de los dioses del tango. En ese preciso instante, sus padres disfrutaban del recitado de La cumparcita, que el cantante uruguayo recitaba de manera magistral. Él no comprendía cuál era el significado de aquel recitado que paralizaba a sus padres y que de adulto le llegaba de la misma manera sin comprender por qué. A pesar del paso del tiempo y del olvido, a menudo tenía la implacable sensación de que había sido un niño plenamente feliz.

En un determinado momento, habiendo llegado hasta una conocida cadena de cines de Toronto, dio media vuelta y emprendió su regreso cuesta arriba por Yonge St. —*Más allá de aquellos recuerdos —y de unos pocos más que conozco en detalle, pero que para él son apenas impresiones confirmadas por imágenes esporádicas— no recuerdo nada más.* Así es como a menudo la gente pierde la memoria de algún período de su historia como si su pasado nunca hubiese ocurrido. En su caso, desde comienzos de mil novecientos setenta y siete, su memoria había entrado en una larga noche, una ocluida oscuridad que era como una amnesia colectiva, porque cuando él preguntaba qué había sucedido en aquella época, la gente normalmente no sabía qué responder. En ocasiones, el olvido es como un túnel extenso donde una vez que entramos no vemos la realidad que nos circunda, entonces el olvido es quizás una manera de no ver las atrocidades inadmisibles que nos ocurren. Él, que había leído bien a Le Bon, sabía que las masas a menudo se confunden cuando adquieren una percepción maravillosa colectiva que los lleva a creer en lo que la mayoría percibe. Por eso, tal imaginación sin el cotejo de la memoria genera una falsa realidad que hace estragos en el porvenir de las personas. Es la perpetuidad de la leyenda que oblitera la historia y se vuelve perdurable en la frágil memoria de la persona que cree por voluntad lo que quiere, legitimando su deseo con la fantasía de la mayoría en reemplazo o detrimento de la memoria perdida.

Él no podía recordar lo que había sucedido después de aquella noche, por eso decidió recurrir una vez más al menos a la memoria escrita. Llegó a St Claire Ave. y giró a la derecha para dirigirse a la Deer Park Library que abría puntualmente a las nueve de la mañana. Pasó por la puerta de la derecha y se dirigió directo hacia el fondo, donde estaba la sección para los clientes con *laptops*. Eligió el lugar frente a la ventana que daba a un laboratorio fotográfico y se sentó junto a una chica que, por lo que veía en su *laptop*, estaba muy interesada en temas de educación física y alimentación. Luego, él sacó de su mochila el mate, el termo y unas galletas de coco que había comprado para colacionar, y encendió su *laptop* con la decidida intención de leer primero las noticias de las cuales siempre estaba pendiente. En ese momento recordó lo que Jauretche opinaba acerca de los intereses mediáticos —y siempre lo hacía—, pero igualmente sentía la necesidad de conocer lo que sucedía en el mundo para saber *«en qué vereda pararse».* Saber perfilarse correctamente frente a los hechos de la realidad, para él constituía una estrategia de posición dominante para no quedar en desventaja frente a los acontecimientos y, sobre todo, ante la opinión de los demás. Siempre había intentado estar bien informado aunque nunca lo había conseguido del todo, pero no desistía de su tentativa ante esa aparente irresolución del problema. Aunque persistía la mediocridad de la cual la fantasía general se alimentaba, siempre estaban su sorprendente percepción intuitiva y sus deducciones mayormente certeras.

Lo primero que hizo fue visitar una subscripción de noticias donde comenzó a leer algunos artículos periodísticos como acostumbraba a hacer desde hacía ya algunos años. La imagen de un conocido terrateniente piquetero en la vista previa de un video le hizo recordar una resonada protesta que había acontecido a principio de dos mil ocho. El video en realidad era un fragmento de un noticiero rosarino donde una mesa de periodistas analizaba los hechos políticos del año que estaba por culminar, cuando una televidente envió un correo electrónico en el cual se quejaba porque todo el mundo opinaba bien de la escandalosa protesta y mal del gobierno. —*Luego pensó que estos enfrentamientos son una maldición de la cual no podemos liberarnos. «Desde nuestros comienzos como nación, estamos afectados a luchas y enfrentamientos permanentes que nos llevan inexorablemente a la desunión, a la desidia, al atraso y a la frustración», pensó—.*

Sin embargo, él sabía muy bien que aunque los hechos demostrasen una irresuelta desunión histórica, en las conciencias más silenciosas existía un deseo perpetuo, idénticamente irresuelto, de que las cosas fuesen de una vez por todas diferentes. Después de escuchar parte de todo aquello, el fastidio lo colmó como para poner en pausa el video que quedó a medio reproducir, para desplazar una vez más la pantalla hacia arriba. Revisando más abajo, en la misma página, se detuvo a leer un relato ficcional que encontró por casualidad cuyo argumento consistía en la narración póstuma de un niño que pereció como consecuencia de un bombardeo israelí en una escuela de Chati, escrito por algún periodista o escritor aficionado: *«Yo Ziyad era uno de los tantos jóvenes que residía en el campo de refugiados de Chati. Aquella noche no estaba en el interior de la escuela, estaba en las inmediaciones del edificio dentro del campo».* Cuando terminó de leer el relato quedó profundamente afectado, conmovido con una emoción que apenas podía disimular. Intentando comprender algo más continuó leyendo otros relatos pretéritos que estaban allí desde hacía tantos años, *«Desde hace tantos años»*, pensó, que se hacía imposible saber su procedencia. Relatos que al parecer nadie había cambiado y, por lo tanto, constituían la verdad indiscutible —*Si es que algo por el estilo existe*—, aunque sabía que, como se trataba de la potestad de aquel inconmensurable imperio, evidentemente no podía saberse todo y mucho menos con alguna precisión.

Luego se detuvo a leer una efeméride que lo cautivó de manera particular. La información en esa ocasión consistía en algunos hechos que habían acontecido en el Río de la Plata los cuales ya nadie recordaba. En la década del setenta, frente a ambas costas del Río de la Plata se habían encontrado decenas de cadáveres que fueron enterrados en los cementerios de Colonia y Rocha en Uruguay, y de Santa Teresita, Mar de Ajó y La Plata en Argentina. Los familiares afectados por aquel entonces ascendían a cientos de miles, pero el hallazgo de aquella treintena de cadáveres en las costas rioplatenses constituía la finita evidencia macabra de un mismísimo exterminio. A pesar de su conmoción, continuó leyendo atónito porque no podía creer que los seres humanos pudiesen tener tanta saña. Para comenzar, todos los casos de ensañamiento habían sido brutales *«sobre todo porque coartaban toda posibilidad de duelo»*, pensó. En la mayoría de los casos los perpetradores mantenían a los familiares en la incertidumbre de saber el destino de sus seres queridos ausentes. Para colmo los autores de semejante insanía parecían disfrutar o regodearse del dolor ajeno que causaban justificado solo por una diferencia de opinión. Es más, se jactaban de su perversidad como si ello les diese un estatus mayor entre los sádicos más notables de la historia. Los medios alegaban que se trataba de gente que formaba parte de algún contrabando humano o de una banda de delincuentes dedicados al contrabando de estupefacientes. La verdad no importaba en absoluto, solo interesaba la aplicación sistemática de ese *modus operandi* de reproducción macabra y perversión que se multiplicaba por todos los medios, todo el día, todos los días.

Entonces recordó un caso más actual, el de un artesano donde la saña había llegado hasta sus familiares más entrañables. — *Y a decir verdad en aquel momento pensé que se trataba de improvisados o de principiantes.* Lo mismo pasaba con el caso del artesano desaparecido forzosamente durante una protesta en el sur del país. El sadismo había sido exactamente el mismo, con la particularidad de que había sucedido en el marco de una aristocracia delictiva absolutamente impune. Gozaban de tal impunidad que mientras sus secuaces eran condenados por los mismos delitos en otros países, en el suyo, ellos gozaban de un prestigio realmente excepcional y podía vérselos en todos los medios. El pueblo enceguecido, practicando siempre el mismo odio hacia sí mismo, los elegían una y otra vez, porque al parecer resultaban la única manera de combatir la corrupción reinante desde hacía ya tantos años. No cabía duda de que eran los únicos capaces de dilucidar el entramado delictivo argentino con profundo conocimiento de causa e idoneidad. No interesaban las opiniones que se vertiesen por parte de sus detractores, estos siempre quedaban mal parados ante una maquinaria mediática prácticamente invencible. Entonces comprendió que leyese lo que leyese, y creyese lo que creyese, la historia y la realidad eran obliteradas, y ello lo dejaba también en una situación de incertidumbre la cual no había manera de corromper. *«La incertidumbre —pensó— es lo único incorruptible y es el artilugio principal de esta maquiavélica realidad que hace, al mismo tiempo, de la incertidumbre el castigo más sádico y cruel».*

Y en aquel instante se hartó de todo.

Siempre había querido tener una existencia normal pero parecía que el mundo, desde que lo conocía, se había empeñado en demostrarle que aquello era imposible. De inmediato pensó en su esposa que era la única persona que lo mantenía en sus cinco sentidos. Ella había quedado en llamarle apenas saliese a almorzar y para ello faltaban algo así como unos quince minutos todavía. En ese instante miró a su alrededor y notó con un pasmoso discernimiento que la biblioteca estaba casi llena. Todos estaban imbuidos por sus lecturas y cuando tomó conciencia de aquello, decididamente cerró su *laptop* y se levantó de un salto de la silla. Alguna gente a su alrededor percibió el malestar que él tenía, sin embargo nadie volteó a ver semejante escándalo cuando volteó su silla al suelo. Los usuarios de la biblioteca continuaban allí imbuyéndose en sus lecturas como si sus subsistencias dependieran definitivamente de ello, como si sus futuros y el de la humanidad dependieran del estudio o la lectura de la información que reinaba. La ciencia en general había descubierto prácticamente todo y, no obstante, el mundo se desintegraba ante la mirada incrédula de todos. Levantó la silla que había terminado de tirar y dejando sus objetos personales en su lugar se dirigió al baño que estaba a sus espaldas. Mientras caminaba por el lado lateral de las estanterías llenas de libros escuchó la conversación de dos mujeres rusas que buscaban algo en las estanterías que sin embargo no alcanzó a comprender. Entró al impecable baño y trabó la puerta que cerraba perfectamente para luego hacer sus necesidades. Luego se lavó las manos con un jabón líquido de un aroma exquisito, extrajo agua de la grifería automática y de la misma manera procedió a secarse las manos con una potente máquina que le escurrió el agua en cuestión de segundos.

Al salir del baño divisó de frente la biblioteca prácticamente entera, cuando observó que los empleados atendían a la gente todo el tiempo y de manera muy servicial. De inmediato vio cómo uno de los empleados, un hombre joven de camisa y pantalón formal, se levantaba de su puesto para ayudar a una señora que necesitaba asistencia en una de las impresoras. Él no comprendía bien lo que la mujer le comunicaba al joven, pero al parecer la señora tenía su tarjeta de la biblioteca descargada y no podía imprimir por falta de saldo. Entonces se quedó un momento observando con curiosidad aquella escena para ver qué ocurría, cuando vio que el empleado le cargó a la señora la tarjeta con el *postnet* y le ayudó a imprimir las fotocopias. Desinteresado ya de la escena continuó caminando hacia su lugar para guardar sus pertenencias, menos el mate que cargó en su mano para lavarlo en el lavatorio de la sala de lectura que daba a Alvin Ave. Caminó de frente entre las computadoras y las estanterías de libros que estaban a la derecha para adentrarse en la pequeña sala de lectura habitada por una mujer que no se sabía si era una empleada de la biblioteca o sencillamente una *homeless* que estaba allí sentada. Aquella mujer le llamó la atención de manera particular por su actitud serena, como si estuviera desconectada de la realidad que la circundaba. Persistía sentada en una silla relativamente baja, como si fuese una silla para niños frente a una mesa que guardaba la misma diminuta proporción. La mujer permanecía como ida, escuchando música con unos auriculares blancos en un celular negro que agarraba con ambas manos recogidas entre sus piernas. Lo que más le llamó la atención de aquella mujer fue que perpetuaba su mirada en la nada, no sabría decir si pasaba por algún tipo de perturbación, pero parecía más bien como si intentara traer algún recuerdo a su mente sin tiempo ni lugar en el presente. Mientras perduraba su mirada fija en un punto del cuarto, la mujer escuchaba su música sin demostrar placer o disfrute en ningún momento por lo que estaba haciendo.

En un instante a él le sucedió que, mientras lavaba el mate en el lavatorio de la sala, se le cayó la calabaza de las manos y produjo un estruendoso ruido al pegar contra el borde de la mesada. La mujer, que no tenía la música muy alta y seguramente escuchó el alboroto como todos los que estaban afuera de la sala, ni siquiera se inmutó. Cuando terminó de lavar el mate decidió quedarse por un momento en una de las mesitas que estaba cerca del lavatorio que terminaba de usar. Se sentó en la silla pequeña que correspondía a esa mesita y comenzó a ordenar las cosas en su mochila con una impaciencia que nunca había tenido hasta ese momento. Acomodaba y reacomodaba el envase donde llevaba la yerba, el termo —que parecía nunca encajar en el interior de la mochila— y su mate mojado que finalmente decidió llevar en el bolsillo externo para que no mojase las cosas que tenía en el interior. Su concentración en lo que había estado haciendo fue tal que perdió toda noción del entorno y del tiempo. En un instante volvió a mirar a la mujer que ahora, además de estar escuchando música —que fue como la vio la última vez que le prestó atención—, estaba comiendo mecánicamente una pizza de pepperoni que él no sabía de dónde la había sacado. Cuando la observó bien imaginó que estaría comiendo la tercera o cuarta porción, porque faltaba más o menos media pizza por lo que podía ver desde donde estaba. En ese entonces pensó que alguien se acercaría a llamarle la atención por estar comiendo de esa manera en el interior de la sala de lectura. Él se quedó observándola atónito mientras comía cada bocado con la misma mirada perpetuada en la nada, como aquel niño que iba con su madre en el subte. Llevaba una porción a su boca y la comía con una naturalidad mecánica; no disfrutándola, sino más bien como saciando en alguna medida una necesidad que no era precisamente el hambre. El hombre permaneció sentado allí mirándola mientras duró la comilona, que es algo que los torontianos nunca harían para no importunar a los demás. En ese momento pensó que la mujer estaba loca y dejó de sentir compasión por ella, entonces se le ocurrió que la locura es lo que en verdad nos humaniza, no *errar* como dice el conocido dicho, sino estar completamente desquiciados.

Salía de la biblioteca por la puerta derecha cuando se encontró de frente con un señor que entraba. Cuando el hombre mayor se percató de que estaba entrando por la puerta equivocada, se disculpó sin mirarlo a los ojos y corrigió su rumbo hacia la otra puerta que estaba cerrada pero que se abrió de manera automática al pasar frente al sensor. Entonces llegó a la acera, miró hacia la vereda de enfrente y vio una carpa de protesta pero no alcanzó a ver bien de qué se trataba —*Lo más probable es que tampoco haya querido poner empeño por comprender*—, quizás porque las frases de las pancartas en un inglés agramatical le resultaban indescifrables para su miopía y su escasa comprensión del idioma. Por lo que le pareció se trataba de una protesta por la situación en la que se encontraban las comunidades indígenas en Canadá, protesta que le recordó algo que también había leído hacía un rato antes sobre su propio país. Caminó recto por St. Clair hasta la siguiente cuadra donde estaba la estación de subte. Uno de los *homeless* lo miró como reclamándole algo casi incomprensible que él sí alcanzó a interpretar, sin embargo continuó su camino para doblar por Yonge St. hacia el Norte. Si bien había salido con rumbo incierto, tomó nuevamente por la misma acera que lo llevaba hacia la mujer que estaba recostada frente de la cafetería. Esta vez la señora lo miró con extrañeza, como comprendiendo lo que a él le sucedía. —*En aquellos días, él había estado pensando en acercarse a alguno de los tantos* homeless *que habitaban en la ciudad y nunca lo había concretado porque sabía que aún no dominaba bien el idioma.* Dio unos últimos dos pasos y giró a la izquierda para quedar frente a ella saludándola como si la conociese desde siempre.

—Hi ¿How are you? —preguntó con una pronunciación latina que se notaba a leguas.

—¡Fine, thanks! ¿What about you? —respondió ella con una entonación impecable, mientras se acomodaba lateralmente en el suelo hacia el otro costado.

Preocupado, él se refirió a su estado en un *Spanglish* que a ella le causó una disimulada sonrisa.

—Me encuentro bien, gracias —respondió la señora en un español con un leve acento apenas agringado.

El hombre la miró medio desconcertado y, al mismo tiempo, alegrado por encontrar una interlocutora de la calle con quien pudiese hablar en su propia lengua.

—¿Cómo es que habla español? Pensé que usted era de aquí.

—Soy nacida y criada aquí, pero mis padres son latinoamericanos.

—Ah, ¿sí? ¿De qué parte? —preguntó él con una curiosa alegría.

—Ellos son de Cañar, del sur de Ecuador. Mi padre me vino trayendo escapando de la crisis, buscando un futuro mejor para nosotros. Por eso es por lo que hablo español, porque además es la lengua que se hablaba en mi casa. ¿Y usted cómo está? Lo noto algo —dijo la mujer como escrutando su cara esperando una respuesta.

—Estoy bien, gracias. Sí, algo consternado por la muerte de una tía —respondió de manera sincera permaneciendo estático y de pie frente a ella.

—Claro, obviamente —respondió la mujer con una mirada comprensiva—. ¿Y qué edad tenía?

—Setenta y seis años.

—¡Ah, era grande su tía! —resonó como si no valiese la pena la obviedad de preguntar de qué murió.

—Sí... era —asintió con una profunda nostalgia.

—Y la quería mucho seguramente.

—Sí, la quería mucho, muchísimo, porque ella fue quien me crió.

Mientras estuve residiendo en el extranjero, yo estaba tranquilo porque sabía que ella estaba bien. Si bien estaba en una situación un poco precaria por su jubilación, como están casi todos los jubilados allá, ella era muy independiente y se las arreglaba bien solita. ¿Y qué hay de usted? —preguntó interesado.

La mujer sonrió con cierta melancolía o tristeza en la mirada.

—La mía es una larga historia. Pero aquí estoy, sin hogar ni familia.

—Comprendo. ¿Y tiene amigos al menos?

—Tenía, pero ya no los veo. Se me hace difícil trasladarme donde se alojan mis amigos, si es que todavía están en este mundo. Hace mucho que no sé de ellos. En realidad quienes me ayudan de vez en cuando son algunas personas conocidas. Los clientes de esta cafetería me regalan café y algunas *donuts* por la mañana. En el mercado que está más allá me dan carne cocida y frutas que almuerzo sentada en la plaza de la Iglesia que está acá cerca. Por las noches duermo en un refugio cercano, pero me voy siempre temprano. No me gusta quedarme allí.

Haciendo un corto silencio, él continuó sin desviarse del tema.

—Si quiere algún día puedo ayudarla a trasladarse para visitar a sus amigos —dijo él de manera decidida.

—Muchas gracias, es que no sé si ellos no estarán resentidos. Hace muchos años que me desentendí de ellos. ¿Sabe qué?, uno de ellos es un hombre muy sabio que siempre me daba muy buenos consejos. Usted me recuerda mucho a él. A él sí quisiera visitarlo y no es complicado llegar al barrio donde reside. El problema es que siempre ha estado mudándose de un lugar a otro y no estoy segura de si está todavía en el mismo lugar.

—¡Qué bueno! Nos vendría muy bien vernos con alguien así —aseguró el hombre como alentándola.

—Mire, hasta donde yo sé estaba en Kensington Market, en un cuarto que una amiga suya le cede detrás de su tienda. Hace unos años atrás, un amigo en común me dijo que todavía estaba allí. Es un hombre extraordinario, si usted quiere podemos visitarlo un día de estos. Hablar con él siempre fue de gran ayuda para mí. Si no hubiera sido por él, me hubiera vuelto loca.

Aquel día pasado el mediodía regresó al departamento de Davisville. En su memoria recurrían una y otra vez los recuerdos de su tía y en especial lo poco que recordaba de su niñez. Recordó que durante el primer mes en aquella casa donde su padre lo había dejado dormía con dos niños un poco más grandes que él. No recordaba sus nombres, recordaba más o menos sus rostros y sus fachas. Tenía patente en su memoria el cuarto donde dormía y cómo era la casa por dentro. Era una casa sencilla y bien ordenada, aunque realmente oscura y poco ventilada. Por dentro, la casa tenía un aspecto lúgubre, especialmente las dos habitaciones que daban, en la parte trasera, a un baldío como en su casa anterior. Lo recordaba de manera particular, porque el último cuarto de la casa de sus padres era igualmente sombrío. Tenía además una extraña ventana completamente de madera que nunca se abría porque daba a un terreno donde la gente tiraba basura. Con esta imagen asoció haber visto a su padre ocultar algunos objetos en su casa que luego ocultó mejor en el baldío. Entre ellos había unos cuadros con fotos que no recordaba haberlos visto colgados nunca, además de libros, revistas y pertenencias de toda clase. Aquel día envolvió las pertenencias en una gran bolsa plástica la cual puso en una caja de cartón vieja que se mimetizaba perfectamente con la basura del baldío. Luego las echó al terreno lindero por la ventana del cuarto que después clausuró con tablas y clavos. Dejaba aquellas pertenencias allí del otro lado como si fuese basura, pero al parecer se trataba de lo más preciado después de su familia.

En la casa de Victorio también había objetos ocultos. En una ocasión, a través de la ventana de aquel lúgubre cuarto donde dormía, alcanzó a ver que los dueños de casa salieron al terreno lindero para hacer un pozo que les llevó bastante tiempo donde enterraron, en un par de cajas envueltas en plástico, algunas pertenencias que no podía determinar en qué consistían. En ningún momento pudo ver de qué se trataba el contenido de aquellas cajas pero seguramente era algo demasiado valioso para ellos puesto que lo habían enterrado con un visible apego. La casa de Victorio tenía un terreno grande donde habitaban las gallinas que a él tanto le llamaban la atención. En alguna ocasión se había divertido con ellas persiguiéndolas por el terreno justo en el momento en que Zulema colgaba la ropa, una de las pocas veces que salió a jugar solo sin sus dos compañeros de cuarto.

Mientras se sentaba en el sillón de la sala recordaba —*Y le hemos dado este don a la gente para que lo use a total discreción*—, que, eso sí, cuando era más pequeño, las salidas a la calle habían sido todavía frecuentes. A veces acompañaba a su papá al lugar donde trabajaba donde eran recibidos con gran algarabía por los compañeros de su padre. «*¿Qué hacés negro, trajiste guardaespaldas?*», se dirigían al hombre cuando lo veían llegar con su hijo. «*¡Hola pibe! ¿Cómo andás?*», saludaban inmediatamente al niño que se mantenía en silencio sin saber qué decir.

—*Saludá a Jorge* —*le decía cariñosamente su padre mientras lo miraba desde arriba al tiempo que le movía casi imperceptiblemente de la mano esperando la respuesta de su hijo.*

—*Hola* —*decía casi imperceptiblemente el niño.*

En el momento en que los demás se quedaban viéndolo, opinando quién sabe qué cosas; él permanecía en silencio, viendo sus expresiones, que eran como las de las mozas del hotel de La Falda con la diferencia que ellos le revolvían rudamente el cabello como demostración de cariño. Cuando los grandes conversaban, el niño permanecía en silencio observando el recinto, reconociendo los elementos que a él le gustaba explorar. En la oficina, mientras los mayores conversaban de asuntos de trabajo y tomaban mate, él se entretenía dibujando con lápices de colores en unas hojas que su padre le alcanzaba para que garabatee. Él dibujaba porque era lo que su padre le proponía para que se entretuviese, pero a él siempre le había parecido sorprendente la almohadilla con tinta y los sellos. Apenas podía se las arreglaba para hacerse del soporte con los sellos y la almohadilla para tener un par de sellos que autentiquen aquellos bocetos precarios.

Cuando se aburría de estar quieto aprovechaba que su padre se relajaba conversando con sus amigos para salir furtivamente de la oficina e irse a jugar solo en el patio central del edificio que era además un lugar donde su padre podía verlo. Aquel patio central le resultaba atractivo en particular quizás porque estaba cubierto por una cúpula de vidrios reforzados que le daba al ambiente una tonalidad luminosa siempre pareja. El patio estaba rodeado de macetones con plantas y puertas que daban al interior de distintos consultorios u oficinas que se usaban esporádicamente dependiendo de qué profesional viniese ese día. Pero lo que más le interesaba del patio central no eran los consultorios, sino jugar con las baldosas de aquel suelo particularmente parejo. Las baldosas del patio formaban un gran tablero de ajedrez donde se divertía saltando las líneas o seleccionando las baldosas que pisaba. A veces debía cruzar el patio pisando las negras, otras veces las blancas y en ocasiones solo caminaba siguiendo el contorno negro que enmarcaba el patio: una, dos, tres veces. Cuando se daba cuenta de que no había más combinaciones posibles podía optar por ir al salón principal de la entrada del edificio donde estaban las gigantescas fotografías de tres hoteles que él reconocía colgadas en la pared. Le gustaba treparse en las bancas de cuerina de color *bordeau* y, con los pies colgando, se quedaba observando aquellas fotografías por largo rato quizás con el recuerdo de cuando él caminaba junto a sus padres por esos hermosos lugares serranos. A los compañeros de su padre también se los había encontrado allí, además de encontrarlos en las fiestas y en los asados. Por eso había aprendido a reconocerlos a todos: a ellos, a sus esposas y a sus hijos de quienes se había hecho amigo y con quienes jugaba en donde se encontrasen. Ellos eran como una gran familia extendida para él y, sus encuentros inesperados o planeados, derivaban siempre en sanas reuniones para pasarla bien entre gente buena y confiable.

Ahora recordaba que en los últimos tiempos las salidas se habían reducido de manera considerable hasta conformar casi exclusivamente una rutina, las visitas a la casa de la abuela y de unos tíos que residían en el barrio. La última vez que él y su madre habían tomado un ómnibus para ir a un consultorio médico pararon el colectivo en la parada de siempre, subieron, viajaron unas cuadras y todos debieron bajarse. Él lo recordaba muy bien. Los militares pararon el ómnibus y, a punta de ametralladoras, los hicieron bajar a todos, separaron por un lado a los hombres y, por el otro, a las mujeres y a los niños. A todos les pedían sus identificaciones y los escrutaban como si todos fuesen sospechosos de algo. A todos les revisaban sus pertenencias y les hacían preguntas que debían responder al instante. Tanto arriba del ómnibus como abajo en la vereda estos hombres se manejaban con total impunidad. Daban órdenes precisas de todo lo que la gente debía hacer y ordenaban todo lo que consideraban necesario para tal caso. Aquella vez —recordaba— no comprendía por qué, pero estaba muerto del susto. En cierto momento separaron a dos hombres que al parecer no eran confiables y quedaron abajo cuando todos abordaron nuevamente el ómnibus para seguir el viaje. Él recordaba muy bien el apretón de mano de su madre que para él era la única sensación de protección que tenía en aquel momento de pánico. Nunca más sintió aquella sensación de seguridad, ni siquiera en la lúgubre casa de Victorio de la cual casi nunca salía.

La casa de Victorio estaba construida bien de costado sobre el terreno, por lo que el frente daba al pasillo lateral que servía de garaje para el auto que tenía la familia. En su interior, la cocina-comedor estaba a la derecha, y a la izquierda había una especie de sala donde estaban los sillones y el televisor donde veían las series de aquella época que los entretenía a él y a los hijos de Victorio todas las tardes. Una de las series que no se perdían nunca era sobre un pelotón de soldados norteamericanos que durante la Segunda Guerra Mundial se dedicaban a realizar misiones en los territorios ocupados por los alemanes. Alguna vez, luego de la serie, los niños salieron a jugar al terreno de la casa que estaba bien cercado por unos libustros altos como la pared de una medianera donde ni siquiera los vecinos podían verlos. Uno era el sargento Saunders, otro el teniente Hanley y el otro el Doc, personajes que se alternaban cada tanto para quedar todos conformes con sus roles en la contienda. Entonces el patio de la casa era territorio francés, y las fosas de los cimientos para la construcción de la ampliación de la casa eran las trincheras desde donde combatían contra el enemigo. Para él y para los otros dos niños que eran más grandes que él, los terrones de tierra eran las granadas perfectas porque eran del tamaño de la mano, solo había que quitarles el seguro imaginario con la boca como hacían los soldados en la serie y debían lanzarlos bien lejos con el brazo extendido para que el explosivo no les detonara en la mano. Cuando los terrones de tierra golpeaban contra el suelo del enemigo, la tierra salpicaba para los cuatro costados tal como sucedía en la serie de televisión, solamente había que hacer el sonido de la explosión con la boca y los subversivos quedaban exterminados.

La primera época que transcurrió en aquella casa había sido extraña. Ya no había vuelto a ver a sus padres y no sabía cuándo iba a volver a verlos. Cuando les preguntaba a sus tutores por ellos, claramente no sabían qué responder. La única respuesta era: *«que se habían ido de viaje, y que por un tiempo no iban a volver»*. La señora de la casa no sabía disimular la profunda pena que aquel niño le provocaba y lo sobreprotegía todo lo que podía, a tal punto que había llegado a ponerle más atención que a sus propios hijos. Se le notaba la exageración en sus modos cuando le servía el desayuno o la comida, o cuando el niño manifestaba cualquier otra necesidad. — *Ya adulto le parecía tener el impreciso recuerdo de que en ocasiones lo visitaba su tía Isabel, pero esa era solo una sensación que no podía confirmar.*

—*Recuerdo que a las pocas semanas nomás de estar en la casa de Victorio, el niño comenzó a manifestar síntomas de una nueva enfermedad.* A menudo por las noches le faltaba el aire. Cuando lo escuchaban ronronear como a un gato, sus compañeros de habitación se alarmaban y avisaban a sus padres que lo ayudaban de inmediato. El matrimonio se levantaba para asistirlo como les había enseñado el médico que lo atendió unos días antes cuando Victorio lo llevó con el auto. Mientras el hombre preparaba la nebulización, la mujer levantaba al niño en sus brazos y lo mecía junto a su cuerpo en posición vertical con la cabeza hacia sus espaldas para que pudiese respirar. Al cabo de unos minutos en aquella posición, el niño manifestaba una leve mejoría que se volvía un confortable sosiego después de la medicación. Al final, la única incomodidad que sentía era una mezcla de fatiga, un sueño persistente y un calor húmedo todavía soportable en aquel cuarto oscuro y poco ventilado.

De aquellos días recordaba haber salido una sola vez a la calle, ante la primera crisis, cuando Victorio lo llevó de urgencia a un médico amigo quien le diagnosticó el asma y le recomendó el tratamiento para que no saliese de la casa. Aquel día salieron de madrugada y volvieron cerca del mediodía cuando el chico ya estaba recuperado. Por suerte nadie logró verlos salir, en parte por la lluvia torrencial de aquella mañana y porque Victorio lo recostó envuelto en una frazada en el asiento delantero del auto como si fuese un cachorro al que llevaba al veterinario. A la vuelta tampoco nadie los vio entrar a la casa. Usando el mismo procedimiento, Victorio estacionó el auto directamente en el patio, al lado de la puerta de entrada del domicilio, lo cual le quedó cómodo para bajar al niño en medio de la lluvia. Al día siguiente, el hombre volvió de su trabajo un poco más tarde que de costumbre trayendo el nebulizador y todo el equipamiento para hacerle las nebulizaciones. Cuando el niño vio aquellos elementos no le causó ninguna impresión, sino más bien una curiosidad que nunca manifestó de manera evidente. Creyendo que él no iba a querer nebulizarse, la mujer de Victorio le dijo que la máscara era como las máscaras antigás que veía en la serie sobre la Segunda Guerra Mundial. Entonces a él le pareció que el conjunto que formaban el nebulizador verde militar, la manguera de goma ámbar que conectaba el nebulizador con la bombilla y la máscara parecían más un instrumental de guerra que un equipamiento para mitigar las crisis asmáticas. Los únicos elementos que lo hacían caer en la realidad eran la jeringa y la aguja con lo cual medían los dos mililitros de suero fisiológico para las cinco gotas del broncodilatador que le prescribió el médico.

—*La segunda vez que salió a la calle ya no lo recordaba. Dicen que fue a los dos meses —o a lo sumo a los tres— cuando aquella familia se lo dio a su tío para que se lo llevase a otro barrio, porque aquella presencia en la casa era demasiado comprometedora.*

«Que te sea leve»

La partida (Las malas)

En el living de una casa abandonada casi sin muebles los objetos se pierden como en un inconmensurable páramo con algunos grandes pedruscos cada tanto, alumbrados solo por una vela, las sombras se proyectan en la pared del fondo, tras una mesa y dos sillas con un cenicero lleno de puchos apagados y un vaso de whisky medio vacío. La Mendiga sombría en escena, con una baraja de cartas española en una mano, arrima con la otra unos porotos que están en una bolsita. Levanta la cabeza y dice:

LA MENDIGA: —*(Impaciente)* ¡Dale mujer! ¡No me hagas esperar! ¿Siempre lo mismo con vos? *(Entra La Buena, mujer de avanzada edad pero muy juvenil)* ¡Dale! No me hagas esperar que hoy estoy con ganas de ganarte.

LA BUENA: —*(Mientras viene caminando hacia la mesa con un plato con un sándwich de pollo en una mano y una cerveza negra en la otra)* ¡Ya voy! Me pegó el hambre. *(Riéndose de su compañera)* ¡Vos y tus relatos!

LA MENDIGA: —*(Con una sonrisa crispada. Barajando las cartas)* ¿Me vas a decir que mis relatos te dan hambre?

LA BUENA: —*(Mirándola alegremente a los ojos)* Un poquito. Para qué te lo voy a negar. *(Se acomoda lentamente en el espaldar de su silla)*

LA MENDIGA: —*(Con un tono más crispado todavía)* ¡Mejor que los tuyos han de ser! Mis historias al menos no son sentimentales y mucho menos patéticas.

LA BUENA: —*(Alegre)* ¿Y a qué vamos a jugar?

LA MENDIGA: —*(Desafiante)* Te juego a lo que quieras, pero hay un juego que a mí me gusta mucho. Es un juego de compadritos y criollos. Todo el mundo lo sabe jugar.

LA BUENA: —*(Con determinación)* Bueno, juguemos entonces. Pero me gustaría que anotes con papel y lapicera.

LA MENDIGA: —*(Medio encolerizada)* ¡Qué desconfiada por Dios!

LA BUENA: —*(Serena)* ¿Yo desconfiada o vos tramposa?

LA MENDIGA: —*(Disimulada)* Bueno. Anotemos con papel y lapicera. Como quieras. ¿Querés anotar vos?

LA BUENA: —*(Acercándose el papel y la lapicera con la derecha para anotar)* ¿Vemos quién da? ¿Jugamos con jardinera?

LA MENDIGA: —Como vos quieras.

LA BUENA: —Dale. Me gusta la jardinera. Hay que ponerle un poco de onda a la existencia.

LA MENDIGA: —Como quieras. Siempre te dejo changüí para que después no chilles. *(Poniendo el naipe en la mesa)* La carta más alta reparte.

LA BUENA: —*(Cortando el mazo y mostrando su carta)* Diez.

LA MENDIGA: —*(Haciendo su corte)* Siete. Repartís vos. *(Recoge el mazo y se lo pasa a su compañera a la vez que pregunta)* ¿Y por qué jugamos? Apostemos algo interesante.

LA BUENA: —*(Mezcla los naipes)* La verdad es que a mí no me gusta apostar.

LA MENDIGA: —Dale. Con lo rica que sos, ¿y no querés apostar?

LA BUENA: —*(Pone los naipes en la mesa)* No es por lo material. ¡Cortá! *(La Mendiga corta)* Pero siempre que jugamos hay mucho en juego. Vos no te conformás con nada al final.

LA MENDIGA: —Bueno, dale. Juguemos como siempre entonces.

LA BUENA: —*(Dando de arriba)* Una...dos...

LA MENDIGA: —*(Encolerizada le devuelve los naipes)* ¡De

abajo querida! ¿O me vas a adivinar el futuro? Y el mazo..., ¿no va del otro lado?

LA BUENA: —*(Mientras da los naipes nuevamente desde abajo)* Disculpame. Me equivoqué. A veces me pasa. *(Irónica)* ¡Qué raro que reclames algo de derecha! Pensé que te gustaban las cosas turbias o que te costaba reconocer la derecha de la izquierda.

LA MENDIGA: —*(Mira los naipes que tiene y mira a su compañera sin levantar la cabeza)* Yo soy como soy, si a eso se le puede llamar transparente. Además no me acostumbro al mazo del otro lado. No se juega así.

LA BUENA: —*(Mira sus cartas y sonríe relajada)* ¡Dale, jugá! No debería desagradarte. Te he visto manejarte muy bien con el mazo tanto a la izquierda como a la derecha.

LA MENDIGA: —*(Juega un siete falso)* Voy callada. No entiendo qué me querés decir.

LA BUENA: —*(Sonriente)* Siempre lo mismo. ¡Envido! Te haces la tonta. Que sos ambidiestra quiero decir.

LA MENDIGA: —*No quiero.* Al contrario. *(Levemente irónica)* Te voy a contar algo muy personal. Padezco el síndrome de Gerstmann.

LA BUENA: —*(Juega un cinco de oro)* ¿Y eso qué es?

LA MENDIGA: ¡*Truco!* Es un trastorno. ¿Alguna vez me viste escribiendo, haciendo cuentas o diciendo derecha o izquierda?

LA BUENA: —No te hagas la pilla que te conozco. Seguramente no tenés nada.

LA MENDIGA: —*¡Dale, vení!* Divertite un poco.

LA BUENA: —*(Decidida)* ¡Quiero!

LA MENDIGA: —*(Juega un cuatro de oro)* ¿Me estás tratando de mentirosa?

LA BUENA: —*(Juega un caballo y un dos)* No, mentirosa no. Creo que nunca tenés nada.

LA MENDIGA: —¿Hipocondríaca?

LA BUENA: —Creo que no tenés nada, ni siquiera tu propia

existencia.

LA MENDIGA: —*(Juega la hembra)* No exageres. Lo que sucede es que soy muy buena ocultando.

LA BUENA: —*(Anota el puntaje)* Ya lo creo.

LA MENDIGA: —Mucha gente tiene este problema, como nuestro personaje que sufre del Síndrome de Garbín que consiste en sentir placer, más que placer, un éxtasis incontrolable al tirar las cosas a la basura.

LA BUENA: —¡No digas disparates!

LA MENDIGA: —Bueno, no me creas. Pero volviendo a lo mío, he visto a mucha gente comportarse como perros que se corren la cola. Dan vueltas obsesivamente buscando un lado y el otro sin saber dónde están parados. *(Agarra los naipes, comienza a mezclar y mira sus tantos)* Parece que vengo con suerte hoy.

LA BUENA: —*(Corta la mano)* Siempre tuviste mucha suerte. En realidad no entiendo cómo una existencia como vos puede de alguna manera permanecer.

LA MENDIGA: —*(Da los naipes)* Claro que existo, por eso puedo ganarte, puedo ocultarte, puedo opacarte. Soy absolutamente necesaria.

LA BUENA: —*(Mira sus naipes)* ...Pero no podés matarme... Y decime... (*Despuntando el juego entre sus dedos)*, ¿cómo hacés para manejarte con ese síndrome tan raro si no podés distinguir la derecha de la izquierda?

LA MENDIGA: —La verdad es que a mí todo me da lo mismo. Los dos lados me sirven, si no fíjate los resultados.

LA BUENA: —Cierto, y no creo que los demás sepan de tu inconveniente.

LA MENDIGA: —No te olvides que mi mejor arma es el silencio. Sé muy bien cómo ocultar mi propio juego.

LA BUENA: —¡*Envido!* ...Pero conmigo no te funciona.

LA MENDIGA: —¡*Quiero!* Ah, ¿cuántas veces te he ganado?

LA BUENA: —*Veintisiete.* En realidad nunca me ganas. Te dejo ganar que es distinto.

LA MENDIGA: —*Son buenos.*

LA BUENA: —*(Tira un As de oro)* En realidad juego... «*como el gato maula con el mísero ratón*».

LA MENDIGA: —*¡Truco!* ¿Siempre sos tan modesta y exultante?

LA BUENA: —*¡Quiero! (Sonriente)* La mayoría de las veces.

LA MENDIGA: —*(Juega el tres de espada y el cinco de copas) Mato y voy.*

LA BUENA: —*(Juega el seis de oro y un rey) Mis veintisiete.*

LA MENDIGA: —*(Juega un tres de oro) ¡Te maté! ¿Ves que puedo?*

LA BUENA: —La muerte no existe querida. «*Ni siquiera la Muerte tiene su propia muerte*», dijo alguien por ahí. Es más, está más muerta que nunca. *(Anota el puntaje).*

«Que te sea leve»

Después de poner las empanadas en el horno contemplaba, por el gigantesco ventanal, el manto despejado del anochecer donde se recortaban los edificios que adquirían un tinte fantasmagórico cuando contrastaban sobre el lago Ontario y el cielo de la ciudad. En una media hora, su esposa llegaría del trabajo y él le tendría preparada la comida como era de costumbre cuando tenía franco y podía dedicarse de lleno a la cocina. Aquella tarde había decidido hacer las empanadas, así que temprano retiró los discos de masa del congelador y la carne picada de la heladera junto con los demás ingredientes para preparar el relleno. Mientras cortaba las cebollas bien delgadas como a él le gustaba según su preparación, recordaba que cuando tenía once años su tía le había enseñado cómo cortarlas.

—¿Me enseñás cómo se hacen las empanadas?

—Claro, hijo. ¿Tenés las manos limpias?

—Sí mamá. Ya me las lavé.

—Bueno, vení. Mirá, primero cortá cebollas bien finitas como hago yo acá, ¿ves? Después las ponés en la olla caliente con aceite y un poco de sal, las tapás y las cocinas a fuego lento hasta que estén tiernas. Vos andá cortando el morrón mientras yo termino de picar las cebollas.

Y ese fue el primer pequeño diálogo que recordaba con Isabel. En ese entonces recordaba que cuando su tía hacía las empanadas, de aquel relleno de carne picada, cebollas, morrón y otros ingredientes como el comino y el pimentón dulce, emanaba un aroma que inundaba la casa. Ahora aquella misma esencia deliciosa del relleno llenaba por completo el inmenso departamento y estimulaba aún más su memoria. Recordaba que cuando Isabel terminaba de armar las empanadas, las colocaba en una fuente de horno, las horneaba y luego las ponía en una fuente enlozada roja de fondo blanco, que además era la preferida de su tía para cuando las comían. Un año después de aquel breve diálogo, un sábado al mediodía, almorzaron las empanadas que él mismo había preparado. Aquella mañana que él recordaba de manera particular habían hecho parte de la limpieza de la casa juntos y luego, mientras él preparaba las empanadas, su tía terminaba con la limpieza. Cuando él tuvo lista la comida se sentaron a almorzar en el comedor mientras miraban en el televisor blanco y negro *Los orilleros*, una película con Rodolfo Bebán que tanto a él como a su tía les había parecido extraordinaria. Luego cuando su tía Isabel se disponía a lavar los platos, él la saludó para acostarse a dormir la siesta que duró unas dos horas hasta que su tío Rogelio volvió del trabajo y comenzó a hacerse cargo del oficio del asado que comerían en unas pocas horas. Fue entonces que su tío fue al almacén de don Camilo que quedaba por la misma vereda unos metros más allá de la casa, de donde volvió trayendo un par de salamines, un trozo de queso, una bolsa de pan y un *vermouth* para la picada. Para cuando él llegó, Isabel y su sobrino habían comenzado a tomar mates en la cocina y, justo cuando Rogelio acomodaba las cosas en la heladera, abarajaba uno que otro amargo que su sobrino le cebaba. Solo cuando estuvo completamente seguro de que tenía todo lo que necesitaba para la noche, se sentó a descansar y a matear con ellos en el comedor hasta bien entrada la tarde. También recordaba que aquella noche, él e Isabel habían estado mirando su programa de tangos favorito que hacía poco había recuperado su antiguo nombre y que continuaba vigente a pesar de las décadas y de los gobiernos. Aquella noche, el conductor presentaba al homenajeado, Osvaldo Pugliese, quien durante su presentación mencionaba sin reserva su proscripción durante el peronismo y la Revolución Libertadora. Escucharon el programa completo casi sin intromisiones, solo los interrumpió

Jorge cuando llegó y entró al comedor para saludar a Isabel y al chico antes de instalarse a conversar con Rogelio en el patio. Un rato después, hacia el final del programa, llegó Rodolfo que, luego de saludar, se quedó de pie junto a los anfitriones escuchando *Pasional* interpretada por Jorge Falcón que en ese instante comenzaba a cantar.

Como se hace con el asado bien hecho, Rogelio ya había comenzado a prepararlo dos horas y media antes del horario acordado con sus viejos compañeros de la fábrica, la mayoría, delegados gremiales que habían ido haciendo amistad con él porque les resultaba un hombre recto, de principios y de coraje. Le cantaba las cuarentas a cualquiera, compañero de trabajo, encargado o incluso al mismo jefe, si es que lo ameritaba. El sindicato siempre lo había querido para delegado gremial, pero él nunca lo aceptaba por más que se lo propusieran. Él decía que la gente era buena, pero tonta e ingrata; y que él no iba a sacar la cara por ellos mientras hiciesen las estupideces que algunos hacían. Si bien no era delegado, la gente del sindicato y sus compañeros lo respetaban porque siempre tenía una estimación inteligente acerca de los problemas que se presentaban tanto en la fábrica como en el país. Cuando su sobrino salió al patio en compañía de Rodolfo, Rogelio decidió que era el momento de comenzar con el asado propiamente dicho. Llamó a su sobrino cariñosamente y, nombrándolo su *«ayudante»*, lo puso a trabajar para enseñarle aquella tradición culinaria tan particular. *«A su edad mis padres ya me habían enseñado a hacer el asado»*, les decía a sus amigos a la vez que lo mandaba a hacer el fuego y a limpiar la parrilla. El joven hizo el montículo con papel, leña y carbón, encendió el fuego y puso a calentar la parrilla directamente sobre las brasas para que se ablande la grasa que tenía pegada del asado anterior. Entonces su tío lo supervisaba desde la mesa que estaba a unos metros de donde él estaba, mientras le indicaba que luego limpie la parrilla con el papel de diario que estaba en la parte de abajo del parrillero. Luego de esparcir la brasa necesaria para comenzar con el asado, el joven puso la parrilla horizontal y, con un papel periódico, limpió los fierros candentes con la grasa derretida en tanto que su tío salaba los cortes de carne en la misma fuente donde habían comido las empanadas del mediodía. La asistencia de su tío era esporádica pero permanente ya que Rogelio consideraba que el joven debía aprender a reconocer la cantidad de brasa necesaria para arrancar con el asado; cómo apostar la carne según la cantidad de calor en la parrilla y de acuerdo con el tipo de corte; cuándo poner las achuras; cómo reponer la brasa cuando se apagaba con el desgrase mismo de la cocción; y cosas por el estilo. Cada tanto su sobrino se llegaba a la mesa para servirse de la picada, tomaba una rodaja de pan, le colocaba una rodaja de salame y un trozo de queso encima, y se lo mandaba a la boca para volver a la parrilla y no perder de vista el asado. Los adultos comían de la misma manera con la diferencia que, mientras el chico tomaba gaseosa, ellos disfrutaban de un *vermouth* bien preparado. Aquella picada que prologaba un asado delicioso y una charla amena transcurría bajo una noche de cielo límpido, debajo del emparrado del patio viejo que al joven le recordaba algo que apenas podía determinar.

Por aquella época, la conversación ya no era exclusiva de los mayores, donde los menores eran simples testigos u oyentes. Desde pequeño, su sobrino asistía a las conversaciones de los mayores y, de manera esporádica, intervenía en ellas dependiendo de la ocasión y del tema. Todo o casi todo podía conversarse delante de él. Rogelio y sus amigos hablaban despreocupados de sus asuntos familiares, en tanto que el chico los escuchaba y asimilaba lo que en la escuela o en la calle no aprendía. Si por casualidad se daba la ocasión de que decían algo frente suyo que no debía saberse, hacían una pausa y en voz baja le decían: «*Vos nene no digas nada.*», apoyado por el resto de la audiencia que al unísono repetían casi la misma frase de la misma manera. Si de vez en cuando alguna pregunta relacionada con el tema recaía en él, se veía obligado a responder, como cuando le preguntaron qué había decidido estudiar.

—¿Y vos nene que vas a estudiar? —le preguntó Jorge, uno de los delegados que estaba sentado en una reposera más cerca de la parrilla, un segundo antes de tomar un trago de *vermouth*.

—No sé todavía. Estoy entre ir a un colegio comercial o una técnica.

—¿Te gusta la técnica?

—Sí me gusta —respondió francamente el chico mientras se paraba de frente como suelen apostarse los jóvenes cuando son interpelados por los mayores.

—Pero la técnica es de varones; las chicas están en el comercial —chanceó Jorge de repente sin que él se lo esperara.

—¡Claro! —asintió Rodolfo que estaba sentado algo más lejos y que por eso, o por jetón, alzaba más la voz—. ¡Ahí están las minas, nene! Cuando yo fui al colegio éramos todos varones. ¡No veíamos una mina ni a palos! Mi viejo me mandó a la agrotécnica donde estuve pupilo. Salía únicamente los fines de semana para volver a mi casa. La única mujer que veía era mi vieja, y de vez en cuando.

El chico se quedaba viéndolo medio sonreído sin responder, aunque les caía bien aquellos personajes amigos de su tío.

—Lo único que yo quiero es que estudie —intervino Rogelio con mucha determinación.

—Sí, no seas bruto como tu papá —intervino Jorge— que el otro día quiso encender una máquina que estaba en reparación por no saber leer y casi rompe todo.

—¿No me digas? —preguntó Rodolfo viendo con cara de sorprendido a Jorge que se mataba de la risa como queriendo mitigar el efecto de la verdad.

—¡Callate! —saltó Rogelio al instante—. Fue culpa del Petiso que viene a reparar las máquinas. ¡Cómo va a dejar la máquina sin desconectarla y sin ponerle un cartel para que sepamos que estaba en reparación! Llegué a la mañana, encendí la máquina donde había estado trabajando el día anterior y empezó a hacer un ruido raro.

Claro, el Petiso le había sacado no sé qué pieza y la máquina andaba así. En eso pasó Rodríguez y me dijo que no la encendiera porque el Petiso la había estado reparando la tarde anterior y yo me recalenté. ¡Mirá si me accidentaba!

—¡No! ¡Mirá si te accidentabas! —confirmó Rodolfo sorprendido por la novedad, pero esta vez con un semblante más serio.

—Así que lo agarré al Petiso y lo cagué bien a pedos. El Petiso me miraba y tartamudeaba como loco. No sabía dónde meterse. Al final me pidió disculpas por la burrada. Me dijo que pensó que me habían avisado que la máquina estaba en reparación. *«¡Pero por eso mismo!»*, le dije, todavía medio enojado. *«¡Poné un cartel porque siempre alguno no se entera!»*. Como a los quince minutos vino el Petiso con el cartelito y lo puso en la máquina. Y ese es el cartelito que vos después viste Jorge. ¡Ese Petiso es un peligro! —concluyó Rogelio que había logrado casi la misma excitación de aquel día, mientras recreaba el sermón que le había dado al mecánico.

—Por eso nene, estudiá. No seas bruto como tu padre que vas a terminar en el hospital con una mano menos —chanceó Jorge con ese humor histriónico que lo caracterizaba.

—No, en serio —dijo ya Rogelio sin darle importancia a las bromas de Jorge—. Lo único que yo quiero es que estudie. Yo lo banco, elija lo que elija. Pero prefiero que estudie una carrera universitaria, que se reciba y empiece a trabajar como profesional. No me gustaría que entre a trabajar ahora a la fábrica porque no va a poder trabajar y estudiar al mismo tiempo. Y con el tiempo le va a agarrar el gustito a la plata y va a dejar de estudiar para embrutecerse.

—¡Al final me das la razón! —comentó Jorge ya medio desubicado.

—Pero claro —continuó Rogelio mientras paraba de reírse de las ocurrencias de Jorge e intentaba ponerle algo de seriedad a la conversación—. Entra a trabajar a la fábrica y comienza a embrutecerse. Fíjate, ¿cuántos tienen dos dedos de frente en la fábrica? Prefiero que vaya a la facultad y que aprenda otras cosas, que esté en contacto con profesores universitarios y con gente que es más inteligente que nosotros. Además, el trabajo que consiga teniendo una profesión va a ser mejor remunerado que el que pueda conseguir en la fábrica. Y si entra a trabajar a la fábrica le van a empezar a dar turnos rotativos y no va a poder cursar la universidad, incluso no le va a alcanzar el tiempo para estudiar y trabajar.

—Pero en el trabajo tienen que respetarle el horario del estudio y tienen que darle los días por examen. Puede trabajar y estudiar —afirmó Rodolfo verdaderamente convencido de lo que decía.

—Sí, claro. ¡Le van a dar el horario por estudio! —contestó irónicamente Jorge cambiando claramente el humor—. Fíjate lo que le pasó a Horacio, el hijo del Polaco Kalinsky. El padre lo hizo entrar en mecánica porque el pibe tenía estudios técnicos, pero cuando empezó a estudiar ingeniería no le acomodaron el horario. Un día lo llamaron y le dijeron que dejara los estudios o que renunciara.

—¡Pero la Ley de Contrato de Trabajo lo ampara! —exclamó Rodolfo medio indignado por eso—. Lo que sucede es que los dirigentes tampoco hacen cumplir la ley.

—¡Sí, ¿sabés por dónde se pasan la ley los *trompas*? —replicó Jorge con muy poca delicadeza—. Cuando no hay trabajo, los patrones hacen lo que quieren con la gente. Con decirte que el papá habló con los delegados y con los del sindicato pero no le dieron bolilla. Todos sabemos que los del sindicato reciben coimas de los empresarios y hacen la vista gorda cuando se trata de sacar la cara por los trabajadores.

—Sí, yo recuerdo que el padre vino a hablar con nosotros. En esa ocasión le dijimos que si los dirigentes no hacían nada, ¿qué podíamos hacer nosotros? —concluyó Rodolfo haciendo memoria.

—Claro, al final al pibe se la hacían imposible —afirmó Jorge indignado—. Le rotaban el horario y él no podía negarse. Para colmo empezaron a suspender gente por la recesión y en cualquier momento lo mandaban a la calle. Creo que trabajó cuatro o cinco meses y al final se fue. Hace unos días atrás, el Polaco me dijo que ahora está ahí en la casa estudiando, que sigue con la carrera y que le va bien.

—¡Es lo mejor que puede hacer! —precisó Rogelio participando nuevamente de la conversación que había estado escuchando con mucha atención—. ¡Y eso porque el padre lo puede bancar! Hay chicos que necesitan trabajar y llevar guita a la casa. Fijate el caso de Ramón, el compañerito de mi hijo, que hace dos años se mudó con su familia del Chaco para acá. El padre allá estaba sin trabajo, y vino para acá y empezó a trabajar de albañil en una obra. El año pasado tuvo un accidente y falleció cuando el chico tenía diez años y desde entonces el nene está trabajando en el supermercado de acá a la vuelta. Para colmo el capataz de la obra culpó al hombre por el accidente, dijo que no había tomado las medidas de seguridad necesarias y a la viuda no le pagaron un mango.

—¿Y cómo no contrató un abogado? —preguntó Jorge de una manera demasiado inocente.

—¿Vos me estás jodiendo? —exclamó Rogelio medio exaltado—. ¿Con qué plata? ¡Si no tienen ni para comer!

—¿Y la madre trabaja? —preguntó Rodolfo en un tono más ameno.

—La mamá consiguió trabajo de mucama en un hospital —dijo Rogelio para continuar luego de una reducida pausa—. Ella trabaja toda la tarde hasta la medianoche. El nene trabaja en el supermercado de mañana y por la tarde cuida a los dos hermanitos, uno de seis y la nena de ocho, cuando vuelven de la escuela. Él ya tiene once años y parece de veinte. La dueña del supermercado le dio trabajo para limpiar y acomodar un poco, y con eso el chico se gana un sueldito. Además, la dueña se porta muy bien con ellos, ayuda a la familia con algo de mercadería que el nene se lleva a la casa casi todos los días. Mirá, si no fuese porque el chico trabaja y esta mujer los ayuda, con el sueldo de la mamá no les alcanza para nada.

—Con la situación que estamos pasando ya no se puede ni

subsistir —admitió Rodolfo, que continuó con su discurso como reflexionando en voz alta—. Si tenés suerte de conseguir un trabajo, trabajás todo el día y te pagan un sueldito de morondanga. Con la inflación que hay, la plata se te va como agua entre los dedos. Te explotan, te pagan dos mangos y no te alcanza para nada.

—Sí, y cuando no te necesitan más, te pegan una patada en el traste y te mandan a la calle sin pagarte un mango —dijo Rogelio como complementando la idea de Rodolfo—. Ni pienses que podés trabajar y estudiar con trabajos como esos, y menos aún vas a ganarte el sustento por mucho tiempo de esa manera. Puede servirte como trabajo temporal para salir del paso pero nada más.

—Así estamos en este país. Lo de siempre: los chicos no tienen futuro —concluyó Rodolfo recostándose en la silla.

—Así que nene, si querés ser alguien algún día tenés que estudiar —le aconsejó Jorge al chico, que lo miraba desde la parrilla con el palo con el que removía las brasas en la mano—. No seas como nosotros que con el laburo que hacemos ya estamos viejos, brutos y achacados.

—¡Achacada tu abuela! Yo estoy bien —exclamó Rogelio como reclamando algo de dignidad.

—No, vos estás bastante bien —coincidió Jorge admirado por el excelente estado físico de Rogelio.

—¡Ojalá yo estuviera como vos! —exclamó Rodolfo—. Ya estoy empezando a tener achaques de viejo. No sé si se acuerdan que el año pasado estuve con lumbalgia, y me tomé unos días por enfermedad. A mí no me dicen nada porque soy delegado, pero cuando volví el *trompa* tenía una cara...

—¿Y por qué? —preguntó Jorge que no estaba enterado de eso.

—Porque tuvo que darme tareas adecuadas por prescripción médica, por eso me cambiaron de sección. La doctora me dijo que ya no podía seguir haciendo el trabajo que estaba haciendo o me iban a terminar operando de una hernia de disco. En la fábrica estamos todos arruinados. No sé cómo hacés vos Rogelio para estar tan bien.

—Lo que pasa es que yo hago ejercicio —comentó Rogelio al mismo tiempo que ponía atención a lo que hacía su sobrino—. Cruzo casi todos los días a la isla con la canoa y en total remo como unas dos horas entre ida y vuelta.

—Sí, vos siempre hiciste ejercicio, pero la mayoría de nosotros estamos arruinados —concluyó Rodolfo parándose de la silla para estirar un poco las piernas y la espalda.

Cuando quisieron acordar, unos minutos después, —*No sabría decirlo con exactitud*— se incorporaron otros cuatro compañeros que se sumaron a la reunión con sus respectivas familias. Cacho, que trabajaba en la misma sección que Rodolfo, con su esposa Mariana y las dos nenas; Camilo, que llegó con Malena y su hijo menor; Andrés, con Adriana y el bebé; y Germán y Nélida que llegaron un poco más tarde y se incorporaron directamente a la mesa. Mientras los chicos ensayaban los primeros juegos en el patio de la casa, los mayores se iban apostando a la mesa larga que Isabel había armado debajo de la parra con la ayuda de Rodolfo y de Jorge que se ofrecieron a ayudarle apenas la vieron llevar los primeros cubiertos.

—*Aquella escena le recordó a nuestro joven alguna vez haber participado en una reunión, con la diferencia de que en esa reunión los niños se sentaban en una mesa separada de los mayores, una tradición que no había caído en desuso, pero en este caso Isabel había organizado cómo se sentaban todos a la mesa en su casa.*

Todos se complacían de sentarse a la mesa para compartirlo todo, como sucedía en las demás familias donde se había constituido aquella tradición ahora inalterable. Rogelio se sentaba en la punta de la mesa porque le resultaba más conveniente para asistir a los invitados. Desde aquel lugar panóptico podía enterarse de un solo vistazo qué necesitaba cada uno en la mesa y le resultaba práctico en el caso de que tuviese que salir por un costado a buscar más bebida o simplemente llegarse hasta la parrilla a buscar más cortes de asado o achuras calientes para la segunda remesa. El tío Rogelio era uno de esos hombres bien organizados que le gustaba que todo esté bien. Incluso cuando su sobrino hacía el asado era excelente como siempre, porque en todo momento su tío se preocupaba por cómo lo iba llevando el aprendiz de la casa. Por eso es que a todos les gustaba ir a los asados de Rogelio, porque todos eran bienvenidos y bien servidos en su casa. La cena transcurrió en una singular normalidad entre aquellos seres tan queridos, por ese simple hecho es que acaso esas experiencias únicas son las que se atesoran para siempre.

A la hora del postre, un niño de la cuadra que oficiaba de vocero, y se había escabullido tímidamente por el pasillo lateral de la casa, buscaba a sus vecinos para organizar un partido de fútbol. Las mujeres de la mesa, que se habían levantado para ir a la cocina o al baño, estaban en el comedor de la casa a un lado de la cocina, en tanto Mariana, a un par de pasos de allí nomás, acordaba algún tema con sus hijas. Para colmo, los chicos ya habían conversado con el vocero que venía de la calle y pidieron permiso urgente a sus padres para salir un rato a jugar al fútbol. Entonces, con aquel panorama la tía Isabel decidió posponer el postre, ocasión que los hombres de la mesa aprovecharon para susurrar algún tema intrigante que no logré escuchar por lo bajito que hablaban. Cuando a los varoncitos les fue concedido el permiso de sus padres, un poco para seguir conversando de aquel tema, los chicos rumbearon por el pasillo para encontrarse con los otros niños de la cuadra. Por un instante se quedaron charlando con ese desparpajo que tienen los chicos e inmediatamente después resolvieron cómo iban a jugar. El niño que había traído la pelota, y los demás varones que sumaban ocho, organizaron el juego de la manera tradicional. El hijo de Camilo y uno de los vecinos hicieron *pan y queso* para saber quién comenzaba a elegir a sus compañeros. Como se sabe, elegir compañeros de juego es una verdadera lotería cuando alguien no conoce a los demás y justo al hijo de Camilo, que no conocía a nadie, le tocó elegir. El dueño de casa le ayudó con las elecciones desde afuera y los demás se lo permitieron sin hacer problemas porque entendían la situación. Con los equipos ya conformados, colocaron unos pedazos de ladrillos en el medio de la calle para hacer unos arcos chicos y marcaron la línea de fondo para saber cuándo se iba la pelota. Las líneas laterales de la cancha de fútbol estaban delimitadas por los cordones de la vereda que, cuando la pelota andaba al rastrón y rebotaba en los cordones, se mantenía dentro de la cancha y hacía que el juego continuase y fluyese. Justo en el instante en que el encuentro comenzaba, las nenas, que habían seguido a los varones hasta la calle, se sentaron en el tapial de la casa de Isabel para seguir el juego y para charlar mientras los chicos jugaban.

La hora de la noche transcurría de esa manera: los menores jugaban en la vereda y los mayores conversaban en la casa. Las mujeres hablaban mientras lavaban la vajilla; los amigos continuaban con la intrigante conversación de la sobremesa. Cuando las mujeres terminaron con los platos y la charla en la cocina, salieron a llamar a sus hijos para que comiesen el postre borracho que en realidad estaba embebido en chocolatada para que los niños también pudiesen comerlo. Los chicos dejaron de inmediato el fútbol y corrieron, casi a la misma velocidad con la que venían jugando, por el pasillo lateral de la casa que llevaba al patio emparrado para tomar sus lugares en la mesa. Las chicas se bajaron una a una del tapial y al compás de su charla animosa transcurrieron por el pasillo sin dejar en ningún momento la conversación que venían teniendo desde la improvisada tribuna. Un poco entreverados con las chicas venían el resto de los chicos que también habían sido invitados por la tía Isabel a comer el postre. Todos se incorporaron a la mesa casi al mismo tiempo: los futbolistas, las mujeres, las niñas y los vecinitos de la cuadra que se sumaron a la mesa, mientras los hombres terminaban de conversar aquel tema que al final les causó alguna jarana.

En cierto momento, la bulla de las chicas en torno a un reclamo detuvo la conversación de los mayores extrañados por el acontecimiento. Resultó que los chicos habían comido el postre a la velocidad de la luz para disponerse a continuar jugando al fútbol, cuando las niñas comenzaron a quejarse porque querían un juego en el que ellas también pudiesen participar. Después de un rato de deliberación, las mamás sugirieron que sería una buena idea entonces jugar a las escondidas para que todos pudiesen divertirse. En ese entonces, uno de los niños que tenía la pelota debajo de su brazo derecho, la dejó en el suelo del patio, entre la mesa y el tapial de la medianera, sin sospechar que aquella pelota quedaría allí en el olvido hasta el día siguiente cuando el dueño volviese por ella. Al final, niños y niñas salieron a la calle a jugar de nuevo, a esa hora de la noche en que los vecinos ya cenados estaban en la vereda tomando fresco y seguían, como padres sustitutos, el juego de los chicos que recién habían reiniciado. Al tiempo que uno de los niños contaba, los demás buscaban escondites en cualquier recoveco de las edificaciones o de la floresta de la cuadra.

Mientras tanto, en el patio, la conversación de los mayores se reanudaba más o menos donde había quedado.

—Me contaban que algunas de las fábricas del cordón industrial están reduciendo personal. El gobierno dice que van a reabrir fábricas que habían cerrado, pero me parece que se quedaron en el anuncio nomás —comentó Andrés tomando un sorbo de su vaso de vino después de aquella sentencia.

—Bueno, así son los políticos. Creen que pueden gobernar con anuncios —repuso Rogelio acodado en la punta de la mesa.

—Sí, ellos creen que los anuncios son como los deseos de Aladino: que los expresan en voz alta e inmediatamente un genio se los concede —ironizó Malena con conocimiento de causa porque era docente de literatura.

—Antes veníamos hablando de lo difícil que está la cosa en este país —intervino Rogelio medio enojado con la situación—, que empezaron a suspender gente por la recesión y que en cualquier momento te dejan en la calle. ¿Y el gobierno anuncia que van a reabrir fábricas?

—Lo que a mí me parece es que se está promoviendo la miseria y se está creando clientelismo —dijo Adriana mientras arrullaba a su bebé y volvía a participar de la conversación—. Mirá la caja PAN. ¿Qué es eso? Eso no es darle dignidad a la gente. Es acostumbrarlos al asistencialismo, es crear gente sin voluntad e iniciativa que se vuelve absolutamente controlable. Eso es lo que quieren y es algo realmente peligroso.

—¿Vos sabes que me hacés acordar a algo que leí hace unos días atrás de Pedro Bonifacio Palacios que me conmovió mucho?

—¿Sí? ¿Qué es? —respondió Adriana con este par de preguntas.

—Esperame que te lo busco. Tengo el libro en la cartera —contestó Malena con entusiasmo, al tiempo que se levantaba de su silla del otro lado de la mesa para buscar su libro.

—Bueno dale, mientras lo buscás yo pongo el cassette de Fito que compró Isabel —respondió Rogelio que se levantó medio apurado, fue hasta el equipo de música y puso el cassette cuando en la mesa se hacía una relajada pero expectante pausa.

—¿Quién es Fito? —le preguntó Adriana a Rogelio que lo tenía de frente cuando volvía caminando hacia la mesa.

—Es un chico que se está escuchando ahora —respondió Rogelio en el instante que ella perdía la atención ante un breve quejido de su bebé.

—¿Cómo no lo conocés? —preguntó Malena a Rogelio cuando volvía de buscar el libro y se sentaba en su lugar.

—No, no lo conozco —respondió Adriana creyendo que se dirigía a ella sin quitar la atención ni la mirada de su hijo.

—Yo tampoco lo conozco —agregó Nélida que estaba abrazada a Germán y que parecía responder la pregunta que Rogelio nunca le respondió a Malena porque tenía la atención puesta en si faltaba algo de la mesa antes de sentarse.

—Yo lo conozco por los chicos. En el colegio todos están con Fito. Escuchá —le ordenó Malena a Adriana cuando todos hacían silencio para escuchar la canción.

«*Nací en el sesenta y tres, con Kennedy a la cabeza. Una melodía en la nariz, creo que hasta el aire estaba raro, mediaba marzo.*»

—Ah, sí. Ya sé quién es. Me gusta. Hace buena música. Pero es un chico, ¿no? —agregó Adriana reponiendo su atención en el grupo.

—Sí, tiene dieciocho o diecinueve años nomás —repuso Isabel que estaba sentada a la derecha de su marido—. A mí me gusta mucho, por eso me lo regalé.

—Me parece que fue más un regalo para el nene que para ella —bromeó su esposo interrumpido por Malena sin que Isabel pudiese responderle.

—¡Escuchen! —interrumpió Malena para que los demás pongan atención a su lectura—. La composición se llama *Tres son las maneras de hacer*, y es de las *Evangélicas* de Almafuerte: «*Tres son las maneras de hacer que tienen los hombres: Porque sí, por amor y por egoísmo. Por eso también son tres los modos de dar que ellos tienen: por mano abierta, por mano caritativa y por mano previsora; para hacer un hombre agradecido, para hacer un hombre feliz, para hacer un hombre instrumento; porque les admiren, porque les amen, porque les teman; para darse tono, para darse una satisfacción y para darse un derecho; por inconsciencia, por beneficencia y por experiencia; para publicarlo, para callarlo y para explotarlo; por vicio, por virtud y por cálculo; como si pagara y como si prestara; por ignorancia, por sabiduría y por astucia; porque es pulpa, porque es mano y porque es garra; porque es tonto, porque es bueno y porque es pillo.*»

—¡Buenísima! ¡Tal cual! —sentenció Andrés en tanto se tiraba para atrás en el asiento del asombro y por todo lo que había comido.

—¿Me lo prestás así lo copio? —le preguntó Adriana a Malena con mucho interés.

—Sí, tomá. Copialo —asintió Malena alcanzándole el libro a Andrés por arriba de la mesa para que se lo pase a Adriana—. ¡Está buenísimo! A mí me gusta mucho Almafuerte. Es uno de mis autores favoritos. Se los quise leer a propósito de lo que estábamos hablando anteriormente.

—Creo que es muy aleccionador —evaluó Adriana que le había pasado el bebé a su marido—. No solo por lo del hombre instrumento, por lo que dice después —*Mientras ella buscaba en el texto, los demás mantenían la expectativa*—: «*porque les admiren, porque les amen, porque les teman.*» —leyó en voz alta Adriana embelesada con la lectura.

—*En ese instante, Mariana y Malena, que compartían el lado de la mesa y se habían juntado por ausencia de las hijas de Mariana, comenzaron a charlar sobre algún asunto que ahora se me escapa, pero era seguramente alguna cosa en relación con el bebé que ya estaba bien dormido en brazos del padre.*

—Parece un mensaje político más que evangélico —ironizó Rogelio con una acertada suspicacia.

—¿No será que la religión y la política son la misma *cosa* con distinto olor? —agregó Jorge haciéndolos reír a todos.

—Lo podés decir. Total los chicos están afuera jugando —manifestó Rogelio desafiante para que su amigo sea más concreto.

—¡No, ya está! Se entendió el chiste, si no no se hubiesen reído tanto —dijo Jorge satisfecho mientras paraba de reírse de manera paulatina.

—Más bien que entendimos —aclaró Adriana que continuaba copiando el pasaje de las *Evangélicas* de Pedro Bonifacio Palacios con la sonrisa que le había provocado el chiste.

—¿Será por eso que dice Almafuerte que hay tantos abogados en el gobierno? —reparó Andrés que se había mantenido callado y pensativo en tanto leía de lado el texto que copiaba su esposa.

—No lo había pensado de esa manera —dijo Adriana que paró de escribir para poner más atención en lo que le señalaba su marido.

—Prefiero que nos gobiernen los curas o los empresarios, porque a los abogados no les está yendo muy bien que digamos —agregó Rodolfo que se había mantenido callado al igual que Cacho y Camilo durante casi toda la conversación.

—No sé. Depende de qué curas o empresarios. Si son como los que acompañaron a los milicos estamos en el horno —sentenció Rogelio sin pelos en la lengua.

—Yo prefiero que seamos nosotros quienes gobernemos. ¿No es ese el espíritu de la democracia? —ironizó Malena que siempre tenía la frase justa en la punta de la lengua.

—Yo creo que la democracia no existe. Es una ilusión nada más —intervino Rodolfo de manera clara y contundente.

—Lo que pasa es que no podemos aprender a ser democráticos —continuó Malena—. No alcanzamos a levantar cabeza que nos meten una dictadura y nos aniquilan humana y económicamente. Todas las décadas tenemos una dictadura militar que viene a *«reorganizarnos»* y terminamos en la lona. Ahora no sabemos cómo ni cuál será la próxima, pero seguro que la década que viene nos toca otra.

—Lo único que espero es que sea una dictadura de curas o de empresarios, así no tenemos que lamentar más muertos ni exiliados —ironizó Rogelio con un tono de voz sombrío que nadie comprendió.

—Si gobiernan los curas no creo que tengamos que lamentar muertos o exiliados. Los curas juegan por atrás, no son tontos. Y a los empresarios no me los imagino gobernando. Creo que no tendrían tiempo para manejar sus empresas y ordenar este quilombo —contradijo Andrés creyendo que decía una genialidad—. Yo creo que este presidente tiene...

—No seas ingenuo Andrés —interrumpió Rogelio con un tono compasivo que no podía tomárselo a mal—. ¿Vos pensás que los curas y los empresarios no tienen sus muertos en el ropero?

—La verdad es que no sé. Igualmente yo creo que hay que darle tiempo a este presidente. Para mí Grinspun va a llevar la economía adelante como ya lo hizo una vez hace veinte años atrás. ¿Te acordás Cacho? El otro día hablábamos de él en la fábrica. Nos iba bien con

Ilia. El problema fue cuando vinieron los milicos —completó Andrés su idea, en tanto Cacho del otro lado de la mesa asentía con la cabeza en demostración de que habían estado hablando de ello.

—¡Sí, pero no podés comparar con lo que fue Perón! A Ilia lo pusieron los milicos. Ilia llegó a presidente porque El Viejo estaba exiliado, de otro modo no había manera. Además Ilia estuvo tres años y los mismos milicos lo sacaron —afirmó Rodolfo que se había enganchado en la conversación.

—Perón era milico y los milicos lo sacaron a él también— sentenció Andrés.

—¿O Perón que fue milico sacó a los milicos del poder y no se lo perdonaron nunca? Cuando lo quisieron sacar en el cuarenta y cinco les salió mal. Terminaron pidiéndole la pelela. Le rogaron que saliese al balcón para calmar a la gente. Pasó una década y tuvieron que bombardear la Plaza de Mayo y matar inocentes para sacarlo. Cuando vio a tantos inocentes muertos decidió irse. No le quedaba otra porque no quiso que corriese más sangre —explicó Rodolfo que ya se había acomodado en la silla interesado con el tema.

—¿Y a qué se debió el cambio de metodología de los milicos? —preguntó Malena.

—Lo que pasa —continuó Rodolfo— es que los milicos estaban aprendiendo. La primera vez trabajaron solos, y la segunda estaban asesorados. Las águilas son sanguinarias, siempre lo fueron, además son soberbias, piensan que el cóndor por carroñero se merece la sobra. Ellos nunca esperaron que anduviese un viejo lobo liderando una manada tan grande.

—Lo peor de todo es que con cada golpe perdemos derechos. No terminamos de adquirirlos que nos arrebatan lo que habíamos logramos —comentó Rogelio.

—Exacto, de eso se trata —concluyó Malena tomándose de las palabras de sus interlocutores—. El águila no tiene sentimientos, no tiene cargo de conciencia. Mata de manera sanguinaria porque no conoce otra manera de prevalecer. Arrebata porque su mano no es pulpa, es garra. Nos arrebata para alimentarse. Está en nosotros cambiar nuestra estrategia o cambiar la naturaleza del águila, o las dos cosas.

—¿Y cómo lo hacemos? —preguntó Rodolfo.

—Cambiando su ADN. Y de nuestra parte dejando de ser cóndores y transformarnos en lobos. Nosotros tenemos la contra cipaya que ellos pueden controlar, pero también tenemos el arma que ellos más temen: la que se transmite de hijo en hijo, de generación en generación. Así ellos terminarían siendo lobos y nosotros liderando la manada. Para entonces ya no le van a temer a la licantropía, la van a disfrutar. Cuando se encuentren a sí mismos en cuatro patas aullando para comunicarse en nuestra lengua.

—Por eso nos quieren burros.

—Exacto. Así nos quieren. Brutos.

«Que te sea leve»

Decidió dejar las empanadas en el horno apagado para que no se enfríen mientras esperaba a que su esposa llegara del trabajo. Esa tarde había ido de compras al supermercado de Mount Pleasant donde compraba la masa de las empanadas, las verduras y la carne picada. De vez en cuando deseaba comer bifes de carne, pero como sabía que no podía contar con la carne fresca de ternera a la que estaba acostumbrado, compraba carne picada y reemplazaba los bifes por carne molida. Entonces recordó los asados de Rogelio en el patio trasero de la casa y la mesa de invitados que frecuentemente asistían, recordó las veces que él y Rogelio habían ido de pesca y volvían con la canoa repleta de una variedad de pescados del Paraná que comenzaban a comer esa misma noche. Hasta los vecinos se beneficiaban con la pesca de Rogelio porque, como él no tenía dónde refrigerar tanta cantidad de pescado, lo regalaba a los vecinos que le agradecían siempre la gentileza con alguna botella de vino tinto, con frutas de sus huertas caseras o con algún pollo o con alguna canasta de huevos.

—*De repente recordó que ya había adquirido el hábito de comer carne congelada de tilapia y lomo de atún en latas para consumir alguna clase de proteína diferente. Como no conseguía un buen pollo fresco, prefería por el precio y la calidad, el filete de halal que para nada le importaba en aquella situación. Allí no eran nada tradicional las pastas frescas como los ravioles, los ñoquis del veintinueve como los hacía Isabel o los sorrentinos, por lo que había decidido ya no comer pastas. Las verduras eran buenas pero extrañaba los zapallitos que solía prepararlos rellenos o revueltos con huevos y trozos de carne. En definitiva, ya nada de asado, ni de pastas frescas, ni de zapallitos rellenos; solamente empanadas hechas en casa, tilapia, filete de halal y ensaladas.*

Cuando terminaba de poner la mesa recordó que su esposa le había dicho que vendría un poco más tarde ya que debía terminar un inventario en la tienda donde trabajaba, entonces no se apuró en absoluto. Sabía que las empanadas iban a mantenerse calientes en el horno apagado y la mesa ya estaba preparada para cuando ella lleguara. Se dirigió al armario que usaba de despensa y sacó una de las tres botellas de Malbec que habían comprado en la enoteca del barrio, la destapó para que el vino se airee un poco y se sirvió una copa mientras se sentaba en el sillón grande de la sala. Abrió la *laptop* para ver las noticias de un medio de comunicación argentino y de repente comenzó a leer una entrevista que le habían hecho al hermano de uno de los muertos en una revuelta en la Patagonia. En la fotografía, el hombre de unos cincuenta y siete años permanecía sentado con una expresión de abatimiento sobrellevada por una entereza espiritual admirable. Más abajo, en la entrevista, el periodista le preguntaba ¿por qué pensaba que algunos sectores de poder se habían ensañado tanto con él y con su familia? Pensó entonces en aquella corporación que trabajaba de manera incansable sobre la percepción y los hábitos de la gente, sobre la voluntad, y sus miedos y frustraciones más grandes. Entonces recordó el relato de David, un amigo periodista que había conocido en un viaje a Mendoza, quien le explicó, la última vez que hablaron por videollamada, cómo en la corporación le había ordenado a un compañero suyo escribir una historia basada en los informes de la autopsia para desalentar a los familiares de la víctima e inducirlos a la locura o incluso de ser posible al suicidio.

Entonces hizo *click* en el artículo periodístico que le había enviado su amigo donde se hacía una descripción del caso de quien se habría ahogado en las aguas de un río durante una protesta en solidaridad con la comunidad indígena del lugar. Los revoltosos entendían que las tierras, que primero habían sido ocupadas por el gobierno argentino y luego por los extranjeros, ahora eran defendidas de manera arbitraria por las milicias del Estado. Desde un principio crearon unos títulos de propiedad que legitimaban la ocupación, pero las tierras habían sido ocupadas en épocas en que los mapuches habían sido diezmados y no sabían nada de papeles ni de derechos. Ahora esos documentos en mano de extranjeros eran aún más valiosos, por eso el gobierno hacía uso de la fuerza para defender sus intereses. La Patagonia continuaba siendo rebelde, con muertes y todo, como cuando lo había denunciado Osvaldo Bayer con la variante de que ahora, una vez más, volvía a ser salvaje como la de Roca, una alianza tradicional que se perpetuó y que en la actualidad no cesa ya en ninguna parte. La histórica dicotomía universal se había transformado en una mezcla de rebelión y salvajada atroz e impune justificada solo por la actitud de los revoltosos que, como en el pasado, subvertían el orden y no dejaban opción de actuar en consecuencia. Con esto —pensaba— *«¿Llegaríamos a aceptar nuevamente en un tiempo más la apropiación de una o varias personas a cargo de militares o burgueses como fue el caso de un indio peón, una china sirvienta o un changuito como mandadero? ¿Llegaría el momento en que aceptemos nuevamente que el Estado, a través de algún otro sector de poder, se encargue de despojar a los miembros de esa comunidad de sus hijos para educarlos en escuelas pupilas y de esterilizar a las hembras para que no reproduzcan más salvajes, o incluso algo peor como siempre sucede?»* Continuaba leyendo atónito la aterradora cronología del informe que iba *in crescendo,* donde se describía con lujo de detalle cómo habían encontrado el cuerpo sumergido en el agua y cómo la autopsia confirmaba que se había ahogado y que nadie había plantado el cadáver.

Comenzaron con la revisión externa del cuerpo, como es rutina en esta clase de procedimientos, mientras hacían anotaciones sobre un croquis del cuerpo humano dibujado en una planilla. Notaron que el cuerpo estuvo dos meses bajo el agua ya que los análisis señalaron que las arrugas y los desprendimientos de la piel coincidían con el tiempo estimado por los investigadores y que el plancton encontrado en el cuerpo del joven coincidía con el del río donde había estado sumergido. Al parecer no había indicios de lucha o maltrato y mucho menos de consumo de drogas, porque no sería una teoría creíble en este contexto. Luego decidieron retirar el cuero cabelludo del occiso para ver si tenía algún tipo de contusiones o lesiones en la cabeza. En el interior del cráneo tampoco encontraron indicios de hemorragias, traumatismos o defectos que pudiesen haberle causado una convulsión y el consecuente ahogamiento. En el examen del cuello y la médula espinal tampoco encontraron signos de estrangulación ni fractura. Hicieron la incisión con el escalpelo en toda la caja torácica para revisar si los pulmones tenían algún indicio de ahogamiento y cuando los retiraron encontraron un par de pulmones increíblemente pesados, húmedos y espumosos como los de todos los ahogados. Mientras tanto, tomaron las muestras para hacer los exámenes toxicológicos de sangre que iban a estar listos en algunos días. El procedimiento prosiguió con los demás órganos incluido el corazón que arrojó un resultado negativo como causa de la muerte del joven. La autopsia se había llevado a cabo con total eficiencia y transparencia, —no como en el caso de un fiscal presuntamente asesinado—. Había unas cincuenta personas en la sala y el procedimiento había sido filmado por varias cámaras conformando parte de la prueba que el juez guardó en su poder para poder *a posteriori* administrar justicia. —*En aquel instante imaginó el ambiente del lugar: una atmósfera sofocante con la luz necesaria sobre el cadáver como para realizar aquella tarea llena de desprolijidades e improvisaciones, donde un juez decidía sobre la marcha si aquel tongo era o no aceptable para los procedimientos judiciales. El olor del lugar era lo que más imaginaba, un hedor persistente a putrefacción que representaba la época a la perfección. Era algo que si bien podía imaginárselo, también lo mantendría en la memoria por un largo tiempo.*

En ese momento, su esposa abría la puerta de la entrada cuando lo encontró sumido en aquella realidad. Él cerró la *laptop* de inmediato para dejarla a un lado sobre el sillón antes de disponerse a recibirla con un beso en el instante en que ella, que había dejado sus zapatos en la entrada, venía sonriente a su encuentro. Ella se sentó a su lado, le dio un beso efusivo y un abrazo afectuoso, en tanto él la abrazó de manera sostenida y en silencio, como si algo lo estuviera perturbado.

—¿Te pasa algo amor? —preguntó ella con un interés auténtico.

—No, nada mi amor. Todo bien. ¿Y a vos cómo te fue?

—A mí todo bien. Un poco agotada con el tema del inventario, pero bien.

En ese instante, él se quedó viéndola como registrando algún suceso en su memoria.

—Siento como si te pasara algo.

—No negrita. No me pasa nada.

—¿Seguro?

—Seguro amor.

—Bueno. Me pareció entonces.

—Las empanadas están listas —reaccionó levantándose de un salto del sillón para dirigirse a la cocina y para salir del aprieto—. Están calentitas en el horno. Cuando quieras comemos.

—Está bien. Dejo las cosas en el cuarto, me lavo las manos y comemos —dijo su esposa que ya se encaminaba con sus cosas por el pasillo que la llevaba al cuarto—. En el intervalo que ella se demoró, él sacó las empanadas del horno y las puso en una fuente similar a la que usaba Isabel. Luego fue a la alacena, sacó una copa más para su esposa y la colocó en el puesto que ella a diario ocupaban en la mesa. Apenas apoyó la copa en la mesa oyó que su esposa cerraba el grifo del baño y en cuestión de segundos la vio aparecer a su lado encendiendo una emisora en la aplicación de radio de su celular. Ella se sentó en su puesto habitual y le agradeció con un beso seguido de dos o tres palabras cariñosas por la comida que él le había tenido preparada, entonces cada uno tomó una empanada para colocarla en su plato. Él la dejó en el suyo para servirle un poco del Malbec; en tanto, ella, sin pensarlo, le dio el primer mordisco a la empanada para darse cuenta de que estaba caliente. Él alcanzó a ver el instante en que a ella se le escurría el vapor por entre los labios cuando los entreabría para no quemarse tanto. Entonces ella dejó la empanada mordida en el plato para que se enfríe un poco y de inmediato tomó un sorbo del vino que él le había servido.

—Tené cuidado que está caliente —dijo él advirtiéndole tarde, antes de darle el primer mordisco a su empanada.

—Sí, ya me di cuenta. Por eso la dejé para que se enfríe un poco —dijo ella que ya había tomado otro trago de vino.

—Amor, ¿puedo insistir con una impresión que tuve? ¿Puedo preguntarte? —inquirió luego de haber saboreado el vino, mientras bajaba la copa de sus labios.

—Sí, por supuesto amor —respondió él de manera más resignada.

—Cuando llegué me dio toda la impresión que estabas algo.

—Sí, puede ser —dijo él validando su percepción.

—¿Es por lo de tu tía? ¿Es por lo que te contó Morales acerca de ti?

—Es por todo amor. Es demasiado. Todo es demasiado. Todavía me cuesta creerlo. En mi memoria es como si esto nunca hubiese pasado.

—¿Y qué vas a hacer?

—No sé —respondió él haciendo una profunda pausa en tanto movía la cabeza y miraba fijo a un lado de ella—. Me gustaría saber qué pasó, adónde están.

—¿Y te acuerdas de tus padres?

—Tengo imágenes de ellos. De la que no recuerdo nada es de mi hermana. De mis padres tengo imágenes, sobre todo de mi papá. A esto nunca se lo dije a nadie, pero recuerdo la noche que me fue a dejar a la casa de sus amigos y también recuerdo cuando se fue. Tengo en mi memoria el lugar y aquella familia, pero el recuerdo es bastante confuso. Como si no supiese exactamente si ocurrió o no. De mi mamá recuerdo su cara, recuerdo su figura, pero no recuerdo nada más de ella. De mi primera casa me acuerdo de que era similar a la de mis tíos. Era una casa muy parecida, ¿sabes? Tenía un patio con parra de uvas y una galería grande. Pero te repito, en mi memoria es como si las cosas nunca me hubiesen pasado a mí, como si fuesen ajenas y no mías. A veces me da la sensación de que me hubiesen contado una historia y de que esas imágenes correspondiesen al producto de mi imaginación estimulada por esa narración y no como si perteneciesen a mi pasado. En estos días estuve recordando mucho. Con decirte que con todo lo que yo quería a mi tía Isabel, mi pasado me pesa más que su muerte.

—¿Qué les pudo haber pasado a ellos? —preguntó ella pensativa.

—No sé amor. No puedo parar de imaginar las cosas que habrán pasado y que yo ni siquiera sospecho. De mi mamá y de mi hermana ya te conté, Morales me dijo que esa noche se las llevaron y por muchos años no volvieron a saber de ellas. Lo que me extraña es qué fue de mi papá, porque al parecer no lo agarraron. Me dejó con sus amigos, se largó y se lo tragó la tierra.

—A lo mejor lo agarraron después.

—A lo mejor. No sé. Recuerdo que cuando se despidió de mí fue como si supiese que nunca más me iba a volver a ver, como si supiese que iba a desaparecer.

—¿Cómo si supiese que lo iban a atrapar tarde o temprano?

—Más bien como si hubiese tomado una decisión.

—¿De abandonarte?

—No lo sé amor. Ojalá supiese.

En ese instante hicieron una pausa para comer en silencio y para evadirse, al menos en el discurso, de aquella realidad tan dolorosa. Mientras ella retomaba la empanada que ahora estaba un poco menos caliente; él tomaba un generoso sorbo de vino para saborearlo junto con la empanada que estaba terminado de comer. Los acordes de la canción que sonaban en la radio todavía llenaban el silencio que se había producido e iban apagándose lentamente cuando ella retomó la conversación.

—¿Y qué piensas hacer? Tu sabes que yo voy a apoyarte en lo que decidas.

—Sí, ya lo sé amor. Gracias. La verdad es que pensé en varias cosas y todavía no tengo nada definido. Estuve buscándolos en Internet, pero no encontré nada en absoluto. Es como si nunca hubiesen existido.

—Pero tú los recuerdas.

—Alguien debe haber visto algo. Alguien debe saber algo de ellos. ¡No puede ser que se hayan esfumado de la memoria!

—¿Y qué otras cosas se te ocurrieron?

—El doctor Morales me sugirió que hiciera un viaje para entrevistarme con Carlos, el hermano de mi tía Isabel, porque es el único de mi familia que conoce los pormenores de todo lo que sucedió. Uno de los últimos deseos de mi tía Isabel fue que lo conociese para hablar con él. Otra cosa que el abogado me dijo es que está haciendo una gestión personal y que si eso sale, habrá valido la pena mi viaje a Rosario. También me dijo que a raíz de todo esto que se sabe de mí, sería necesario que yo haga algunas gestiones legales que debería iniciar allá en Argentina.

—¿Y tú crees que eso te va a ayudar?

—No lo sé. Pero creo que voy a tener que viajar e ir personalmente.

Al amanecer, el mate y la soledad eran la compañía espiritual de la cual disfrutaba cada mañana. Sus antecesores habían forjado aquel ritual inmemorial que ahora él también practicaba. Los salvajes de las llanuras del sur, que parecían tener una libertad infinita, mateaban y contemplaban el inigualable espectáculo del amanecer. Mateaban en introspectiva soledad y escuchaban el canto de los pájaros que se desperezaban en los ombúes o en los álamos cercanos, mientras sentían en la cara barbuda la brisa fresca de la mañana que penetraba en sus pulmones saboreando con el olfato el inconfundible aroma de los campos. En aquellos instantes sus pensamientos forjaban la implacable sabiduría proverbial de la cual se enorgullecían, enseñanza moral que trascendía a sus familias por generaciones. Mateaban con sus agenciosas mujeres que preparaban alguna torta calentita mientras conversaban de ellos, cuando los changuitos dormían al cobijo de la tapera medio destapados por el calor del verano. Así el mate se había consolidado para ellos como el alimento del alma, como ahora a él también le estaba sucediendo.

Ahora, el ritual se repetía del otro lado del mundo y quizás se replicaba intermitentemente a lo largo de todo el amanecer sobre la Tierra. En ese instante, permanecía sentado a la mesa del comedor contemplando el amanecer invernal de Toronto por el ventanal del departamento con la misma actitud, como si la creación se manifestase ante él, como si estuviese buscando en su sabiduría la respuesta a un enigma. —*De todos modos, aquella mañana se sentía optimista. Presentía que el Universo volvía a ponerlo a prueba. Pero tenía al menos la esperanza de saber algo de su padre porque, según él, había podido escapar de aquel infierno. De su madre y de su hermana entendía que las posibilidades de encontrarlas eran desalentadoras.*

Cuando estuvo listo, salió caminando de su casa hacia la biblioteca aprovechando nuevamente el buen clima. Caminó por Davisville hacia Yonge y se dirigió directo a la biblioteca de Deer Park donde había pensado buscar unos textos de Nietzsche para enriquecer desde otra perspectiva la temática de su trabajo. Caminando por Yonge St. y llegando a la Iglesia Bautista de Yorkminster Park recordó que en la siguiente cuadra posiblemente estaría la mujer sin paradero con la cual había charlado unos días atrás. Caminó unos metros más y llegando a Heath St. vio que a unos cincuenta metros estaba la mujer sentada en el cantero de la cuadra donde siempre la encontraba. Aquella no fue una sorpresa a esa hora de la mañana, sino una confirmación de que la mujer estaba en el lugar que le convenía o que le agradaba para pasar la mañana. Siguió caminando a paso lento, se acomodó la mochila en el hombro y se quitó los auriculares cuando la mujer giró sobre sí misma acurrucada dentro de una frazada para saludarlo y para hablar con él. En aquel instante aminoró el paso y sonrió antes de hablarle con amabilidad.

—Hola, ¿cómo está? De nuevo nos encontramos aquí.

—Yo siempre estoy aquí. Me gusta este lugar. Es uno de los lugares más convenientes de la ciudad. Además estoy cerca de la Iglesia —dijo señalando con un movimiento de su cabeza la Iglesia Bautista que estaba a una cuadra.

—¿Usted es religiosa? —preguntó él entre esperanzado y sorprendido.

—No, no soy religiosa. Alguna vez lo fui, pero después de una gran pérdida supe que Dios, por querer estar en todas partes, a veces se olvida de nosotros. Aquel día que lo necesité no sé dónde habrá estado.

—¿Entonces no va a la iglesia?

—No, nunca entro a la iglesia. Solamente me gusta sentarme en los bancos con mesas verdes de madera que están en frente de la iglesia. Me gusta mucho ese parque sobre todo cuando en esta época del año da el sol de la mañana. Limpio la nieve con un trapito que llevo siempre en mi bolsa y en un momento el sol termina de hacer su trabajo. Me siento siempre en la misma banca y desde allí puedo apreciar todo lo que acontece en el parque mientras almuerzo. ¿Y qué hay de usted? ¿Usted sí va a la iglesia?

—He ido a muchas iglesias, pero a decir verdad he dejado de ser creyente.

—¿Usted nunca ha rezado?

—Sí, muchas veces fui a la iglesia a rezar, pero en el fondo no sentía la fe. Lo que me pasó, creo yo, es que me volví un hombre demasiado humano. En la religión las personas tenemos la posibilidad de ser espiritualmente mejores, pero a mí me pasó que esa espiritualidad religiosa me superó, o más bien, se volvió una construcción mía y por lo tanto falaz. Yo creo que nosotros, por una cuestión de conciencia, para no hacernos cargo de nada y terminar nuestros días con la conciencia tranquila, creamos a Dios y las religiones. Él no nos creó a nosotros, nosotros lo creamos a Él. ¿Qué mejor cosa que pecar y contar con un Dios misericordioso que nos perdona todo para volver a casa y seguir nuestras hipócritas subsistencias con la conciencia tranquila? En definitiva, quizás, creamos las religiones para subsistir y no morir angustiados en relación con la muerte, por si acaso aquí en la Tierra no se termine todo.

Yo también sufrí pérdidas y no sé tampoco, si es que Dios existe, cuál es su alcance en este mundo cuando veo tanta calamidad. Fui a muchas iglesias a rezar, pero luego se me hizo un hábito ir solamente para conocerlas. Iba a conocerlas por su arte, su arquitectura y sus lujos, entonces la fe y la religión se transformaron en eso. Con los años ya ni siquiera iba a las iglesias por su estética, me parecían siempre la misma cosa. Con el tiempo hasta eso dejé de admirar. Cuando uno es joven cree en muchas cosas y los años te enseñan que la fe y la religión no son más que sustantivos abstractos que se refieren a lo material. Entonces la fe se me fue yendo con el tiempo.

—¿Y conoce lindas iglesias?

—Sí, algunas son muy lindas. Las más hermosas iglesias que conozco están en América Latina y son producto del talento del mestizo y la brutalidad del barroco, que en realidad son consustanciales, porque como dice Carpentier: *«El espíritu criollo es de por sí un espíritu barroco».* Por ejemplo, La Compañía de Jesús es una iglesia de no creer.

—Nosotros no tenemos barroco aquí.

—Yo creo que ustedes no son tan diferentes a nosotros. De una u otra manera los torontianos son también barrocos a pesar de la simplicidad que demuestran.

—Eso me recuerda a algo que decía un amigo mío: *«El ojo lo ve todo, pero no puede verse a sí mismo».*

—Interesante. ¿Él es aquel amigo de quien me habló el otro día?

—Sí, el mismo. Aquel que me recuerda a usted, que reside en Kensington Market.

—Me gustaría mucho conocerlo y también me gustaría mucho que vuelvan a reencontrarse. ¿No sabe si todavía está en el mismo lugar?

—La verdad es que no lo sé. Podríamos ver, si es que usted me acompaña...

—¿Ahora mismo?

—Yo no tengo nada que hacer, ¿y usted?

—Es que no conozco bien la ciudad todavía.

—No interesa, yo sí conozco. Podemos tomar el bus aquí mismo en Heath St., y en Carlton nos tomamos el *streetcar* que nos deja en Major. Eso es Kensington Market, y la pensión donde él está queda a pocas cuadras de allí.

—Me parece bien. ¿Usted está lista?

—Déjeme que agarre mi bolsa y vamos. ¿Usted tiene cómo pagar el transporte?

—Tengo unos *tokens* sueltos por aquí —dijo escarbando el pequeño bolsillo a la derecha del jean—. Tengo la Presto también.

—Ok, vamos entonces.

—Vamos.

Hacía un frío atenuado por el sol de la mañana que a esa hora calentaba un poco más sobre la vereda oeste donde daba de lleno. El escaso viento que corría por Yonge St. era suficiente como para hacer que ellos se acomodaran el abrigo en el cuello cuando comenzaban a recorrer el trecho que los separaba de la senda peatonal. En el interín que cruzaban la calle se percataron de que venía el autobús que en ese instante estaba casi detenido en la parada. Él apuró el paso para que el conductor se comprometa a esperarlos, y ella venía al apuro a pesar de que le costaba trabajo caminar. Cuando el conductor vio la dificultad que tenía la mujer, decidió esperarla hasta que llegase al autobús, mientras su compañero la esperaba ya al borde de la puerta con la mano izquierda apoyada sobre la carrocería del transporte. Él pagó el pasaje de los dos antes de recorrer el pasillo hasta la mitad del ómnibus para sentarse al lado de la puerta. Cuando estuvieron los dos ubicados, el chofer arrancó suavemente el vehículo para dirigirse hacia la zona céntrica.

—*Viajaron de a ratos en silencio, de a ratos conversando de cualquier cosa sin que yo pudiese precisar nada de eso. Cuando llegaron a Carlton, la acción se replicó de la misma manera para subir al streetcar que los llevaba a Kensington Market y también en cuanto a la charla arriba del transporte.*

Al bajarse del *streetcar* se dieron cuenta de que se habían bajado en la parada incorrecta. Estuvieron errando un poco a lo largo de aquella avenida hasta que ella supo en qué cuadra debían doblar. Caminaron por unas de las calles donde había una infinidad de comercios, uno al lado del otro, y doblaron a la izquierda en Kensington Ave. Anduvieron unos minutos más viendo los negocios de esa calle uno por uno hasta que la mujer reconoció con una alegría algo desaforada la tienda de ropa usada que estaba al frente de la pensión. Se detuvieron en el cordón de la vereda donde había una furgoneta plagada de calcomanías que al parecer pertenecía a un visitante de uno de los pensionistas del lugar. Caminaron por el pasillo de la entrada del negocio —la mujer iba más adelantada que él debido a su apuro provocado por una ansiedad que no podía controlar— y cruzaron la puerta del local; ella con apremio; él con parsimonia, ya que el lugar tenía una energía calmada pero a la vez intensa que se percibía apenas uno ponía un pie en la entrada. La impaciencia de la mujer se pasmó por completo cuando detrás del mostrador se encontró con una mujer hindú a quien reconoció de inmediato saludándola con una calidez amigable que solo fue correspondida después de una reducida demora debido a un visible desconcierto de la dueña del negocio. Se saludaron unas a otras en un inglés rápido y preciso que él no dudó en imitar sabiendo que luego se quedaría callado esperando a que su compañera termine de saludarse con la mujer y resolviese aquella situación preguntando por su amigo Macedonio. En tanto la dueña del negocio se retiró hacia adentro a buscarlo, ellos permanecieron en el lugar revolviendo los percheros para pasar el rato sabiendo que nada se llevarían de aquel negocio de ropa usada o reciclada tan particular, ropa de buena calidad pero pasada de moda que, sin embargo, les resultaba atractiva a muchos de los clientes que a menudo asistían al lugar.

Unos dos o tres minutos después, la mujer volvió desde adentro con la novedad de que el hombre vendría enseguida y les preguntó muy gentilmente si se les ofrecía algo. Cuando estaban en medio de una conversación banal, de repente, por la puerta lateral del fondo del local, apareció un hombre viejo y delgado que aparentaba más edad de la que realmente tenía. Vestía la ropa que siempre había vestido: una modesta camisa blanca abrochada hasta el penúltimo botón, un pantalón de vestir de lana oscuro y un sobretodo de pana negro que le llegaba hasta las rodillas. Sus ojos hacían todo lo posible por adaptarse a la luz debido al encierro al que él mismo se obligaba en el pequeño y frío cuarto de la pensión, ya que el mundo no le brindaba nada más interesante y sobre todo porque pasaba las horas encerrado escribiendo.

—*Inmediatamente fijó la vista en su amiga a quien le sonrió entrañablemente. La dueña del negocio permitía que el viejo reciba visitas a cualquier hora, puesto que siempre llegaban personas de todos lugares a verlo interesados por su pensamiento, quienes tenían largas charlas con él. Sin embargo, ella recordaba a la mujer y sabía que no se trataba de esa clase de visita, sino la visita de una vieja amiga—.*

El hombre saludó en inglés a su amiga delante de su nuevo amigo, cuando ella le aclaró que podían hablar en español puesto que los tres compartían la misma lengua materna. Él se adelantó a su compañera y saludó cordialmente al viejo con su característica tonada que nunca pasaba desapercibida.

—Hola, ¿qué tal? ¿Cómo le va? —dijo sonriéndole con una voz alta y clara, viéndolo a los ojos, extendiéndole su mano firme y amigable.

—¡Uh! ¡Otro rioplatense! —replicó el viejo con una mirada entre sorprendida y nostálgica en tanto le estrechaba la mano.

—Sí, así es. De ahí soy. ¿Cómo me reconoció? Si apenas lo saludé —dijo sorprendido el joven.

—Es que a ustedes se los reconoce al vuelo pibe —chanceó el viejo imitando perfectamente la manera de hablar del otro.

Al instante el viejo los invitó a pasar, actitud que la dueña tomó con naturalidad puesto que esa era la formalidad habitual con Macedonio. Caminaron por un pasillo interno que se desprendía del costado trasero del negocio para entrar a una de las habitaciones que estaba a mitad de camino yendo hacia el fondo donde estaba la cocina. Al abrir la puerta vieron que la habitación era mediana y de una oscuridad casi impenetrable. Tenía una cama de una plaza que siempre estaba bien tendida; una mesita de luz con algunos objetos personales como un peine, un pañuelo y algunos libros apilados; un roperito con toda su ropa, que no era mucha; una mesa de madera llena de papeles y cuadernos manuscritos, y una vela pegada sobre vela derretida en un pequeño plato que estaba en el ángulo posterior izquierdo de la mesa al pie de la ventana que siempre permanecía con las celosías cerradas; y dos sillas, una de frente a la ventana y la otra en una esquina del cuarto que siempre permanecía vacía.

—*El viejo, escritor desconocido en el ámbito editorial, era sin embargo un hombre conocido entre los escritores. Siempre había escrito novelas, cuentos y otros textos con una redacción peculiar, pero nunca había publicado ni un solo libro. No se lo conocía por su producción editorial, sin embargo era asiduamente consultado por escritores, filósofos y metafísicos que llegaban de todas partes especialmente a entrevistarse con él. Renunció quizás con cierta imprudencia al dinero y al estatus que había alcanzado en sus años de plenitud cuando, según lo que él manifestaba, era representante en un país extranjero que nunca mencionaba. Renunció a todo, incluso al resto de su familia, por la subsistencia azarosa y la contemplación donde prevalecía el pensamiento y bondad entre sus semejantes.*

Cuentan algunos que mientras fue representante lo hizo con poco interés, que sus compañeros no lo consideraban serio ni competente, puesto que nunca había querido usar la jurisprudencia ni las leyes para complicar a nadie. Tenía su propia idea de los hombres por quienes abogaba, tan humana que pretendía entenderlos antes que condenarlos y prefería para ellos la indulgencia. Alguna vez le dijo a su amiga —que se había apropiado de la silla del escritorio y que ahora estaba sentada, mientras el viejo se dirigía lentamente al rincón por la otra silla— que «*la tarea de delegado no tenía sentido si no era ejercida con humanidad*», palabras que ella recordaba particularmente puesto que le habían parecido semejantes a otras que había escuchado en algún otro momento. Luego, el hombre más joven desistió gentil e insistentemente de la silla que el viejo le ofrecía para sentarse al pie de la cama que estaba en medio del cuarto, al tiempo que formaba un triángulo perfecto entre él y sus otros dos interlocutores.

Entonces comenzaron la conversación los dos viejos amigos que se conocían de antaño.

—¿Cómo estás? ¡Tanto tiempo! —dijo el viejo interesándose por su interlocutora.

—Muy bien. ¿Y tú cómo estás? Siempre bien por lo que veo.

—Bueno, a esta edad uno hace lo que puede —respondió el viejo viendo a la mujer con un estoicismo lánguido, casi absurdo.

—Por lo que veo sigues escribiendo.

—Nunca dejo de escribir. Es mi salvoconducto, mi cable a tierra como se dice.

—Me parece bien. Y escribes lindo, ¿sabes? ¡Escribe muy lindo! —exclamó en tercera persona la mujer dirigiéndose al amigo más joven que seguía la conversación desde la cama.

—Eso me habías dicho —respondió el joven moviéndose sobre la cama como buscando una posición más cómoda.

—Sí, una vez leí unos relatos costumbristas que eran para llorar de la risa. Tan buenos como los de Roberto Arlt. Así de graciosos, pero más filosóficos.

—¿Conoce a Roberto Arlt? —preguntó el joven con un destacado tono de sorpresa.

—Por supuesto que lo conozco. Él me prestó algunos libros para que los leyese —dijo ella refiriéndose al viejo.

—Yo estoy escribiendo un trabajo de investigación sobre una de sus novelas —comentó su reciente amigo.

—¿En serio? ¿De qué novela? —preguntó el viejo con gran interés.

—*Los siete locos.*

—¡Una novela formidable! —dijo el viejo con impetuosa alegría.

—Es una novela muy interesante. A mí me gustó mucho —agregó ella coincidiendo con su viejo amigo.

—Exacto. Es una novela apasionante y muy inspiradora, sobre

todo para los demás escritores.

—Me parece genial. Es una gran elección Roberto Arlt para hacer un trabajo de investigación. Hay mucha tela que cortar ahí para hacer un trabajo —dijo el viejo con conocimiento de lo que estaba diciendo—. Arlt siempre fue uno de mis escritores favoritos. ¿Usted sabía que se construyó prácticamente de la nada? Él provenía de una familia de inmigrantes y su niñez transcurrió en las penurias económicas de una familia de clase trabajadora de principios del siglo veinte.

—Sí, sabía. Era amigo de Güiraldes. ¿Conoce su obra?

—¡Cómo no! La del gaucho Don Segundo Sombra —dijo el viejo entusiasmado.

—¿Y conoce San Antonio de Areco? —preguntó su joven interlocutor con algo de picardía para tantear de dónde era el viejo.

—Solo he leído la novela —respondió con astucia el viejo—. Bueno, ¿y qué los trae por acá? —replicó cambiando intencionalmente de tema.

—Vinimos a visitarte.

—Ah, bueno. Cuando los ví pensé que me traías a un consultante —dijo el viejo expresando lo que había pensado apenas los encontró en la entrada.

—No, no era eso. Hace mucho que no sé nada de ti. Hasta pensé que te habías mudado. Como siempre te andas mudando de un lugar a otro... —comentó la mujer con cierta nostalgia.

—Lo que pasa es que estoy escribiendo mucho y no tengo tiempo ni para mudarme —chanceó el viejo a su amiga al tiempo que le sonreía al joven—. No, hablando en serio. Por fin encontré un lugar que me agrada mucho. Ya estoy acostumbrado a este lugar y a esta gente, ¿vio?

—Qué bueno que estés finalmente en un lugar donde te sientas cómodo —dijo ella alegrándose por su viejo amigo.

—¿Y qué es de vos? ¿Todavía estás en la calle? —le preguntó el viejo como interesándose de nuevo por ella.

—Y voy a morir ahí. Algunas épocas las paso en el refugio, cerca de donde estoy siempre.

—¿En aquel lugar por Yonge St. cerca de la iglesia?

—Allí mismo, sí.

—Me alegra mucho que hayan venido —dijo el viejo viéndolos a ambos—. Siempre me acuerdo de vos y de las largas conversaciones que solíamos tener. Nos hemos pasado noches enteras conversando, bebiendo y picando algo.

—Bueno, ahora somos tres. Me refiero a que lo podemos incorporar a nuestras tertulias —agregó la mujer mirando a su amigo más joven.

—Me parece genial. Me encantaría —manifestó su nuevo amigo con una visible alegría por ser aceptado.

—Bueno, no se hable más —sentenció el viejo—. Aquí mismo guardo unos vinos y unos fiambres que podemos ir cortando mientras comenzamos con la charla.

El viejo se levantó de la silla medio entumecido y, con alguna intención de apuro, caminó con dificultad hasta el roperito que estaba a unos pocos metros, metió la mano en el desorden donde había unas frazadas revueltas y extrajo del fondo, con cierto impedimento motriz, una botella de vino tinto que un extranjero le había traído de regalo en una de las tantas entrevistas que él normalmente tenía. Luego caminó lentamente hasta la mesita de luz de donde extrajo un sacacorchos y, como si le quedase algo más del mismo envión, le entregó en silencio todo a su amigo que estaba sentado en la cama para que destapara la botella. El joven se acomodó medio de costado sobre la cama con un pie hacia abajo y el otro flexionado sobre la colcha, en tanto comenzaba a quitarle la cápsula de estaño que recubría la boca de la botella y el corcho. Como si se tratase de un viejo reloj que todavía tiene cuerda, el anciano volvió hasta la mesa que estaba al borde de la ventana, abrió el cajón y sacó, de entre centenares de papeles revueltos, un cuchillo, un salame, un trozo de queso que tenía en una tarrina plana y una bolsita de papel con unas rodajas de pan. Allí mismo, arriba de aquella mesa, sobre la tapa plástica de la tarrina que lucía una incontable cifra de heridas, comenzó a cortar el fiambre y, mientras estaba en eso, mandó a la mujer a la cocina para que le hiciese el favor de traerle unos vasos de vidrio que la dueña siempre le prestaba. En un tiempo bastante breve, la mujer volvió de la cocina, colocó los vasos sobre la mesita a un lado de la picada que ya casi estaba armada y finalmente sirvió el vino para los tres en cantidades casi iguales. Luego, cada uno manoteó algo de la picada y sus respectivos vasos casi al mismo tiempo, y se dispusieron a comer con el vaso de vino en la mano cada cual en sus correspondientes lugares.

En un instante, el viejo rompió el silencio del hambre, que un momento antes había sido bullicio, para decir unas palabras.

—Bueno, aquí estamos pasándola bien finalmente. Apenas nos conocemos y ya estamos hermanados —dijo echándole una mirada al *recienvenido*—, supongo que por realidades o pesares semejantes, como siempre pasa con la gente que se hermana.

—Como pasa con la gente que tiene cosas en común —agregó de manera casi ingenua el hombre más joven.

—Tal cual. Como cuando la gente tiene cosas en común — *Parafraseó mecánicamente la mujer, que en ese momento recordó a su padre.*

—Mi padre era un burgués que no sabía nada —continuó el viejo—. Él pensaba que todo eran la administración de los campos y lo social. Y en realidad nunca se preocupó por cómo estaban sus hijos. Él creía que por mandarnos a los mejores colegios o universidades íbamos a estar bien e íbamos a ser hombres de provecho asistidos con la herencia que seguramente íbamos a recibir. —*Después supimos que esto no era verdad. Lo hemos conversado entre nosotras largamente y, por algún motivo que desconocemos, el viejo se inventó esto de un origen burgués. ¿Y saben qué?* Nunca necesité de semejantes cosas: ni de los encumbrados colegios, ni de los campos, ni de la herencia de mi padre. Toda la sabiduría que tengo proviene del camino que he recorrido y de los libros que he intercambiado con mis amigos. El poco dinero que me permite subsistir proviene de lo que voluntariamente me dejan mis consultantes. Solo necesito pedir prestados estos utensilios para comer y mi guitarra, esa que está ahí —*A la vez que la señaló con la cabeza que tenía una tupida barba y una la melena blanca revuelta como la de un león*—, la tengo para rasguear de vez en cuando una milonga para distraerme de mis pensamientos y de lo que escribo. No necesito más que esto para subsistir, para aprender y saber, para ser un hombre de provecho y de bien. Una de las cosas que tenemos en común los padres es la buena intención de querer dirigir los intereses de nuestros hijos para que sean hombres y mujeres de provecho. Y así nos salen las cosas. No nos damos cuenta de que sus intereses son subjetivos y, por lo tanto, distintos a los del resto de la gente incluidos sus padres.

—Ese no fue el caso de mi padre —dijo la mujer con cierto resentimiento—. Mi padre se ganó el sustento haciendo chambitas, y con eso mantenía a su esposa hasta que la situación económica no dio para más. Trabajó algunos años como ayudante de albañil con un sueldo miserable hasta que en Ecuador, durante la presidencia de Febres-Cordero, cuando se liberó la economía, hubo una crisis devastadora que hizo que la gente comenzara a dejar sus moradas, por eso él y mi mamá decidieron venir a esta tierra con la esperanza de tener una subsistencia mejor. Según lo que me contaron, los primeros años fueron muy complicados porque habían llegado a una cultura desconocida, con un clima adverso comparado con el de ellos, y con un idioma que no comprendían. Al principio mi papá se deprimió porque no le encontraba salida a la situación en la que estaba, entonces mi mamá tuvo que apoyarlo mucho para que saliese adelante. Luego cuando comenzó a trabajar regularmente y aprendió a manejarse con el idioma se repuso del todo, en tanto que mi mamá se encargaba de la casa y de mí cuando llegué a este mundo. Al idioma lo aprendieron como pudieron: mi papá lo aprendió trabajando en la construcción; yo lo aprendí en la escuela; y mi mamá siempre dependió de nosotros para todo porque nunca aprendió bien el inglés.

—Qué duro habrá sido —agregó el más joven en tanto tomaba un sorbo de vino esperando a que ella continuase con su relato.

—¿Y su padre? —*Preguntó ella de sopetón buscando otro narrador para evadirse de todas las inconsistencias que había dicho.*

—Mi padre fue, por lo que sé, un dirigente o un funcionario dedicado a los derechos laborales. No lo sé muy bien. Nunca nadie me lo contó en detalle.

—¿Alguien así como de la *union*? —preguntó ella algo interesada.

—No lo sé porque no lo conocí.

—¿Y cómo es que no lo conoció? —preguntó el viejo intrigado. ¿Abandonó a su madre cuando usted era pequeño?

—No, hace poco me enteré... —entonces hizo una pausa para pensar cómo iba a continuar— a raíz de la muerte de mi tía que fue la que me crió. Una noche unos hombres que andaban buscando a mi padre llegaron a mi casa y, por lo que me refirieron, se llevaron a mi mamá y a mi hermana; pero a mí y a mi padre no nos pudieron encontrar por ninguna parte. Él había salido conmigo de nuestro hogar para dejarme en la casa de unos amigos suyos donde yo iba a estar seguramente a salvo de aquella situación. Y entonces esa fue la última vez que lo vi. Esa noche salió por la puerta de la casa de sus amigos y no supe nunca más nada de él. Yo recuerdo que estuve un tiempo con esa familia a quienes casi no recuerdo hasta que mis tíos finalmente se hicieron cargo de mí. Por uno de esos caprichos de la memoria al principio creí que ellos eran mis padres, hasta que luego me contaron que ellos en realidad eran mis tíos y que mis padres habían desaparecido. Nunca se animaron a hablarme de lo que pasó y yo nunca pregunté porque pensé que mis padres me habían abandonado. Nunca más supe de ellos hasta que, hace unos días atrás, un amigo de la familia se comunicó conmigo para cumplir la última voluntad de mi tía que consistía en que yo me enterase de todo.

—¡Increíble! ¿Y quiénes eran esos hombres? —preguntó el viejo más intrigado que antes o simulando estarlo.

—No estamos seguros en realidad. Mi esposa y yo pensamos que fueron fuerzas militares o paramilitares. En aquella época eran muy habituales esa clase de operativos.

—Durante la presidencia de Febres-Cordero pasaron cosas muy parecidas —agregó la mujer interesada en narrar algo—. Una vez me contaron el caso de unos chicos que hicieron desaparecer. Pasaron más de treinta años desde aquel entonces y el padre todavía espera saber la verdad sobre lo que les pasó a sus hijos. La madre murió pocos años después de la desaparición de ellos reclamando que se haga justicia y esperando que le digan dónde estaban sus cuerpos. La mujer protestaba de una manera desgarradora. Se amordazaba para no dejar salir palabra alguna; cerraba los ojos para no ver las expresiones de pena de la gente y se tapaba los oídos para no escuchar el pésame que le daban los transeúntes. Era la única manera que encontró, creo yo, de mantenerse firme en su protesta y no desistir ante el dolor y la compasión. Lo único que aquella mujer quería era saber la verdad y murió como la investigación policial alegaba que habían muerto sus hijos, en un accidente automovilístico. Para mí que la mató la incertidumbre. A Pedro, el padre de los chicos, le refirieron alguna vez que sus hijos habían sido detenidos ilegalmente, torturados, asesinados y sus cuerpos desaparecidos por el Servicio de Investigación Criminal de Pichincha. No sé por qué, pero el caso me interesó desde un principio y todavía lo sigo de vez en cuando, cuando voy a la biblioteca y me acuerdo de buscar qué se sabe de eso. Todo el caso es todavía un gran escándalo perverso, impregnado de un profundo sarcasmo e indolencia de las autoridades que parecen denunciar abiertamente la injusticia cuando en realidad nunca condenan a los culpables. Durante estos treinta años esta gente no ha tenido ni un minuto de paz, han sido un verdadero calvario.

—¿Usted tiene hijos? —le preguntó el joven al viejo, porque se quedó pensando con lo que él había dicho acerca de los hijos.

—Tengo. Y hace muchos años que no los veo. Ellos ya hacen lo suyo, y no me necesitan —respondió el viejo con parquedad.

—Yo creo que uno siempre necesita a los padres... *«Y los buenos padres siempre están para sus hijos»* —pensó el joven, pero no lo dijo en voz alta por compasión al viejo.

—Sí, pero hay padres que no están en condiciones de ser beneficiosos para sus hijos. Y también hay hombres que no han nacido para ser padres —retrucó el viejo que en la densidad de la conversación había presentido la elipsis de su interlocutor.

—Hay hombres que no han nacido para ser padres, y lo son —completó el joven enfatizando la obligación de la responsabilidad.

—Por supuesto, y yo coincido con vos. Pero esos hombres experimentan una fantasía —retrucó el viejo nuevamente—. Aman a sus esposas, a sus padres, a sus amigos; pero para ellos amar a sus hijos es una quimera. En realidad padecen su crianza y las responsabilidades de ser padres hasta la ancianidad. Buscan siempre estar embriagados en sus trabajos o en lo que sea para desentenderse de ellos. Algunos hasta tienen tres o cuatro hijos y creen amarlos, pero en realidad los padecen. Y lo peor del caso es que los hijos crecen creyendo todo el tiempo que son un estorbo.

—¿En realidad piensas eso? —preguntó la mujer medio conmocionada.

—Por supuesto, sino fíjese cuántos hijos crecen a la deriva y en soledad. Niños pequeños cuyos padres, con la excusa de un futuro mejor para ellos, pasan ausentes, no se sientan a comer con ellos, no les preguntan cómo se sienten, no juegan con ellos, porque simplemente están todo el día trabajando para conseguir bienes materiales, para tener un estatus, para perdurar en la ilusión; y lo que es peor: los niños pasan años enteros en guarderías y en colegios de doble turno al *«cuidado»* de gente que para ellos significan también una complicación. Y mientras tanto la subsistencia se les va en el encierro y la carencia de afecto de los padres. El único afecto que esos niños conocen es el de sus compañeritos que con suerte crecen juntos en el mismo grupo (por eso son tan unidos entre ellos) y con el cariño de uno que otro adulto que se compadece de ellos. El trato que reciben esos niños desde tan pequeños es sencillamente inhumano.

—Lo que sucede es que hoy en día para poder subsistir la pareja tiene que trabajar. Y los chicos tienen que asistir al colegio —dijo la mujer dejando de lado otras opciones.

—Una vez conocí una niña de ocho años que se levantaba todos los días a las seis de la mañana —intervino el recienvenido a quien se le vino a la memoria la hija de una exnovia que había tenido hacía muchos años atrás—. Se vestía, desayunaba y el transporte la pasaba a buscar por la casa a las siete para estar en el colegio a las siete y veinte. Estaba todo el día en la escuela. La mamá, que era separada, entraba a trabajar a las nueve y salía a las seis. La pobre mujer no tenía otra opción. A las seis de la tarde salía del trabajo y media hora después pasaba a buscar a su hija por el colegio. Llegaban a la casa a las siete o siete y media, se bañaban, cenaban, hacían la tarea juntas y se acostaban cerca de las nueve y media o diez. Todo el día era como una carrera desbocada por la ilusión de un futuro mejor. Para colmo el sábado la nena asistía a otras tareas extraescolares que organizaba el mismo colegio. Siempre la recuerdo, era una niña muy buena y cariñosa.

—¿Y qué pasó con esa niña? —preguntó la mujer que sentía esa historia de manera muy peculiar.

—Unos años después fui por casualidad al restaurante donde trabajaba Verónica, la amiga de la mamá, y me comentó que su amiga estaba teniendo problemas con la nena que ya estaba entrando en la adolescencia. Me dijo que ya no le interesaba el colegio y que su comportamiento había cambiado de manera considerable. Unos dos años después fui nuevamente al restaurante y me dijo que la niña estaba teniendo problemas serios y que estaba en un centro de rehabilitación con asistencia profesional. No quiso darme más detalles, yo tampoco se los quise pedir, pero se le notaba la amargura que tenía por lo que le estaba sucediendo a esa nena.

—Durísimo. Y debe haber muchos de esos casos, y cada vez más. ¿Y tus hijos? —preguntó de manera repentina la mujer mirando al viejo que no esperaba la pregunta—. Nunca me contó nada de ellos.

El viejo se acomodó en el asiento con una incomodidad evidente y, con los ojos petrificados en ella, le respondió con sequedad:

—Mis hijos están lejos.

—¿No sabe nada de ellos? —preguntó el amigo más joven que pretendía la misma intención confidente de su relato.

—Ya no sé nada de ellos —respondió el viejo algo más morigerado.

—¿Y de qué país es usted? —preguntó el joven con curiosidad.

—De un país muy lejano —ocultó—. En realidad preferí olvidarme de todo *aquello*. A veces más vale olvidar que enloquecer.

—Pero veo que habla muy bien el español. Y *ya* pronuncia *aquello* como *yo* —chanceó el joven, enfatizando la oración intencionalmente con su yeísmo rioplatense.

El viejo se quedó estático y sin decir una palabra. Parecía como si lo hubiese abordado un estado cataléptico repentino. Los otros dos, percibiendo el malestar del viejo, intuyeron que debían reorientar la conversación para no incomodarlo más.

—Y dinos, ¿qué estás escribiendo? —preguntó la mujer—. Porque veo que siempre estás con los manuscritos sobre la mesa.

El viejo recuperó el ánimo como siempre ocurría cuando hablaba de su trabajo.

—Estoy escribiendo una novela que en realidad es infinita —respondió sonriendo como si esa fuese una broma posible—. Como vos sabés escribo en los ratos libres que son muchos cuando no estoy con un entrevistador o escritor que viene a consultarme algo en relación con la literatura, la filosofía o la metafísica.

—¿Y qué cosas le consultan sobre literatura? —preguntó el joven con cierto interés egoísta.

—Un poco de todo. En realidad me conocen de boca en boca. Yo siempre escribí pero nunca publiqué, así que es imposible que me conozcan por mi obra. Mantengo correspondencia escrita a la vieja usanza (yo no uso Internet ni nada de esas cosas) con filósofos y escritores de todo el mundo. A veces llegan doctorandos y profesionales que se dedican a la investigación para consultarme sobre algún tema en especial. En realidad yo nunca cobro, pero acepto que me dejen algo a voluntad. Algunos me traen obsequios comestibles y otros me dejan libros o algo de dinero que me sirve para poder mantenerme.

—¿Es usted profesor? —preguntó el hombre interesado por su nuevo amigo.

—No, en realidad nunca di clases en la universidad. Siempre di clases en cuartos de pensión como este, (si es que podría decirse que doy clases) —aclaró el viejo modestamente.

—Interesante. ¿Y me dice que está escribiendo una novela que es infinita? ¿Y cómo es que un mortal puede escribir algo que sea infinito?

—Con mucha pasión e ingenio —chanceó el viejo con una sonrisa pícara.

—Entonces con mucha pasión e ingenio, ¿se logra la inmortalidad? —preguntó el hombre joven retrucándole la broma—. Creo yo que por más pasión e ingenio que le ponga a la narración nunca va a poder escribir una novela infinita.

—La idea es que yo la comience, delimite sus aspectos generales y otros escritores la continúen. Imagínese, una novela generosa donde los escritores que quieran adherirse puedan volcar todo tipo de experiencias reales o ficcionales, que sea una exploración literaria donde los personajes puedan sufrir modificaciones, o incluso mutaciones, y combinaciones argumentales infinitas. Una novela donde el argumento sea tan variado como sea posible y guarde o no coherencia con el resto, un verdadero cadáver exquisito que pueda ser modificado parcial o completamente. Una novela donde los subsiguientes escritores puedan hacer sus aportes, corregirla, editarla y publicarla sin restricción de modificaciones. Sería una novela infinita e inmortal. Sería como la literatura misma.

—Ah, entonces sería una novela en colaboración con una humanidad de escritores —concluyó el joven.

—Con la humanidad de escritores que quieran continuarla.

—Claro, ¿y yo podría ser uno de esos continuadores algún día?

—¡Por supuesto! Pero mire que la estoy escribiendo en latín, ¿eh? —bromeó el viejo que se había reencontrado con el buen humor nuevamente.

—Ah bueno, ahí estoy frito. Voy a tener que aprender latín entonces.

—¡Tocará! —bromeó la mujer que venía siguiendo atenta la conversación—. Yo nunca escribí nada. Nunca tuve la suerte de saber escribir bien como ustedes dos.

—Bueno, eso no es importante —aseguró el viejo—. Hay cosas más importantes que saber escribir bien. Además, no se trata de escribir bien o mal. ¿Quién puede atribuirse la arrogancia de decir qué algo está bien o mal escrito cuando alguien es un artista dedicado a la creación?

—Pero eso no es lo que demuestras —comentó ella como queriendo una justificación de por qué él le empleaba tanta dedicación a la literatura.

—Claro que hay cosas más importantes. Lo que sucede es que para mí, la literatura comenzó como una necesidad que luego se transformó en una pasión enriquecedora que me ayuda conmigo mismo, que me ayuda también a comprender el mundo y, sobre todo, me ayuda a comprender al otro en su intimidad.

—En aquel instante, sonó el celular que el hombre más joven llevaba en el bolsillo izquierdo. Cuando vio quién lo llamaba, atendió inmediatamente.

—Hola amor. ¿Cómo estás?

—Bien gracias, ¿y tú?

—Bien, aquí ando, en Kensington Market visitando a alguien.

—Ah, ¿sí?

—Sí, estamos acá tomando un vino y picando algo. ¿Y vos en qué andás?

—Estoy saliendo de la tienda con Camila. Almuerzo y vuelvo a entrar. Ya me queda menos para volver a casa. Te llamaba para ver cómo estabas.

—Yo bien amor. Me quedo un rato más charlando acá y me vuelvo para casa. Hoy tengo a uno de mis alumnos de español y tengo otras cosas que hacer.

—Bueno, dale. Después me cuentas quién es tu amigo, ¿sí?

—Sí, por supuesto. Todo muy interesante. Después te cuento.

«Que te sea leve»

Las buenas

LA BUENA: — *(Agarra los naipes y comienza a mezclar)* Bueno. Vamos a ver si puedo remontar este resultado.

LA MENDIGA: —*(Corta la mano)* Me parece bien que admitas la derrota y que quieras recuperarte. Últimamente con la gente no te ha estado yendo muy bien.

LA BUENA: —*(Da los naipes)* Con la gente sí; con la organización quizás no tanto.

LA MENDIGA: —*(Juega el dos de copas)* ¿Qué te pasa? ¿Estás con problemas de organización?

LA BUENA: —*(Juega el dos de oro)* Bueno. Es difícil organizarse en estos tiempos. *¡Parda la primera, querida!*

LA MENDIGA: —Aprendé de mí entonces, que juego callada. *(Juega un siete de oro)* En estos tiempos hay que saber jugar.

LA BUENA: —*(Se va al mazo)* No podés tener tanta suerte.

LA MENDIGA: —No es cuestión de suerte querida. Hay que saber jugar. Yo hubiese jugado...

LA BUENA: —Vos sabés que no me gusta mentir *(Anota los puntos)*

LA MENDIGA: —Ese es tu problema. Sos demasiado honesta. *(Mientras se toma el tiempo de pegarle una pitada al cigarrillo, satisfecha, junta las cartas con la otra mano.)*

LA BUENA: —Por supuesto.

LA MENDIGA: —*(Mezcla y da)* Hace tiempo que observo que estás teniendo problemas. ¿Te pasa algo con alguna gente?

LA BUENA: — Con la gente no, la gente tiene problemas con la gente. *(Juega un dos de espadas) Juego callada.*

LA MENDIGA: —*(Juega el rey de bastos)* ¿Cómo es eso?

LA BUENA: —Lo que pasa es que hay muchos que perdieron el Norte. *(Juega el siete de bastos)* Y voy.

LA MENDIGA: —*(Juega el once de copas)* ¿En qué sentido lo decís? *(Hace una pausa y juega el tres de bastos)*

LA BUENA: —*(Pensativa) Truco.* En el sentido que parecen padecer una parálisis joyceana impresionante.

LA MENDIGA: —*(Viendo sus naipes) No quiero.* ¿Y por qué decís eso?

LA BUENA: — *(Anota los puntos y junta las cartas)* La gente no puede ver lo que acontece en la realidad en la que están inmersos. Entonces se vuelven incapaces de afrontar sus propios problemas. Como no saben realmente qué hacer, hacen cualquier cosa, como si eso fuese la solución a sus problemas. La pasan bien de la manera que sea y nada más.

LA MENDIGA: —Pero pasarla bien no está mal.

LA BUENA: —No, pero tampoco solucionan nada de todo lo que sucede. Lo único que hacen es mitigar el vacío de la incertidumbre con la única certeza de pasarla lo mejor posible cuando en realidad están a la deriva. Y lo peor de todo es que aparentan como si estuviesen fenomenal, pero por dentro se sienten un cuatro de copas.

LA MENDIGA: —Bueno, después de todo no se van a llevar nada al otro mundo.

LA BUENA: —*(Da las cartas)* Aunque no lo parezca, con esa gente me cuesta mucho conectarme. Todos, o casi todos, conforman una enfermiza sociedad enfrentada donde, a priori, el otro es el peligro, sin motivo alguno, por el solo hecho de ser el otro.

LA MENDIGA: — *(Mira su juego y tira un seis de copas) Envido.*

LA BUENA: —*(Mira su juego) No quiero. (Juega un once y un cuatro de bastos) Mato y voy...* Además están todo el tiempo protegiéndose de algún peligro como si eso fuese algo nuevo. Se protegen de todo: de los gobernantes, de sus políticas, de las economías, del clima, de las catástrofes naturales, de los alimentos, de las pestes, de los delincuentes y, principalmente, como te decía, se protegen del otro. Ahora parece que el otro ya no es el amigo, el vecino o el familiar, el otro es un psicópata o un apestado que en cualquier momento va a hacerles algo o a transmitirle alguna enfermedad. Entonces para protegerse recurren a cualquier medida y cualquier alternativa que, por más alocada o drástica que parezca, en su lógica obsesiva puede servir y es totalmente válida. Con tanto *«peligro»* lo alteran todo. Alteran sus valores porque los que tenían ya no les sirven ante tanta urgencia de tener que protegerse. Subsisten en el pánico y en la psicosis, en una corrupción generalizada donde todos se parecen y, al mismo tiempo, todos niegan parecerse. Lo niegan porque en realidad no se hacen cargo de lo que llegaron a ser o —lo que es peor— no asumen lo que son, en lo que se convirtieron. Se volvieron los unos a los otros, pero nadie acepta parecerse a los demás porque los otros son los indeseables. Habiendo nada afectivo o positivo que los una, en una escala de valores hecha añicos, nada tiene ya el sentido que tenía. En ese todos contra todos se vuelven inestables, imprevisibles, y no pueden mantener nada que sea bueno y perdurable.

LA MENDIGA: —*¡Truco!* Bueno, pero acordemos que eso es difícil de conseguir en estos tiempos.

LA BUENA: —*¡No quiero!* Me refiero a que son incapaces de mantener nada duradero, especialmente las relaciones humanas. Son de una precariedad increíble. No pueden estar nunca en las buenas.

«Que te sea leve»

Apenas salió de la pensión se colocó los auriculares para continuar escuchando la lista de reproducción de zambas que había estado escuchando el día anterior. Mientras caminaba hacia la parada del transporte analizaba las impresiones que le había dejado aquel anciano tan peculiar. De repente se le ocurrió algo que le pareció inaudito: que aquel hombre podría tener aproximadamente la edad de su padre. Entonces le impresionó comprender que, así como el viejo se había desentendido de sus hijos, su padre —esté o no en este mundo— también pudo haberse desentendido de su familia. Entendía que en ocasiones los padres pueden actuar de esa manera para proteger a sus hijos pero, de ser así, en algún momento la curiosidad por saber cómo están sus seres queridos los haría aparecer tarde temprano, cosa que no ocurrió al parecer en ninguno de los dos casos. De todas maneras le intrigaba la semejanza de situaciones: Los dos hombres eran intelectuales y sabios, los dos habían escapado de una tragedia, los dos tenían hijos y los habían abandonado. *«¿Por qué dos hombres buenos e inteligentes fueron capaces de semejante atrocidad?»*, se preguntó mientras cruzaba la calle por la senda peatonal al lado de una mujer que estaba más lúcida que él al momento de cruzar. *—¿Qué prioridades podían haber tenido el viejo y su padre para desentenderse de sus hijos y seguir adelante como si nada hubiese pasado? «¿Quizás era la manera que habían encontrado de salvar a sus hijos?»*, fue la pregunta bien intencionada que se hizo a sí mismo. Inmediatamente después, un sentimiento negativo lo invadió por completo: ¿Sus hijos habían sido un estorbo o no los habían querido? *«Hay padres que* *no están en condiciones de ser beneficiosos para sus hijos. Y también hay hombres que no han nacido para ser padres.»*, había dicho claramente aquel semidiós acriollado. *«¿Habrá sido ese mi caso?»*, se preguntó con un dolor inconmensurable en el alma. *«¿Mi padre habrá tenido prioridades superiores a su familia que lo habían llevado a que la sacrifique por completo?»* Su sentimiento de abandono comenzó a esfumarse con un sentimiento optimista, intuitivo y contextual, entonces recordó que nunca había tenido más novedades de aquel total desconocido que era su padre. *«Es como si hubiese muerto en la subsistencia»*, pensó. *«La muerte es la supresión de la persona y el ocultamiento de toda información acerca de ese ser querido. Sin embargo hay quienes piensan que la muerte realmente no existe. Que la muerte lo que menos tiene es muerte.»*, reflexionó recordando las palabras exactas de un reconocido escritor que le recordaba al viejo. Entonces eso lo llenó de un optimismo arrollador.

Inmerso en lo que iba pensando bajó de un ómnibus sin recordar haber subido, caminó unos metros sin saber exactamente por qué calle y bajó sin saber en qué escalera —aunque sabía de manera instintiva que iba en la dirección correcta—, recordó haber viajado en el subte cuando de repente, ya en la intemperie de una avenida, se percató de que se había bajado en la estación equivocada. Fue allí cuando salió de su ensimismamiento para decidir llegar a su casa a pie para hacer algo de ejercicio, entonces resolvió que la mejor opción para caminar sería desde St. Clair hasta Davisville cruzando por el cementerio de Mount Pleasant. Recorrió un trecho pasando por la entrada principal sin percatarse de ello y luego, ya bien orientado, siguió el sendero para tomar por una salida que conocía del otro lado de la necrópolis. Anduvo unos metros en el frío invernal que lo hizo acomodarse el abrigo en el cuello y acurrucar el mentón para que el frío no entrase por entre la ropa. Recorría el sendero a paso lento observando las lápidas que estaban a la derecha sin percatarse de qué podía encontrarse más adelante. Le llamaba la atención una gran cantidad de lápidas antiguas que sobresalían de la tierra impecables y otras custodiadas siempre por dos árboles a los lados que las cubrían de la nevada. Por un instante se preguntó si aquella vieja tradición de siglos anteriores de permitir a los familiares plantar dos árboles a los lados de la lápida todavía se practicaba, cuando observó junto a algunas lápidas unos pozos en la tierra que no alcanzaba a adivinar para qué servían. En otros paseos por el cementerio había observado muchísimas tumbas decoradas con arbustos, olmos, robles y hasta con arces que volvían aún más hermoso el quieto paisaje, sobre todo en la época otoñal, de aquel silencioso camposanto.

Caminó unos pasos más, cuando en el primer vistazo que echó, alcanzó a ver una atractiva mujer —*A quien él no conocía en absoluto*— con un sobretodo negro que estaba de espaldas en una de las lápidas más claras que había en el lugar. Mientras se acercó caminando presintió que ella no rezaba, sino que más bien observaba, complacida, como si se tratase de un artista que observa una obra que acaba de realizar. Cuando pasó junto a ella, la mujer levantó la mano derecha y le pegó una profunda seca al cigarrillo que mantuvo entre sus labios por unos instantes. No sabría decir por qué aquella mujer le había causado una impresión tan abrumadora, siendo que era de lo más usual encontrar allí algún visitante de un ser querido en una fecha determinada. De repente sintió la necesidad imperiosa de sentirse acompañado seguida de una taquicardia y un ahogo que lo turbaron casi hasta la desesperación. Redobló el paso con algo de disimulo —*No sabría decir si fue por la tenue pero copiosa llovizna que había comenzado a caer, por su malestar o por algún otro motivo que se nos escapa*—, alzó la mirada hacia la curva que daba al sendero de la pequeña salida lateral de Merton. Antes de doblar a la izquierda, sin parar su marcha, se dio media vuelta para ver a la mujer de nuevo, y la vio en la misma inmutable actitud que había tenido segundos antes cuando pasó detrás de ella. Al verla desde el otro lado observó que tenía la mano izquierda en forma de garra afuera del bolsillo del sobretodo, como si sostuviera un objeto rectangular que le costaba agarrar por ser tan grande como su propia palma. Agachó la cabeza por un acto reflejo causado por la llovizna cuando tomó la curva hacia la salida que estaba unos metros más adelante. En la empinada antes de salir, dándole las espaldas al cementerio, la curiosidad lo invadió nuevamente, entonces se dio vuelta esta vez de manera repentina para ver a la mujer por última vez. Luego no fue por la llovizna, sino por esa opresiva sensación de morirse, que no podía reconocer el lugar preciso donde estaba aquella mujer pálida como una Catrina frente a la lápida. Cuando finalmente se sobrepuso y reconoció el lugar, ella ya no estaba allí y tampoco parecía estar en otra parte. Escudriñó un buen rato sin resultado alentador antes de continuar su agotado andar a través de la salida. Al tiempo que dejaba atrás aquella horrenda sensación, sentía, en cambio, un inmenso alivio a medida que cruzaba el camino de tierra de Beltline Trail rumbo a Merlton y se alejaba del cementerio.

—*Sabemos que en total le llevó unos diez minutos llegar al departamento desde el cementerio. El alumno de español, con quien tenía clase esa misma tarde, lo había llamado mientras se despedía de sus amigos para reagendar su clase, ya que le había surgido una urgencia imperiosa.*

Ibrahim había comenzado sus clases de español con él mientras habían sido compañeros en un trabajo anterior. Como su estudiante ya no venía a la clase, decidió recostarse para reponerse de la caminata y de aquella perturbadora e inexplicable sensación que había tenido en el cementerio. No sabemos cómo ni cuándo lo invadió el sueño, pero lo cierto es que lo despertó la puerta de la casa que su esposa cerraba sin cuidado creyendo que su marido estaba despierto.

Extrañada de no encontrarlo en el living ni en el baño, entró a la habitación donde lo vio incorporándose sobre la cama en la penumbra, con los pelos medio enmarañados y los ojos pegados, y sin embargo saludándola con una sonrisa cálida y amorosa. En tanto ella cerraba la puerta del cuarto para que no entrase la luz del pasillo que lo estaba encandilando, lo saludó de manera cariñosa sin encender la lámpara porque sabía que a él le molestaba la luz sobre todo cuando estaba en la cama.

—¡Hola amor! ¿Cómo estás?

—Bien, todo bien —respondió él todavía medio adormecido.

—¿No tuviste clases con tu alumno hoy?

—No, me llamó al mediodía para reagendar porque le había surgido algo urgente. Así que me vine directo a casa, me acosté para descansar la espalda y me quedé dormido.

—Me parece bien amor que descanses. Lo necesitas —le dijo ella acariciándole cariñosamente la mano.

—¿Y a vos cómo te fue? —le preguntó interesado en tanto se incorporaba un poco más en la cama y ella se acomodaba en el borde del colchón.

—Bien, todo bien. Trabajé hasta las cinco y me vine directo para la casa. ¿Y vos tienes algo hoy?

—Hoy no. Recién el lunes que viene tengo a ese otro alumno que me recomendaron.

—¿Empieza el lunes?

—Sí, me dijo que algo de español sabe, pero vamos a ver cuánto sabe para ver en qué nivel empieza.

—Claro, por supuesto —le respondió casi sin escucharlo porque no podía concentrarse de lo famélica que estaba—. ¿Quieres cenar algo?

—¿Qué hora es?

—No sé la verdad, pero ya deben ser las seis.

—Bueno, dale.

Aquella noche no quisieron salir de la casa. Pidieron la comida en el restaurante hindú para que le trajesen el pedido a domicilio. En el interín de lo que tardaba el servicio a domicilio en traer la comida, pusieron la mesa como acostumbraban a hacer: ella los platos y los cubiertos; él los vasos, las servilletas y la bebida. Cuando el muchacho del *delivery* tocó la puerta, ella salió a recibir la cena en el instante en que él destapaba una botella de Malbec y la ponía sobre la mesa. Ella puso el *dhaba-style chicken* de su lado, y el *lamb rogan josh* para su esposo, en el centro de la mesa colocó la porción de arroz con vegetales y el *naan* de ajo, al tiempo que su esposo sirvió el vino en las dos copas. La noche transcurrió así: la cena, la charla, el comentario de que el *lamb* estaba picante, el vino sabroso y algún postre que siempre tenían en la heladera. Terminaron de cenar, lavaron los platos, se asearon: primero él; luego ella. Él se acostó en medio de la cama o, más bien, tirando para el lado donde ella se acostaba. Ella apagó todas las luces y se dirigió hacia la habitación.

—¿Ya venís a acostarte? —dijo su esposo tomándola de la mano y trayéndola hacia sí, mientras ella se recostaba de su lado.

Él se hizo a un lado para dejarle un poco más de lugar allí mismo en la orilla donde él estaba. Ella se acostó sonriendo quizás porque él había invadido su lugar y le dio la espalda para que la abrazara. Él le dio un beso en el cuello y le dijo que la amaba; ella suspiró profundo cerrando los ojos, sintiéndose increíblemente confortable en sus brazos. Ella le dio un beso en la mano antes de corresponderle con la misma frase y acomodarse definitivamente para descansar. En ese instante se arrimaron uno a otro en posición fetal haciendo coincidir sus cuerpos perfectamente desde el torso hasta los pies que quedaron entrecruzados. Así, en algún período de tiempo, en medio de la penumbra, se quedaron dormidos como si fuesen uno solo.

En medio de la noche, él abrió sus ojos viendo hacia la ventana que tenía un aspecto particularmente extraño. En ese momento percibió que la noche tenía una densidad espeluznante, casi macabra, como cuando uno tiene un sueño espantoso del cual nunca termina de despertarse. La luz tenue de la ciudad se reflejaba en el techo de la habitación y alumbraba el cuarto casi por completo con un aura interior que le provocó una tremenda impresión. En aquel instante no tenía noción de si su mujer estaba o no a su lado, solamente permanecía de costado viendo hacia la ventana que tenía un aspecto realmente extraño. Giró la cabeza hacia arriba, como hacen los que recién se despiertan para ver un panorama más general de su entorno. En ese entonces vio de reojo, a su izquierda, la figura de una mujer que se mantenía parada del otro lado de la cama. Pensando que era su esposa, se sentó en la cama algo más sereno dándole la espalda, viendo hacia la ventana que parecía decirle algo. Giró la cabeza hacia atrás como para hablar con ella que se había mantenido en silencio junto a la puerta que en ese entonces estaba cerrada. Entresueños, prestó atención a la figura y, para su sorpresa, reconoció a la mujer con el sobretodo negro que ahora lo miraba con una atención inquietante. Esta vez no estaba fumando, estaba prácticamente inmóvil, a no ser por un movimiento que hizo con su mano izquierda cuando mezcló hábilmente una baraja de naipes española para luego detener el movimiento de su mano en posición de descanso fuera del bolsillo. Él, atónito, se puso de pie al lado de la cama dándose media vuelta para confrontarla, cuando para su sorpresa la mujer ya no estaba allí. Un instante después bajó la mirada hacía la cama donde encontró una imagen horrenda: sobre la cama, acostados de costado, cada uno viendo para su lado, como inertes, se vio a sí mismo y a su esposa descansando. La adrenalina lo arrolló por dentro con una impetuosa fuerza que recorrió todo su cuerpo de pies a cabeza, cuestión que bastó para despertarlo sobresaltado con un pánico abrumador. Se despertó en un estado de terror absoluto, con el corazón que parecía cabalgarle por dentro, bañado en un sudor lapidario. Al despertarse se halló a sí mismo acostado en la misma posición en la que se había visto segundos antes desde el lado de la cama, viendo hacia la ventana, cuya luz amainaba como si hubiese estado bastante más encendida momentos antes. Totalmente fuera de sí, giró la cabeza hacia arriba repitiendo el movimiento que había registrado con anterioridad —sin saber si realmente estaba despierto o en el otro mundo— para ver la habitación completa. La mujer ya no estaba allí, solo había un olor extraño que no era de cigarrillo. Se sentó apoyando la espalda en la cabecera de la cama como para tomar aliento y recuperarse de lo que le había sucedido. Su esposa permanecía durmiendo plácidamente, ajena de todo, viendo hacia el otro lado, hacia la puerta de la habitación que había quedado apenas entreabierta.

Al día siguiente, la rutina continuó casi como todos los días: su esposa salió temprano para la tienda donde trabajaba y él hacia la biblioteca pública. Se marchó temprano rumbo a Deer Park, caminó sostenidamente por Yonge St. y al pasar por el cementerio recordó de manera inevitable a la mujer que había visto allí y en su habitación. En aquel instante en que recordó la aparición se obsesionó con la idea de que el evento podría repetirse y redobló el paso sin dejar de escudriñar intensamente su entorno. Caminó un poco más rápido hacia la biblioteca observando cómo vestía la gente. En realidad no le preocupaba cómo iban vestidos los hombres, sino más bien las mujeres. Buscaba afanosamente un sobretodo negro aunque de ninguna manera quería encontrarlo, en cambio le tranquilizaba la idea de encontrar una vestimenta medio harapienta como la de su amiga. En realidad buscaba prevenirse de aquella presencia, anticipándose a ella para poder escapar, de ser el caso, o de encontrar a alguien que pudiese hacerle compañía y mitigar su temor. Al llegar al parque de la Iglesia Bautista miró hacia la izquierda para ver si encontraba a su amiga. Solo estaban allí las mesas con las bancas vacías y húmedas por la nevada de la noche que brillaban a contraluz del sol que estaba en el oriente. Por un momento quedó obnubilado por aquel fenómeno, pero prosiguió mecánicamente caminando recto en dirección a St. Clair como queriendo llegar a su destino. Cruzó la calle y, por un instante, salió de nuevo de su perturbación para fijar la atención en el lugar donde solía encontrar a su amiga. Para su sorpresa encontró el lugar vacío y lo invadió una sensación de extrañeza. Sintió como si ella también se la hubiese tragado la Tierra. En algún momento pensó que esto sucedería con todos, incluso con él cuando percibió una profunda soledad y una sensación de abandono que no atinaba ni siquiera a explicárselo.

Entró a la biblioteca como siempre por la misma puerta de la derecha para cruzar el control electrónico y luego se dirigió directamente al fondo de la sala sin siquiera mirar hacia los costados. Llegó al escritorio que usaba habitualmente, se sentó y comenzó con su ritual de todos los días. En primer lugar se tomó el tiempo para observar la superficie donde iba a trabajar. Para su sorpresa, encontró algunos restos de comida, unos envoltorios y unos cabellos motosos y negros que le resultaban totalmente ajenos a su entendimiento. En ese instante pensó que en la biblioteca no cuidaban el aseo de las mesas y se ofuscó un poco. Sacó un pañuelo de papel, que siempre llevaba en el bolsillo delantero de su mochila para estas ocasiones, y limpió detenidamente toda la superficie del escritorio. Cuando terminó con la limpieza arrojó el paño en el cesto de basura que estaba a su izquierda y puso la mochila sobre su falda para sacar los elementos que necesitaba. Sacó el termo, el mate y la yerba que dejó en el costado delantero derecho del escritorio, ya que era diestro y esa posición le resultaba muy conveniente para cebarse los mates mientras trabajaba. Luego asentó la *laptop* en el centro de la mesita dejando el espacio para posar las manos en la parte delantera. Por un momento se dedicó a acomodar simétricamente los objetos sobre el escritorio para conseguir la concentración que necesitaba. En su interior no sentía una real necesidad de leer su material y de continuar con el trabajo, sino más bien advirtió el imperioso apremio de saber qué sucedía en la otra realidad. Abrió su computadora y, mientras se conectaba a Internet, comenzó a escuchar el molesto susurro de dos adolescentes que estaban en una mesa cercana. Cuando abrió el navegador vio la notificación de una información que le llamó particularmente la atención. Apenas accedió a la página comprendió aquella realidad que recurría una y otra vez. El Estado había endeudado a las siguientes generaciones con la emisión de un bono a cien años y uno de los tantos fondos de inversiones, una sociedad *offshore* propiedad del principal ministro que gestionó esta medida, había sido una de las principales compradoras de los bonos a una altísima tasa de interés. Él no comprendía exactamente qué significaba aquella información, sin embargo continuó leyendo. La leyó dos o tres veces aquel artículo y seguía sin comprender qué significaba todo aquello porque semejante realidad no cabía en su entendimiento.

Luego de leer todo aquello quedó profundamente desalentado. Sentía que no era capaz de comprender aquella realidad, más aún, ni siquiera sospechó que la realidad pudiese superarlo de esa manera. Mientras cebaba un mate, observaba cómo el agua caía por la bombilla, entonces pensó que aquel contexto había perdido su esencia. Se volvía impredecible, incontrolable, se comportaba como una descomunal sustancia líquida, amorfa, liberada sobre cualquier apacible geografía. Aquel pensamiento le recordó que alguna vez se había parado sobre el puente de la Represa Hidroeléctrica Agoyán, una noche de un temporal de sostenidas lluvias y derrumbes. Era como cuando aquella represa abría sus compuertas y el agua liberada se comportaba de manera imprevisible. Recordó cómo el puente se tambaleaba ante la fuerte turbulencia de aquella descomunal masa el agua que no tenía una forma definida, pero que su potencia arrastraba todo lo que se interponía a su paso. Ahora percibía el mismo temor que había sentido sobre aquel puente que se tambaleaba como si hubiese estado hecho de caña y mimbre. Sentía incluso que la humanidad subsiste en la zozobra de un río así de correntoso donde cada uno tiende a salvarse cada cual por su lado. El intento de una contingencia colectiva se diluye en el individualismo que se transforma en la soga al cuello de cada uno de nosotros.

A pesar de lo desconcertado que estaba se tomó el tiempo para continuar leyendo aquella descripción de la barbarie. En otra información leyó que un gobierno estaba en la reorganización y entrenamiento de fuerzas armadas clandestinas para instaurar una estructura paramilitar que tuviese la facultad de operar en su territorio bajo el mando directo del ministro de defensa. Esas fuerzas paramilitares estaban siendo entrenadas por el ejército israelí con el único propósito de servir como fuerza de tareas clandestinas dentro y fuera del territorio. Paralelamente —se enteró— que el gobierno estaba reclutando ciudadanos extranjeros e indígenas para crear falsos positivos dentro y fuera del territorio en diferentes luchas. En las luchas internas, por ejemplo, la muerte de los indígenas o indigentes se utilizaría para hacerlos pasar por subversivos caídos en las revueltas como así también cualquier revoltoso pueda ser ajusticiado para mantener rápidamente la paz y el orden, y así conseguir el control constante sobre la población. *«Los reclutas extranjeros —pensó— servirían como infiltrados en los países de gobiernos populistas con el objetivo de crear conflictos internos que deriven en la excusa para una rápida intervención de otros partidos apoyados subrepticiamente por potencias extranjeras sin que estas aparezcan involucradas en el conflicto».*

Harto de todo aquello, abrió una nueva pestaña en el navegador e ingresó a la página de la biblioteca para buscar una lectura en español. Después de hurgar entre los cuantiosos títulos de los libros electrónicos, y de no poder decidirse, encontró uno que le llamó la atención de manera particular cuando intuyó, por el título, que aquella obra estaba de alguna manera vinculada con el momento que estaba atravesando. El libro era una novela autobiográfica de una autora argentina a quien él no conocía, pero aquella temática le llegaba de una manera tan peculiar que cuando leyó la reseña con detenimiento decidió tomarla a préstamo para comprender aún más todo aquello. Entonces ingresó su número de socio de la biblioteca y los últimos cuatro dígitos de su celular para concretar el préstamo por veintiún días. Si bien había mantenido su atención en la elección del libro, su turbación no había cesado en absoluto. En ese instante sintió que aquel ambiente lo oprimía, lo asfixiaba como cuando uno es sofocado por una pesadilla inverosímil de la cual no puede despertar. Cerró de manera abrupta la computadora, guardó desordenadamente el equipo de mate y la *laptop* en la mochila y se dispuso a salir de allí. Ni siquiera él mismo podía explicar la profusión del fluir de su conciencia, sus pensamientos se habían vuelto copiosos, turbulentos e incontrolables y no tenían cese de continuidad. Por un instante le extrañó la desaparición de los recuerdos de su infancia y luego los de su tía Isabel que eran los que había tenido en un principio antes de su estado de alteración. En su condición le parecía que todo su pasado había desaparecido bajo un manto descomunal de silencio, olvido y oscuridad.

Cuando salió de la biblioteca pasó por un mercado de venta de carnes y verduras que a esa hora ya estaba bastante concurrido. Al mirar hacia el interior vio que alguien desde adentro le hacía unas señas denodadas para llamar su atención. Por un instante siguió imbuido en su estado sin comprender lo que estaba sucediendo cuando vio que la figura humana salía del mercado y le hablaba en español. Era su amiga que había entrado al negocio para pedir algo de comer cuando lo vio pasar por la vereda y decidió llamarlo preguntándole si se encontraba bien. En ese instante, él intentó poner atención en lo que su amiga le decía sin resultado satisfactorio por lo que ella le repitió la pregunta que él no había comprendido y de la cual ella no había obtenido ninguna respuesta. Él entró instintivamente al mercado al tiempo que le respondía el saludo y le aseguraba que se encontraba bien, que no era nada. En cierto momento observó que la señora de la tienda le proveía a la mujer algunos víveres y ella le agradecía de manera cálida e insistente. Juntos se despidieron de la vendedora, salieron del mercadito y decidieron caminar hacia el parque de la Iglesia para sentarse en una de las mesas que había allí. Él comenzó a notar una extraña mirada de su compañera, como queriendo adivinar algo sobre él, como extrañada por su actitud y su mutismo. Esa observación y el frío invernal lo sacó de su turbación para preguntarle a su amiga de manera directa:

—¿Qué te dio la señora de la tienda?

—Me dio un poco de embutidos, queso y algunas manzanas. Mira todo lo que me dio —dijo la mujer mostrándole el interior de la bolsa—. Me dio bastante como para que comamos los dos.

—De ahí comemos los dos y te sobra para todo el día —dijo él observando el tamaño exagerado del contenido de la bolsa.

—Sí, gracias a Dios hay mucha gente buena que me ayuda, gente que comprende la situación en la que estoy.

Cuando estaban a punto de cruzar la calle para ir a la plaza de la iglesia, él decidió dejarla pasar adelante porque todavía estaba medio conmocionado y le costaba cruzar por la senda peatonal con seguridad. Se aseguró de que ella prestara atención al cruzar y la siguió sabiendo que se encontraba a salvo con ella guiándolo. Llegaron a una de las mesas con bancas ya secas donde todavía daba el sol para sentarse a comer y conversar. Los dos medios mudos, quizás por el estado en el que él se encontraba, se sentaron en la banca del mismo lado de la mesa. Ella abrió el paquete de comida sobre la tabla, tomó un poco de queso y fiambre —que ya estaban rebanados— y cortó un trozo de pan para convidarle primero a su amigo. Él, aunque no tenía hambre porque estaba lleno de tanto tomar mates, aceptó el bocado de buena gana por gentileza o para sentirse acompañado por un rato. De un instante a otro, desde el silencio más profundo, ella comenzó la conversación con una pregunta.

—¿Sabes por qué vengo siempre a esta plaza?

—No, la verdad es que no tengo idea —le respondió sonriendo algo compasivamente.

—Este es el lugar al cual considero mi origen porque es donde tuve la última conversación con mi padre. Cuando yo te conocí, te dije que era nacida y criada aquí, y considero que no estaba mintiendo del todo. En realidad, yo nací en Cañar que es una provincia al sur de Ecuador. Mi padre me vino trayendo cuando tenía doce años con la idea de que luego vendrían mi madre y mis hermanas de seis y cuatro años. En un comienzo, cuando llegamos acá, nos albergó una familia de amigos de mi padre en un cuartito que tenían en el lado lateral de la casa. Ellos se portaron muy bien con nosotros desde un principio, y son de esos amigos que tengo pero que ya nunca más he visitado. Este amigo de mi padre es en realidad quien nos ayudó con los trámites y con el dinero para venirnos. Apenas llegamos me inscribieron en una escuela de acogida donde van los hijos de los inmigrantes, mientras mi padre trabajaba con su amigo todo el día en la construcción.

Dos años y medio después, mi padre ya se había recuperado económicamente y yo asistía al colegio regular con el resto de mis compañeros. Entonces pensé que ese era el momento de traer a mi madre y a mis hermanas, y de arrendar nuestro propio apartamento donde podríamos estar todos juntos. Al departamento lo arrendamos, pero un tiempo después mi padre comenzó a salir con sus compañeros del trabajo. Cada tanto llegaba a la madrugada medio *chumado* como cuando yo era chica. Luego, de un día para el otro, dejó de salir con sus amigos y comenzó a preocuparse más por su aspecto personal. En ese entonces, yo empecé a trabajar medio tiempo en una pizzería, así que pensé que todo se encaminaba de nuevo. En un principio me gustaba verlo bien, y me resultaba algo extraño que varias veces a la semana volviese tarde del trabajo. No llegaba *chumado*, sino más bien feliz. Yo empecé a preguntarle que para cuándo venían mi madre y mis hermanas a lo que él no respondía, o cuando respondía lo hacía con alguna evasiva como: *«Uno de estos días me comunico con la gente de allá para que los ayuden a venir»* o *«Ya mijita, ya me voy a ocupar para que los ayuden»,* me decía yéndose o bajando la mirada. Pasaban los días y las semanas y mi padre parecía estar en otra cosa, volvía tarde y siempre pasaba algo por lo cual no podía hablar con esa gente que iba a ayudar a venir al resto de la familia.

La última vez que lo vi, como te conté, yo tenía dieciséis años recién cumplidos y fue en esta misma plaza. Mis amigas y yo salíamos de la biblioteca de aquí a la vuelta y nos íbamos donde una de ellas que era brasileña, porque la madre siempre nos invitaba y nos acogía en su casa. Cuando veníamos caminando por esta calle —serían las cinco y cuarto de la tarde, porque la biblioteca cerraba a las cinco— me lo encuentro a mi padre sentado en una de estas bancas en frente de la Iglesia con una mujer. Estaban abrazados, a los arrumacos como si fueran adolescentes. Yo lo vi bien claro. Nunca voy a olvidarme de esa imagen. Entonces disimulé con mis amigas y les dije que había encontrado a una pareja amiga de mi padre con quienes me quedaba. Apenas llegué al lugar, y antes de que él me viera, empecé a decirle que qué estaba haciendo allí con esa mujer y me largué a llorar. Mis compañeras si bien no entendían el idioma notaron un tono alarmante y, sin comprender lo que sucedía, siguieron instintivamente caminando como si nada pasara. Aquella mujer miró a mi padre con sorpresa y desesperación. Mi padre se dirigió a ella sin verla a los ojos, como hablándole a sus senos, y le susurró algo rápido y corto que no alcancé a escuchar. La mujer se puso de pie en silencio, se acomodó un poco la falda y la cartera en el hombro y rodeándome salió caminando en la dirección en la que yo venía. Yo no recuerdo bien todo lo que sucedió en ese momento, recuerdo que la miré con desagrado, enseguida le clavé la mirada a mi papá que había permanecido inmóvil en la banca como si el mundo se le hubiese venido abajo. Lo interrogué y lo insulté por unos cuantos minutos sin obtener ninguna respuesta. Su mutismo y su actitud hizo que pasado el tiempo él pudiese articular alguna palabra.

Primero se disculpó como si eso fuese suficiente para mí y para lo que yo había presenciado. Luego intentó explicarme con palabras ridículas lo que era obvio y eso me hizo morir de las iras. Al final opté por tranquilizarme porque si me seguía enfureciendo lo mataba. ¡Te juro que lo mataba! En un momento nos quedamos los dos en silencio. A él lo enmudecía la vergüenza y la pena; a mí el dolor y el llanto. Nos quedamos varios minutos así. Yo llorando o sollozando; y él viendo hacia abajo en silencio, como meditando, sin saber qué decir. Varios minutos después cuando había recuperado el aliento, le pregunté por qué había decidido abandonar a mi madre y a mis hermanas. Y él, que nunca miraba a los ojos, ladeó instintivamente la cabeza hacia mí y con una inmensa vergüenza en la voz me respondió de manera indirecta:

—Mire *mijita*, para nosotros nunca fue fácil, y cuando le vine trayendo a usted fue porque allá no había nada que hacer. Porque yo les veía a ti y a tus hermanas crecer sin nada que comer. Su madre hacía todo lo que podía por ustedes para que no les falte nada. Muchas veces a ella le dolía el estómago y no comía, pero ustedes tenían para comer. Su madre es una buena mujer. Aunque peleábamos mucho, yo la quise mucho. A ella no le gustaba que yo me *chume*, pero yo era un *guambra* bien pendejo. En una discusión que tuvimos una mañana, ella me decía que tenía que dejar de andar descarriado, y que tenía que hacer algo por mi familia. Vos y tus hermanas, que eran unas *guagüitas* de este tamaño, lloraban. Nunca me voy a olvidar esa imagen de ustedes paradas bajo la mediagua de la casa llorando porque su madre y yo discutíamos. Entonces cuando las vi a ustedes llorar tanto decidí hacer algo.

Ese mismo día vino el Pablo a la casa y me contó que el Javier había vuelto de Canadá y que estaba con su familia en la casa que había mandado a construir. Nosotros mirábamos la casa del Javier y no lo podíamos creer. El Javier fue uno de mis primeros amigos en irse. Él tenía un familiar de la mujer, que era de Gualaceo, que ya se había ido y le había ido bien, así que cuando volvió se los llevó a toditos: al Javier, a su mujer, y al *guagua*. A los cuatro o cinco años el Javier mandó a construir su casa allí mismo donde tenía su casa anterior. Los maestros de obra, que eran los mismos compadres de siempre, derrumbaron la casa y construyeron una casota nueva. Los demás que se fueron después que el Javier también mandaron a construir sus casas para cuando volvieran y les dijeron a los mismos maestros que les hagan una casa como la del Javier. Los maestros, que tenían la idea de esa casa, construyeron cientos de casas más como la del Javier. Ya todos sabían el presupuesto de materiales, el trabajo y el tiempo que tardaban los maestros en construir una de esas casas. Los maestros construyeron un caserío hermoso, pero era un caserío fantasma de mansiones vacías. En las calles deambulaban las mujeres y los *guaguas*. Los hombres casi no podían estar allí, siempre andaban yéndose. El caserío estaba más lindo, pero seguía siendo casi lo mismo: si lo habitaban no podían subsistir, si lo abandonaban no había nadie. El cementerio tenía las mismas tumbas de siempre, abandonadas, porque ya nadie sabía a quiénes pertenecían. Ya casi nadie podía quedarse en ese lugar.

Tu madre siempre me decía que yo era un vago; que por más que los demás se iban a pegarse los tragos hacían algo por sus familias. Y cuando ese día vino el Pablo nos fuimos a visitarle al Javier. Fuimos a la casa del Javier y nos recibió con los brazos abiertos, pero no tenía nada allí porque recién llegaba y lo único que tenía eran las gallinas que su hermana alimentaba, una vaca y un sembrío chiquito de maíz que usaban para alimentarse ella y sus hijos. Como el Javier ya estaba desacostumbrado de comer lo que nosotros comíamos, apenas llegamos, nos llevó a uno de esos comedores que van los gringos cuando van a visitar las ruinas. Ese día nos contó cómo había hecho su cuñado para llevarlo y de qué trabajaban acá. Nos dijo que si queríamos venir, nos ayudaba con el dinero y con el hospedaje y que después le devolvíamos cuando estemos trabajando. Esa tarde, el Javier pagó todo y nos volvimos en el carro que había comprado para cuando él venga y nos dejó a cada uno en su casa. Cuando llegué a la casa, tu madre estaba despierta y se enojó porque decía que me había pegado los tragos con el Pablo y que andábamos hechos los guapos con las *guambras* de por ahí. Es que *guambras* había algunas y estaban todas solas, que para qué te voy a negar... Cuando se calmó empecé a contarle lo del Javier y tu madre se quedó escuchándome, como que al principio no me creía, pero después me empezó a preguntar. Estuve un buen rato hablando con ella, contándole lo que me había dicho el Javier. Yo le dije a tu madre que quería hacer algo por mi familia y que me quería ir con el Javier para Canadá. Ella estuvo de acuerdo y decidimos que como tú ya tenías edad para hacerte de un hombre, te fueras conmigo para que tengas un futuro. Así fue como te viniste conmigo y tus dos *ñañas*, que todavía estaban *guagüitas*, se quedaron con tu mamá. El resto de la historia ya la sabes *mijita*.

Aquella explicación no conformaba a nadie. Al día siguiente, mientras él estaba trabajando, sigilosa, junté la ropa que necesitaba y me largué de la casa. De él no volví a saber nunca más. Ni siquiera volvió a pasar por este lugar. El hecho de que yo esté siempre en esta cuadra hace más improbable que lo vuelva a encontrar.

Un poco más recuperado de los pensamientos que había tenido en la biblioteca, él respondió:

—Quizás haya pasado y no se hayan visto.

—O quizás nunca más pasó para no resucitar el pasado. Él para mí está muerto.

«Que te sea leve»

Los *chupes*

El vuelo AC 1948 salía a las ocho y treinta de la mañana, cuestión que los obligó a estar temprano en el Aeropuerto Internacional Toronto Pearson. Aquella mañana se levantaron particularmente temprano para desayunar en la casa ya que el desayuno del aeropuerto les resultaba demasiado caro. En el viaje al aeropuerto hablaron poco pero creemos que fue por la *fiaca* que todavía sentían por el madrugón. Después de que el chofer los ayudara muy diligente con el equipaje, entraron a la sala principal del aeropuerto y se dirigieron directamente a hacer el ingreso. Luego pasaron por la aduana y salieron a una cinta interminable que los transportaba hacia el sector de las tiendas y a la sala de espera donde estaba la puerta de salida E 74. Se quedaron un buen rato recorriendo las tiendas, viendo los artículos que la gente normalmente compra en los aeropuertos como regalos y recuerdos de Canadá. Luego, con unas monedas que no iban a usar en otro país, compraron una gaseosa en una de las tiendas y se sentaron a esperar a que sea la hora de abordar el vuelo. Se acomodaron en unos asientos cerca del ventanal, hicieron algunas observaciones acerca del lugar y, pese a que la desmesurada sala de espera estaba dotada de *tablets* para el uso público, decidieron usar sus celulares para matar la espera. Ella prefirió comunicarse con sus amigas para avisar que estaban saliendo y para ponerse al día; él, en cambio, a pesar de tener su lectura habitual, decidió leer las redes sociales y los portales de noticias.

Antes, él se incorporó en su asiento y acomodó primero la maleta que estaba más lejos, cerca de su esposa, para luego arreglar la otra maleta grande que estaba junto a él. En ese instante se ofuscó un poco. Las maletas parecían haberse puesto de acuerdo para molestarlo y puso un poco más de energía en acomodarlas, porque no conseguía que se quedaran en su lugar. Su esposa dejó de escribir y lo miró por un momento con una sonrisa como si comprendiera lo que le estaba sucediendo. Percatado de la mirada de su esposa que estaba del otro lado de las maletas, se dedicó a acomodar la mochila negra en el suelo y apoyarla contra una de las maletas grandes. —*Esta mochila era bastante más gentil que la de color gris que había tenido una vez y que olvidó en la sala de espera de una estación de autobús. No sabemos con precisión si aquella mochila gris fue olvidada o simplemente él se hartó de ella y la dejó deliberadamente apoyada en el asiento de la terminal de ómnibus.* Cuando todo estuvo bajo control, volvió a tomar el celular que había guardado en el bolsillo izquierdo de su jean, puso su huella digital para desbloquearlo y volvió a entrar a las redes sociales y a los portales de noticias. En ese instante, en los parlantes del aeropuerto se escuchó una voz que anunciaba algo que él no alcanzó a comprender ni una sola palabra. Una información lo llevó a otra, y a otra, y entonces comenzó a leer algo truculento que le recordó a su tía Isabel aunque ella nunca tuvo nada que ver con semejante calificativo. Sintió nostalgia de las imágenes que guardaba en su memoria: las de su primer barrio, de Victorio y su esposa, y, en particular, de su tía Isabel y de Rogelio. Aunque nunca lo manifestaba, siempre los recordaba y esos recuerdos extrañamente se habían vuelto recurrentes desde la muerte de Isabel.

Entonces recordó el día que sus tíos estaban tomando mates —*Rogelio recién había llegado de trabajar*— y aprovecharon la ocasión para querer hablar con él. La memoria de su infancia era confusa y desordenada como suele ser la memoria infantil con la diferencia de que tampoco tenía presente sus recuerdos más recientes, los de sus diez u once años, y en ellos tampoco parecían estar sus tíos, o sus padres como él les decía habitualmente. En cierto momento —*No recuerdo quién fue primero. No estoy segura*—, su tío o su tía le mencionó con mucha cautela que en realidad él *«no conocía todo lo que había en su pasado»*. Esa fue la frase que le dio la oportunidad a aquel chico que sin embargo podía interpretar las imágenes de su memoria mejor de lo que sus tíos sospechaban. Después de un breve silencio, el joven respondió:

—Creo que sé lo que me quieren decir. Recuerdo mi casa..., con quienes estaba... —y luego de la segunda pausa completó—: también recuerdo algo de lo que pasó.

Ante esta aseveración, Rogelio e Isabel quedaron atónitos sin saber qué decir. Y después de un profundo silencio, el joven continuó:

—Yo sé que ustedes no son mis papás.

Rogelio e Isabel se miraron el uno a otro. Isabel se quedó estaqueada en su posición sin poder decir una sola palabra. Rogelio se tendió hacia adelante y, tomándose de las manos, entrecruzó nervioso los dedos delante suyo agachando la mirada sobre la mesa. Luego miró al chico por un instante de manera compasiva y, cortando cuidadosamente el profundo silencio que había quedado, le preguntó:

—¿Te acordás?

—Sí, me acuerdo —respondió su sobrino decidido a narrar la historia—. Recuerdo que una noche todo fue confusión. Creo que fue alguien de la familia que vino tarde a mi casa. Cuando mi papá salió a atender, mi mamá le dijo que tenga cuidado, que no abra sin preguntar. Recuerdo que mi papá se fue a atender la puerta con el arma en la mano y volvió más alterado de lo que se había ido. Mis padres hablaron algo que en aquel momento no comprendí, pero que todavía recuerdo. Mi papá entró y viendo a mi mamá le dijo: *«Nos vinieron a buscar»*. Mi mamá se quedó paralizada viendo a mi papá como pidiéndole que le explicase. Mi papá le contó rápidamente lo que vinieron a advertirle y comenzaron a moverse. Recuerdo que mi mamá se fue a la otra habitación, encendió la luz y empezó a hacer ruidos con los cajones del ropero y con los bolsos donde al parecer metía la ropa. Mientras tanto mi papá se fue al cuarto del otro lado de la casilla donde metió algunas cosas en unas cajas y las sacaba por la ventana que daba al basural. Yo estaba sentado en el comedor de la casa, paralizado escuchando todo lo que pasaba a mi alrededor. Recuerdo que aquella noche, mi papá me sacó en brazos y recuerdo también que llevaba uno de los bolsos con ropa, y creo que era la mía únicamente. Recuerdo la noche, la oscuridad, me acuerdo de la agitación de mi papá y del terror. Me acuerdo de todo como una impresionante pesadilla. Esa noche mi papá me saludó y me dejó en la casa de una gente. Después de eso ya no recuerdo más nada. Y no importa que no recuerde, lo importante es que lo sé todo.

Sus tíos quedaron enmudecidos ante el relato en primera persona de su sobrino. Luego de escuchar parte de su historia de la cual les llevó un rato reponerse, le confirmaron que además nunca volvieron a saber de ellos. Lo importante para sus tíos —*Creo yo con alguna certeza*— era que él supiese la verdad, aunque ellos no tuviesen mucho más que aportar. Le refirieron, eso sí, que ellos lo habían acogido para rescatarlo, para cuidarlo y para que no corriese peligro. De ahí en más, quizás por miedo o inseguridad, el silencio fue casi eterno.

Ante aquel recuerdo, sacó su dispositivo de la mochila y continuó leyendo la novela que recientemente había tomado a préstamo de la biblioteca de Toronto.

—La noche del ocho de mayo de mil novecientos setenta y ocho estábamos todos en mi casa. Mi familia dormía y yo todavía estaba levantada porque recién había llegado del laboratorio fotográfico de Horacio como todos los lunes a la noche. Estaba lista para meterme en la cama cuando comenzaron a golpear la puerta de manera insistente. Yo salí al pasillo que daba a mi cuarto para ver qué sucedía y, en eso, veo a mi padre que salía de su habitación para atender la puerta antes que yo. Enmudecida por el miedo, solo me limité a escuchar cuando mi padre preguntaba quién era, y la inmediata y firme respuesta que le sucedió fue: *«Somos la policía. Necesitamos hablar con el dueño de casa. Abra la puerta por favor».*

Apenas mi papá abrió la puerta entraron como tropilla unos diez hombres sin uniformes fuertemente armados que preguntaban por mí. Yo me quedé paralizada en el pasillo viendo cómo tres o cuatro hombres venían directo a buscarme de manera decidida y nada amigable. En eso veo que, de la habitación de mi padre, salían mi mamá y mi hermanita, ambas con una expresión de pánico que nunca voy a poder borrar de la memoria a pesar de apenas haberlas visto por un segundo. No alcancé a ver qué sucedió con ellas porque en ese mismo instante me tomaron por la fuerza, me aplastaron contra la pared, me esposaron con firmeza y comenzaron a revisarme hasta en la boca. Luego, mientras nos retenían a todos sentados en el comedor, dos de los hombres se dedicaron a revisar cada centímetro de mi cuarto, el resto de los hombres registraron la casa completa, lugar por lugar, sin decir exactamente qué buscaban.

—¿A quiénes de tu familia retenían allí en el comedor?

—A la familia completa: a mi mamá, a mi papá, a mi hermana menor y a mí.

—¿Y qué pasó después?

—Después me llevaron así como estaba, con un pantalón de jean y una campera de lana. En la vereda había tres Falcon verdes que eran de ellos. A mí me subieron en el de adelante; los otros se subieron en los de atrás. En mi auto iban dos hombres adelante y dos atrás, y yo iba atrás en el medio de los dos hombres. Entre los dos me amenazaban todo el tiempo, creo que porque yo me había largado a llorar. Me decían que no intente nada, ni gritar ni nada, porque si no *«no contaba el cuento».* El coche avanzó más o menos rápidamente, se detuvo, y en eso que se detuvo me tiraron al piso. Yo quedé sentada en el suelo del auto detrás del conductor con la cabeza en el medio mirando hacia el asiento trasero. En tanto yo viajaba en esa posición, uno de los dos hombres, que era el que estaba casi arriba mío, pasó sus dos piernas sobre mi cuerpo aplastándome más contra el asiento; y el otro, el acompañante, que estaba bastante alterado, me tenía con el arma en la cabeza y me decía que dejara de llorar, que me callara la boca, que no intentara nada, porque si no *«era boleta»*.

Yo no podía ver nada, solo podía escuchar. De repente escuché que uno de los que iban adelante decía por la radio: *«Tenemos el encargo. Vamos para allá»*. En ese instante me di cuenta de que *«el encargo»* era yo y de que toda esta situación se trataba nada menos que de un *«chupe»*. En medio de la madrugada solo se escuchaba el rugido del motor del auto donde yo iba que tapaba el de los otros dos que nos escoltaban. Además de eso no se escuchaba un alma en la calle. Anduvimos más de media hora, unos cuarenta o cuarenta y cinco minutos más o menos. No sabría decirte con exactitud porque perdí hasta la noción del tiempo.

—¿Y cuántos años tenías?

El codo de su esposa y una pregunta interrumpieron su lectura.

—Amor, ¿vos sabes lo que es un cadáver exquisito?

—Sí, es un juego —le respondió mientras se disponía a seguir leyendo.

—¿Y cómo es ese juego? —preguntó ella demandando más atención.

—Es un juego basado en otro juego que se llama *consecuencias*. Uno de los participantes escribe una frase en una hoja doblada como en forma de bandoneón. El siguiente participante escribe una frase relacionada con la primera. El tercer participante escribe una frase viendo solamente la última frase pero no la anterior, y así sucesivamente hasta agotar los participantes. Al final se lee el discurso completo que resulta una historia que no tiene sentido. En realidad, el juego es como la historia misma, porque en definitiva somos las consecuencias de lo que nos ha sucedido.

—¿Y alguna vez lo jugaste?

—Sí, muchas veces. Cuando era estudiante lo jugábamos en un

cibercafé donde nos reuníamos con mi novia y una pareja amiga. Los viernes a la noche salíamos de la universidad y nos sentábamos en una de las mesitas del ciber, le pedíamos a la moza que ponga alguna música que nosotros mismos llevábamos en un *cassette* —nos gustaba mucho escuchar a Sandro en aquella época—, nos poníamos a tomar cerveza, una tras otra, y hablábamos de literatura. En aquel entonces, El Viejo siempre estaba entre nuestras preferencias, así que era muy probable que hablásemos de él. Hablábamos un poco de todos los escritores que conocíamos, pero siempre preferíamos a los argentinos y a Borges en particular. Después, en algún momento de la noche, nos poníamos a jugar al cadáver exquisito. Nos quedábamos jugando, charlando, tomando cerveza hasta las cuatro o cinco de la madrugada, con los escritos sobre la mesa, buscándole algún sentido a todo aquello aunque sea literario.

—¿Y alguna vez vas a jugar conmigo?

—Dale, cuando quieras.

—¿Ahora?

—No, ahora no. Estoy leyendo.

—¿Y qué estás leyendo?

—Nada, una novela que empecé a leer en casa.

—Bueno. Te dejo leer entonces.

«Que te sea leve»

La confesión

La mujer se quedó paralizada por los recuerdos que venían a su memoria, porque los recuerdos, a veces, cuando se los recrea en la mente, tienen el mismo efecto paralizante que la situación que los origina. De todas maneras, la chica prosiguió:

—¿Cuántos años tenías en aquel entonces? —repitió.

—Tenía veintiún años.

—¿Y qué actividad realizabas?

—Yo era estudiante en la Facultad de Ciencias Económicas.

—¿Y tenías alguna actividad política o militante en la facultad?

—No, en ese momento no. Cuando estuve en el colegio secundario formé parte de un grupo de amigos militantes, pero me abrí después de que egresamos. Al tiempo, después del setenta y seis para ser más precisa, me enteré de que ya no se podía realizar ninguna actividad política o gremial. Recuerdo que mi tía, la que trabajaba en el mismo colegio al que yo asistía, comentó en la familia que una de las últimas cosas que se reclamaron fue que ya no se podían leer los libros que estaban leyendo. Según ellos existían libros subversivos, pero en realidad no se sabía mucho lo que eso significaba. De un día para el otro, tuvieron que cambiar los libros sobre la marcha y a mitad de año. Además, mi tía nos comentó que les llegaban instrucciones precisas de qué contenidos dar en las clases y qué no se podía mencionar. Incluso existían listas de autores y libros que eran considerados subversivos y que estaban prohibidos. No solo mucha literatura para adultos estaba prohibida, había toda una literatura infantil que también estaba proscrita. En todo el sistema educativo se debía cumplir con la Directiva del Comandante en Jefe del Ejército y se hacía eso desde la primaria. Se prohibieron libros como *Un elefante ocupa mucho espacio* de Elsa Bornemann y *Nacimiento, los niños y el amor* de Agnés Rosenstiehl. La prohibición de ejemplares de este tipo afectó la distribución, la venta y la circulación en todo el territorio nacional; incluso ocasionó la clausura transitoria o definitiva de algunas editoriales en todo el país. La censura también afectó a libros como *El pueblo que no quería ser gris*, donde los pobladores se oponían a la decisión del rey de pintar todas las casas de un mismo color y decidieron teñirlas del color que más le gustase a cada uno; lo mismo sucedió con *La ultrabomba*, donde un piloto se negó a cumplir la orden de arrojar una bomba.

—Esperame, estoy buscando el decreto.

La joven se quedó en silencio por un momento mientras la mujer buscaba en su *laptop*, que estaba sobre su escritorio, el decreto en Internet. Habiendo encontrado el texto continuó:

—Lo que sucedió es que La Junta Militar había decidido como dice acá: *«restablecer la vigencia de los valores de la moral cristiana, de la tradición nacional y de la dignidad del ser argentino».* Y que *«dichos objetivos se complementan con la plena vigencia de la institución familiar y de un orden social que sirva efectivamente a los objetivos de la Nación.»*

—¿Encontraste el decreto? ¿Es real?

—¡Claro que es real! Acá lo tengo. Es más, y más abajo dice:

«Del análisis de estas publicaciones surge una posición que agravia a la moral, a la familia, al ser humano y a la sociedad que éste compone» ... Que en ambos casos, *«se trata de cuentos destinados al público infantil, con una finalidad de adoctrinamiento que resulta preparatoria a la tarea de captación ideológica del accionar subversivo».*

—¡Qué hijos de puta!

—Tal cual.

—Ya sé que te pregunté, pero entonces, en la facultad, ¿no

realizaste ninguna actividad política?

—Mirá, yo tenía una amiga que militaba en una organización política que tenía su actividad en esa facultad como sucedía en muchas otras. Allí conocí a algunas personas entre las cuales se encontraba la hija de un Brigadier que luego fue abatida por las fuerzas armadas. Pero yo, en definitiva, no realizaba ninguna actividad política con ellos.

—¿Y te acordás dónde estuviste en cautiverio apenas te llevaron?

—Sí, recuerdo el lugar. Sé dónde queda pero nunca quise volver allá; incluso creo que ese lugar ya no existe. No sé, no tengo idea. Pero de todas maneras, después de liberada nunca quise ir a visitar ninguno de los dos lugares donde estuve. Lo único que sé es que a ese primer lugar donde estuve lo llamaban La Ponderosa o El Vesubio. Ahí había tres casas, y en la casa tres era donde estábamos alojados los detenidos. Era un lugar realmente lúgubre, por dentro y por fuera. Todo allí era sórdido: los objetos, los pisos, la luz, el ambiente y ellos mismos eran como criaturas salidas de un cómic de muerte. Ese lugar de muerte era el hábitat donde dormían, donde respiraban, se alimentaban y hasta se reproducían aunque te parezca increíble.

Aquella noche, apenas llegué, me percaté de la cantidad de gente que éramos porque, primero, me alojaron con un grupo de hombres y mujeres en una misma habitación. Inmediatamente después de mí, llegó un grupo de chicas que entró en una crisis nerviosa general. Era un griterío insoportable que se escuchaba desde donde estábamos con una claridad impresionante. Por lo que pudimos escuchar se armó un alboroto de patadas, golpes e insultos de los guardias pretendiendo calmarlas. Recuerdo que luego de esa hecatombe quedé realmente conmocionada, menos mal que justo estaba acompañada de un grupo de chicas que se dieron cuenta de mi estado e hicieron todo lo posible por calmarme. Me decían que quizás, en nuestro caso, estábamos allí por averiguación de antecedentes y que, si estábamos *limpias*, nos iríamos pronto cada una a su casa. Incluso recuerdo que, un rato después de que pasó el alboroto, se reían y hacían bromas acerca del lugar, cosa que me tranquilizó muchísimo. También recuerdo que mientras me trasladaban de un cuarto a otro, antes de que nos separaran y nos pusieran de nuevo las capuchas, alcancé a ver un cuarto lleno de detenidos ya encapuchados que yacían en el suelo. No sabría decirte si estaban todos respirando. Lo que me pareció es que éramos muchos los que llegamos aquel día, se ve que la noche anterior habían hecho una razia descomunal y caímos todos juntos.

A la mañana siguiente me preocupé cuando nos separaron. Nos pusieron a hombres y mujeres en sectores diferentes en lo que ellos llamaban *«cuchas»*, que eran como nichos angostos armados de manera artificial sobre el *portland* donde estábamos acostados directamente en el suelo, sin colchón ni nada. Además nos pusieron una capucha en la cabeza a cada uno que no podíamos quitarnos en ningún momento —todavía recuerdo la última imagen que vi aquel día: la del maloliente guardia volviéndome a poner esa capucha—. Allí aprendí en qué consistía el tabicamiento.

—¿Alguna vez escuchaste o viste a otros prisioneros?

—Sí, nos escuchábamos todo el tiempo. Y de vez en cuando también nos veíamos.

—¿Y viste a alguien conocido allí?

—Alguien conocido como decir..., ¿alguien famoso o algún conocido mío?

—Algún conocido tuyo.

—Sí, vi. En varias ocasiones me crucé con unos compañeros del Carlos Pellegrini. No eran compañeros de mi misma clase, eran menores que yo. Eran chicos de otros cursos y al parecer eran unos cuantos los que estaban allí. Recuerdo particularmente a Raúl, un chico que era muy buen mozo. Las chicas morían por él. Era un joven bueno, apuesto y simpático. Todo el mundo lo quería porque además era muy bromista. Cuando lo vi en aquel lugar no lo reconocí; él me reconoció a mí. Tenía unos cuantos kilos menos.

Tenía el pelo largo y una barba de meses dura de mugre. La ropa andrajosa y los cabellos, especialmente la barba, estaban sucios con toda clase de fluidos: comida, moco, sangre, vómito, de todo. Su voz ya no era la suya. No sé si sería porque le faltaban todos los dientes pero emitía, desde su boca entreabierta, una sibilancia como si proviniese desde fondo del hueco torácico de un moribundo, o peor aún, sonaba ahogada y macabra como desde debajo de la loza de un sepulcro latente, palpitante todavía. ¡Pobre!, a él lo vi esa vez y no lo volví a ver nunca más.

—¿Viste a algún personaje famoso allí?

—No, famoso no vi a nadie. Pero luego supe que por aquellos años hubo un escritor, no recuerdo quien era, de quien en unos años se habían desecho de toda su descendencia, incluidos sus nietos, y luego se encargaron también de él. En realidad había listas negras de músicos, escritores, actores y artistas de toda clase.

—¿Alguna vez escuchaste algún listado de prisioneros?

—Sí, escuché. Cerca de donde me tenían a mí había una mesa con una máquina de escribir —me recordaba al sonido que hacían las máquinas de escribir en la sala de mecanografía del colegio—. Periódicamente hacían los listados de la gente que tenían detenida y los ingresos; de los egresos supongo que no se sabía nada.

—¿Y en aquel lugar te interrogaron?

—Sí, allí mismo me interrogaron apenas llegué. Adentro del auto me habían tapado la cabeza con mi campera de lana para que no pudiese ver nada. Me bajaron del auto y, por los pocos pasos que di, me pareció que el lugar era pequeño, pero en realidad no era tan estrecho. Ahí mismo me alojaron con el grupo de gente que te conté anteriormente hasta que, al día siguiente, un guardia me vino a buscar para registrarme antes del interrogatorio. El guardia me trasladó esposada a otro cuarto donde había un hombre que me sentó en una silla que estaba en medio del lugar. Me sacó la capucha y cuando me vio que era tan joven como él, se asombró también de mi edad. Después me preguntó a qué me dedicaba. Yo le dije que era estudiante de Ciencias Económicas y que había egresado del Carlos Pellegrini. Cuando le nombré la universidad y el colegio me dijo que ese era el motivo por el cual yo estaba allí. *«Ese siempre fue un ámbito demasiado liberal de rebeldes e idealistas, pero ya se les terminó la libertad, la rebeldía y las ideas. Estos años estuvimos haciendo limpieza. Ya tenemos a varios profesores y a algunos jóvenes que no entendían las nuevas disposiciones»*, me dijo medio regodeándose con un aire de superioridad que ni él mismo se creía.

Después me llevaron a un cuarto un poco más grande, a una habitación sórdida, apenas iluminada artificialmente por el foco de una pequeña y vieja lámpara de escritorio. El piso del lugar estaba desgarrado, quizás por el mal trato de cuando se arrastran objetos contundentes como muebles macizos, herramientas o maquinaria pesada. Las baldosas además estaban manchadas con lo que en un principio me parecieron manchas de grasa hasta que, luego de lo que me sucedió allí, advertí de lo que se trataba. El rincón delantero del cuarto parecía un depósito de chatarra donde pude ver algunos trastes, unas motos viejas e inservibles, y lo que en alguna época habían sido unas bicicletas, en llanta y de un color marrón rojizo por el óxido quizás de años. En el lado más despejado del cuarto había una pequeña mesita y algunos elementos más que en un principio no me preocupé por reconocer porque mi preocupación a decir verdad era otra. Al lado de aquel mobiliario había una cama de una plaza sin colchón (era únicamente el esqueleto metálico donde va asentado el colchón). Las paredes de la habitación estaban recubiertas con planchuelas de un *telgopor* tan inmundo como el colchón que cubría por completo la ventana. Ahora que lo recuerdo, todo lo que experimenté en aquel cuarto fue asqueroso. Todo, absolutamente todo lo que experimentaron mis sentidos allí fue inmundo. Allí fue donde mi cuerpo y mi mente prácticamente se apartaron uno del otro.

El guardia me sentó en la única silla que había en el lugar, una vieja silla metálica gris plomo, rayada por el uso y por los años, donde sin embargo se leía claramente al costado del asiento, en negro, el número de inventario que seguramente no servía para nada. El hombre me sentó en la silla, se alejó de mi cuerpo unos metros en dirección a la puerta y se quedó allí conmigo en silencio, en un silencio demoledor, sin pronunciar una sola palabra. No me miraba. Ni siquiera me miraba con desprecio o con repugnancia. Hubiese querido al menos que me mirase, aunque fuese con indiferencia, pero no me miraba en absoluto, como si yo no existiese. En aquel cuarto donde el frío calaba hasta los huesos, el guardia parecía estar a gusto, parado a una distancia casi equidistante entre mi cuerpo y la única puerta, impasible, como quien espera que ocurra algo decisivo e importante y al mismo tiempo trivial.

Resulta imposible para mí determinar el tiempo que estuve allí encerrada con el guardia, muerta de frío y de miedo, pero después de un buen rato entró al cuarto un hombre alto y robusto que tenía todo el aspecto de ser la autoridad. Apenas entró portó una actitud que transmitía una repugnancia agobiante hacia los demás, viró apenas la cara ante el saludo del guardia y, sin sacarme la mirada de encima, caminó hacia mí con un aire discreto. Se notaba a simple vista que el hombre disfrutaba de mi sufrimiento, lo olfateaba y lo saboreaba como si estuviese bebiendo un buen vino sentado en un sofá al abrigo del calor de un hogar encendido. Cuando llegó hasta mí, y de manera repentina y violenta, este hombre me tomó del brazo con su mano izquierda y me dio vuelta sin que yo pudiese advertirlo ni resistirme. Luego, con la otra mano, me agarró de los pelos de la nuca y dio mi cara contra el *telgopor* de la pared que chilló como chillaban las ratas en aquel antro denigrante. Medio noqueada y con la cara hundida en la pared, sentí que apoyaba todo su voluminoso cuerpo contra el mío y me presionaba contra el muro al tiempo que me manoseaba los senos y me ordenaba que me quitase la ropa. En ese instante, entró uno de sus compañeros y, entre los dos, me arrancaron la ropa, me acostaron sobre la parrilla metálica de la cama y me encadenaron de pies y manos a aquella estructura. Ahí mismo, en la cabecera, había una mesita (como las que se usan en los hospitales que sirven para poner el instrumental) con una picana eléctrica. Nunca había visto una. Al principio no sabía lo qué era aquel artefacto hasta que lo comenzaron a utilizar conmigo.

—Te torturaban y te interrogaban, me imagino.

—Sí. Me preguntaban si yo era montonera y qué tenía que ver con unos excompañeros que me nombraban. Yo les decía que no tenía nada que ver con ellos, que los conocía porque habíamos sido compañeros, pero que no eran amigos míos. Ellos querían que les diera información acerca de ellos, de sus amistades o gente relacionada con ellos. Y la verdad es que yo no sabía nada. Me preguntaron también por algunos profesores y querían que les diese mi opinión acerca de ellos. Querían saber sobre todo qué ideología política tenían y cuáles eran los más *efusivos* cuando opinaban de política. Imaginate, yo no tenía manera de pensar claramente en ese momento. Me tenían desnuda, me picaneaban y me maltrataban todo el tiempo mientras me interrogaban. En cierto momento les respondía lo que me parecía que los iba a conformar y, si ellos no quedaban conformes con la respuesta, lo que hacían era ensañarse más con mi cuerpo. Entonces me picaneaban en la zona genital, en los pezones, en las piernas, en la boca, en todas partes. Me introducían no sé qué elemento, que yo no alcancé a ver, en la vagina y también, unos días después, me pasó lo peor.

En ese instante, se hizo un silencio profundo y prolongado antes de que la mujer irrumpiese en un copioso y convulsivo llanto. La mujer más joven detuvo la conversación por unos minutos al tiempo que le convidaba una botella pequeña de agua mineral que ella tenía a la mano y le proporcionaba unos pañuelos descartables que traía en su cartera. Luego, desde su asiento se extendió sobre el escritorio y le tomó la mano para tranquilizarla, mientras en un silencio profundo y empático la miraba de manera comprensiva. Cuando la mujer se repuso, la chica le aseguró que no era necesario que continuara si no quería hacerlo. La mujer como abstraída todavía en los hechos de aquella época quiso continuar.

—A mis compañeros también los sometían a torturas eléctricas y luego los golpeaban por el término de dos horas o más. A veces les ponían una botella llena de agua en la boca y se la hacían tomar para después aplicarles la picana. En el mejor de los casos, la botella tenía agua potable porque le ponían cualquier tipo de líquido que se les ocurriese. Cuando se ensañaban con alguien, ellos mismos orinaban en la botella y le hacían tomar la orina mientras lo picaneaban y lo golpeaban. De vez en cuando, cuando conseguían un gato o una rata, los torturadores le ponían el animal entre sus ropas, le aplicaban la picana y el animal, que reaccionaba violentamente, lo lastimaba todo. También había una tortura a la cual llamaban el submarino que consistía en sumergir de cabeza al detenido en un tanque de unos doscientos litros donde tenía que aguantar la respiración por varios minutos. Cuando estaba sumergido, le golpeaban el tanque con un caño metálico para aturdirlo al tiempo que debía aguantar la respiración. Si bien yo a todo eso no lo presencié, me lo contaron después.

—¿Había algo que te sorprendiese de los torturadores?

—Hubo algo que siempre me llamó la atención de los milicos: la actitud que tenían. Además de que tenían una dedicación y una prolijidad metódica en lo que hacían —que era verdaderamente sorprendente— tomaban todo con suma naturalidad. A veces venían a visitarlos sus mujeres con sus hijos como si se tratase de un trabajo digno común y corriente. Se escuchaban sus conversaciones familiares como las de cualquier familia normal. Hablaban de nosotros refiriéndose a *«estos»*, *«los subversivos»* o *«montoneros de mierda»* y conversaban acerca de nuestra ideología e incluso susurraban sobre nuestro destino. Luego me di cuenta de que a menudo los niños se asomaban para vernos en cautiverio, nos veían atemorizados como si nosotros fuésemos un fenómeno o una verdadera amenaza. Los padres ya los instruían desde chiquitos: que los montoneros eran una *«mierda»*, que no servían para nada, que había que exterminarlos a todos, y cosas por el estilo. Una vez nos sacaron las capuchas para llevarnos a las duchas, cuando un niño, de unos tres o cuatro años, que se había puesto a jugar saltando las líneas de las baldosas en el patiecito donde estaba la cocina, se nos quedó viendo como no comprendiendo por qué nosotros estábamos allí, casi con temor te diría, como si fuésemos unos bichos raros. Entonces lo vino a buscar su madre que era la esposa de uno de nuestros torturadores y se lo llevó sin mediar palabra. Por un momento tuve ganas de decirle a la mujer que el nene tenía un hermanito, pero eso me hubiese costado que me rompieran el alma y seguramente algo peor.

Un día escuché de pasada que uno de los milicos andaba buscando un bebé. Que en un almuerzo familiar de un domingo su hermana, que no podía tener hijos con su marido, le había encargado uno.

—Hermano, ¿no me conseguís un bebé?

—¿Y eso?

—Lo que pasa es que los tratamientos no dan resultados y estamos cansados de esperar. Y vos sabés los años que lleva adoptar legalmente.

—Bueno, dale. Te consigo. ¿Querés nena o varón?

—Lo que sea. Mientras sea sanito...

Y creo que el hermanito se fue para esa familia. Y de la mamá no supimos más nada desde que se la llevaron a parir.

—¿Ese fue el mismo que abusó de vos?

—No, ese no fue. Fueron otros. El primero fue el que se hacía llamar La Vaca, ese que el primer día que estuve en cautiverio nomás ya me manoseó. Cuando lo estaba haciendo le dije que por favor deje de hacerlo y él me susurró en la nuca con ese aliento repugnante que tenía: *«A vos ya te voy a agarrar solita pendeja».* De ahí en más, con cualquier excusa venía a verme casi todos los días. Se le notaba en su depravada mirada, se le oía en su asqueroso tono de voz, se le adivinaba su sucia y abundante presencia las intenciones que tenía conmigo. Siempre, desde el primer momento que lo vi, lo creí capaz de cualquier cosa a ese hijo de puta.

Un día en particular vino a buscarme y cumplió su promesa...

—*Un sábado a la noche, que los guardias habían estado comiendo un asado en la casa tres, él la llevó al cuarto insonorizado con la excusa de que necesitaba alguna información. De inmediato ella advirtió el estado alcohólico que él tenía y que la situación era bastante delicada. Desde un primer instante ella obedeció porque creyó que únicamente iba a interrogarla o a lo sumo a golpearla, a pesar de que en todo momento tuvo la idea fija en su mente de lo que iba a sucederle. En ese cuarto estaba la cama donde los picaneaban a todos, pero, en esta ocasión, la cama tenía puesto el colchón asqueroso que había estado cubriendo la ventana.*

En un principio, le pidió que se sentase en la silla mientras él se mantuvo todo el tiempo de pie con una actitud visiblemente intimidante. Allí mismo comenzó a preguntarle por su familia, y ella le contestaba la verdad sabiendo que no tenía nada que ocultar. Le preguntó a qué se dedicaba su papá y su mamá, y qué horarios tenía su papá en el trabajo. Luego le preguntó por su hermana; quería saber a qué colegio iba, y a qué hora entraba y salía del colegio. Incluso le preguntó dónde residían sus abuelos; y por último quiso saber de la familia de su hermano, por su cuñada y su sobrinita. Cuando terminó de interrogarla le ordenó que se quitase la ropa, que se recueste en la cama y que se deje hacer lo que él quisiera sin chistar, porque si no lo iba a pagar primero ella y después su familia.

Luego, él se fue y ella se quedó allí sola. Conmocionada. Deshecha. Quedó mucho tiempo allí acurrucada en posición fetal en aquel colchón asqueroso hasta que vino uno de los hombres y se la llevó de vuelta para la cucha donde estuvo todo el resto del día y de la noche. En un momento, le trajeron algo de comer —las sobras de un guiso de lentejas, creo yo— y lo dejaron ahí al lado mío en el suelo. Durante toda la noche escuché pasos familiares, como de pies que se arrastraban y se iban. Vacíos, como de quien hace sus valijas y se va sin saber cuándo volverá. Escuché el arrastrar de los pies en los pasillos, como cuando se escuchan los pasos de los seres queridos que se van.

—¿Y qué sucedió luego?

Después me llevaron a la cucha donde estuve todo el resto del día. Recuerdo que allí sentí frío, mucho frío, y comencé a percibí un olor putrefacto que inundaba el cuarto y saturaba el aire. La garganta se me cerraba y el aire a través de mi capucha no llegaba a mis pulmones. Apenas tenía conciencia de que estaba en este mundo porque los sentidos así me lo indicaban, pero mi mente había quedado en un estado original como la de un recién nacido. Al día siguiente creí conveniente que mi cuerpo se alimente, así que comí algo de un guiso frío y endurecido que había en el suelo, y luego le pedí a alguien ir al baño. Vino uno de mis captores y sentí que se quedó viéndome por un instante, pero se pegó la vuelta sin decir una sola palabra. Unas dos o tres horas después apareció alguien de nuevo que finalmente me llevó al baño.

—*Y continuó.*

A la vuelta del baño comencé a sentir el mismo olor putrefacto que había sentido la noche anterior. En eso escucho que el guardia que me trajo de vuelta al lugar le dijo a su compañero que había mucho olor en el cuarto. Unos instantes después volvieron los dos y comenzaron a fijarse una por una en mis compañeras que estaban en las otras cuchas y encontraron que una de ellas estaba muerta, al parecer desde hacía unos dos días antes. Era una chica que estaba a una cucha por medio de la mía hacia la derecha. Al rato vino alguien, que al parecer estaba a cargo de la casa ese día, y les pegó un levante a los guardias porque no habían estado atentos con esa chica. Por lo que pude escuchar, parece que mi compañera había estado enferma, inmóvil en su lugar y no había estado comiendo nada durante días. Ese domingo al mediodía la encontraron muerta, rígida, empapada de sus propios fluidos y en estado de descomposición. No sé qué hacían los guardias con el cuerpo, pero cada vez que la movían venía una oleada nauseabunda que se hacía cada vez más insoportable. En un momento escuché que la cargaban y que el hombre que estaba a cargo les indicaba a los guardias que la llevasen con *«lona y todo»* al auto. Nunca supe quién fue mi compañera que salió seguramente envuelta en una lona en el baúl de aquel automóvil. Sentí muchísima pena por ella, pero inmediatamente después pensé que había dejado de sufrir. Por quienes sentí verdadera pena fue por sus padres que quedaban sufriendo la incertidumbre de no saber el destino de su hija. Porque ella era un ser humano a quien seguramente habían criado con tanto amor y cuidado como habían podido, y ahora terminaría pudriéndose en algún baldío o en alguna fosa como un animal.

—¿Y conocés alguna cosa que haya pasado con los familiares de los detenidos?

Sí, claro que conozco. Los familiares eran amenazados, extorsionados o engañados por el solo hecho de que ello constituía una diversión. Los milicos se presentaban en sus casas (de civil, nunca uniformados) y solían pedirles dinero a cambio de alguna seguridad o privilegio para sus hijos. Entonces las familias se movilizaban y juntaban todo el dinero que podían para darles a estos sujetos. Como ellos veían que las familias se ocupaban con todo empeño y sin condiciones, sin decir nada ni pedir explicaciones, se burlaban de su desesperación y se reían de su simplicidad. Les pedían las joyas que tuvieran para empeñarlas y usar ese dinero para desterrar a sus hijos a algún país lejano. Incluso les pedían también cosas insólitas aunque no sean de valor por el solo hecho de que les demandaba mucho trabajo conseguirlas. Les hacían escribir cartas que supuestamente les iban a entregar a sus hijos mientras estaban en cautiverio o en el exilio. Después iban a las cuchas, abrían las cartas y se las leían a los detenidos en voz alta para reírse de ellos y de sus padres. Luego separaban las cartas para cuando los detenidos tuviesen que ir al baño, *«para economizar papel higiénico»* como ellos decían. En ocasiones les pedían la ropa de sus hijos porque les decían que la precisaban en el lugar en el que estaban y, a cambio, les prometían que en poco tiempo los podrían ir a ver. En otros casos les hacían tejer ropa de invierno para que no pasen frío diciéndoles que los iban a desterrar a un país nórdico o a Canadá. Las madres desesperadas se pasaban noches enteras tejiendo los abrigos para sus hijos cautivos que iban a ser exiliados. En ocasiones estos hombres no aparecían nunca más, en otras les decían que sus hijos habían sido exiliados y que ya estaban a salvo, por lo que seguían pidiéndoles dinero o cualquier efecto de valor para garantizar su bienestar. Cuando la ausencia era un bebé recién nacido, les tocaban el timbre a mitad de la noche y les dejaban, en la puerta de sus casas, los moisés vacíos con alguna notita prometiéndoles que pronto se lo iban a devolver. En realidad, nada de lo que ellos decían que estaba pasando sucedía. Mientras los milicos les decían a las familias que sus hijos estaban a salvo e iban a ser liberados o que habían sido desterrados, en realidad ya estaban casi muertos o yacían en alguna fosa. Y en el caso de los bebés, mientras les decían que se los iban a devolver, ya lo habían vendido a buen precio como si fuesen cachorros con pedigrí a alguna familia amiga acomodada o se lo habían dado —como se hace con la cría de las perras— a algún familiar directo. Hacían todo esto en parte para beneficiarse, pero principalmente lo hacían por diversión, para disfrutar con el dolor que les propinaban a sus *«enemigos»*.

—¿Y estas cosas se enteraban mientras estaban en cautiverio?

—No, en realidad nos enteramos después. Ahí adentro nos enterábamos de muy poco. Recuerdo que en esos días nos enterábamos de cosas insólitas, por ejemplo, de cómo iba el Campeonato Mundial de Fútbol. Incluso escuchamos y vimos algunos de los partidos.

—¿En serio veían los partidos ahí?

—Sí, claro. Para empezar, los guardias no se los perdían nunca. La mayoría de las veces escuchábamos los partidos desde las cuchas y después, cuando eran cada vez más importantes, nos dejaron verlos por televisión. Cuando estábamos acostados en las cuchas sabíamos quienes jugaban y nos alegramos con los primeros resultados de la selección; pero eso fue lo único que nos enteramos en la primera etapa del mundial. Recuerdo que después nos dejaron ver el partido contra Brasil, que empatamos cero a cero, y el partido contra Perú, porque de ese encuentro dependía que siguiéramos en la competencia. —*Aquella ocasión fue muy particular porque la mismísima cúpula criminal se apersonó en el vestuario de Perú: Jorge Rafael Videla, Henry Kissinger y algunos secuaces más fueron a los vestuarios a saludar.* También vimos la final contra Holanda, la vimos en el televisor blanco y negro que había en la sala Q que estaba al lado del baño.

Ese día éramos unos cuántos, entre hombres y mujeres, sentados frente al televisor viendo el partido de Argentina. Los milicos habían ido a buscar sillas y habían hecho mate para que tomemos todos mientras mirábamos el encuentro. También había mate cocido con facturas y unas roscas que habían pedido en la panadería y nosotros, los cautivos, aprovechamos para comer alguna cosa más. Nunca me voy a olvidar de ese partido. Recuerdo que, cuando empezó, la cancha era un hervidero de gente. Todavía recuerdo la lluvia increíble de papelitos y de cintas que bajaban por las tribunas de una manera que nunca había visto antes. Durante el partido mis compañeros se mantuvieron todo el tiempo expectantes y nerviosos porque había que ganarle nada más ni nada menos que a Holanda que tenía un equipazo, sin Cruyff, pero igualmente se trataba de la Naranja Mecánica del setenta y cuatro e iba a ser muy difícil ganarle. En ese partido jugamos bien y, a pesar de que íbamos ganando, hacia el final, Holanda empató y fuimos al alargue. En ese momento casi nos morimos todos juntos; y después cuando Kempes recibió el pase de Ardiles e hizo el segundo gol, mis compañeros se volvieron locos. Resucitamos. Volvimos a respirar. Y cuando parecía que la victoria argentina era inevitable, vino uno de los milicos que estaba a cargo del centro cuando no estaba El Francés y nos dijo que si salíamos campeones saldríamos a la calle a festejar como todo el mundo. Cuando vino el último gol, ese gol medio acrobático entre Kempes y Bertoni —no sé si alguna vez lo viste—, bueno, ahí la locura estalló. Nos mandaron a un cuartito a buscar unas camperas para abrigarnos y de paso para disimular la ropa roñosa que teníamos puesta. Igualmente antes de salir nos pegamos una lavadita de cara en la pileta del patio y nos pusimos algo de desodorante que nos acercó uno de los cabos. Luego nos dieron unas gorras para que nos aplastemos los pelos mugrientos que terminamos de discimular en la nuca levantando el cuello de la campera.

—Te juro, toda aquella realidad parecía una incoherente representación de lo absurdo.

Apenas terminamos de prepararnos salimos en una caravana de tres autos rumbo a una pizzería que ellos conocían. Recuerdo —nunca me voy a olvidar— que las calles de Buenos Aires eran una locura absoluta. La General Paz era un hervidero de gente festejando con banderas argentinas, tocando bocina en los autos que, repletos de familias enteras y de amigos, se encaminaban a paso de hombre hacia la zona céntrica. Antes de salir nomás, los milicos habían decidido no ir al Obelisco porque eso hubiese sido una verdadera locura incluso para ellos. Cuando vieron cómo estaba la General Paz se enfocaron en llegar a como dé lugar a la pizzería que quedaba en Liniers. Los conductores de nuestra caravana agarraron por la banquina, tomaron calles de contramano, se saltaron semáforos en rojo, hicieron cualquier cosa con tal de llegar lo más rápido posible a destino. De repente estacionaron justo en la puerta de una pizzería grande que quedaba en una ochava toda vidriada. No sabría decirte en qué calle quedaba el local ya que no conocía esa zona y nunca más volví a ese lugar.

Bueno, entonces entramos a la pizzería y los milicos fueron a hablar con el encargado que nos habilitó para que armemos una mesa larga a un costado del negocio cerca del televisor. Entre los mozos y nosotros armamos una mesa larga juntándolas unas con otras y sacando sillas de donde podíamos. Apenas nos sentamos, el sargento nos dijo que pidiésemos lo que quisiéramos porque total pagaba el ejército argentino. Imaginate, pedimos de todo: pizzas, picada, tostados, cerveza y gaseosas para quienes no querían tomar alcohol. Esa noche nos hartamos a reventar y después nos quedamos bastante tiempo ahí charlando, viendo la repetición de los goles, escuchando los comentarios de los periodistas y viendo los festejos por televisión.

—¿Y qué sucedió a la vuelta?

—Bueno, después, a eso de las once de la noche, regresamos a El Vesubio y todo volvió a la normalidad. Los guardias del turno noche ya habían tomado la guardia y nos recibieron muertos de la risa cuando nos vieron llegar, en realidad, de ver que habíamos estado afuera festejando el triunfo. Esa noche los milicos estuvieron tranquilos, entretenidos con la charla de la final que se escuchaba desde las cuchas. Nosotros quitamos la ropa que nos habían prestado, pedimos permiso para ir al baño y después nos llevaron a cada uno a su cucha con las capuchas puestas y no nos molestaron para nada. Desde ese día y por algún tiempo estuvieron tranquilos y hasta serviciales con nosotros.

—¿Y qué pasó después con vos?

—Una mañana, varias de nosotras les rogamos a los guardias hasta el cansancio que nos dejaran ir al baño. No sé cuál fue el problema ese día. No sé si no nos escuchaban o no estaban en el lugar, o sencillamente no se les daba la gana de venir a llevarnos. Después del mediodía, cuando uno de los guardias vino a traernos la comida, se dio cuenta por el olor de que yo estaba sucia. Se ve que éramos varias las que estábamos en ese estado porque nos llevaron a casi todas a las duchas. Entonces, lo que pasó ese día fue que uno de los guardias quiso abusar de mí cuando estaba duchándome. Yo escuché que el guardia nos apuraba a todas y, quizás por miedo de que les pase lo que me pasó a mí o por obedecer nomás, mis compañeras se apuraron y terminaron de bañarse antes que yo. La verdad es que nunca advertí el peligro que corría cuando me quedé unos minutos más en la ducha a pesar del apuro del guardia. En ningún momento me di cuenta de que me había quedado sola con él. Yo tenía los ojos cerrados debajo del chorro de agua de la ducha, y estaba a punto de salir, cuando siento que me cierra el grifo y me dice en la oreja: «*¿Por qué no te apurás pendeja?*», y en ese instante empezó a manosearme y a decirme cosas obscenas. Todavía siento la pestilente brisa de su aliento en mi cara diciéndomelas. No recuerdo muy bien lo que sucedió después, lo único que te puedo decir es que ahí mismo me agarró un ataque de nervios...

Comencé a gritar y a llorar como una condenada. Al principio, el guardia me dio unos cachetazos y después unos golpes más duros, entonces lo mío se volvió incontrolable. Ya no podía parar de gritar, de insultar y patalear a pesar de los golpes cada vez más intensos que el guardia me daba. En un instante, cuando caí al suelo, el tipo intentaba retenerme con ambas manos mientras me ordenaba insistentemente que dejara de gritar. Un rato después llegaron dos o tres hombres más y el médico, que me aplicó una inyección y de ahí en más ya no recuerdo más nada. Cuando me desperté estaba en una cama en un lugar con más comodidades donde vino un hombre que me preguntó qué me había pasado. Entonces con mucho miedo le conté todo lo que me había sucedido en el cuarto insonorizado y después en las duchas. El hombre me escuchó atentamente y no dijo nada, se pegó la vuelta y se fue sin decir una sola palabra. Yo permanecí allí adormecida todavía por el calmante que me habían puesto hasta que el hombre volvió y me comunicó que El Francés quería hablar conmigo. Al poco tiempo escuché la voz de un hombre que retumbó dos o tres frases dentro de la casa, seguidas de cuatro o cinco pasos densos de borceguíes que resonaron en el pasillo y el chirrido de la puerta que se abría de manera ineludible. Entonces entró un hombre alto y fornido de uniforme verde, anteojos oscuros, bigotes tupidos y el cabello peinado hacia atrás como lamida de vaca.

Entró solo, dio los dos pasos que nos separaban, se paró al costado de mi cama, me saludó y se presentó.

—Hola, buenos días. —me dijo con una voz seca y autoritaria.

—Hola, buenos días —respondí como balbuceando por los efectos de los tranquilizantes.

—Yo soy El Francés —dijo con un tono de solemnidad despótica—. No sé si te dijeron que iba a venir.

—Sí, me dijeron.

—¿Y cómo está usted?

No le respondí.

—Estoy enterado de lo que le pasó a usted estando aquí detenida. Quiero que sepa que nadie tiene autorización para hacer lo que le hicieron. Los únicos que tienen autorización mía para operar sobre los nuestros prisioneros son los interrogadores, porque ellos están entrenados para hacer lo que hacen, y nosotros los superiores también. Acá no es cuestión de improvisar o dejarse llevar por impulsos irracionales. Nosotros somos profesionales entrenados. Muchos de nuestros hombres fueron entrenados por los mejores instructores franceses de la guerra antisubversiva.

«En realidad yo no tenía nada que ver con nada. Ellos habían estado buscando a la amiga de una amiga mía. La habían estado buscando frenéticamente porque era la hija de un Brigadier y había hecho algo que la comprometía demasiado, algo que para ellos había sido una deshonra. La hija del Brigadier cayó abatida el año anterior y algunos integrantes de su grupo todavía estaban siendo buscados. Mientras él me hablaba yo pensaba que si ellos querían saber algo nunca se habían enterado».

Después me dio toda una clase de moral. Me dijo que lo único que él quería era cumplir con lo que ellos habían establecido que era restablecer los valores de la moral cristiana y la dignidad del ser humano. Entonces, yo que estaba un poco más recuperada le dije:

—¿El cristianismo avala la tortura y el crimen?

—Por supuesto que lo avala. Todos fuimos formados con los

mejores instructores de flagelación de la escuela de tortura francesa. El propio Alcides López Aufranc y un grupo de expertos franceses nos entrenaron en la guerra contrarrevolucionaria aquí en Buenos Aires. El Cardenal Caggiano y el padre Graset instruían a nuestros oficiales en que muchas veces se hace imperiosa la necesidad de torturar. Cuando las personas están poseídas por el mal, la única manera de salvar sus almas es la flagelación. El mismísimo Jesús fue flagelado. La flagelación templa el espíritu y es una manera de ofrendar ese dolor a Dios. Incluso matando al sujeto —como sucedió con Jesús— se lo redime de sus pecados y se lo eleva a la inmortalidad. Los subversivos en su estado ponen en peligro a la Patria, por lo tanto todo esto es necesario cuando la Patria y ellos mismos corren peligro.

—¡Un tarado! ¿Y estuviste mucho tiempo más allí detenida? —le preguntó su amiga que en ese momento corría la botella de agua mineral que estaba sobre el escritorio para volver a tomarle la mano.

—La verdad es que no tengo mucha noción del tiempo de esos días, pero creo que estuve unos veinte o treinta días más allí. Cuando me recuperé, en lugar de regresarme de nuevo a las cuchas, me llevaron a otro cuarto donde estuve aislada. De un día para el otro pasé a no existir: ya ni siquiera me hablaban cuando me pasaban la comida o me llevaban al baño. Pasé días enteros en aquella habitación sin escuchar a nadie, sin saber lo que pasaba; en una soledad, un aislamiento y un silencio que me estaban volviendo loca. Así, de un día para el otro —una noche para ser más precisa—, me trajeron un pulóver, lo tiraron delante mío y me dijeron que me abrigue porque me iban a trasladar, que me iban a llevar a un lugar donde iba a trabajar para recuperarme. Entonces me llevaron a la casa dos, me esposaron las manos, me pusieron una mordaza para que no gritara y me volvieron a poner la capucha. De allí me hicieron caminar un trecho a tientas en la intemperie donde percibí un frío aterrador que anteriormente no había sentido. De repente oí el abrir y cerrar de las puertas de un vehículo que estaba apagado y escuché que alguien abría el baúl y me decía: *«Metete adentro».* Me ayudaron a entrar, y cuando estuve dentro, me acomodaron boca arriba, me ataron las piernas y, al sentir el peso de una manta que se posaba sobre mi cuerpo, entendí que me tapaban. Lo siguiente que sentí fue el estruendo ensordecedor de la tapa del baúl del Falcon cerrándose sobre mí dejando el baúl hermético como un sarcófago. Pero no estaba muerta, a pesar de tener la capucha puesta alcanzaba a percibir el persistente olor a combustible que provenía del tanque al cual luego de un tiempo pude acostumbrarme. Después escuché las puertas del conductor y del acompañante que se cerraban y el motor del automóvil que encendía y comenzaba a desplazarse lentamente. Anduvimos así en una marcha furtiva un largo rato —unos cuarenta minutos quizás— cuando, en un determinado momento, el auto se detuvo para que uno de sus ocupantes tenga un breve cruce de palabras con alguien que de inmediato se despidió. El coche se movilizó lento por unos minutos más que para mí fueron interminables hasta que se detuvo en —lo que luego deduje que era— la parte trasera de uno de los edificios principales del lugar.

En ese instante escuché que los dos hombres se bajaban del auto, mientras a mí me dejaban allí adentro encerrada, acostada en aquel gélido ataúd con ruedas de marca norteamericana. Entonces comencé a sentir mi cuerpo tullido, casi adolorido, quizás por la posición o por los saltos que el vehículo había dado en algunos tramos del camino. Recuerdo que mientras estaba en el baúl de aquel auto intentaba discernir qué iba a pasarme aunque tratándose de esta gente sabía que no podía tratarse de nada bueno, incluso todo el tiempo presentí lo más nefasto. Luego ya no sentía mi cuerpo, estaba allí pero no podía sentirlo. Estaba aterido por el frío y por la posición en aquella helada cajuela donde no tenía lugar ni para acomodarme. Estaba boca arriba con las piernas juntas y estiradas, y las manos entrecruzadas en el pecho como si estuviera lista para dormir. La oscuridad de aquel encierro y el silencio eran nuevamente absolutos. El sueño me había invadido por completo. Ya no sentía nada de nada. Ni siquiera el olor a combustible. Mi cuerpo ya no tenía casi nada de calor. Ya no podía resistirse. Después de un tiempo que me pareció eterno vinieron a buscarme. Cuando me extrajeron de aquella cajuela me quitaron la mortaja, los grilletes, la capucha y la mordaza. Los dos hombres me condujeron al interior del edificio tomándome de ambos brazos con firmeza como si yo tuviese las fuerzas para resistirme o poder hacer algo.

Aquel era en esencia un edificio intrínsecamente sombrío que de noche se mostraba aún más lúgubre y tenebroso —ahora que lo recuerdo, tuve la misma impresión cuando lo conocí de día, sin embargo la noche le daba un aspecto demoníaco absoluto—. Todo en su interior era miserable, descuidado y maloliente. Todo allí era gigantesco, las puertas, las salas, los pasillos, todo; menos las ventanas por donde nunca ingresaba la suficiente luz del día como para darle al interior del edificio un ambiente animado. Por la noche, la insuficiente iluminación artificial era lo bastante tenue como para acentuar la sordidéz de los recintos precariamente amoblados de aquel colosal palacio de perversión. Entramos por una puerta gris de hierro macizo con una mirilla rectangular pequeña en la parte superior, pasamos por innumerables lugares y recovecos hasta llegar a una sala donde había una escalera que bajaba a un sótano —allí, lo recuerdo muy bien, funcionaban unas cuantas salas de interrogatorio, un sofisticado laboratorio y una imprenta bien abastecida— y cuando llegamos a El Sótano me condujeron por medio de un pasillo con estanterías llenos de biblioratos viejos, cajas atiborradas de papeles y carpetas de cartulina a un cuarto al que llamaban La Huevera.

En tanto uno de los dos hombres me sostenía del brazo, el otro se adentró en el cuarto con parquedad para acomodar la silla a un lado del armazón de la cama al pie de un reloj de pared. Ninguno de los dos habló en ningún momento, solamente se limitaron a llevarme al lugar y a sentarme con cierta solemnidad en aquella silla al lado del catre. Luego salieron del cuarto y cerraron la puerta con llave dejándome allí sentada sola y esposada en aquella habitación insonorizada por el término de varias horas. El cuarto se parecía mucho al otro de El Vesubio. Tenía una lamparita de unos cuarenta *watts* en el techo, el armazón metálico de una cama, dos sillas, una mesita con instrumental y una picana eléctrica. Esta vez, a diferencia de todas las otras veces, reconocía todo lo que había en el lugar y comprendía para qué servía cada cosa. Me mantuve en silencio, muerta de miedo. Tenía unas incontenibles ganas de gritar aunque sabía que no podía hacerlo. Allí no se escuchaba nada, absolutamente nada, y supongo que nadie escucharía nada si yo gritaba. Pero ese no era el problema, sabía que no me saldría un solo grito desde adentro aunque hubiese querido, porque, a fin de cuentas, ya quería estar muerta. Nunca pude explicarme por qué subsistimos en esta sociedad tan cruel y, al mismo tiempo, nos aferramos a esa subsistencia sin sentido cuando sabemos que todo está corrompido, que todo está degenerado como por un cáncer que lo carcome todo.

Estuve unas cuantas horas sin poder dormir por la incómoda posición en la que estaba sentada. Aquella silla de metal —que se parecía mucho a la otra hasta en el número de inventario— me resultaba incómoda, pero lo que no me dejaba dormir en realidad era la incertidumbre. De repente, la puerta se abrió y aparecieron dos hombres: el primero solo se limitó a abrir la puerta y a retirarse; el otro se adentró en el cuarto saludando gravemente. La autoridad siempre había tenido un aspecto pulcro, seguro, sereno y de mirada clara y penetrante, ya lo había advertido otras veces y ahora me quedaba más que claro. Recuerdo muy bien su mirada. Su cara alargada y su prominente frente me recordaba a una estrella de cine o de televisión. El hombre entró con un vaso de whisky en la mano y me miró como si supiese todo lo que iba a suceder. En silencio me indicó con su dedo que me pasase al camastro, orden a la que obedecí de manera casi intuitiva. Tomó mi silla, la puso al lado de la suya para apoyar el vaso de whisky y se identificó inmediatamente.

—Yo soy el Tigre Acosta. Habrá escuchado hablar de mí. Yo acá soy el jefe del grupo de tareas 3.3.2, así que estoy a cargo de su caso. Me comentaron que usted estuvo en El Vesubio. Los de allá dicen que usted es una *perejila*, y nosotros les pedimos que la trasladasen acá para estudiar más de cerca su caso. En todo caso, si usted es una *perejila* va a poder volver a su casa, pero eso está por verse, ¿me entiende? Dígame una cosa, ¿usted sabe en qué lugar está?

—No, no sé. No estoy segura —respondí con muchísimo miedo.

—A ver dígame, ¿cuál sería el último lugar en el que usted quisiera estar?

—En la ESMA.

—¡Bienvenida señorita! Bienvenida a la Escuela de Mecánica de la Armada. Este es un lugar donde usted va a poder rehabilitarse mientras nosotros decidimos qué hacer con su caso. Vamos a asignarle un número a su causa y vamos a estudiarla por un tiempo. Por lo que me dijeron, usted está aquí porque ha tenido relación con gente que nosotros estábamos buscando, gente de la universidad que veníamos vigilando con efectivos infiltrados en las clases que nos informaban absolutamente de todo. Entonces nosotros esperamos que nos diga qué relación tenía usted con ellos y en qué cosas andaba usted con esa gente.

El problema de que usted esté en la ESMA no es que la vayamos a matar, el problema real es que si no habla la va a pasar muy mal. No se crea que todos los que entran acá salen con los pies para adelante. Acá no matamos a nadie. Este es un lugar de rehabilitación, y para que vea que acá no matamos a nadie, el señor que se acaba de retirar le va a traer a alguien que usted conoce para que se convenza.

Después de ese preámbulo, El Tigre agarró el vaso de whisky con su mano derecha y le dio un sorbo al que saboreó por un buen rato al mismo tiempo que cavilaba alguna idea más.

—A nosotros no nos gusta torturar para que los prisioneros

hablen. Nosotros usamos métodos más *«persuasivos»*, y si los reclusos persisten en no hablar nos obligan a usar un interrogatorio más bien *«reforzado»*. No sé si me explico.

Estuvimos unos minutos allí esperando a que trajeran al otro prisionero. El Tigre Acosta seguía tomando su whisky y continuaba hablando en tanto que yo había perdido la atención por completo. No tengo registro de lo que él hablaba, solo recuerdo que me hablaba y que yo estaba pensando en otra cosa. Tengo en mi memoria la imagen visual repulsiva de su carota con su mirada penetrante. Tengo en mi memoria su postura en la silla, sus piernas entrecruzadas y el vaso de whisky, pero no tengo memoria de nada más. Ni siquiera recuerdo en qué estaba pensando yo en ese momento. Lo que entiendo es que él continuó hablando por algunos minutos más mientras yo estaba totalmente ida.

—*Ni siquiera yo recuerdo lo que él decía o lo que ella pensaba.*

En un instante registré que se había quedado viéndome de arriba abajo, y escuché que me dijo:

—¿Sabe qué señorita? —hizo una pausa, más para infligir temor que para pensar cómo decir su pervertida idea en voz alta o darle un trago a su vaso de whisky el cual mantenía suspendido delante de su boca—. Un día se me ocurre que la voy a llevar conmigo a Mau Mau. ¿Usted sabe dónde queda Mau Mau?

No alcancé a responder lo que tampoco sabía cómo, cuando en ese instante entraron al cuarto el guardia que había salido hacía un rato y un hombre encapuchado, esposado y con los pies engrillados. Apenas entró lo primero que percibí fue su fuerte olor a mugre que en un primer momento resultaba insoportable. Luego reparé en su aspecto físico que era impactante sobre todo porque parecía realmente un esqueleto andando. Además vestía una ropa harapienta y sucia que era como el uniforme que todos teníamos en aquellos lugares. A duras penas dio los tres o cuatro pasos delante del guardia cuando entraba a la habitación. Los grilletes y la ceguera que le imponía la capucha le impedían casi caminar; su cuerpo debilitado y aterido por el frío y la posición en la que lo obligaban a estar lo hacía mucho más torpe. Pisaba como si le dolieran los pies; y quizás eso, o todo eso, es lo que le sucedía.

Entonces El Tigre le ordenó al guardia que le sacase la capucha. Apenas vi su cara no lo reconocí porque su expresión era como la de un animal. Cuando le quitaron la capucha, el joven apenas si podía soportar la luz directa de la lámpara de cuarenta *watts* que colgaba del techo del cuarto de interrogatorios. La cara del recluso estaba lastimada como si le hubiesen dado golpes con algún objeto contundente, además tenía un ojo más cerrado que el otro y una expresión de sufrimiento que se apoderaba de toda la musculatura de su cara. Su piel tenía un aspecto mortecino a pesar del efecto que la luz de tungsteno le daba a toda su imagen. Realmente parecía un cadáver viéndome a la cara. En ese instante puse atención en tratar de reconocer sus facciones. Su barba de semanas o incluso de meses me dificultaba el reconocimiento.

—¡Dale, decile algo tarado! —le ordenó Acosta alzándole la voz—. ¿No ves que no te reconoce?

No tuvo necesidad de decirme nada. En el instante en que el detenido pasó a tener una expresión de profunda compasión cuando me reconoció, alcancé a reconocerlo yo también.

—No hace falta que me diga quién es —repuse con cierta desesperación para que no se ensañe con él—. Lo conozco de la facultad.

El Tigre sonrió más que satisfecho.

—Mirá piba —dijo Acosta en un tono entre susceptible y exigente—, si lo conocés vas a cantar todo lo que sabés de él y de su juerga de amigos. ¡Ah!, y otra cosa: ¿Ves que aquí no matamos a nadie? Respirando y coleando está este acá. ¿No ves cómo habla este muerto?

El Tigre hizo silencio esperando a que el chico diga algo.

—¡Dale, decí algo idiota! —estalló susceptible alzándole de nuevo la voz—, si no hablás te paso a H047 y listo.

El chico lo miró resignado y nada más agachó la cabeza. El Tigre quitó su mirada de mi compañero —que seguramente se sintió aliviado por un minuto—, agarró el vaso y tomó un sorbo de whisky el cual saboreó por un instante.

—Digame, ¿usted es o se hace? —le dijo volviéndolo a mirar fijamente.

El chico se quedó en silencio como había hecho las dos veces anteriores.

—¿Así que no querés hablar? —El Tigre se quedó viéndolo largamente, mientras mi compañero miraba el suelo.

—A ver si seguís mudo cuando un día de estos te diga que tu familia vino a visitarte. ¿A usted le gustaría que su familia venga a visitarlo?

—*El joven lo miró de manera inexpresiva y le dijo casi imperceptiblemente:*

—No, señor.

—¡Ah! ¿Ve que cuando usted quiere habla? ¿Y por qué no quiere que su familia venga a visitarlo? ¿Tiene miedo de que le hagamos algo?

—No —dijo nuevamente como deseando que el maltrato termine.

—Está bien —le admitió al chico, para después decirme:

—¿Sabés que este era ayudante de cátedra de un renombrado profesor? —dijo como burlándose de él, para después preguntarme:

—Decime piba, ¿y vos a qué te dedicabas?

—Yo estudiaba Ciencias Económicas... y fotografía —agregué.

—¡Ah!, ¿sí? ¿Fotografía?

—Sí, fotografía. —ya sin fuerzas para hablar y a pesar del desgano continué—. Una vez a la semana ayudaba a un amigo en su laboratorio. Ahí él me enseñaba el oficio y también salíamos a sacar fotos.

—Mirá vos qué interesante —dijo con una superioridad sarcástica notable—. ¿Y a este lo conocés de la facultad?

—Lo conozco de vista.

—¡Ah!, de vista. Bueno. Vamos a ver de qué otras cosas te acordás cuando te deje sola con mis muchachos acá. ¿Te acordás de cómo se llama?

—La verdad es que no sé cómo se llama. Lo conozco de vista nada más.

—¿Y su apodo?

—Le dicen Facha, creo.

—¿A esta piltrafa le dicen Facha? ¿Sabías que ahora lo llamamos H048?

—No, no sabía.

—Sí, y a vos también te vamos a poner un número de caso, y por ese número te vamos a reconocer.

Apenas terminó de decir esto, se puso de pie agarrando el vaso de whisky que estaba arriba de la otra silla y le hizo una seña al guardia para que se lleve al prisionero. El guardia le volvió a poner la capucha al Facha, lo tomó del brazo derecho y lo condujo hacia fuera. Detrás de ellos, y sin despedirse o decir una palabra, salió El Tigre con su estampa fulgurante, como de quien reinaba en aquel antro subterráneo de sufrimiento eterno, a quien no volví a ver hasta varios meses después.

En la ocasión en que media hora más tarde se abrió la puerta nuevamente, entraron dos interrogadores quienes me dijeron que intuían que yo no tenía nada que ver con los jóvenes de la universidad que ellos investigaban, sin embargo, y de todas maneras, querían toda la información que les pudiese aportar acerca del caso. Como te dije, tenía una amiga que estaba en una agrupación de la universidad, pero yo no era muy allegada a ellos. Sabía en lo que andaban y me resultaban sumamente fanáticos para mi gusto. En su fanatismo ellos creían que yo pensaba como ellos o, lo que es peor, entendían que les convenía reclutarme; entonces me alejé de la gente de aquella agrupación. Me daba con una muy amiga mía que era de ese grupo y nada más que eso. Cuando me preguntaron por primera vez por ellos, mi error más grave fue manifestar de entrada que no sabía nada. Se enojaron mucho. Me levantaron de los pelos de la silla donde estaba sentada y me lanzaron tan violentamente como pudieron sobre el armazón metálico de la cama que estaba allí cerca de la silla al pie del reloj.

Entonces se escuchó cómo el cráneo golpeaba contra la cabecera de hierro de la cama dejando la mente conmocionada y el cuerpo como en un estado cataléptico constante. Luego, en ese mismo estado de inconsciencia, se percibió cómo golpearon de nuevo la cabeza con otro objeto imposible de identificar ahora. De inmediato, una sustancia tibia, que chorreaba desde la frente cayendo sobre el hombro derecho, mojaba además toda la zona de la nuca y la parte superior de la espalda. En el momento en que la nuca quedó empapada por completo fue cuando comenzaron a arrancar la ropa a los tirones con la misma ferocidad con que una manada de tiburones desgarra un cuerpo en el mar. Cuando los ojos se entreabrieron alcanzaron a ver la lamparita de cuarenta watts que colgaba en el techo de la habitación. En ese instante percibieron que uno de los dos hombres se retiraba del cuarto, mientras que el otro se quedaba atando el cuerpo desvalido a la cama. Unos minutos después se escuchó que alguien gritaba: «*¡Mirá cómo manchaste el piso, hija de puta!*», y en eso se sintió un baldazo de agua fría al tiempo que se escuchó el alarido: «*¡Te lo voy a hacer limpiar con la lengua, pendeja de mierda!*». En ese instante reinó la sensación de que todo estaba perdido, de que irremediablemente iban a eliminar aquel cuerpo casi inerte.

Ahí nomás continuaron con la tortura, una y otra vez, como hacían a menudo con cualquier cuerpo para desvanecerlo, para maltratarlo y profanarlo. Continuaron aplicando la picana en algunas partes de aquel bulto que tanto despreciaban: en las piernas, en los brazos y en la planta de los pies. La electricidad entumecía los músculos hasta ponerlos como piedra. El cuerpo, que ya no obedecía, convulsionaba rígido y el corazón parecía salírsele por la boca. Ahí fue cuando los interrogadores intentaron aflojar las extremidades a golpes de cachiporra y a las trompadas. Ellos no entendían que no podían sacar información de aquel cuerpo, porque en realidad no sabía casi nada de lo que ellos querían saber. Mientras propinaban la tortura hacían preguntas ideológicas de toda clase, entonces quedó entendido que las respuestas no eran más importantes que el placer de maltratar o demoler a un enemigo alucinado, y eso no tenía nada que ver con la ideología, con el pensamiento, ni mucho menos con los ideales. Entonces prosiguieron aplicando la picana en otras partes del cuerpo: en los pezones, en la vagina, en la boca, en los brazos, en donde se les ocurriese. Después de un rato, cuando la tortura daba muchísima sed, ellos le aseguraban al torturado que iban a darme agua e incluso comida. Ya no se sabe cuántas promesas le habrán hecho ni cuáles eran, lo que sí se conoce es esa sensación de la ilusión de que todo cambie de una vez por todas; sin embargo, eso era cosa de nunca acabar, de promesas que se prolongaban en el tiempo en tanto todo se volvía cada vez peor. Se escuchaban los alaridos reiterados, confusos, contradictorios, que parecían no cesar nunca en todo momento. Los alaridos y la violencia era lo que los caracterizaba. Todavía se los recuerda brutales, bufando con soberbia sus ideas en tanto muchos sufrían de hambre y sed en la miseria. La creencia popular dice que cuando alguien les hace daño a los otros, se lo hace también a sí mismo, por lo tanto no había manera de considerar aquello como un brutal ensañamiento consigo mismo. En su locura, los interrogadores se ensañaban con aquel cuerpo que yacía desvalido cuando al mismo tiempo le aseguraban cosas que no tenían sentido alguno: que si se sobreponía a todo aquello sería una mujer deficiente, si no era que quedaba estéril; que su descendencia, de tenerla, iba a ser una pobre descendencia. Después se ensañaron hasta con su identidad, porque llegaron a cuestionar cuál era su nombre; entonces cuando obtuvieron de su boca balbuceante un nombre legítimo se enojaron muchísimo otra vez. Por un momento dejaron de golpear aquel cuerpo como poniéndose de acuerdo acerca del método con el cual continuarían ultrajando, instantes después, a semejante rival casi inerte que sin embargo intentaba prevalecer a toda costa. En esa ocasión fue que le aseguraron —antes de repetir una vez más el exhaustivo procedimiento— que ese no sería nunca más su nombre, que su nuevo nombre de ahí en más sería G025. Se hace imposible precisar por cuánto tiempo más continuaron maltratando aquel bulto que yacía sobre el camastro como si fuese el peor de sus enemigos. Y volvieron a preguntar por su nombre una vez más, y cuando les respondieron nuevamente con su nombre natal siguieron ultrajándolo aún con más bravura, una y otra vez, al tiempo que repetían que su nombre era G025 hasta que, en un determinado momento, les pareció entender que había quedado convencido de que ese carácter alfanumérico era en efecto su nombre.

Ahora ya no se conocen los motivos, pero los interrogadores después de cada desmayo aprovechaban para descansar y volvían a ensañarse una y otra vez con el cuerpo que, para ese entonces, ya evidenciaba en un estado cataléptico casi permanente. Ya no sentía los dolores tan intensos como las primeras veces que lo habían torturado, sentía el dolor atenuado de la flagelación en una adormecida masa que no obstante hervía como un volcán. Padecía de calambres frecuentes, estaba extenuado, completamente ido y con una sed excesiva que le resultaba insoportable. Solo reaccionaba cuando lo sacudían para continuar con el interrogatorio y con el suplicio. Tampoco podía aguantar más los esfínteres. Un momento después no aguantó más y se hizo encima. Ahí mismo se desvaneció.

—El enojo de los interrogadores fue tal que uno de ellos —no sé cómo se las arregló—agarró un trapo grande el cual comenzó a embeber en el suelo con todos los fluidos que había allí. De repente veo que sale del costado del camastro y le refriega el trapo en la cara al mismo tiempo que le decía: «¡Mirá lo que hiciste hija de puta!». Y continuaba refregándole el trapo en la cara hasta el punto en que cuando ella respiraba olía el hedor de su propia orina entremezclado

con el de su sangre y la mugre del suelo.

Cuando se cansaron del cuerpo, lo dejaron desmayado sobre aquel armazón vaya a saber por cuánto tiempo. Y después continuaron con el maltrato físico y verbal por un período incalculable: volvieron y continuaron ultrajándolo una y otra vez de manera incansable como siempre lo hacían. Por lo que se entendió en aquel momento, habían decidido llevarla castigada a otro lugar, a un lugar del cual sería prácticamente imposible que pudiese regresar. Entonces decidieron abandonarla sin antes tomarla de los pelos para humillarla en tanto el otro, del otro lado del camastro, se burlaba y la insultaba. El que la insultaba además agarró la ropa empapada que estaba en el suelo y se la arrojó en la cara al tiempo que le decía que se vistiese. El cuerpo permanecía conmocionado, extenuado, no entendía lo que sucedía. Movió la cara para un costado para sacarse la ropa de encima y poder respirar cuando advirtió que los dos hombres salían del cuarto. En realidad no vio sus salidas, sino más bien sus ausencias; porque aquella gente siempre estaba presente.

—*«Ya no recuerdo cuántas veces había quedado en aquel estado que ya no quería rememorar».*

Después de algún tiempo que estuvo allí desvanecida, vino uno de los *«verdes»* —*Después supimos que les decían así*— que era uno de los cadetes de la Escuela de Mecánica de la Armada. El chico robusto, que apenas tendría unos dieciséis años, le ordenó que se vistiese porque habían decidido trasladarla a otro lugar. Cuando el chico salió de la habitación para hacer vaya a saber qué cosa, fue vistiéndola lentamente conforme los dolores se lo permitían. A esa altura ya había perdido la conciencia, la movilidad, la orientación, el destino, la libertad, todo. Ya no era consciente de todo lo que había perdido. Cuando el chico volvió la tomó del brazo para levantarla del camastro donde se había recostado al menos por un instante para descansar de todo aquel ultraje. Antes de sacarla de aquel cuarto, le puso la capucha quizás para que nadie pudiese ver el estado en el que había quedado su cara. Salieron del cuarto caminando a ritmo lento, arrastrando los pies, seguramente por el mismo pasillo por el que habían ingresado antes. Mientras caminaban por aquel lugar se escuchó el rumor de alguna gente que andaba por allí y hasta el de un televisor encendido donde se oía una de esas propagandas que ellos solían repetir todo el tiempo, ya que aparentemente el televisor estaba muy cerca del lugar donde estaban pasando.

Sabiendo que ella no podía ver por la capucha, el *«verde»* le dijo: *«¿Ves?, este pasillo se llama La Avenida de la Felicidad. Por aquí ustedes van y vienen felices».* Luego llegaron a un lugar donde le dio una indicación de que virase a la derecha. Cuando ella giró confiada de las indicaciones del muchacho, sintió un golpe en medio la cara y a lo largo de todo el cuerpo que la hizo sacudir por dentro, como cuando uno golpea una columna de cemento con un objeto contundente y se siente el cimbronazo que recorre todo el poste en toda su extensión. El chico comenzó a reírse a las carcajadas al tiempo que, estando delante suyo, le decía: *«¡A la derecha, estúpida! ¡Desde acá, esta es la derecha!»* —y la giró bruscamente hacia el otro lado—, tratándola de tonta, como si con los ojos vendados se pudiese saber a qué derecha se refería. La mujer no podía verlo, pero escuchaba la manera cómo él se reía de ella. En eso le toma la capucha desde atrás, apretando toda la tela que había en la nuca, haciéndole doler la herida que tenía en la parte posterior de la cabeza. Eso ocasionaba que la parte delantera de la capucha se le pegase en la cara aplastando su nariz hasta casi asfixiarla. De esa manera la introdujo en un ascensor que olía terriblemente, donde se percibía un hedor intenso a mugre que en un principio resultaba imposible de diferenciar si era su olor o el de aquel lugar.

«Que te sea leve»

Capucha

No sabría decirte cuántos pisos subí por aquel ascensor pero
terminé castigada en un lugar al que llamaban Capucha, donde nos
mantenían hacinados mientras duraba nuestro período de tortura o
de castigo. Aquel lugar se percibía lúgubre, asquerosamente lúgubre,
diría yo. Allí depositaban a los prisioneros en unos pequeños
camarotes contiguos muy similares a los que teníamos en El
Vesubio. En demostración de su más profundo desprecio, el joven
en ningún momento soltó mi capucha de la nuca. Así como me traía,
me paró en frente de uno de aquellos habitáculos y, de manera
grosera, me forzó a acostarme sobre una colchoneta de gomaespuma
que había en el lugar. Me colocó en el suelo con los pies atados con
los grilletes hacia el lado de la pared y la cabeza encapuchada para el
lado del pasillo. Recuerdo que estaba absolutamente incómoda. Me
había puesto la ropa mojada y me sentía pegajosa porque la cabeza
todavía sangraba y la sangre coagulada en la ropa se sentía como si
tuviera pegamento en la capucha y en gran parte de la espalda. Sentía
un impresionante dolor en todo el cuerpo que parecía que me iba a
hacer colapsar en cualquier momento. Me habían golpeado tan
brutalmente y me habían sometido a la vejación y la picana tantas
veces que creo que por un instante perdí el conocimiento, entonces
finalmente ellos mismos desistieron de continuar con semejante
salvajada.

Recuerdo que en Capucha no se veía casi nada, solamente
percibía en mi capucha un resplandor tenue que seguramente era el
resplandor de uno de los pocos focos que colgaban del techo.
Cuando llegué a aquel lugar por un momento sentí una sensación de

bienestar, por eso pese al frío y al dolor que se habían apoderado de todo mi cuerpo me dispuse a relajarme para intentar descansar. A pesar de no haber visto nada apenas llegué, por estar esposada, con los grilletes puestos y la capucha en la cabeza, presentía que no estaba sola. Se percibía claramente que en aquel lugar había mucha gente. Nunca supe cuántos éramos, pero sabía que éramos más de los que se podría imaginar. Podía escuchar que se acomodaban en el suelo cuando sonaban las cadenas de los grilletes o cuando daban golpes contra los aglomerados de los costados que conformaban los camarotes. A través del ruido de los poderosos extractores de aire podía percibir el ruido de las cadenas y el mutismo de sus bocas como si fuesen un rumor ahogado de almas en pena en medio de la noche. Dos cosas me llamaron la atención en aquel recinto: primero, el olor apestoso que había allí, una mezcla de olores humanos nauseabundos a los cuales nunca pude acostumbrarme; luego, el ensordecedor ruido de los extractores de aire que se confundían con los estertores y, por más que estuviesen encendidos todo el día, no eran suficiente para atenuar el olor nauseabundo que me recordaba al olor al cuerpo en descomposición de una de mis compañeras de El Vesubio. A pesar del ruido de los extractores podía escuchar la tos de los hombres y las mujeres, o las pesadillas que tenían mientras dormían, o cuando se despertaban sobresaltados a los gritos en medio de la noche, o cuando ahogaban sus gritos que era algo más impresionante todavía. Oía cuando pedían al guardia para ir al baño o cuando los guardias pasaban entre nosotros vigilándonos. Se escuchaban continuamente sus borceguíes vigilándonos para que no hablemos o no hagamos nada. Si alguien hablaba los guardias se acercaban a esa persona y sencillamente le pateaban la cabeza, porque era lo que tenían más a mano ya que permanecíamos con la cabeza encapuchada hacia el lado del pasillo. A veces se escuchaba que en algún lugar del inmenso recinto algún guardia se ensañaba con alguien y lo pateaba en el suelo cuando estaba en su habitáculo. En el tiempo que estuve en aquel lugar habitualmente evaluaba los motivos por los cuales los guardias les pegaban a mis compañeros y los motivos eran irrisorios, tanto que decidí quedarme quieta todo el tiempo y no hacer ningún ruido cuando estaba en mi camarote. Si alguien intentaba moverse solo o hablaba con algún compañero simplemente lo golpeaban y lo torturaban.

—¿Estuviste muchos días allí en Capucha?

La verdad es que no lo sé con precisión. Allí una pierde la noción del tiempo y del espacio. Una no sabe qué hora es, si está en el segundo o en el tercer piso, o qué día o mes del año transcurre. Una no se entera de las noticias ni de ningún tipo de evento que suceda en el exterior. Toda nuestra realidad se limitaba al camarote o habitáculo y a la capucha, sin embargo, los que estábamos más tiempo podíamos saber lo que ocurría a nuestro alrededor. Durante el tiempo que estuve en ese sector —y te puedo decir que fue bastante tiempo—, las mujeres no queríamos ir al baño, porque si íbamos al baño lo más probable era que abusaran de nosotras. Si una quería evitar ir al baño y terminaba haciéndose encima, corría el riesgo de ser golpeada o torturada de manera cruel. Había una opción que era más egoísta, y consistía en esperar a que otra vaya primero al baño, si no le pasaba nada pedíamos las demás. Las más viejas aprendimos a reconocer a los guardias que nos estaban vigilando. Sabíamos más o menos quiénes estaban de turno por pequeños indicios que nos hacían saber quiénes estaban allí. Había uno de los milicos que no abusaba de nosotras. Yo lo reconocía porque tenía una pisada más acentuada y caminaba más que los demás. Si bien nos vigilaba mucho, nunca abusaba de nosotras. Parecía mentira pero parecía como si todas esperásemos a ese guardia. Aunque él tenía más trabajo con nosotras no se molestaba por eso, y yo creo que él entendía por qué.

A mí particularmente me daba mucha pena las chicas que recién llegaban. Creo que todas nos dábamos cuenta de que ellas pedían inocentemente ir al baño en el momento menos indicado y nosotras, las más viejas, no podíamos hacer nada. Pasaban por todo hasta que aprendían por su cuenta. Allí me di cuenta de que uno de los principales propósitos de los militares era destruir la escala de valores de los detenidos. En aquella situación imperaba el *«sálvese quien pueda»*, si alguien demostraba sensibilidad o solidaridad con los demás con certeza era golpeado o torturado. La solidaridad no existía en absoluto delante de ellos, sin embargo, a escondida de los guardias, asumiendo el riesgo que ello implicaba, las más viejas aconsejábamos a las más nuevas recomendándoles que se mantuviesen lo más sucias y malolientes posible. Llegó una instancia en que yo estaba tan flaca y todo mi cuerpo y toda mi ropa estaban tan malolientes que sabía que esa era la mejor protección que podía tener para que los guardias no me tocasen. Muy de vez en cuando nos daban unos minutos para ducharnos; y yo en particular hacía que el baño no sea profundo para continuar oliendo de manera nauseabunda. En aquellas circunstancias habíamos tomado conciencia de que los piojos, las ladillas y la sarna eran nuestros mejores aliados ante las vejaciones de los guardias.

La mugre en el lugar era tal que los ruidos de las cadenas y los gritos ahogados que se escuchaban, en ocasiones, eran porque las cucarachas y las ratas andaban entre nosotros. Inevitablemente dejábamos restos de comida en el suelo y eso hacía que los animales anduviesen entre nuestros cuerpos buscando las migajas para alimentarse. Por la noche, mientras dormíamos, las cucarachas solían andar entre nosotros, se metían entre nuestras ropas, por las botamangas de los pantalones o por el cuello debajo de la capucha y a menudo llegaban hasta nuestro cuerpo. En esas ocasiones lo mejor era no gritar o ahogar el grito para que los guardias no escucharan, porque si ellos venían nos golpeaban y nos hacían *«bailar»* a todos. Cada tanto, venían en medio de la madrugada y nos hacían hacer sentadillas o flexiones de brazos con las capuchas y los grilletes puestos. Eso era una verdadera tortura. La única ventaja que yo le encontraba a todo eso era que, de alguna manera, me mantenía en buen estado físico. Además yo particularmente podía hacer la ejercitación sin caerme porque mi capucha, si bien era oscura, estaba hecha de una tela algo delgada como la de una sábana. Recuerdo que cuando era chica solía quedarme casi todas las mañanas un rato más en la cama haciendo *fiaca*, mientras mi mamá hacía los quehaceres en mi habitación. En esas ocasiones me tapaba con la sábana hasta la cabeza para hacerle creer a mi mamá que todavía dormía, cuando en realidad yo la observaba a través de la transparencia de la sábana. Con mi capucha sucedía exactamente lo mismo. Nos hacían levantar de nuestros cubículos y allí mismo, en medio del pasillo, nos hacían hacer flexiones hasta que no diésemos más, hasta quedar casi extenuados. Pero cuando ellos encendían la luz en todo el recinto, esas luces aunque eran tenues, a la madrugada y a través de la capucha, se magnificaban de una manera extraordinaria y eran lo suficientemente buenas como para ver alrededor y poder orientarse. A través de mi capucha podía ver traslúcidas las siluetas de mis compañeros haciendo flexiones delante mío y, si alguno se desorientaba, perdía el equilibrio y caía al suelo, era lo peor que podía pasarle, porque cuando alguien caía al suelo, los guardias lo golpeaban allí mismo hasta el cansancio.

Recuerdo que una vez uno de mis compañeros se cayó al suelo haciendo los ejercicios y le dieron una paliza espantosa. Yo alcancé a ver algo a través de mi capucha porque él estaba justo delante mío, como unos dos camarotes para el lado de la salida. Alcancé a ver que mi compañero quiso incorporarse e inmediatamente después vi una caída medio aparatosa y escuché un golpe fortísimo (creo que se dio contra el borde de su propio camarote) y, después de eso, un quejido ahogado que fue impresionante. No sé muy bien qué le sucedió. No sé, creo que se enredó con los grilletes cuando quiso incorporarse de las flexiones de brazos. Entonces ahí mismo uno de los guardias se acercó para decirle que se levante. Por el ruido de los extractores no alcancé a escuchar lo que mi compañero le respondió desde el suelo, la cosa es que, dicho lo que le haya dicho, la respuesta ocasionó la inmediata reacción del cadete. Le pegó una patada en el pecho o en la cara que hizo que mi compañero, que estaba queriendo levantarse en ese instante, cayera de nuevo desplomado de cara al suelo. Luego mientras estaba en el piso giró la boca hacia arriba, quizás pretendiendo tomar aire, y en ese momento el cadete, que creo era el que nunca abusaba de nosotras, le puso la bota en la cara y le aplastó la cabeza contra el suelo. Al mismo tiempo, otro de los cadetes que estaba allí continuó dando las instrucciones que nosotros debíamos obedecer para que no tengamos la misma suerte de nuestro compañero. Entonces, me repuse intentando olvidarme del hecho para concentrarme en las indicaciones de las flexiones que debía hacer para que no me golpeasen a mí también. Estuvimos un rato haciendo flexiones, una y otra vez, con ese cadete; en tanto el otro golpeó a mi compañero dos o tres veces más en el piso. Cuando finalmente se cansaron de *bailarnos* nos indicaron que volviésemos cada cual a su sitio, entonces fue que escuché que continuaron golpeándolo incluso con más crueldad. Esta vez, llorando, le rogaba al guardia que por favor dejara de pegarle, cosa que parecía excitar más al cadete; porque mientras mi compañero más le rogaba, el cadete más lo golpeaba y con mucha mayor insistencia.

Y la cosa no terminó ahí.

Hasta el día de hoy no sé qué fue lo que les dijo mi compañero que se ensañaron tanto con él. Todos los días venían los *«pedros»* o los *«verdes»*, los veteranos o los cadetes, no importaba quiénes fuesen, y lo golpeaban. No se sabía quiénes eran peores, si los veteranos o los cadetes. A menudo, los cadetes eran más papistas que el Papa y se volvían más exigentes con los reclusos e incluso más sanguinarios. Cuando los cadetes pasaban junto a mi compañero, el H070 le pateaban la cabeza para verificar si estaba en este mundo o en el otro. Una vez, uno de ellos pasaba caminando por el lugar, le pateó la cabeza y le preguntó:

—¿Está dormido?

Mientras mi compañero se quejaba del dolor dentro de su capucha, el cadete siguió pateándolo y preguntándole:

—Dele. Respóndame. ¿Está dormido?

—¡No!

Y volvía a patearle la cabeza.

—No, ¿qué?

—¡No señor!

—No señor, ¿qué?

Mi compañero el H070 ya no sabía qué debía contestar para que deje de pegarle.

—¡Dígame! No señor, ¿qué?

Y volvía a patearlo con más fuerza.

El ruido de los extractores era la interferencia que alteraba o atenuaba la recepción de todo lo que se podía escuchar. Los que estábamos más cerca podíamos oír la voz del cadete y, en ocasiones, la voz del recluso que balbuceaba dentro de su capucha. Y a medida que iba transcurriendo la situación, la voz de mi compañero se oía cada vez menos, como más tenue, cuando en determinado momento comenzó a escucharse, cada vez más, un sostenido e inconfundible llanto.

El llanto alteró al cadete que comenzó a patearlo más y más, y a maldecirlo aún más.

—¡La puta que te parió maricón! ¡Llorás como un maricón!

—*Mientas le pisaba sostenidamente la cabeza con la bota.*

—¡Dejá de llorar como una marica! ¡Puto de mierda! —gritaba insistentemente.

A medida que iban pasando los días, la tortura no solo era verbal sino además psicológica.

Desde aquel día comenzaron a llamarle *«Maricón»*. Ese era el apodo que le habían puesto. Le decían que lo iban a tratar como a una mina. Un día pidió para ir al baño y el *«verde»* que estaba de guardia lo trató todo el tiempo de *«marica»*.

—¿Qué te pasa *marica*?

—Tengo ganas de ir al baño.

—¡Ah! ¿Así que tenés ganas de ir al baño? Bueno. ¡Dale, vamos!

—*El H070 se levantó de su camarote y esperó a que el cadete lo llevase. Luego me enteré de que cuando el «verde» lo llevó al baño comenzó a abusar de él. Dejó que entrara al baño y cuando lo tuvo allí —encapuchado, esposado y engrillado como estaba— comenzó a manosearlo como hacía con las mujeres. Mientras el H070 hacía sus necesidades tenía que soportar todo el tiempo los abusos y el maltrato del guardia. Cuando terminó de torturarlo, lo llevó a su habitáculo y lo dejó allí, dándole unos cuantos golpes más antes de irse, llamándole «marica» como había quedado establecido desde hacía un tiempo.*

Yo supongo que mi compañero se había vuelto el tema de conversación de todos los cadetes, porque cada cadete que venía a verlo se las agarraba con él. Todos lo trataban de *«maricón»*, de *«puto»*, de *«idiota»*, de *«tarado»* y de todos los calificativos más despectivos que podían decirle. Lo sometían a todas las humillaciones que se les ocurría, incluso ensayaban variantes que seguramente entre ellos acordaban para divertirse o para pasar el rato entre tanto cumplían con su turno de vigilancia. Una de las humillaciones más habituales era ponerle asquerosidades en la comida. Todo comenzó cuando uno de los cadetes pasó con la tarrina de comida del H070 para que sus compañeros la escupiesen. Luego a alguien se le ocurrió ponerle cucarachas agonizantes en el guiso cuando le llevaban la comida a la cucha. Las cucarachas moribundas pataleaban mientras tanto él intentaba sacarlas con la mano para poder comer. Al parecer, los guardias retroalimentaron su creatividad entre ellos y comenzaron a agregarle distintos tipos de animales muertos a la comida. Un día uno de los cadetes trajo una paloma muerta que había encontrado en el patio y se la pusieron de cabeza en el guiso. Era muy común también que los milicos pusieran tramperas para ratas en las oficinas o en los pisos donde dormían, porque el edificio completo estaba infectado de roedores que deambulaban por todas partes. Cuando los cadetes conseguían alguna rata, ya sabían que era la porción de proteína para el guiso del

H070. Y recuerdo que una de las últimas cosas que le hicieron fue ponerle un sapo reventado en el guiso para que comiese. Uno de los cadetes que cruzaba el patio un día de lluvia, se cruzó con un sapo y decidió cazarlo para el almuerzo del H070. Entonces comenzó a patear el sapo con sus borceguíes hasta que logró darlo contra una pared. Sus compañeros se rieron muchísimo cuando lo vieron venir empapado con el batracio en el mano sostenido de una pata. Dejaron el sapo en el suelo mientras esperaron a que trajesen la comida y entonces le pusieron el animal reventado en el guiso y se lo dieron.

Y así fue todos los días durante unas semanas.

Pero un día de repente el H070 dejó de comer. Ya había dejado de comer y de ir al baño, cuando los *«verdes»* se extrañaron por su falta de voluntad y conjeturaron que quizás quisiera dejarse morir. Entonces dejaron de maltratarlo por unos días para ver si se recuperaba de lo que ellos pensaban que era un bajón anímico. Lo llevaban al baño sin acosarlo mientras hacía sus necesidades, le daban el mate cocido sin escupitajos y la comida sin alimaña alguna dentro. Y cuando notaron que se había recuperado lo suficiente, volvieron a martirizarlo, pero esta vez fue de una manera diferente.

Un día, yo estaba despierta padeciendo el intenso calor —debe haber sido cerca del mediodía porque una o dos horas después del evento nos trajeron el guiso—. El calor húmedo del verano en el piso de arriba a esa hora de la mañana ya era insoportable. No había manera de no sudar aunque nos mantuviéramos quietos en nuestros lugares. En esos períodos de calor, los guardias casi no venían a vigilarnos porque seguramente preferían quedarse cerca de un ventilador tomando alguna bebida fría para refrescarse. Estábamos todos sumidos en ese sopor que impone los días de calor de la pampa húmeda cuando en un determinado momento el H070 comenzó a llamar insistentemente al guardia. Lo llamaba una y otra vez y, cuando parecía que el guardia no lo escuchaba, apareció. Entonces, el chico vino, se paró con sus botas bien cerca de la cabeza de mi compañero —yo podía entrever su sombra a través de mi capucha— y le preguntó de manera bien imperativa.

—¿Qué necesitás?

El ruido intenso de los extractores no me dejó escuchar bien pero mi compañero le respondió algo.

—No te escucho. ¡Hablame más fuerte!

—Quiero ir al baño.

—¡Ah! ¿Querés ir al baño? ¿Y qué querés hacer, lo primero o lo segundo?

—Lo segundo.

—No te escucho. ¡Hablá más fuerte!

—Lo segundo.

—Ah, lo segundo. Bueno. Ahora vengo.

El guardia se fue y volvió con un balde que apestaba. Puso el balde en el medio del pasillo donde estábamos todos los detenidos y le dijo:

—Acá tenés el baño.

En ese instante, el H070 irrumpió en un copioso llanto.

—¿Qué te pasa *Maricón*? ¿No te gusta el baño que te traje? ¡Encima que me molesto en traerte el baño hasta acá desagradecido de mierda! ¡Ahora vas a tener que cagar acá y si no cagás te voy a meter un tiro en la cabeza!

Y mi compañero llorando desconsoladamente comenzó a decir:

—¡Dale! ¡No me importa nada! ¡Matame de una vez por todas!¡Matame de una vez por todas!

Los gritos resonaban nítidos a pesar del ruido ensordecedor de los extractores.

—¡Matane y tirame a la calle así por lo menos me encuentran y mi familia sabe algo de mí! ¡Matame!¡Dale!¡Sacá el arma y matame de una vez!

Cuando los compañeros del guardia escucharon el alboroto vinieron a ver qué sucedía y se encontraron con la escena. Allí fue cuando comenzaron a golpearlo en el suelo mientras estaba acostado en su camarote. A pesar de los golpes, se escuchaban sus gritos ahogados por los sollozos:

—¡Matenme! ¡No quiero estar más en este mundo! ¡Matenme! ¡Denle, matenme!

Se escuchó que uno de los guardias —creo que era uno de los «pedros»— le dijo:

—¡No, no te voy a matar ni te voy a dejar morir! ¡Vas a desear morir y yo no te voy a dejar! ¡Te voy a perpetuar en este mundo marica de mierda! ¡Vas a querer morir y yo voy a mantenerte aquí este suelo para que sigas sufriendo como una perra! ¡Siempre que vos quieras morirte yo voy a mantenerte en esta realidad inmunda! ¿Y si vos crees que esto es el infierno? ¡Esperá a ver lo que es Capuchita hijo de puta! ¡Te voy a perpetuar en este mundo para que veas lo que es Capuchita!

—¡Matenme por favor! ¡Matenme! —sollozaba y rogaba mi compañero.

En ese entonces dejaron de golpearlo y salieron del recinto mientras uno de los cadetes se quedó para vigilarlo. Al rato volvieron y ahí fue cuando el «pedro» les ordenó a los dos cadetes que alcen al recluso y se lo lleven para Capuchita.

—Ahora te vas para Capuchita. Ya hablé con la gente de allá. ¡Ahora vas a ver lo que es sufrir montonero hijo de puta! ¡Llévenlo a Capuchita! —les ordenó a los «verdes» que en ese instante lo levantaban a los tirones de la cucha.

Eso fue lo último que se escuchó de los guardias. Lo último que escuché de mi compañero fue su llanto mientras lo alzaban y se lo llevaban rápidamente. Y digo rápidamente, porque lo último que escuché a través de mi capucha fue el raudo arrastrar de las cadenas de sus grilletes que se perdió en el estentóreo sonido de los extractores de aquel lugar. No supe más nada del H070 hasta que un día, trabajando en el laboratorio, un guardia que sabía su caso me lo contó todo.

«Que te sea leve»

El descenso

Una vez ocurrió algo absolutamente inesperado para mí: escuché que andaba ese guardia que era menos malo con nosotras, que maltrataba o golpeaba a los hombres, pero que no abusaba de las mujeres. Yo me había estado aguantando las ganas de ir al baño por horas hasta estar segura de que era él el que estaba de guardia; entonces cuando escuché que pasaba cerca de mí, le pedí ir al baño. El muchacho se detuvo y en silencio me tomó del brazo esperando a que me levantase para conducirme afuera. Aquella fue una situación atípica porque muchas veces los guardias, dependiendo de quienes estaban, esperaban horas hasta tener un buen grupo de reclusos que quisiera ir al baño para llevarlos a todos juntos. El *modus operandi* que usaban para llevarnos al baño me recordaba mucho a cuando yo iba a la escuela primaria. Todas las mañanas cuando nos formábamos en el patio de la escuela nos hacían poner de menor a mayor; luego en la fila tomábamos distancia uno del otro estirando el brazo, primero hacia adelante y después, con el mismo brazo, hacia derecha buscando distanciarnos con los demás compañeros. Entonces, las maestras de cada grado se paraban delante de los grupos que les correspondían vigilando que la formación de guardapolvos blancos sea la apropiada. La diferencia sustancial radicaba en que todos los alumnos de la escuela cantábamos *Aurora*, mientras que los alumnos que se destacaban izaban suavemente la bandera hasta que llegaba a la cima del mástil. Luego el director, que infundía respeto con su sola presencia, nos saludaba a todos dando un paso al costado para luego darle lugar a las maestras que, en el orden de izquierda a derecha, nos hacían pasar en nuestras respectivas filas a las aulas. En el pasillo interno, donde estaban las puertas de las aulas, manteníamos la fila hasta que la maestra nos daba la autorización de entrar en orden y en silencio. Ya adentro, en el salón pulcro e iluminado de luz natural, la formación de chicos se esparcía entre los pupitres dobles de cedro manteniendo el orden fundamental: los más pequeños adelante y los más altos atrás. Las hileras de los pesados pupitres de hierro y madera nos orientaban inevitablemente hacia adelante donde estaba el escritorio de la maestra. Recuerdo que con nuestros compañeros girábamos la cabeza hacia los costados para vernos entre nosotros mismos y, de esa manera, veíamos quiénes habían venido a clases y quiénes estaban ausentes. De individual solo teníamos la tapa del pupitre, el hueco para el tintero y la ranura para la pluma o el lápiz; y compartíamos el inmenso pizarrón de madera, la maestra, su enseñanza y nuestros siempre divertidos recreos donde jugábamos hasta el toque del timbre.

En Capucha, para trasladarnos al baño, existía una práctica similar a la de la escuela. Nos llevaban a ciegas, en fila, agarrándonos de los hombros, manteniendo la distancia unos de otros. Formábamos una fila paralela a la pared de la puerta del baño e íbamos pasando de a uno, al tiempo que el resto tenía que esperar su turno en la fila. Los que salían del baño tenían que esperar en la fila de los que ya habían pasado para volver al pabellón manteniendo la distancia física fundamental. Luego, el guardia daba la orden de volver conduciéndonos hasta la cuadra de la misma manera que nos habían llevado. Cuando llegábamos, manteníamos la fila en la entrada del recinto y esperábamos hasta que el guardia mismo nos llevara hasta el lugar que nos correspondía a cada uno. Ese procedimiento me recordaba tanto a la escuela primaria y, seguramente, era algo que culturalmente todos habíamos aprendido. Sin embargo, aquel galpón inmundo, lejos de parecerse a un aula, solo podía compararse con una caballeriza maloliente con el suelo lleno de tierra derruido por los cascos de los caballos y las paredes descascaradas por el moho de la humedad del ambiente. Un antro apenas alumbrado con una luz mortecina de tungsteno que recordaba más a un galpón de estibadores o a un tugurio de mala muerte donde los borrachos toman sus últimos vinos o ginebras a cualquier hora de la madrugada en alguna zona prostibularia de una ciudad portuaria.

—*Y como dijo ella antes, esto de llevarlos solos al baño era una situación atípica porque, si los guardias no tenían un grupo grande para llevar, la otra opción era pasarles un balde para que hagan sus necesidades allí mismo, y después ni siquiera pasaban a buscar el recipiente. Es que ninguno de los guardias quería hacerse cargo de vaciar el balde con las heces o la orina de los detenidos, para eso los «pedros» mandaban a los «verdes» y ellos lo hacían con una actitud inexpresiva y marcial.*

Aquel cadete, con quien alguna palabra podía intercambiar sin que me dé un golpe, encendió la lámpara rojiza del baño que me recordaba al cuarto oscuro donde yo trabajaba. Mientras yo me sentaba en el inodoro, el chico, a quien poco le importaba mi intimidad, me levantó la capucha hasta la frente y mirándome a la cara me preguntó:

—¿Usted es la G025?

—Sí, esa soy yo —le respondí con la mirada a mitad de camino muriéndome de miedo.

Entonces me limpié al mismo tiempo que él me bajaba la capucha, y yo luego soltaba el agua.

En silencio me llevó hasta mi lugar y me esperó hasta que me acostara en el suelo de mi camarote.

Luego, ese mismo día, el mismo guardia vino a buscarme y me dijo que me alistara porque me iban a trasladar, que bajábamos a El Sótano, según él, porque alguien quería hablar conmigo. Entonces a mí se me congeló todo el territorio de mi cuerpo, se me heló la sangre por completo, porque para nosotros *trasladar a alguien* significaba no volver a verlo nunca más. El guardia me dijo también que me preparase para bajar por las escaleras porque al ascensor lo estaban usando. De inmediato recordé que las personas que eran *«trasladadas»* de aquel lugar bajaban a El Sótano. Se decía que eran desterrados al extranjero o a una isla en el sur del país, lo cierto era —y a esto lo supe después— que estas personas *«se desvanecían»* o, como a ellos les gustaba decir: *«se ausentaban»,* es decir, dejaban de andar por los lugares que comúnmente andaban.

—A decir verdad terminaban asesinados con uno o varios tiros en la cabeza, enterrados en fosas comunes o despachados desde algún avión dependiendo de en qué centro de detención estuviesen (aunque no terminaban en la tierra, terminaban dándose contra el agua que para el caso era lo mismo). En nuestro centro de detención, la práctica más habitual era la de despachar a los detenidos desde una aeronave. Los milicos les inyectaban a los trasladados pentotal sódico o «pentonaval», como ellos le llamaban. Por último, los llevaban adormecidos a una de las pistas del aeroparque y los lanzaban desde un avión al Río de la Plata.

Obviamente que en aquel momento yo no sabía demasiado lo que sucedía, era solo la terrible sospecha de que algo malo me pasaría y de que mi familia nunca más volvería a verme o saber de mí. Mientras bajábamos hacía El Sótano recuerdo que apenas si podía caminar por los grilletes y por la parálisis del terror. Los recuerdos de mi pasado entero venían a mi mente a cada paso que daba hacia abajo. Recordaba a mi familia, a mis padres, a la familia de mi hermano y especialmente a mi hermana, como me había sucedido en otros tantos días en Capucha. De la misma manera, recordaba también a mis abuelos, a mis amigos, a todos; en tanto escuchaba el sonido de los grilletes contra los escalones de mármol cada vez que mis pies resbalaban y me obligaban a sostenerme de la baranda. Los recuerdos no paraban de venir a mi mente en aquel descenso interminable cuando paralizada de miedo tropecé una vez más para agarrarme esta vez del guardia. Aquel chico, que era uno de los pocos pacientes con las mujeres, en un momento me tomó fuerte del brazo, me sacudió de manera medio grosera y me dijo en un tono algo agresivo: *«¿Qué te pasa? ¡Caminá bien!»* En ese instante me olvidé de todo y comencé a poner atención en mi andar, si me iban a asesinar al menos no quería que me golpeasen o torturasen antes. Aunque no me gustaba, ya estaba acostumbrada a la violencia en el trato, pero lo que sí no quería de ninguna manera era una última golpiza. Sabía que aquella sería una muerte rápida y quizás violenta. Una muerte rápida o adormecida. Eso era todo lo que necesitaba.

En un instante de lucidez, mientras el guardia se detuvo para acomodarse algo que llevaba consigo, le pregunté tímidamente:

—¿Qué día es hoy?

La pregunta seguramente lo sorprendió pero tardó un instante en responder cortante y de buena manera.

—Jueves.

Mi pregunta apuntaba a confirmar el día que yo creía que era. Sabía que era jueves pero mi situación de traslado me había hecho dudar de todo. Quería saber si estaba siendo *«trasladada»* o en realidad el asunto era menos grave. Esa única palabra del guardia y lo que había sucedido el día anterior me tranquilizaron lo suficiente como para seguir la marcha sin más tropiezos. El día anterior había sido día de *«traslados»* porque, como sucedía casi cada miércoles, los guardias vinieron con una escueta lista de prisioneros a quienes no íbamos a volver a ver nunca más. No lo decían de esa manera, solamente se limitaban a decir los números de los prisioneros en voz alta y a decirles que se preparen porque iban a ser *«trasladados»*. El día anterior habían nombrado tres números, solamente tres números nada más. Los tres se pararon engrillados cada uno en la cabecera de sus cuchas. Allí en el suelo, sobre la mugre de los habitáculos, quedaban las tarrinas de la comida sucias, las colchonetas malolientes plagadas de pulgas y de piojos, y el hueco de la ausencia. Después de nombrar los tres números reinó un silencio sepulcral entre los detenidos que se percibía grávido a pesar del incesante ruido de los extractores. Solamente dos guardias —a quienes reconocí por sus distintas voces— llevaban a los tres condenados hacia El Sótano. Supongo que los pusieron en fila agarrados de sus hombros con un guardia delante y el otro atrás controlando la fila. Y el rumor de las cadenas de los grilletes se perdió en el denso silencio de sus compañeros y en el gemido incesante de los estertores.

Aquel día me quedé profundamente apenada porque uno de los números que el guardia había nombrado era el del Facha. Lo recordé porque cuando yo recién había llegado, El Tigre Acosta lo hizo traer a la sala de interrogatorio donde yo estaba y me lo mostró. Me dijo que a él no le decían Facha sino que era conocido por su número de caso. Lo recuerdo muy bien porque me pareció que El Tigre se mofaba de mí. En mi casa somos todos quinieleros y conozco el significado de los números. El Tigre me decía que el Facha era el H048 y que estaba respirando y coleando. Todavía recuerdo que lo hizo hablar y me dijo: «*¿No ves cómo habla este muerto?*». El asunto es que el día de los *«traslados»* yo escuché clarito su número, porque estaba cerca del guardia que nombró los tres números de la lista en voz alta. Para mí que El Tigre lo tenía entre ceja y ceja. Aquel día que lo hizo traer a la sala de interrogatorio estaba bastante golpeado y Acosta lo trató bastante mal. Se le notaba, a pesar de disimularlo un poco con su tono irónico, que no lo quería para nada. Y finalmente lo pasó a H047 nomás.

Mientras bajaba la segunda escalera, recordaba al mismo tiempo que escuchaba como en un segundo plano las indicaciones del guardia que me decía por dónde debía ir. Hacer todo al mismo tiempo se me hacía bastante difícil: evitar mis recuerdos, entender las indicaciones del guardia y concentrarme en las escaleras, poniendo atención en cada paso que daba con la limitación de la capucha y los grilletes, era demasiado. En la primera escalera se me había complicado coordinar el paso, sin embargo en la segunda ya le había agarrado mejor la mano. Allí mi capucha se transparentaba poco, así que no tenía otra manera de bajar que no fuese mecánicamente, concentrándome, teniendo cuidado en cada peldaño hasta llegar a los descansos. El recorrido se percibía claustrofóbico como si se tratase de un hueco interno que se hundía en todo el edificio de arriba abajo. Entonces recordé que desde hacía meses no veía nada, que había tenido la capucha puesta prácticamente todo el tiempo mientras estuve en El Vesubio y también allí en aquel otro infierno. Recuerdo que en ese instante me sentía insegura sobre cuál sería mi suerte. ¿Por qué me estaban llevando a El Sótano si ya me habían torturado tantas veces y no habían conseguido nada de mí? Incluso ya me habían dicho que creían que yo era una *perejila* que no tenía nada que ver con nada. Quizás el «*traslado*» del Facha hacía que mi presencia en este mundo tampoco tuviera sentido y entonces decidieron «*trasladarme*» a mí también. Luego pensé de manera positiva. Cuando di vuelta en el segundo descanso pensé que mis compañeros habían sido «*trasladados*» el día anterior y entendí que me hubiesen puesto en aquel grupo si me hubiesen querido pasar al otro mundo.

Bajando la tercera escalera percibí un tufo intenso que apenas podía soportar. En un primer momento pensé que aquel tufo provenía desde abajo por el hueco de la escalera porque alguna vez había escuchado las cosas que sucedían allá abajo, pero luego me di cuenta de que aquel olor nauseabundo era mío. Entonces comprendí que estaba tan acostumbrada al olor de Capucha que no percibía mi propio olor. Seguramente, el cambio de aire me había dado la dimensión de cómo estaba oliendo mi cuerpo y mis harapos, un hedor rancio avinagrado que apenas podía soportar. Hacía demasiado tiempo ya que me picaba todo el cuerpo y menos mal que no podía rascarme, porque en ocasiones la picazón era tan intensa que con las uñas mugrientas como las tenía me hubiese ocasionado una infección segura. En ese instante sentí —y no estoy segura de que haya sido solo la sensación— de que los piojos caminaban por mis cabellos, e incluso sentí una picazón púbica que me hizo pensar que podía tener otra clase de anopluro. En ese preciso instante fue que hubiese querido quitarme la ropa para tomar un baño como hacía cuando podía estar sola en la tina de mi casa. Recordé entonces que solía encerrarme en el baño, llenaba la tina con agua caliente y me recostaba un largo rato sumergida hasta el cuello. Recordé que lo hacía a pesar de las rabietas de mi hermana menor que siempre andaba detrás de mí, y cuando yo estaba en la tina cerraba la puerta con llave y no la dejaba entrar. Al instante venía mi madre a golpearme la puerta y a recriminarme.

—¿Por qué hacés llorar a tu hermana? —me decía detrás de la puerta.

—¡Mamá, me estoy bañando! ¡No quiero que esté ella acá!

Quería mi rato de intimidad. Me gustaba esa intimidad. Disfrutar a solas de aquel relajante baño de inmersión sin la compañía de nadie, porque ese tiempo era exclusivamente mío. Yacía con los brazos al costado del cuerpo. Las piernas estiradas y sumergidas. El cuerpo adquiría una liviandad flotante que lo hacía casi libre, sujetado involuntariamente por la cabeza cuya nuca apoyaba en el borde de la tina; con los senos apenas sumergidos y el agua hasta el borde de mi boca, sentía una sofocación placentera. Sumergida me relajaba. Con los ojos cerrados. Mi respiración se hacía pausada. Con el agua calentita hasta el borde de mi boca, el vapor penetraba en cada inhalación por las vías respiratorias y el olfato se agudizaba. Podía oler su frescura. Podía oler el suave aroma del jabón perfumado sobre la esponja que estaba cerca de mi cara. Veía a través del vapor y del agua calma y transparente mi pubis relajado, que lo percibía visualmente como si fuese del cuerpo de alguien más, no del mío. Cerraba los ojos y sentía el latido del corazón que parecía sofocarse debajo de la superficie del agua caliente y, sin embargo, me mantenía relajada sabiendo que aunque estuviese sumergido él estaba seguro.

Al llegar abajo —en aquel momento yo no sabía que habíamos llegado abajo, solo sabía que habíamos dejado de bajar escaleras y habíamos comenzado a caminar la horizontalidad— percibí algo realmente macabro. Cuando pasamos por aquel lugar, por donde luego supe que era un depósito, advertí un fuerte olor que hacía muchos años no percibía. La primera vez que yo había aspirado ese hedor fue la primera vez que había ido a un hospital, y fue en la ocasión en que visité a mi abuela cuando estuvo internada por una cirugía. En aquellos días, las cirugías de vesícula se hacían de la manera convencional: al paciente se le hacía una incisión de unos diez centímetros —en el mejor de los casos— y el período de postoperatorio era de un par de días dependiendo de su evolución. Por eso, en aquella ocasión, no pasé mucho tiempo en el hospital visitando a mi abuela, pero recuerdo haber sentido ese olor como a desinfectante en algún momento durante esa visita. La segunda vez que visité a mi abuela en el aquel mismo hospital fue unos cuatro años después de aquel evento y fue cuando finalmente falleció. Recuerdo que en aquella ocasión, ella había ingresado por lo que parecía una complicación debido a su diabetes crónica y, pasado unos días, después de muchos estudios y algunas deliberaciones médicas, descubrieron que tenía un cáncer de páncreas que estaba terminando con ella. En esos días yo había ido a visitarla con frecuencia y, por lo general, me quedaba toda la noche en el pasillo por si en algún momento mi abuela o las enfermeras del turno noche me necesitaban. La noche que falleció yo estuve allí velando por ella hasta el último minuto y, luego de la fatal novedad que le comuniqué a mi familia desde el teléfono público del hospital, le ayudé a la enfermera —que estaba trabajando sola aquella noche a pesar de todos los pacientes que tenía— a pasarla, con sábanas y todo, de la cama a la camilla para que más tarde la viniese a buscar el camillero. Luego acompañé a mi abuela todo el trayecto hasta la morgue mientras el muchacho empujaba lentamente la camilla con cierta gravedad a pesar del ruido que hacían las ruedas en el silencio abrumador del nosocomio hasta llegar al destino que era el subsuelo. Recuerdo que el chico se comportó muy considerado conmigo porque no solo me permitió acceder a aquella área restringida, sino que además me alcanzó una silla para que acompañase los restos de mi abuela en sus últimas horas de presencia. Y ahí sí, recuerdo muy bien el olor de aquel cuartito que fungía de morgue era el mismo olor que estaba percibiendo —esta vez yo con la cabeza tapada— mientras el guardia me conducía por aquel subsuelo. A pesar del hedor nauseabundo de mi cuerpo, podía identificar claramente aquel persistente tufo a desinfectante aunque nunca supe por qué ese olor estaba allí.

Lo siguiente que percibí en aquel lugar macabro fue un ambiente realmente denso, algo que nunca había sentido con tanta fuerza en todo mi ser. A esa energía poderosamente negativa la había percibido anteriormente en El Vesubio y luego en Capucha, pero allí en aquel subsuelo era mucho más predominante todavía. La energía persistía en todo momento en un silencio sepulcral y, no obstante, podía advertirse el deambular de algunos seres que cortaban el silencio con su sola presencia. No sabría decirte qué estatus tenían ellos en aquel inframundo, pero se los percibía hondos y apesadumbrados como cuando aquel día el camillero y yo nos comunicábamos delante del cuerpo de mi abuela. Otra cosa que recuerdo de aquel momento de manera particular es el frío que hacía en aquel lugar infernal. Me acuerdo que cuando el pantalón, que era holgado y grueso, me tocaba la piel de las piernas daba unos escalofríos insoportables que hacía que la gélida sensación recorriera todo mi cuerpo manteniéndolo tullido casi como paralizado. En un momento, el guardia me ordenó que me quedase parada en aquel lugar en tanto él se alejaba para volver unos minutos después. Según yo, el guardia había ido a dejar el bulto que traía en la mano y que le estorbaba momentos antes mientras íbamos bajando por las escaleras. No sé qué era aquello, creo que pudo haber sido una caja o algo por el estilo, si hubiese sido un arma se la hubiese colgado del hombro, en cambio esto le resultaba incómodo llevarlo debajo del brazo con una mano al mismo tiempo que me guiaba a mí con la otra. En tanto permanecía allí parada pude percibir también el peculiar olor de los automóviles que estaban estacionados en el lugar. Se advertía claramente el particular hedor que tienen los ambientes que se usan para alojar los vehículos: un olor a combustible quemado, a tierra con grasa o aceite derramado, un olor a taller mecánico de barrio en este caso asociado a la memoria a través del olfato. Incluso se notaba que recientemente había estado en marcha algún automóvil, por el olor de los gases del caño de escape, y que seguramente ya había salido del lugar porque no se escuchaba el ruido de un motor en marcha. Mientras escuchaba los borceguíes del guardia que volvía, advertí el ruido de una persiana mecánica que se cerraba y que me confirmaba que algún vehículo había terminado de salir del estacionamiento. Entonces me di cuenta de que se había cerrado un portón inmenso cuando noté la merma del resplandor en mi capucha y el incremento de la temperatura del lugar que quedó bastante más abrigado al menos por los pocos segundos que estuve allí antes de continuar la marcha. En cierto momento, el guardia me tomó del brazo de nuevo para continuar caminando, esta vez con bastante más seguridad, situación que me hizo pensar por un instante que había habido un cambio de guardia, pero inmediatamente comprendí que se trataba del mismo hombre nada más que había dejado el objeto que traía consigo.

Recuerdo que en aquellos días me sentía sumamente apesadumbrada y temerosa. Ya no tenía ganas de hablar con nadie o de que nadie me hablase. Lo que me estaba pasando en esa ocasión era una situación ciertamente atípica que me mantenía insegura, sobre todo porque no sabía lo que iba a sucederme. Por momentos volvía a pensar en mi familia, en todos ellos. Pensaba que ellos tenían el mismo temor que yo en aquel instante y sentían la misma incertidumbre que yo estaba sintiendo. Sin embargo había una diferencia radical, mi miedo era permanente y se intensificaba en ciertas ocasiones; a ellos el miedo se les había vuelto un sentimiento y lo experimentaban a cada instante desde hacía ya más de un año. Tanto ellos como yo no podíamos hacer ninguna predicción precisa o esperanzadora sobre nuestra realidad. *«La incertidumbre* —pensé entonces— *es la peor de las torturas. En aquel tiempo como ahora, no sabes si de un momento a otro van a golpearte, a matarte, a hablarte o a darte de comer. No sabes que pasa más allá de tu cabeza encapuchada porque tienes los ojos vedados. Nada más escuchas y olfateas como los perros y supones siempre lo peor, porque ya no puedes esperar otra cosa del género humano. Estar atada a una correa y comer un guiso asqueroso en una tarrina recostada en una cucha llena de pulgas es la existencia de un animal; tanto como la de un humano encadenado a un trabajo de subsistencia que le da —económicamente hablando— para alguna comida miserable y acurrucarse en el colchón de algún cuarto. Lamentablemente así nos tratamos entre nosotros o, mejor dicho, a nosotros mismos. La diferencia que existe entre un animal como el perro y nosotros es, sin lugar a duda, la bondad, la conciencia y la coherencia. Nosotros nos creemos dueños del privilegio de ser superiores porque tenemos sentimientos, recuerdos y, además, con el habla manifestamos la conciencia, y hasta la inconsciencia. Nosotros consideramos a los perros —comparados con nosotros mismos, por supuesto— seres menos evolucionados, porque se dice que no pasan de tener intuiciones y memoria asociada y, sin embargo y contradictoriamente, declaramos de manera consciente que ellos son mejores que nosotros. ¿No será que nosotros somos por naturaleza maliciosos, contradictorios e incoherentes? ¿No será que nuestra habla es el paradójico indicio de que ellos son los evolucionados y nosotros, mientras más hablamos, somos los que estamos involucionando? ¿No será que nuestra "inteligencia" es al mismo tiempo nuestro privilegio y nuestra perdición? No lo sé».* Permanecí meses en el silencio de la soledad de mi aislamiento y, paradójicamente, a pesar de mi paupérrimo estado, me había vuelto un mejor ser humano.

En aquellos días, aunque yo estaba físicamente abatida, me mantenía en este mundo con la esperanza de volver con mis seres queridos. Si tenía que morir, lo único que pedía era que no sea con sufrimiento, pero principalmente deseaba que mi familia se entere aunque sea de mi destino sea cual fuere. No quería que ellos pasen por la misma eterna incertidumbre que pasaron muchos otros allá afuera. Porque allá afuera la sociedad se había convertido —o quizás siempre lo había sido— en lo mismo que estar encerrado. Subsistes con un miedo atroz y, al mismo tiempo, te desinteresas de la realidad que te rodea, y mucho más desconoces la que está fuera de tu alcance. Sobrellevas una existencia miserable y temerosa esperanzado en la quimérica ilusión de que la lucha es la única manera de salir adelante o de cambiar el mundo, y no tienes en absoluto las fuerzas, la constancia, los medios, el conocimiento ni la inteligencia para luchar.

En aquel momento escuchó que su esposa le decía algo que no alcanzó a comprender.

—¿Sí amor?

—...Que ya es hora de embarcar. Recién llamaron para embarcar. ¿Nos acercamos?

—Bueno, dale.

El discurso del patriota

Allí sucedió lo que nunca hubiese esperado que sucediese: me llevaron a un cuarto y, lejos de torturarme, vino un hombre de lo más extraño el cual me entrevistó o, mejor dicho, me reclutó. Me dijo que él estaba a cargo del sector y que alguien le había hecho el comentario de que yo tenía algún conocimiento de laboratorio fotográfico. Apenas le confirmé su inquisición de manera afirmativa con la cabeza, me dijo que aquella era una posibilidad extraordinaria para mí porque aquel lugar, lejos de lo que muchos pensaban, no era un centro de exterminio sino un centro de rehabilitación. Mientras este hombre hablaba, mi estado de consternación se agravaba aún más a cada instante. Todo mi cuerpo declaraba un solo dolor que me llegaba hasta el alma por el agotamiento de los meses de reclusión y por las torturas reiteradas. El hombre me dijo además que en aquel lugar la política era que los reclusos trabajen, que ejerzan una ocupación u oficio y una rutina, y que, después de un tiempo de cumplir una condena, salgan rehabilitados y puedan reinsertarse en la sociedad como hombres y mujeres de bien.

Inmediatamente después se dedicó a decirme que las Fuerzas Armadas estaban trabajando de manera conjunta por el bien de la Patria. Que, en primer lugar, habían estado sacando de la sociedad a quienes ellos consideraban *«gente parásita»* como a los comunistas que, si bien eran algo instruidos o incluso letrados, su estéril erudición resultaba un desastre en el ámbito sociopolítico y que, para colmo, eran ateos. De la misma manera, me dijo que quedarían quienes ellos consideraban útiles para la sociedad o quienes podrían reinsertarse en ella, a quienes llamó el *«remanente»*. Este hombre me decía que ellos, los militares, consideraban que hay gente —en especial algunos jóvenes— que pueden perder el Norte, pero que con la guía que ellos proporcionaban allí podrían llegar a ser hombres y mujeres beneficiosos para la sociedad argentina. Luego me habló de los montoneros a quienes incluso creía recuperables. Para él, los montoneros no eran cualquier clase de subversivos, eran cristianos y en su gran mayoría educados. Muchos de ellos eran universitarios y, en el sistema de identificación que los militares tenían en las universidades, incluso valoraban las aptitudes como el nivel de conocimiento, la inteligencia y la creatividad. Es decir, no solo los identificaban, sino que además los seleccionaban para que, luego de ser reencauzados, sirviesen a un proyecto popular bajo la guía de un nuevo líder.

—A simple vista pareciera que las Fuerzas Armadas estamos divididas, sin embargo siempre fuimos muy unidos, siempre. En la Marina no estamos en contra de las otras fuerzas de la Nación como comúnmente se piensa. No estamos en contra del Ejército Argentino que, en definitiva, es la columna vertebral de nuestras Fuerzas Armadas. Allí hicieron su aporte hombres como el general San Martín, Güemes y sus gauchos, y Manuel Belgrano. Tampoco estamos en contra de la Fuerza Aérea que tanto ha colaborado con nosotros desde hace ya tantos años. Cuando fue la Revolución Libertadora actuamos todas las Fuerzas Armadas de manera conjunta, tanto fue así que a Perón no le quedó otra opción que exiliarse y terminar donde terminó: en Puerta de Hierro. Todo lo que hicimos fue necesario para restaurar la Libertad y el estado de orden y bienestar en el país.

El bombardeo de Plaza de Mayo, que resultó en más de trescientos muertos y más del doble de heridos, fue un daño colateral necesario. Los fusilamientos de conspiradores ya sean civiles o militares también. Fueron decisiones políticas que debimos asumir por amor a la Patria y a nuestros compatriotas. La dictadura de Perón ya no daba para más, se había vuelto insoportable para toda la sociedad argentina. Por eso todos los sectores más influyentes de la sociedad estuvimos de acuerdo en hacer renunciar a Perón. Imagínese cómo habrá sido la situación que la Iglesia Católica fue la que respaldó el levantamiento contra el dictador y apoyó a las Fuerzas Armadas para lograr nuestro propósito conjunto. En aquella ocasión, como en ésta, no estuvimos solos. Los radicales, los intransigentes y los socialistas nos apoyaron en nuestra cruzada libertadora. Alguna vez se preguntó usted, ¿por qué aquellas fuerzas democráticas como otras en la actualidad nos apoyan constantemente? Porque nosotros somos la reserva moral de esta Nación que puede garantizar la Libertad, pero ello no significa que no debamos tomar medidas drásticas. Y que lo hayamos hecho en aquella ocasión y que lo estemos haciendo ahora no significa que siempre lo hayamos hecho.

Tanto en aquella ocasión como en esta necesitamos tomar medidas realmente incómodas. Usted conocerá aquel sabio refrán: *«El fin justifica los medios»*, bueno tanto en aquella Revolución Libertadora como en este Proceso de Reorganización Nacional nos vimos forzados a suspender el Congreso y la Corte Suprema de Justicia porque necesitábamos tener más autonomía para poder gobernar eficientemente. El peronismo y un gran sector político y popular han sido demasiado ingratos con nosotros, y nosotros nunca hemos tomado represalias. Fíjese que Alicia Moreau de Justo y Alfredo Palacios nos traicionaron, y nosotros no los mandamos a fusilar ni nada que se le parezca. Incluso el socialismo y el radicalismo tomaron las armas cuando nosotros estábamos negociando con el sindicalismo. Muy pocos valoraron nuestra misión en aquel entonces y, lo que es peor, ante nuestras primeras manifestaciones nos estigmatizaron mediáticamente cuando empezaron a decir que se venían *«los gorilas»*, calificativo que a nosotros nos duele. Fueron verdaderamente ingratos con nosotros.

Luego llegó Aramburu y desperonizó el país. Otra medida no tan incómoda pero también necesaria para el bien común de la

Nación. Ahí sí tuvimos que proscribir el peronismo, sus líderes, sus seguidores, su ideología y hasta su simbología. Por el estado de atraso en que nos dejó el peronismo, tuvimos que flexibilizar las leyes laborales para que nuestros industriales pudiesen salir de la crisis económica en las que estaban inmersos. Tuvimos que reformar la Constitución peronista y mantuvimos el artículo 14 bis como reconocimiento de los derechos laborales. Sin embargo fue necesario intervenir la Confederación General del Trabajo y proscribir a los líderes sindicales que se oponían al progreso. Incluso, la Operación Masacre del diez de junio fue necesaria. Fue necesaria aunque por eso llegaron a decir que nuestra Revolución no había sido *«Libertadora»* sino *«Fusiladora»*. Nosotros no somos los malos de la historia. Fíjese lo ingratos que han sido con nosotros los peronistas, que años atrás asesinaron al General Aramburu, uno de nuestros más grandes exponentes y el gran líder de aquella Revolución. A pesar de todo lo que nos han hecho nos estamos dedicando a la recuperación de la juventud, incluso de la juventud peronista. Cuando usted entró a El Vesubio le habrán quitado la píldora del bolsillo. Usted tenía pensado suicidarse por una causa totalmente perdida. Nosotros la trasladamos a esta institución para su recuperación y, por lo que veo, lo está logrando de manera exitosa. Ahora va a empezar a trabajar para nosotros, por una buena causa, para Dios y para nuestra Patria. Nosotros no negamos que el General Perón haya sido un gran líder, el problema es que fue un líder negativo: no le ha hecho nada bien a nuestra sociedad en todos estos años. Si bien su vicepresidencia de facto en un principio fue bien intencionada; su presidencia, aunque digan que fue elegida a través del voto popular, dejó mucho que desear, principalmente se olvidó del Ejército y de servir a Dios y a la Patria. Se obnubiló con las masas populistas de su generación y perdió el verdadero rumbo, entonces tuvimos que esperar hasta la Revolución Libertadora para hacerlo renunciar. Los sectores populistas nunca nos llevaron a buen puerto.

Nuestro líder, en cambio, es un líder positivo y será quien lidere a todos los sectores de derechas de América Latina, desde Argentina hasta México. Vamos a aprovechar esa característica innata que tienen las masas: *«que les fascina la muchedumbre»*. Los haremos sentir igualmente extasiados, seguros y poderosos. Nada más le cambiaremos un líder populista por uno de derecha e implementaremos nuestro proyecto político para engrandecer a nuestra Patria. Nosotros queremos la unidad del pueblo argentino y para ello seguiremos el invaluable legado de nuestros antecesores. Reivindicaremos el legado de Rivadavia, de Mitre, de Roca y volveremos a leer a Sarmiento en todas las escuelas. Nuestros antecesores sembraron la semilla y nosotros llevaremos adelante la cosecha y la nueva siembra. Nosotros propondremos una estructura de derecha permanente donde los gobiernos hermanados sean una dinámica de avanzada, inmodificables e inmortales. Vamos a crear una fuerza política que gobernará el mundo.

Nosotros no solo queremos la recuperación de la juventud, también apuntamos a la recuperación de otros sectores de la sociedad que consideramos aliados de nuestras propias fuerzas. Uno de nuestros aliados más importantes es la prensa argentina. Estamos observando de manera crítica y responsable el desempeño de la prensa en este país para mejorarla radicalmente. Desde nuestro centro de operaciones, que está acá en el tercer piso, conocemos cada publicación y sabemos qué dicen de nosotros. Hacemos un seguimiento pormenorizado de lo que cada periodista de nuestro territorio dice y piensa. Ante la menor discrepancia, que no son muchas, disuadimos al profesional de prensa para que acate el pensamiento correcto y, si así no lo hiciere, ponemos en marcha otros métodos un poco más disuasivos. Lo importante es que estamos atentos a ellos y que trabajamos de manera conjunta para mejorar su desempeño.

También estamos trabajando para mejorar la estructura de la Iglesia. Si bien la Iglesia es una institución que siempre nos ha apoyado, trabajamos para que la institución esté libre de desviaciones ideológicas que puedan ser perjudiciales para nuestro proyecto político y nuestra sociedad. Una vez nos encontramos con unas declaraciones que habían hecho unos curas de esos que se hacen llamar *villeros*, que trabajaban para los pobres y, estos en particular, hasta se habían ido a sus vecindarios con ellos. Un día los llamamos a este par de curitas y les comentamos que estaban equivocados acerca de su perspectiva, incluso les explicamos que habían hecho una interpretación viciosa de las Sagradas Escrituras. Les dijimos que si bien ellos no eran guerrilleros ni opositores ideológicos, se habían ido con los pobres, por lo tanto pecaban de tentativa de mejorar su realidad social, cosa antinatural y en consecuencia subversiva. Mi compañero que estaba allí en La Huevera, donde nosotros hacemos nuestra más denodada tarea para corregir el pensamiento de estas desviaciones, les reconoció a los curas que ellos tenían buenas intenciones, pero que en realidad estaban equivocados en relación con lo que Cristo había querido decir cuando se refería a los pobres. Cuando Cristo hablaba de los pobres se refería a los pobres de espíritu y no a los pobres materialmente hablando. En realidad, los pobres en lo que respecta a lo material son seres verdaderamente fuertes de espíritu, porque de otra manera no podrían sobrellevar tanta miseria. Entonces les explicamos que, por el contrario, los pobres de espíritu son quienes necesitan nuestra atención, y en realidad nuestros pobres de espíritu son los ricos. Así que les sugerimos que en adelante debían trabajar para ellos, que son los más necesitados espiritualmente. Les explicamos, por último —y para que queden las cosas claras—, que los pobres materiales son personas absolutamente necesarias, ya que al ser fuertes de espíritu —debido a la gran resistencia que tienen a la adversidad— son los más apropiados para ser quienes lleven adelante el trabajo duro. Los ricos, en cambio, necesitan del cuidado espiritual de la Iglesia Católica para poder continuar con la importante tarea de asistirnos en nuestro proyecto nacional. Finalmente, los desatamos y los dejamos en libertad en un basural cercano al lugar que ellos solían frecuentar, entonces se pusieron de pie, sacudieron un poco sus ropas y continuaron su camino.

Es como si la voluntad de Dios quisiera probar de cuánto es capaz el Ejército Argentino en su lucha por la Libertad, la Paz y la Justicia para nuestro pueblo. El aporte que queremos realizar para nuestra Patria es el de mejorar la educación, la salud pública, la libertad de expresión, la economía y aminorar la pobreza, pero no terminar del todo con ella, por supuesto. Porque como le dije anteriormente: necesitamos a mares a toda esa gente, ya que son los fuertes de espíritu, son los más aptos para sobrellevar una subsistencia en la esclavitud por los siglos de los siglos. Si alguna vez usted, señorita, encuentra a un candidato a presidente, a un presidente electo o a cualquier político que dice que quiere erradicar la pobreza, estará mintiendo. Y no me extraña. Hoy en día ya estamos implementando la mentira descarada y sistemática en nuestra rutina política, porque sabemos que siempre ha dado muy buenos resultados. Por eso, nos hemos propuesto mentir a discreción sabiendo que en definitiva es por una buena causa, nuestra causa patriótica por el pueblo y para el pueblo.

A todo esto, recuerdo que por dentro sentía un profundo desprecio por sus palabras, pero sentía aún más rechazo por él mismo, ya que me resultaba un personaje de lo más patético y repulsivo. La expresión de su cara, su mirada y su manera de hablar eran en todo despreciables, no obstante había algo mucho más repulsivo en él: tenía la convicción, la empatía simulada y la densidad que solo un psicópata puede tener. Supongo que por mi apariencia harapienta, extenuada y mugrienta, él no podía identificar los signos de mi desprecio. Por eso, en todo momento, me preocupé por disimular aquel fuerte sentimiento sabiendo que al menos debía permanecer escuchándolo para no ser golpeada, torturada o incluso asesinada. Entonces, elegí escucharlo poniendo atención únicamente a sus palabras, tratando de comprenderlo sin hacer ningún juicio de valor que me alterase y que le demostrase que lo aborrecía. En realidad —y a esto lo sé ahora—, ya hacía tiempo que no tenía sentido crítico, hacía juicios de valor o demostraba alguna reacción ante lo que ellos hacían o decían. Delante de ellos ya casi no pensaba ni tenía siquiera la capacidad de fantasear, delante de ellos o en mi más monótono aislamiento y cerrada oscuridad ya no necesitaba pensar ni sentir, solamente subsistía.

Aquel hombre continuó informándome que yo había sido beneficiada por el amparo de El Tigre, que se había enterado de que yo era una alumna sobresaliente en la Facultad de Ciencias Económicas y que además tenía conocimientos de fotografía. Él consideraba que esta sería mi gran oportunidad para servir a su proyecto político que iba a trascender las fronteras y con lo cual además yo podría progresar en la organización. Me comentó que él pensaba que yo podía comenzar trabajando en el laboratorio fotográfico revelando y componiendo fotografías que incluso podrían considerarse históricas en el futuro. Y que luego, más adelante, después de terminar mis estudios, podrían llegar a incorporarme en el Ministerio de Economía y que, incluso, algún día podría llegar a ser ministra de economía de la República Argentina. El propósito era implementar una teoría económica de vanguardia que provenía de una de las universidades más prestigiosas del mundo, la Universidad de Chicago.

—En definitiva —me dijo en un tono aún más confidente—, todo es por la implementación de una doctrina económica que nos mandan los del Norte. Todos queremos, por ahora, una Argentina próspera y pujante donde exista la pobreza necesaria y donde cada argentino tenga un trabajo digno. En esto, los chilenos están bastante más adelantados que nosotros, pero nosotros tenemos mejores métodos disuasivos para implementar nuestro plan. Hace ya algunos años que ellos promueven la liberación de la economía incluido el libre comercio, como así también la reducción del gasto público y el cese de la intervención del Estado en los asuntos privados. Para el sector privado debemos abrir las importaciones y eliminar los aranceles; privatizar servicios como el teléfono, el gas, la electricidad y el agua; privatizar las aerolíneas, el petróleo y la minería; incluso podríamos hasta privatizar todo aquello que genere una costosa estructura burocrática en el Estado como los bancos estatales, la educación y el sistema de aportes jubilatorios. No nos engañemos, el sector privado siempre ha sido el más apto y eficiente para la administración financieras de sus empresas. Vos como estudiante de Ciencias Económicas entenderás de lo que te estoy hablando. Esta es una economía novedosa de vanguardia que hemos estado implementando con éxito en pos de una economía capitalista libre y depurada. Para nosotros, en cambio, nos reservamos el derecho a echar mano de los fondos del Estado para mejorar la sociedad, apoyar a nuestro sector empresarial y desarrollar nuestro proyecto político, aunque ello derive en un endeudamiento sistemático que no tenga fin. Porque, en definitiva, la deuda no nos interesa en absoluto, total el día de mañana todo será de un mismo dueño. Si yo genero la deuda y me quedo con toda la riqueza, ¿a quién le debo?

Esto es como lo que le explicaba anteriormente acerca de la selección que estamos haciendo en la población. Pero cuidado, no se confunda, nosotros no hacemos eugenesia, por el momento no hacemos una selección que apunte a mejorar los rasgos hereditarios. Lo que hacemos es una minuciosa selección de los ciudadanos ya sean *reencausados* o *innatos* que adhieran naturalmente a nuestro proyecto popular. Sin embargo, tanto la economía como el pueblo necesitan entrar en estado de *shock* para depurarlos, para poder introducirles ideas frescas y transformarlos. No es fácil implementar estas políticas innovadoras, requiere de muchísimo intelecto y planificación, mucho trabajo y, por sobre todo, de muchísima paciencia. Pero, para lograr nuestro proyecto necesitamos primero, y de manera fundamental, conformar ciudadanos receptivos a las nuevas ideas. Por eso, nosotros trabajamos directamente con los patriotas para mejorar la estructura social y, con los especialistas económicos, para implementar la doctrina económica y mejorar la economía. El resultado será un pueblo y una economía saludables y pujantes. ¡Ya lo verá señorita!

Por otra parte, déjeme decirle algo más: no hay que escandalizarse demasiado por las muertes. Servirán para deshacernos de todos aquellos que no encajen en nuestra sociedad, ya que tenemos gente de sobra por todas partes y podemos darnos el lujo de seleccionarla. No vale la pena permitir que millones de personas en el mundo subsistan de manera miserable. Eso sería inhumano. Y mucho menos queremos que proliferen los *miserables* que no quieren resignarse a ser pobres y que atentan a la estabilidad del sistema en el mundo. A ellos no los queremos de ninguna manera. Y ante la permanente amenaza y el incremento constante de esa población marginal en el mundo, el resto de la ciudadanía pedirá que se tomen medidas para poder estar mejor, en orden y en paz. Claro que siempre se podrá implementar en toda nación la designación arbitraria de jueces, el arresto preventivo permanente, la tortura, el ajusticiamiento, la pena de muerte y el estado policial, no obstante seremos más sutiles y perversos sobre todo con nuestros rivales. En este sentido, a nosotros nos interesa dejar la población necesaria en cada parte del mundo con las aptitudes que a nosotros nos sirvan para nuestro proyecto en cada región. Nada más que eso. Esta política selectiva humana no se aplicará como la eugenesia de los nazis, que fue demasiado evidente y violenta, sino que lo haremos de una manera más humana y natural. Si bien apuntaremos a que nuestras políticas económicas provoquen que los pobres y los débiles mueran de manera natural, por otra parte, perpetuaremos el *caos* al mismo tiempo que aceleraremos el exterminio de nuestros rivales y de todos aquellos grupos sociales y étnicos que no queramos, de los *miserables*. Por ejemplo, haremos que los subversivos, a quienes infiltraremos de manera permanente en la derecha, serán una y otra vez asesinados y presentado como bajas de sus propias fuerzas. Por otra parte, los inmigrantes, los negros, los homosexuales o cualquier otro grupo de minorías, que no sean la mayoría blanca resplandeciente que conforme el poder de la humanidad del futuro, también serán paulatinamente aniquilados, y esos crímenes ejemplificadores les serán encargados a nuestras juventudes que serán los nuevos pioneros cada vez más fuertes y vigentes.

No obstante, lo importante es lograr el objetivo mayor con el menor uso de la fuerza posible o, mejor dicho, dejando en manos de la naturaleza el exterminio de millones y millones de personas. Eso sería un trabajo bien hecho. En el futuro nos ocuparemos de que estas políticas sean cada vez más efectivas y eficientes, ya que lograremos la mayor cantidad de depuración posible con la menor cantidad de recursos, e incluso obtendremos suculentas ganancias de todo aquello. Por siglos hemos estado exterminando a los indeseables de manera directa —como lo hemos estado haciendo hasta ahora—, pero eso nos ha ocasionado demasiadas pérdidas humanas valiosas como así también de cuantiosos recursos y hemos ganado muchísimos dolores de cabeza. Por eso, en estas últimas décadas hemos estado abocados al estudio y evolución de nuevas técnicas de exterminio tan variadas como la provocación de catástrofes naturales, la radiación y el envenenamiento de aguas y alimentos, la manipulación genética y hasta la aniquilación ideológico-mediática, es decir, la anulación o cancelación definitiva de todos aquellos que por sus declaraciones o posturas ideológicas no nos agraden. ¡Todo sirve, créame! Ahora estamos estudiando la manipulación de los virus ya que las enfermedades cumplirán un rol fundamental en la selección y en el comportamiento humano, incluso en un futuro serán la excusa perfecta para la discriminación, cancelación sistemática y la eugenesia genética. Imagínese señorita, en un futuro no tan lejano saldrá un virus tras otro, mutaciones de mutaciones, de mutaciones, que siempre provendrán de regiones tercermundistas plagadas de poblaciones indeseables para el primer mundo, ya sea por cuestiones raciales, culturales, políticas o de las que fuesen. Entonces aparecerán las variantes del África, de Oriente

Medio, de Rusia, de América Latina, de la India, de la China y de todas aquellas regiones donde queramos hacer una selección de la población, y de paso una profundización de sus miserias y de su caos social. Y recuerde lo que le estoy diciendo: ¡Lo lograremos! Porque aquellos que no sucumban a la enfermedad, no estarán vacunados por vacunas autorizadas y, por lo tanto, no podrán acceder a los países de primer mundo donde podrían tener un mejor pasar. Cada cual en sus casas y en sus países terminaremos con la inmigración ilegal y con los visitantes indeseables en todo el primer mundo. Por eso, no terminaremos nunca de producir variantes y antídotos para cada virus sometiendo a las poblaciones a una carrera desbocada que obviamente incluirá, no solo la selección de sus miembros sino además el hábito por la subsistencia de aquellas poblaciones estigmatizadas como países o regiones no seguras. Y con la implementación del *modo de subsistencia*, en un marco obviamente de subsistencia económica, la naturaleza humana hará su parte, incluso y ante todo, matándose entre ellos, aniquilando a sus débiles y a sus prescindibles, cosa que a nosotros no nos incriminará en absoluto.

—*Pero esa solo será la etapa inicial de lo que se luego introducirá genéticamente con la vacuna.*

Y en realidad, estos han sido estadios necesarios para llegar al nivel de planificación de intervenciones con el cual contamos ahora, medidas que ya estamos implementando y que darán sus frutos de acá a unos cincuenta años. Ya hemos encontrado la manera de hacer semejante selección humana en todas partes y, al mismo tiempo, hacer que esas grandes poblaciones, el *remanente*, se dediquen a su propia esclavitud. Estamos trabajando principalmente con las economías, la tecnología y los laboratorios en todo el mundo. El *remanente* será el grupo más óptimo que trabajará incansablemente todo el día, a un costo cada vez más bajo hasta llegar al *voluntariado extendido*, desde sus hogares sin que nosotros tengamos que utilizar nuestros propios recursos. Imagínese una humanidad altamente eficiente, sin capuchas físicas —porque ellos mismos se pondrán sus propias capuchas imaginarias— y sin salir de sus hogares, porque estarán convencidos de que esa es la mejor opción y el único orden posible que sus miserables subsistencias deberán sobrellevar. Entonces quedarán de manera natural únicamente aquellos que no sepan pensar, y para ellos serán las futuras ideologías que ya estamos elaborando. Prevalecerán todos aquellos que adhieran a toda ideología humanitaria o causa triunfante que ande rondando por ahí, porque ellos mismos no tendrán un pensamiento crítico o la capacidad de elaborar sus propias ideologías. Y los perpetuaremos a través de los incentivos. Ellos mismos competirán por ser cada vez mejores ciudadanos modelo, porque no tendrán criterio para darse cuenta de que esa será la zanahoria del burro y de que ellos en realidad serán tratados como verdaderos cachivaches de autómatas.

¡Imagínese señorita! Generaciones enteras naciendo y muriendo en un sistema social creado para la Ley y el Orden, y para nuestro exclusivo beneficio. Generaciones tras generaciones no conocerán otra subsistencia que no sea esa. Entonces el sistema se autorregulará y nuestra tarea se limitará solo a la vigilancia y a los ajustes necesarios.

—*Finalmente le dijo que aquel proceso estaba en marcha y que comprendía la llegada del más grande de todos los líderes.*

—Además, señorita, ¡somos unos verdaderos afortunados! Porque, para colmo, contamos con la llegada de un líder fuera de serie. Tal es así que lo llamamos El Cero. ¿Y sabe por qué? Por el Arcano. A ese sobrenombre se lo puso una *tarotista* que él consultaba asiduamente, pero eso ahora no tiene importancia. Lo importante es que el Almirante Cero no tiene comparación. Ni siquiera Temístocles, Nelson o el mismísimo William Brown tenían los recursos y las aptitudes con las que Él cuenta. Nadie fue ni será como Él. He escuchado por ahí que algunos lo comparan con Perón, pero lo cierto es que Él es una especie de Elegido. Si bien forma parte de la Junta Militar, es un hombre de perfil bajo, un patriota que trabaja en secreto por el bien de nuestra Nación. Él es nuestro líder y aquí trabajamos para su proyecto político, para darle la bienvenida en un corto plazo. Y lo mejor del caso es que sin dudas estamos bien organizados porque, además, contamos con la manera de persuadir de nuestras buenas intenciones no solo a los argentinos sino también al mundo entero. Aquí mismo, en la parte superior del Casino de Oficiales establecimos La Pecera que es una sección donde se trabaja realmente duro. El jefe de esa sección es Ricardo, uno de nuestros mejores exponentes en materia organizativa de la información. A diario, ellos se encargan de leer todos los artículos periodísticos, todas las revistas y publicaciones para conocer qué dice la prensa de nosotros, tanto en la prensa nacional como en la internacional. Si bien aquí hay libertad de expresión, como le decía anteriormente, nosotros proponemos una serie de ajustes a aquellos medios que lo necesiten. Para ello contamos con una cantidad de expertos que trabajan para la causa en lo que respecta al conocimiento. Allí se hacen todo tipo de producciones escritas como artículos periodísticos, trabajos de investigación y traducciones de material extranjero que pueda servir a la causa nacional como, por ejemplo, material religioso, político o militar. También estamos abocados a la administración de archivos en general, del material de prensa y el de las bibliotecas. Desde allí luchamos duramente en contra del enemigo marxista leninista y contra el peronismo. Estamos realmente convencidos de que el pueblo debe conocer a sus enemigos, por eso estamos tan interesados en informarlo de manera fidedigna al respecto. Los medios de comunicación de todo el país ya están comprometidos ampliamente con esta patriótica tarea que nos concierne a todos.

Ahora, si bien ya hemos conseguido conformar la influencia en los medios nacionales, nuestro plan a futuro es tener el control sobre todos los medios de comunicación en todo el mundo. A través de ellos, llevaremos adelante una influencia psicosocial de la propaganda con la intención de influenciar en la ciudadanía de todos los países de manera directa. Lo haremos a través de toda la variedad de medios que existan, desde el panfleto escrito, revistas, periódicos, fotografía, radio, cine, televisión y todo aquello que la tecnología y las producciones audiovisuales vayan inventando a lo largo de las épocas. Cada innovación mediática nueva será rápidamente readaptada a nuestro criterio y evolucionará sirviendo a nuestro principal propósito mediático que es: *«hacer que vean la realidad como nosotros queremos que la vean.»* Si queremos implementar esta doctrina económica y social habrá que *shockear* a las poblaciones, lavarles el cerebro y provocar que pidan a los gritos el cambio que nosotros queramos implementar. Lo que tendremos que lograr es, en definitiva, que experimenten, perciban y piensen la realidad como nosotros queremos que lo hagan. Luego viene la perpetuación del *shock* a través del cual perdurarán la incertidumbre y el terror, con lo cual se logrará confundir a las masas porque una población masificada sin voluntad, ignorante, aterrada y desorientada es muchísimo más fácil de manipular y de encauzar por donde uno quiera.

Para empezar debemos terminar con el acceso igualitario a la educación, nosotros elegiremos quiénes se educarán y dónde. Nos interesa nuestra instrucción solo para nuestra gente porque un linaje inculto y sin conocimiento, no tiene las mínimas herramientas para defenderse o prosperar, situación que lo dejaría en un estado de indefensión, estancamiento y esclavitud permanente. No obstante, una de las primeras medidas que implementaremos es promover de manera constante el pensamiento mágico para crear una representación fantasiosa de la realidad cotidiana y del mundo. Ello fomentará la tendencia a creer cualquier cosa por increíble o estúpida que esta sea en realidad. Luego crearemos estereotipos (políticos, sociales, culturales, religiosos, económicos, los que fuesen necesarios) para que la gente crea que hay seres humanos —además de ellos mismos— que se merecen una subsistencia mejor. Por otro lado, les haremos creer que hay otros grupos humanos que no se merecen acceder a tal subsistencia, o que incluso no han hecho mucho mérito para ello. *«Divide et impera»*, como decía Julio César.

Y así crearemos la división que a Joseph Goebbels le funcionó de maravilla. Él creó una representación retórica de cómo eran en *«realidad»* los judíos que se contraponía con el ideal ario del partido. Los demonizó hasta el hartazgo, hasta hacerle creer al pueblo que eran un grupo de infrahumanos (ni siquiera eran considerados seres humanos comunes y corrientes) para luego, cuando los nazis los aniquilaran, la población pensara que se lo merecían. Entonces todos miraban para otro lado como si nada pasara y aceptaban la matanza por irracional que esta fuese o pareciese. Y como te decía: de la misma manera manipularemos las identidades de las sociedades que nos interesen clasificándolas desde una perspectiva mesiánica, endiosando a unos y demonizando a otros. Pero cuidado, no crearemos estos estereotipos únicamente para un solo propósito en un determinado momento, sino que los perpetuaremos en el tiempo en la mayor cantidad de civilizaciones y aspectos posibles. Recrearemos primero una visión negativa del entorno social del individuo, de su propia persona, de su cultura y del medio ambiente en el que habita, para luego suministrarle una visión catastrófica y apocalíptica del mundo que él indudablemente ha conformado. En otras palabras, mantenerle la culpa bien en alto con la idea de que han hecho todo mal —porque hasta de esa manera han sido concebidos— para sumirlos en el desaliento y al mismo tiempo mantenerlos en un estado de *shock* constante con lo cual ni siquiera podrán pensar. No podrán pensar además porque sus emociones estarán tan sobreexcitadas y ellos tan intoxicados —*De todas las maneras posibles: con propaganda, tecnología, medios, drogas, alcohol. Lo que sea que veamos que funciona*— que no tendrán manera de hacer algún tipo de proceso intelectual lúcido y provechoso.

Entonces lo aceptarán todo.

¡Pero allí no terminará el asunto! Les suministraremos *todo* sin que nada les cueste en absoluto, y así inhibiremos sus voluntades.

Les daremos acceso a millones de distracciones que los mantengan en el ocio más absoluto, en la distracción y en la ignorancia más abrumadoras. Y ese será solo el comienzo del sometimiento de generaciones enteras. Presenciarán un permanente cataclismo político que verán escenificado en el proscenio embustero de los medios de comunicación sustentado por un paradigma dicotómico intercambiable del bien y del mal. Lo harán movidos por la obsesión compulsiva e incontrolable de confirmar en todo momento, todos los días de sus miserables existencias, sus inequívocas ideologías que serán definidas por nuestros medios. Entonces promoveremos nuestros valores ideológicos, por más negativos que estos sean, proyectándolos como pruebas infames en nuestros rivales que, en definitiva, si bien serán lo mismo que nosotros, en realidad ni siquiera se nos parecerán. Esta será la manera de satanizarlos sin que puedan defenderse, porque además tendremos todos los medios de nuestra parte. Cuando seamos oposición los demonizaremos de tal manera que cuando nosotros seamos gobierno, cualquier abuso que cometamos por más alevoso que sea, parecerá mucho menos nocivo que las desatinadas medidas que ellos supuestamente habían tomado. En esta etapa introduciremos toda una influencia que abarcará aspectos sociales, políticos y religiosos, donde vamos a establecer los valores, las ideologías y las doctrinas que a nosotros nos interesen. Por supuesto, como te dije anteriormente, durante esta etapa promoveremos también nuestros valores humanos y religiosos, y nuestra ideología política y económica. ¡Ah! Me olvidaba de una cosa muy importante: *destruiremos toda su escala de valores.* No podrán diferenciar el bien del mal. No obstante ambos bandos estaremos fuertemente apoyados por las obstinadas masas de fanatismo que, siendo tremendamente ignorantes no lo creerán, y serán la fuerza que representará al futuro de la humanidad.

Y eso sí, promoveremos la desunión en todo el mundo de todas las formas posibles. Nos interesará que hasta los géneros estén tan divididos y enfrentados como podamos. Debemos terminar con toda esa sensiblería extendida como el amor, la empatía, los derechos humanos, la maternidad, la ternura y la sociabilidad, porque no podemos permitir que utilicen el tiempo y sus cuerpos para otra cosa que no sea para nuestro provecho y para colmo de males que estos indeseables sigan reproduciéndose. Recuérdelo siempre, señorita: *«Divide et impera»*, porque el ser humano está hecho de egoísmo. Controlaremos la realidad por completo. Y cuando esclavicemos sus mentes y sus voluntades, ellos entregarán gratuitamente sus cuerpos y hasta sus almas a nuestra causa.

El Sótano

—¿Allí en El Sótano fue dónde la conociste?

—Sí, allí fue dónde la conocí. Cuando ella entró ya estaba embarazada de dos meses y, para cuando yo la conocí, tres meses después de su ingreso, ya se le notaba la pancita. En ese entonces, tu mamá estaba bien alimentada pero se la veía bastante demacrada, quizás por el maltrato que habrá recibido y seguramente por el encierro. Como ella trabajaba allí en El Sótano y yo debía reemplazarla, me dejaron a su cargo para que me enseñase cómo era el trabajo en aquel lugar. Ella me explicó las tareas que debía hacer en la imprenta y en el laboratorio y cómo eran las cosas allí. Tu mamá era una mujer muy agradable que se caracterizaba por su inteligencia perspicaz, por eso me instruyó además sobre cómo debía comportarme y me apañó todo lo que pudo los meses que estuvimos juntas. Estuvimos trabajando juntas más o menos tres meses y después de eso la mandaron a La Sardá porque había comenzado a tener contracciones. Recuerdo que me comentaron que los últimos días allí se le había complicado bastante.

En El Sótano me quedé trabajando con algunos compañeros con quienes no me fue del todo mal por un largo tiempo. Allí había, además de algunas salas de tortura, todo un taller de imprenta, un comedor y un laboratorio fotográfico donde hacíamos los trabajos para la causa de los milicos. La mayoría del tiempo yo estaba en el laboratorio, pero cuando trabajaba en la imprenta hacía la composición de los cuadros de los documentos que luego imprimíamos. Yo hacía los trabajos de imprenta más bien pequeños, pero importantes porque tenían que estar bien hechos o, mejor dicho, debían estar perfectos. A esa tarea la alternaba con la del laboratorio fotográfico donde comencé haciendo fotos carnets y el revelado de los rollos que me traían. Luego, con el tiempo, mi participación allí en el sector se volvió absolutamente necesaria porque llegué a hacer hasta las falsificaciones de los documentos más importantes que te puedas imaginar. Entonces los militares reconocían mi trabajo y el trato se había vuelto bastante más dócil conmigo. Yo había entendido que mientras les sirviese, mientras ellos se beneficiaran con mi participación en su proyecto, mi permanencia estaba casi asegurada. A los pocos días de comenzar a trabajar en el programa de recuperación me trasladaron de Capucha a un sector donde los reclusos estábamos en celdas individuales. Las celdas eran pequeñas y realmente asquerosas, por momentos me recordaban a las aulas vacías de una escuela en construcción abandonada que estaba frente a la casa de mi tía en las afueras de la ciudad. Aquella era una escuela secundaria a medio terminar emplazada en la periferia del barrio Rucci, que luego le cambiaron el nombre a Primero de Mayo. Era el Elefante Blanco del barrio y un punto de referencia importante para todos los que residían allí. El barrio se terminó y la gente lo habitó, pero *La Secundaria* permaneció por años a medio construir. Recuerdo que cuando íbamos a visitar a mi tía, mis primas y yo tomábamos un aula de aquella mole gigantesca de cemento y hierro como un verdadero patio social donde íbamos a charlar de nuestros asuntos con cierta intimidad. A mi tía no le gustaba que fuéramos a esa escuela porque nunca se sabía quién o quiénes podrían estar allí. Nosotras preferíamos los momentos cuando no iban los varones porque ellos nunca nos dejaban tranquilas. Si encontrábamos chicos menores que nosotras no se acercaban para hablar, a lo sumo se ponían a jugar cerca nuestro y no teníamos demasiada privacidad; pero si nos encontrábamos a los compañeros de la escuela de mi prima Sofía, solían acercarse para saludar a mi prima y luego se quedaban charlando con nosotras. Por eso, nosotras casi nunca entrábamos al interior de la escuela, solamente nos quedábamos en uno de los salones que daba a la plaza de la esquina, porque desde allí podíamos ver quiénes venían y también si salían nuestros padres a buscarnos.

En la Escuela de Mecánica de la Armada, las celdas eran de un color beige oscuro que descubría, en sus zonas más descascaradas, el gris cemento del revoque que estaba por debajo. Aquellas eran unas paredes escritas hasta el hartazgo con mensajes y expresiones de todo tipo que se mantenían invariables a pesar de los años. Allí todas las pertenencias que los reclusos necesitábamos en una celda de poco más de dos metros de lado consistían en un catre para dormir y una pelela para la noche. La reja casi completamente oxidada evidenciaba vestigios de haber recibido alguna vez una mano de pintura gris azulado o al menos eso era lo que parecía. No sabría decirte por qué pero el olor que había en ese lugar se parecía más a cualquier recodo medio escondido dentro de aquella escuela secundaria a medio construir. Lo que sucedía, ahora que lo pienso, era que en aquella escuela abandonada, los chicos la usaban de baño público y olía a eso. ¡Tal cual! A eso olía el sector de celdas: olía a baño.

No me gustaban las celdas, eran realmente asquerosas, pero lo bueno fue que a partir de que empecé a trabajar en El Sótano iba a la celda solamente a dormir. Además andaba a cara descubierta y ya no usaba los grilletes como sucedía cuando estaba en Capucha. Antes de que me los quitasen me habían aclarado que cualquier intento raro que hiciera lo pagaría primero mi familia y después yo. No se explayaron mucho en el tema, pero de inmediato comprendí que a partir de ese momento podía andar libremente por el sector sin más estatus que el de detenida. Así con el correr de los días empecé a cruzarme con los otros detenidos como yo que gozaban de mi mismo estatus y comenzamos a reconocernos y a entablar amistad. A diferencia del tipo de reclusión anterior, teníamos el privilegio de ir al baño, bañarnos y cambiarnos con la ropa que ellos nos daban. Entonces comencé a observar que extrañamente algunos compañeros usaban la ropa que otros reclusos habían usado un tiempo atrás. Eso fue algo que en primera instancia me había parecido sumamente extraño, luego comprendí que los *trasladados* no necesitaban la ropa que sí nos servían a nosotros. Así fue como en invierno heredé una campera impermeable abrigada un día de lluvia cuando fui a retirar unos documentos públicos importantes que los milicos necesitaban con urgencia.

—¿Cómo? ¿Te dejaron salir?

—Por supuesto. ¿Y adónde más podía ir? La primera vez que salí a la calle fue el día que ganamos la final en el setenta y ocho. Aquel día tuve el irrefrenable deseo de decirle a alguien lo que me estaba pasando, sin embargo no pude hacerlo. Los milicos se comportaban con tanta seguridad y tranquilidad, se mostraban con tanta amabilidad y camaradería con nosotros en aquella pizzería que, ¿quién iba a creerme? Iban a pensar que era una broma o que estaba loca. La segunda vez que salí me pasó que sabía que podía ir a cualquier parte, pero también sabía que trabajaba para ellos y que no tenía otra opción. Además, toda la sociedad era como una extensión de la reclusión que sufríamos ahí adentro. No había adonde ir. Creeme, no había rincón donde esconderse.

Al principio me costó bastante acostumbrarme a salir a la calle nuevamente. Si bien no salía mucho —una o dos veces por semana—, la calle me resultaba intolerable. No soportaba el ruido ensordecedor del tráfico y de los bocinazos en las avenidas de Buenos Aires. Me fastidiaba el ir y venir de la gente atropellándome en las veredas o en los cruces de calle sin siquiera pedirme disculpas. Me sacaba de las casillas ver caminar a la gente con las manos en los bolsillos de sus abrigos, ensimismada, como en otro mundo, o pasar por los bares y ver a la gente tomando café o leyendo el periódico informándose con total normalidad. Incluso aborrecía pasar por los salones de belleza y ver a las mujeres en el secador de pelo leyendo revistas o charlando entre ellas de algún aspecto social de la realidad. A veces me tocaba presenciar la salida de los chicos del colegio, cuando las madres iban a buscarlos y salían caminando de la mano con ellos. También veía a las maestras, que seguramente enseñaban Historia o Lengua, paradas en la puerta de la escuela despidiendo a los chicos y hablando con las madres o entre ellas sobre temas históricos. No sé lo que me pasaba pero no podía ver tanta normalidad. No podía ver ni siquiera a la gente divertirse. No podía escuchar las carcajadas aunque sea de casualidad o de pasada por la calle. Al principio me hacía realmente mal, luego me acostumbré como pasa con todo lo inadmisible cuando se vuelve rutinario.

Mientras viajaba por la ciudad de un lugar a otro llevando la documentación que nosotros elaborábamos, pensaba que podía pasar por la casa de mis padres, de alguna compañera del colegio o de alguna amiga de la facultad, pero en seguida comprendí que aquellas ideas eran una absoluta locura. La siguiente vez que me pidieron que vaya por una documentación les pedí a los milicos que me diesen todo lo necesario para no ser reconocida por la calle. Entonces me llevaron nuevamente a la habitación donde había una gran cantidad de pertenencias que ya no eran de nadie, de donde sustrajeron una bufanda, una boina y un par de anteojos para sol que los usaba hasta los días nublados, y además me dieron la campera impermeable abrigada y el paraguas para los días de lluvia como aquel. A veces salía sola dependiendo del día o de lo que tuviese que hacer; otras veces alguien me llevaba en el auto y me dejaba en el lugar donde tenía que ir y me volvía sola. Las veces que me tocaba ir a una gráfica iba y volvía sola, porque yo me encargaba de llevar los modelos y los escritos, mientras que los milicos pasaban con el auto a retirar la documentación o las publicaciones que allí se confeccionaban. Igualmente esa era una rutina que sucedía una vez a la semana o cada tanto, el resto del tiempo me lo pasaba trabajando en El Sótano.

El día que se llevaron a tu mamá a la Sardá, que era la sala de maternidad que estaba en el tercer piso, ella almorzó conmigo para despedirse. Todavía tengo su imagen en la memoria, tenía puesto un saco de lana gris que le llegaba casi hasta la rodilla y un *sweater* delgado de color mostaza. Recuerdo que usaba el abrigo abierto porque la panza ya era bastante prominente, incluso el *sweater*, a pesar de que era grande, le quedaba algo ajustado en la zona del abdomen. Nunca me voy a olvidar de aquel día, de su aspecto y de su ánimo porque esa fue la última vez que la vi. En esos días, la noté con una felicidad y una emoción enorme por tu inminente nacimiento y por algunas novedades que había recibido; sin embargo, en aquel instante, tenía una alegría atenuada, lo cual se lo atribuí al agotamiento por el maltrato y el encierro. Su estado de ánimo, aquel día, fue algo que nunca comprendí del todo, algo que todavía tengo en la memoria y que no me lo puedo olvidar. Con el tiempo entendí que quizás su ánimo se debía a una felicidad indigna, una especie de oxímoron emocional por las circunstancias en que se daba aquel suceso extraordinario de la maternidad. Quizás intuía otras cosas, por eso lo de aquella felicidad truncada, por despojar a la madre de su derecho a la maternidad y condenar a la hija a una orfandad humillante debido a las circunstancias y a la irracionalidad. En definitiva, una subsistencia a cambio de otra en un tiempo y en un espacio que podrían ser cualquiera, pero que en realidad se repiten en diferentes momentos y formas. Como si un dios delirante hubiese dispuesto un eterno retorno en un país condenado a sus propias atrocidades. Recuerdo que yo, en cambio, estaba desecha por dentro porque sabía lo que se venía, sin embargo quería darle a tu madre un ánimo alentador a pesar de todo. Aquel día, nos sentamos a almorzar más tarde en el comedor de El Sótano con la única compañía del televisor que emitía las informaciones del mediodía, cuando no emitía las descargas eléctricas de las salas contiguas.

En esos meses alcanzamos a cultivar una relación de amistad increíblemente fuerte con tu madre. Nos queríamos como hermanas o más que hermanas, por eso cuando te encontré te amé de inmediato. Mientras almorzábamos teníamos un ánimo relajado y alegre, como si nada fuese a pasar, es más, como si en cualquier momento nos pusiéramos a jugar una mano de truco ahí mismo en la mesa. Conversamos de todo, pero principalmente la que más habló fue ella. Si bien ella tenía unos pocos años más que yo, me habló como una madre. Luego no sé muy bien qué le sucedió, pero de repente se puso a contarme todo su pasado. Me contó de su infancia, de sus padres y de sus años en el colegio secundario; además me contó —y no podía no contarme— de su relación con tu padre y de cómo se conocieron y se iniciaron en la militancia. Una de las cosas más extrañas que me contó —y todavía la recuerdo muy bien a pesar de los años— fue la visita que había tenido el día anterior.

—Ayer vino a verme mi tío, el hermano de mi mamá. Nunca te conté nada de él, pero él es Teniente de Navío. Le dicen El Sapo, le dicen así porque es bastante bicho, no sé si alguna vez escuchaste hablar de él.

—No, la verdad es que nunca lo escuché nombrar.

—Sí, y como te dije, es Teniente de Navío. En total vino a verme tres veces desde que estoy en cautiverio, seguramente las veces que mi mamá le insistió hasta el cansancio para saber cómo estoy y qué va a ser de mi caso. Entonces, ayer vino de nuevo a interiorizarse de mi situación, y vino a decirme que me quedase tranquila, que el mes pasado cuando él vino le dijeron que están esperando a que yo tenga a mi bebé para dárselo a mi mamá. Él estuvo hablando directamente con El Tigre y parece ser que le dijo que nos quedemos tranquilos, que luego a mí me van a someter a juicio y que a lo sumo tendré que cumplir alguna condena.

—¡Qué bueno! Me alegro mucho por vos. En cambio a mí me parece que me van a perpetuar acá para siempre, y lo peor de todo es que nunca hice nada.

—Bueno, quedate tranquila. Ellos saben quién es quién acá. Si nunca hiciste nada...

—¿Así que te dijeron que a tu bebé se lo van a entregar a tu mamá? ¡Debe estar feliz ella!

—¡Sí, imaginate! Eso le dijeron a mi tío la última vez que vino. Ayer me dijo que mi mamá ya está tejiendo conjuntitos y escarpines, y que está modificando su propia habitación para que entre la cunita, para que el bebé duerma con ella.

—Y a todo esto, ¿sabés algo de tu marido?

—Le pregunté a mí tío qué sabía de él y me dijo que, por lo que pudo averiguar, lo tenían en otro centro de detención y que estaba bien, que estaba en la misma situación que la mía, que seguramente lo iban a juzgar y que iba a tener que cumplir alguna condena.

—*Después de un incrédulo silencio...*

—Bueno, me alegro mucho por él.

Al final me aconsejó nuevamente de cómo comportarme en aquel lugar, me volvió a advertir acerca de algunos de los que trabajaban allí y me dijo que me quedase tranquila, que ella tenía el presentimiento de que yo iba a salir de allí algún día.

Yo nunca hubiese imaginado que la conversación iba a derivar naturalmente en un compromiso para mí. Me dijo que yo era como un ángel que había llegado en aquel instante de su existencia y que la había llenado de luz y de paz. Recuerdo que ella me dijo que le hubiese encantado que yo fuese tu madrina. Sus palabras me emocionaron tanto que en determinado momento le dije absolutamente decidida:

—¿Y por qué no?

Ella me miró profundamente por un período de tiempo tan breve que no llegó a ser un instante y me dijo:

—Claro. Vos vas a ser la madrina de mi hija.

Y en un tono parco, me dictó un solo mandamiento lapidario:

—Encontrala y cuidala.

El vuelo aterrizó justo a horario en el Aeropuerto Internacional Mariscal Sucre que a esa hora estaba atestado de viajeros. Caminaron por los pasillos, bajaron por la escalera mecánica *«WORLD AIRPORT WINNER» «4 STARS AIRPORT»*, cruzaron migraciones y se detuvieron un rato para pescar las valijas de la cinta. Ya con las maletas en la mano entraron al *Duty Free* porque se habían acordado que debían comprar un encargo que les había hecho una amiga. Entonces fue allí donde escucharon de pasada la conmoción de unos empleados de la tienda cuando hablaban de un accidente que había ocurrido en el aeropuerto de Guayaquil momentos antes. Muerta de curiosidad, ella se acercó a una empleada que estaba conversando con su compañero y le preguntó:

—Buenos días. Disculpe. ¿Qué pasó?

—Buenos días, señora. Parece que unos jóvenes se cayeron de un avión en Guayaquil.

—¿Cómo que se cayeron?

—No sabemos. No se sabe mucho. No se sabe si son peruanos o ecuatorianos.

—¿Y se sabe alguna otra cosa?

—¿Mande?

—Si se sabe alguna otra cosa.

—Nada más eso escuchamos ahorita. Que los hombres venían colgados del tren de aterrizaje y se cayeron. Eso nomás.

—Ajá, bueno, muchas gracias. Hasta luego.

—De nada señora. Hasta luego.

Se da vuelta y mirando a su esposo, que estaba unos pasos atrás con los bultos en las manos, le preguntó:

—¿Escuchaste?

—Sí, ¿cómo habrá sido que venían colgados esos chicos?

—Ni idea amor. Parece que no saben mucho.

—¡Qué loco!

—Ajá.

Se acercaron a la caja del negocio, pagaron con la tarjeta de crédito —*El empleado le devolvió el pasaporte el cual ella guardó en su cartera*— y salieron con todos los bultos hacia el control de aduanas. Caminaron unos metros para detenerse ante un oficial de control que cuando los habilitó a dirigirse a uno de los *scanners*, pasaron mecánicamente las maletas con todo lo que tenían en las manos y salieron hacia el hall principal de salida. Por un momento aprovecharon la señal de internet para avisar que habían llegado y para coordinar la llegada a la casa de María Belén quien muy gentilmente se había ofrecido a recibirlos en su hogar.

—¡Hola, amiga! ¿Cómo estás?

—Bien. Aquí, en el trabajo a full. ¿Y ustedes? ¿Ya llegaron al aeropuerto?

—Ya, aprovechamos la señal para avisarte que ahorita cogemos un taxi y vamos para tu casa.

—¡Ah, ya! Ahorita le aviso a la Verónica para que les abra cuando ustedes lleguen. Avisarás a la guardianía que ella ya sabe. Te aviso que esta tarde tengo una reunión de trabajo, así que llego un poco más tarde a la casa. Pero nos vemos igual amiga.

—Claro, nos vemos a la noche entonces. Ahorita nos tomamos el taxi y vamos para allá.

—Chévere. Nos vemos de noche. Cualquier cosa que necesiten le dicen a la Verónica, ¿sí?

—Si, muchas gracias. Nos vemos más tarde.

—Chao.

—Chao.

Tan pronto como salieron al andén de la parada de taxis

comenzaron a escuchar los acuciantes llamados de los taxistas que a cada paso les señalaban sus vehículos con una insistencia cortés y con algunas palabras halagadoras que no llegaban a incomodarlos. Eligieron a uno de los choferes que les cayó bien en gracia y les cedieron las maletas para que él se encargue de acomodarlas rápidamente en el baúl y en el asiento delantero del automóvil en tanto la pareja se acomodaba en el asiento trasero. El vehículo inició su marcha más o menos rápida hacia el destino que la mujer le había indicado al chofer poco después de que este los saludara formalmente y acomodase un poco más la maleta que tenía a su lado. La pareja ya había olvidado el tema de conversación del aeropuerto y ahora charlaban con el chofer de cosas algo más triviales como el clima, el horario de llegada del vuelo y de cómo cada uno había sobrellevado el vuelo desde Panamá.

—*No sabemos cuánto duró el viaje del aeropuerto hasta la casa de Cumbayá, pero creemos que no superó los cuarenta minutos de manejo por la Ruta V.*

Luego de que se anunciaran en la guardianía, Verónica les abrió la puerta tal como María Belén les había indicado y salió a recibirlos al jardín de la entrada con una evidente alegría. Se saludaron cálidamente para en seguida tener una conversación acotada sobre los pormenores del viaje y los consabidos estragos que suelen ocasionar en el viajero que ha venido soportando por más de doce horas los engorrosos avatares de los aeropuertos con el equipaje de mano a cuestas, los transbordos pasando una y otra vez por los puestos de control de aduanas y seguridad, y de las largas horas de espera en las salas de abordaje frente a los *gates* que siempre buscamos para tener la seguridad de cuál es el que nos corresponde para subir al avión. Luego pasaron a acomodarse en una de las habitaciones que Verónica les había acondicionado el día anterior y, entre los tres, le asignaron puesto al equipaje diseminándolo en distintos lugares de la habitación, acomodaron la ropa que iban a ponerse luego de la ducha y se fueron directo a darse un baño para mitigar los efectos de tantas horas de viaje. Más tarde él y luego ella se recostaron sobre la cama y se fueron quedando dormidos charlando algún tema que ahora se nos escapa y que seguramente ni ellos recordaban, como tampoco tenían conciencia de cuanto tiempo habían dormido ni cuándo se habían despertado.

Se despertaron escuchando desde la cama las voces de una mujer que le reclamaba alguna cosa a un hombre. Su alteración era tal que podía despertar a cualquiera por más dormido que estuviese y llamar su atención de manera inmediata. Sin embargo, el barullo que aquella mujer estaba armando se confundía con los ladridos juguetones de unos perros y con las voces de unos niños que parecían estar divirtiéndose en la parte de abajo de la casa. El ambiente era tan extraño e incoherente que no había manera de asociar una cosa con la otra, por eso se despertaron en un estado de confusión que los mantuvo inquietos por unos instantes. Ya completamente despiertos advirtieron que Verónica había estado viendo alguna telenovela y que los ladridos no eran de los perros de la casa sino de alguna casa vecina, porque los ladridos se entremezclaban con las carcajadas de unos niños que parecían estar jugando con ellos. Se levantaron de la cama y sin más rodeos bajaron las escaleras y aparecieron de sopetón en medio del comedor diario de la casa cuando los perros, dos schnauzers estándar hembras que parecían flotar, porque no hacían sonido alguno cuando saltaban, se les vinieron encima a los huéspedes para saludarlos de manera amistosa. En ese instante, la empleada doméstica los saludó nuevamente de manera cálida y les ofreció con alguna insistencia algo de comer. —*Yo siempre pensé que Verónica era como una especie de resto bar ambulante, porque solamente preguntaba qué querían comer con la seguridad de tener lo que a uno se le ocurriese.* Luego se sentaron en la mesa del comedor y Verónica les trajo un generoso tamal a cada uno con un café para él y un agua aromática para ella. Mientras disfrutaban de aquel delicioso cafecito, en el televisor del comedor se escuchaba el resumen de noticias de uno de los principales medios de comunicación, al tiempo que de igual manera se escuchaba de fondo la conversación telefónica que Verónica había comenzado y que parecía no tener la intención de que sea demasiado privada.

—Ya es mayor de edad. Está bien que el padre le diga que lo apoya, pero tiene que conseguirse un trabajo.

«Oficialismo y oposición buscan que el fiscal Carlos B y el presidente de la asamblea José S comparezcan ante el pleno por los audios publicados.»

—Ya, por eso. Cuando yo me separé de mi primer marido tenía diecisiete años y no fui a pedirle ayuda a mis padres ni nada.

«Desde Estados Unidos el ex contralor Carlos P reconoce que grabó la conversación con José S y agrega que ...»

—Amor por favor, ¿me alcanzas el ají?

—Sí, claro.

Mientras escuchaba las noticias en la televisión, le pasaba a su esposa el recipiente con el ají que él recién había terminado de servirse. —*El prefería el ají suave porque hacía una combinación perfecta con el sabor del tamal y del café. Ah, y el cafecito que solo él estaba tomando era delicioso, por cierto.* Su esposa le agradeció con un *«gracias amor»* y continuó comiendo como escuchando las noticias cuando en realidad tenía la oreja puesta en la conversación que Verónica estaba teniendo. Él en cambio pensaba que las historias se repetían de manera interminable e indefectible cuando escuchaba las noticias en la televisión.

—Será por eso que no estudié. Por boba también. Lo que él quiere es tener su título y salir adelante y buscarse un trabajo. Ajá, claro. Ojalá.

«Dos jóvenes oriundos de Cañar son las víctimas que cayeron del tren de aterrizaje de un avión en ...»

—Cuando me separé quedé con mi guagua y me vine para acá... Claro.

—Mirá, eso es lo que pasó en el aeropuerto de Guayaquil.

—¡Ajá! —expresó su esposa que miraba atónita la pantalla en tanto no perdía la atención en la conversación de Verónica—.

«En Colombia detienen a ...»

—Ahora van a decir qué pasó.

—Sí, ahorita van a decir en el informe.

«... Organización internacional que traslada migrantes a través de Brasil, Perú o Ecuador hacia los Estados Unidos.»

—Lo único que le pido a Dios es que pueda salir adelante.

«Lluvias y vientos fuertes levantaron techos de residencias, volaron antenas y causaron daños en varias casas del cantón El Triunfo en el Guayas.»

—Claro...Bueno. Te dejo porque estoy trabajando.

«Ecuador y Estado Unidos retoman cooperación bilateral en temas de comercio y seguridad. El presidente del Ecuador se reunió con el Subsecretario de Estado para Asuntos Políticos Norteamericanos Tom Shannon...»

—Bueno, hija, chao.

Apenas Verónica cortó la comunicación se dirigió a los huéspedes y les preguntó de manera muy amable:

—¿Se les ofrece algo más?

—No, nada Verónica. Muchas gracias por todo. Todo muy rico, por cierto —respondió la mujer dejando la taza de horchata después de saborear un trago.

—No, gracias —dijo casi al unísono él que tardó un poquito más en reaccionar.

—Bueno, me retiro entonces. María Belén ya mismito debe estar por llegar. Me dijo que hoy llegaba un poquito más tarde porque tenía una reunión.

—Sí, eso nos dijo hoy de mañana cuando le llamamos.

—Ah, ¿sí? Claro, ella va al gimnasio tres veces a la semana, pero hoy no iba porque tenía la reunión.

—La verdad es que ya no conozco los detalles de la rutina de mi amiga.

—¡Ajá! Claro. Hace mucho que no se ven.

—Nos escribimos pero, claro, hablamos de ciertos temas y nada más. Hace un tiempo atrás me había dicho que iba al gimnasio y yo ya ni me acordaba.

—Bueno, con permiso. Voy a buscar mis cosas.

—Anda nomás Verónica. No te preocupes.

Verónica no se demoró mucho en buscar sus pertenencias y en volver al comedor diario de la casa donde estaba la salida de servicio. Se despidió de los huéspedes —esta vez con un visible apuro— y se dispuso a salir por la puerta con una sonrisa en tanto que el matrimonio le devolvía el saludo ambos con la boca llena. La pareja se quedó merendando en aquel acogedor comedor de ladrillo y madera, tibios y bien alimentados como muchas otras veces en su mayoría de edad lo habían estado. En un instante en que estaban debatiendo algún tema político que habían estado escuchando en las noticias, oyeron el barullo del portón del garaje que se abría y luego escucharon la puerta de un vehículo sin saber si se trataba de algún vecino del conjunto. Nunca escucharon el auto de María Belén porque, además de que era sumamente silencioso, el televisor estaba lo suficientemente alto como para tapar el sonido del motor de cualquier vehículo que estacionase en las inmediaciones. No obstante tuvieron la confirmación de que ella había llegado a la casa en el momento en que vieron pasar a la carrera a los dos *schnauzers* silenciosos a su encuentro para ser los primeros en darle la bienvenida en tanto ella abriese la puerta y antes de que llegase al comedor. Con claridad escucharon cuando María Belén los saludaba con una voz deformada que no parecía la suya, pero que resonaba dentro de la casa de manera agradable, y con idéntica claridad luego escucharon cuando de repente se oyeron los tacos de los zapatos que sonaban como dirigidos por el compás de un metrónomo, como si el ritmo del calzado dijese de la manera de conducirse de la dueña de casa. Ante la inminente llegada de su amiga, la pareja se puso de pie y la esperó casi en el mismo lugar con una sonrisa amplia y sincera hasta que ella apareciese por la puerta para saludarla. Tan pronto María Belén se asomó a la sala, miró a la pareja con una emoción contenida —seguramente por volver a ver a su amiga y a su esposo— entonces el alma se le estremeció por completo y sus ojos se iluminaron de manera absoluta. Los cuerpos de ambas amigas parecieron haberse reconfortado apenas se vieron, extendieron sus brazos y fueron acercándose de a poco con una sonrisa imborrable y una emoción evidente en sus primeras lágrimas. Se fundieron emocionadas, luego se apapacharon por un rato en tanto él disfrutaba de aquella escena de felicidad plena. La disfrutaba, realmente lo había hecho.

Luego de conversar un largo rato acerca de la problemática que a él lo aquejaba, que derivó en un interrogatorio espontáneo al cual él en ningún momento opuso resistencia para responder, se dispusieron a tomar un cafecito —el segundo para ellos y el primero para María Belén— y a jugar al Rummi, como para distraerse o distenderse un poco de los avatares que todos habían experimentado durante aquel largo día.

Charlaron y jugaron cuatro o cinco manos en tanto María Belén ganaba como de costumbre ya que tenía, además de un buen espíritu competitivo, una inteligencia combinatoria asombrosa para resolver problemas que aplicaba muy bien a cualquier juego pero por sobre todo en su actividad cotidiana. A la pareja de amigos, en cambio, les interesaba más que el juego en sí, pasar el rato conversando y realizando alguna actividad entretenida, por eso ganaban alguna que otra partida cada tanto.

—¿Y cuánto tiempo se piensan quedar? Ustedes saben que siempre son bienvenidos —dijo María Belén feliz con un tono de felicidad exultante—. Acá tengo bastante espacio y se pueden quedar todo lo que quieran —agregó con total franqueza al mismo tiempo que vio que le tocó en suerte jugar en segundo lugar—.

—Bueno. Muchas gracias —respondió su amiga mientras sacudía las fichas con desgano en el recipiente que usaban para jugar—. No lo tenemos decidido todavía —agregó—. En mi caso, si es que te parece, puedo quedarme los días que a él le lleve quedarse en Argentina.

—Obvio. No hay ningún problema. Te quedas todo lo que necesites y de paso hacemos todo lo que no pudimos hacer en todo este tiempo —dijo María Belén emocionada. Y recordando algo más súbitamente, agregó: —Este fin de semana tenemos una reunión en casa de María Ángela.

—¿María Ángela? —preguntó brevemente su amiga medio desorientada.

—Sí, ¿Te acuerdas de esa *man* de la costa que yo conocí en la colecta del terremoto?

—Ajá —dijo poco convencida de recordarla.

—Bueno, ella y el marido que se llama Mateo. Ellos son de la costa pero siempre estuvieron acá en Cumbayá antes de cambiarse a Pillagua.

—Ah, ¡Sí, ya sé quién es! Siempre me hablas de ella, pero yo no la conozco personalmente.

—Claro, lo que pasa es que es el cumpleaños del Mateo y nos invitó a que vayamos donde ella. Yo le conté que venían ustedes y me dijo que estaban invitados también. ¡Creo que ellos son unos cuantos! Hasta creo que vienen unos familiares de Manabí —agregó María Belén contando las fichas que tenía en la mano—.

—Bueno, listo. Apenas llegamos a Quito y ya tenemos invitación —dijo él, en un tono de jolgorio, mientras sacaba las fichas del recipiente esperando recibir un mono.

—¿Podemos parar? —dijo ella con tono de cansada.

—¿Ya no quieres jugar? ¿Te quieres ir a dormir? —dijo María Belén viéndola y riéndose del cansancio que cargaba su amiga.

—Sí, estoy cansada y eso que dormimos la siesta antes de que llegaras.

—Ah, ¿se acostaron?

—Sí, nos acostamos un ratito —dijo él que también sentía el

cansancio del viaje todavía en su cuerpo—. Habremos dormido unas dos horas y media más o menos.

—Dos horas y media o tres —corrigió ella bostezando y tapándose la boca.

—¿Y vos cuándo tienes el vuelo a Rosario? —preguntó María Belén mirándolo con expectativa y dejando las fichas en el recipiente.

—Salgo el lunes a la madrugada. Creo que el domingo no me voy a acostar a dormir —agregó dejando también las fichas en el recipiente.

—¿A qué hora sales?

—A las cuatro y cuarto. Y tengo que estar en el aeropuerto dos horas antes.

—¿De la mañana? —preguntó María Belén totalmente asustada—. ¿Y haces escala?

—Sí, en Lima. Lo bueno es que llego a Rosario pasado el mediodía.

—¡Ah, claro! Es una ventaja llegar a esa hora. Tienes tiempo para ubicarte y todo. ¿Y tienes dónde llegar?

—Sí. Llego a un hotel en la zona céntrica. Ni muy muy ni tan tan, pero me sirve para lo que necesito —dijo él con total seguridad.

—¿Ni muy muy ni tan tan? —preguntó María Belén intrigada—.

—Claro, que no es ni caro ni barato —le tradujo la amiga—.

—¡Ah, ya!

Aquella noche, los tres llegaron temprano a pesar de las numerosas vueltas que debieron dar con el automóvil en la inmensa lotización para orientarse y dar definitivamente con la casa. Los invitados, que fueron llegando en el término de una hora u hora y media, se saludaron en la sala de entrada donde ya había comenzado la ineludible conversación en torno a sus asuntos personales, como suelen hacer los amigos cuando se reencuentran después de un tiempo, una especie de diagnóstico fraternal donde cada uno aprecia al menos de manera superficial cómo van los asuntos de cada uno de los integrantes del grupo. Si bien algunos asistentes era la primera vez que se veían, eso no interesaba en absoluto puesto que el hecho de ser amigos en común de la pareja anfitriona los convertía en gente de confianza y, por lo tanto, podían enterarse de todas las cuestiones privadas que se hablaban en aquella reunión. Allí en los confortables y amplios sillones de la sala, mientras habían ido llegando, los dueños de casa convidaron a los recién venidos con una excelente picada y la bebida que ellos quisieran para agasajarlos, para hacerlos sentir tan cómodos como en sus propios hogares y más queridos que nunca.

Pronto nomás, guiadas por María Ángela y por la charla, las mujeres pasaron a reunirse cerca del fogón del enorme porche de la casa; en tanto los hombres se juntaron a tomar un Malbec en la mesa grande al otro lado del patio, bien cerca del asador que uno de ellos había comenzado a encender para empezar con el asado. Cuando las brasas estuvieron incandescentes y la parrilla caliente y limpia, él mismo —que había tomado la iniciativa de prender el fuego y limpiar la parrilla— comenzó a salar y a apostar la carne según el calor y el tiempo que le llevaría a cada corte asarse. Durante ese tiempo en que los otros conversaban medio apasionadamente, despreocupado del grupo, pasaba una y otra vez la palma de su mano a unos cuatro o cinco centímetros de la carne para controlar que el calor que recibían los cortes fuese el indicado y cuando estuvo todo en orden, continuó participando de la charla que habían comenzado hacía un momento atrás, una conversación que los había estado preocupando de manera estéril sin variación de continuidad alguna.

—Había dos líderes muy importantes: Fidel y Camilo Cienfuegos —decía Mateo de manera determinante—. El Che era un jovencito, un pelado, más joven, pero mucho más dedicado.

—En el momento de la revolución, vos dices.

—Sí, claro. Un tipo que se compra la revolución como bestia. Por ejemplo, el Che nunca tuvo lujos. Nunca. Cuando ellos ya hicieron la revolución y comenzaron a aprovecharse de los pobres, el Che se fue de Cuba porque se dio cuenta de que ellos comenzaban a reproducir ciertos vicios del poder. Cuando él comenzó a ejercer la revolución se distanció de ellos y comenzó a tener problemas serios con Fidel. Entonces la figura del Che se hizo tan emblemática, porque es un tipo que no se ha acomodado en el poder.

—¿Cuál fue la esencia de esa revolución? ¿Igualdad? ¿Liberar al país?

—Esencialmente era liberar al país de ser el burdel de los gringos. La gente de Miami era dueña de grandes propiedades, casas hermosísimas en La Habana, que eran burdeles, o sea burdeles privados, ¿no? Y había un dictador de este mismo grupo, un dictador de apellido Batista, que hacía la corte de los cubanos que ya residían en Miami, que se beneficiaban de mandar gringos de mucho dinero a prostituir a gente de clase media y clase baja. Entonces en esa lógica la disputa era quitarle el poder a Batista y devolver Cuba a los cubanos. Cuba era preciosa. Había un grupo de gente con mucho dinero, un grupo de gente que era la que manejaba los negocios; el resto estaba en la mierda. Un país que producía mucha azúcar entonces había mucha gente muy mal tratada en la zafra (porque la zafra es muy difícil, muy dura) y el Che se vincula con ellos, comienzan a recorrer Cuba, los pueblos, a sumar gente, y se vuelven inmensamente fuertes.

—¿Y la Unión Soviética?

La Unión Soviética entró después. Entró cuando ellos ya habían ganado el poder. Ellos eran liberales, querían liberar Cuba. Allí no había comunismo. Pero lo que pasa es que fueron sumando gente, fueron sumando gente y la gente comenzó a darles armas y se vincularon con ciertas familias que estaban en pugna con otras aún de dinero que les financiaban. En esa época para reacomodar el poder, esas familias pensaban coger el poder que los otros dejaron. Hacen la revolución un primero de enero del año cincuenta y nueve y comenzaron todos a acomodarse en el poder, o sea, los fuertes comenzaron a acomodarse en el poder. Camilo muere durante la revolución y Fidel se queda de comandante general, y el Che ya comenzó a ver ciertos vicios. Comenzaron a meter gente presa por pensar distinto. Por ejemplo, a los homosexuales Fidel no les podía ver y comenzó a meterles presos. Incluso comenzaron a matar gente de los mismos revolucionarios porque pensaban distinto. Ya no era una disputa con los otros, sino con los propios compañeros. Los Estados Unidos estableció el bloqueo y los Soviéticos se dieron cuenta de que era su caldo de cultivo. Apoyaron a Cuba —ahí sí comenzaron a comprarle todo a Cuba— y Cuba se definió como comunista, pero esto sucedió un año y medio después de la revolución. El Che se metió de cabeza a estudiar el socialismo, se volvió su doctrina a muerte. El Che se volvió también sanguinario, pero con los de derecha. Sanguinario duro, o sea, el Che también mató a la bola de gente. No soltó la guerra (porque no soltó la guerra) y en esa dinámica se peleó con Fidel, porque le dijo: *«...los revolucionarios no se pueden quedar tranquilos»*. *«¿Quieres eso? Pues vete a pelear al Congo, a África»*. Y se fue a pelear la guerra del

Congo, para liberar el Congo.

Antes de irse él tuvo hijos en Cuba. Hay una carta famosa que es la carta de despedida a los hijos que les deja con la revolución, en manos de la revolución. Les deja en Cuba, ¿no? Ahí se quedan a su suerte. Y lo que dice es que la revolución les va a cuidar. Yo me voy a liberar al mundo. Y termina en Bolivia. Ahí en Bolivia lo cogen y lo matan.

—Ya desde Cuba le perseguían.

—Claro. Para los gringos se había vuelto una figura emblemática. El Che es el personaje mundial más representado después de Jesús, y esa famosa imagen que has visto del Che se estudia en propaganda y comunicación. Es una bestialidad. La imagen más fuerte es esa.

Y muere siendo revolucionario. Nunca se entregó. Nunca un placer.

—Y ya se había peleado con Fidel.

—Sí, claro. Cuando él salió de Cuba ya se había peleado con Fidel. Eso los revolucionarios lo ocultaron. Y cuando lo mataron, ensalzaron la figura del Che, pero cuando se fue de Cuba era casi un traidor.

—¿Y el bloqueo estadounidense?

—Estuvo a punto de terminar con Obama. Yo creo que el bloqueo le hizo mucho daño a la gente allá, además de ensalzar la figura de Fidel. Porque fue la mejor demostración de que ellos tenían la razón. Entonces, cualquier fracaso económico o político estaba justificado por el bloqueo, ¿me explico? Porque Cuba no produjo nunca más nada. Cuba se benefició de la caridad de la Unión Soviética. Cuba ya tiene que cambiar la lógica.

El mayor problema que tuvo la revolución es que los gobernantes tomaron el poder y se entronizaron ahí. Lo tomaron y comenzaron a disfrutar de los privilegios del poder y no lo soltaron. Cuando yo fui a la Argentina, el Che no era una figura; pero en el mundo es una figura extraordinaria en todas las revoluciones. Lo que se suscitó es que todos los gobiernos de izquierda de las últimas décadas tomaron como ejemplo el ideal revolucionario de Cuba de plantársele a los gringos. Y casi todos han cantado la música protesta argentina de Mercedes Sosa, León Gieco y Victor Heredia. Pero en Argentina ellos no son parte medular de la historia política del país. Un amigo mío que es argentino me decía que *«...los argentinos tenemos un problema, que somos politeístas».* Yo le preguntaba, *«¿por qué?»* *«Porque nadie cree en Dios, pero creemos o en Perón o en Gardel o en Diego. Esos son nuestros dioses. Los argentinos necesitamos dioses verdaderos, dioses de carne y hueso. Y los tuvimos. La literatura en Borges».* Yo le decía *«Cortázar».* *«¿Qué Cortázar?, el dios de la literatura ha sido Borges».* Rarísimo, ¿no? Es un país que ha tenido tantas cosas...

—Un país que ha dado tanto desde la política, ¿no?

—Perón. Perón marcó el camino del populismo latinoamericano. Hoy en día la política argentina sigue cimentada en el peronismo.

—Alguna vez alguien dijo que a la Argentina no puede gobernarla otra fuerza que no sea el peronismo.

—Y los que lo han intentado siempre han fracasado. A Alfonsín no le fue bien; y De la Rúa tuvo que irse.

—¡El que está ahora está haciendo barbaridades!

—Y esa es una cosa que no se percibe afuera. Para nosotros este gobierno de centro derecha tiene a la Argentina mucho mejor que el anterior. Pero eso es lo que se percibe en el mundo entero. Vas a Argentina y ves que está peor que nunca.

—Y Argentina tiene cosas buenas. Yo cuando le contaba a él hace un rato lo que costaba acá la universidad privada, no lo podía creer. Allá casi todo es público, es decir, tienes muy buenas universidades públicas. También tienes las privadas, pero tienes muy buenas universidades públicas y yo le contaba que acá la mayoría son privadas, excepto un par como la Central y la Poli. Y cuando le decía lo que costaba me decía: *«¡No puede ser!»,* *«Sí puede ser»,* le decía.

—Pero igual, si tienes las posibilidades te vas a la privada. Por ejemplo, si te vas a la Central a estudiar medicina, en primer año tienes trescientas personas en un auditorio. También buscas tu comodidad. Y ahora ya no es tan fácil entrar a la Central, porque tienes que dar el examen de puntos para poder ingresar a la universidad.

—Eso es bueno, porque hay gente que no va a la universidad a estudiar.

—Sí, pero, por ejemplo, eso es porque el gobierno corre con los gastos y tampoco puedes gastar en un tipo que se va a halar el segundo año y se va a retirar. Pero, por otro lado, un guambra de dieciocho años no sabe muy bien lo que quiere.

—Hay chicos que tienen la vocación y por equis razón no alcanzaron el puntaje y tienen que irse a otra carrera. O sea, hay una cuestión de vocación que el puntaje no te revela.

—Pues claro, es que debe haber otros parámetros de medición a más de esos exámenes de puntos.

—Es que ya la evaluación por puntos es la cosa más anticuada. Hoy en día se evalúa por competencias, habilidades... Es una evaluación muy diferente.

—Pero es muy difícil evaluar en ese caso.

—Toma un poco más de trabajo.

—Lo que a mí me parece bien es que cuando nosotros nos graduábamos de médicos, nos daban un examen nacional para poder ejercer. Si tú repruebas ese examen tienes otra oportunidad en seis meses, si repruebas tienes que repetir la carrera. Eso desde siempre.

—Sí, sí claro, pero este es un examen a nivel nacional.

—Sí, está bien. Pero lo que te digo es que esa modalidad en algún rato se les ocurrió.

—Es que creo que todos los países del mundo lo hacen. Si no pasas un examen nacional... Y no solo eso, tienes evaluaciones cada cierto tiempo, ¿no?

—Sí, y las universidades, por ejemplo, si es que tú no pasas, si el cincuenta por ciento de los alumnos no pasa, tu universidad entra en período de prueba y si después no pasa, tu facultad se cierra. Y ni qué decir que acá no tenemos doctorados.

—Estamos en pañales *bró*.

—¿Y tomaste mate cuando estuviste allá? —preguntó el argentino para cambiar un poco de tema.

—Tomé mate una vez y me filmaron mis compañeros argentinos. Los alfajores, eso sí, no podía dejar de comer. No podía dejar de comer eso todo el tiempo. No podía, no podía. Yo estuve dos meses y me hice una bola. Con mis compañeros nos íbamos todas las semanas a Puerto Madero a comer lo que nos dé la gana y a tomar, salíamos borrachos y bien comidos. Y eso, dos meses solo de eso. Y la gente del lugar donde trabajaba se portó excelente, ¡excelente!

—¿Y en qué época del año fuiste?

—Me fui en agosto.

—¡Qué lindo! ¿Fue el año pasado?

—No, me fui en el dos mil catorce.

—El año del mundial.

—Claro, yo llegué dos semanas antes de que le sacaran la madre al Obelisco. Antes de que le reventaron al Obelisco. ¡Uh, le estaban sacando la madre a todo eso! La gente estaba...

Pero fue injusta la final. Yo la vi con todos mis compañeros de trabajo.

—¿Te acordás del penal? En el segundo tiempo íbamos empatando cero a cero cuando Higuaín recibió una pelota en el área y vino el arquero alemán y le metió un rodillazo en la cabeza. Le metió el rodillazo en la cabeza y, mientras con la mano derecha le pegaba a la pelota, con la mano izquierda le daba un puñetazo en la cara. El árbitro italiano, Rizzoli, creo que se llamaba, ¡no lo cobró! ¡Fue un penal más grande que una casa! ¡Y no lo cobró!

—Sí, fue justo del lado de adentro del área.

—¡No cobró ni siquiera tiro libre desde fuera del área! ¡No pasó nada!

—Sí, ¿y cómo lo tomaron a eso en Argentina?

—¡Nos queríamos morir!

—En la semifinal con Holanda se deben haber vuelto locos, ¿no? Cuando tapó Romero.

—Sí, yo lo estaba viendo con unos amigos en un bar.

—Nosotros nunca hemos llegado a ninguna final. No llegamos ni vamos a llegar.

—Mira, yo tenía un compañero de colegio que lo fui a visitar allá en Buenos Aires. Este tipo era más argentino que Riquelme, o sea, es un tipo que estuvo seis años acá y se volvió con su familia para la Argentina. Y yo toqué la puerta y me dijo: «*Hola*», y le digo: «*Qué fue! loco soy...*». Sale y me dice: «*¡Qué hacés querido!*» ¡Y me da un beso así de una!, y le digo: «*¡Loco qué te pasa! ¿Cómo así?*»

—¡Te dio un beso de una!

—Sí, ¿qué fue? Y ellos estaban realmente indignados y bravos con la selección por haber perdido la final. ¡Qué va, indignados! Oye, ¡no sabes lo que es venir de abajo loco! ¡No tienen ni idea! Y este tipo me decía a mí: «*La selección no me importa nada. Boca me lo ha dado todo. A mí esta selección me ha dado solo decepciones. Llegan a la final y pierden.*» ¡Qué loco!

Yo me lo quedaba viendo y le decía: «*¡Chuta!, nosotros pasamos la primera ronda del mundial y hay fiesta nacional.*» Claro, o sea...

Pero estos *manes* llegan a la final, pierden y se comen mierda. Este *man* era bravaso. Y yo le decía: «*¡Ya loco, pero es tu selección, tu país!*» «*No, pero a mí Boca me lo ha dado todo. Boca es todo loco. ¡Esta es una selección de puros pechos fríos!*» ¡Cabriadaso, cabriadaso el *man*! ¡Estaban emputados! Me quedé frío la verdad.

A mí me decían que a la selección no la sentían tanto como al fútbol de clubes. Este tipo me decía: «*A mí me duele mucho más perder la Copa Libertadores con mi equipo que perder la final del mundial.*»

—Claro, es que es muy fanático de su equipo. Como el que es muy fanático de la Liga, prioriza los triunfos de la Liga pero la selección es otra cosa.

—No, es que en Argentina no. Vos podés ser del equipo que sea pero el día que juega la selección...

—No hay rivalidad.

—Este *man* lo que decía es: *«Hoy juega la selección y gana, me vale un huevo. Pero si la próxima semana juega Boca y River, eso sí es todo para mí.»* ¡Quijuemadre! ¡Le vale nada su selección! Y eso me decía este *man*.

Y con él nos fuimos a conocer el estadio de Boca y todo. Era un hincha de Boca a morir y nos explicaba toda la historia. Y también el tipo decía: *«Este estadio es muy pequeño pero es muy acogedor...»*, y tanta cosa.

—Aquí también hay personas que dicen: *«El Barcelona es todo para mí.»* El equipo que mayor hinchada tiene en el Ecuador es el Barcelona.

En ese momento se acercaron las tres esposas y la amiga de María Ángela que habían terminado de conversar de sus asuntos en la otra parte del porche. Quizás porque sus copas ya estaban vacías o porque querían integrarse a la conversación con los hombres.

—Claro, y con más historia y todo. ¡Porque en Guayaquil los monos son un montonazo!

—No, no, el Barcelona tiene hinchada en Quito, en Ambato.

—Mira que yo tengo herencia guayaca. Mi abuela era guayaquileña —dijo ella cambiando la conversación por completo.

—¡Claro, si sos mona!

—Mi tatarabuela también era italiana y estábamos tratando de sacar la nacionalidad, pero... No, yo ya boté la toalla.

—Ya no puedes. Hasta la tercera generación puedes, ¿no?

—Sí, hasta la quinta los italianos.

—No, no estoy tan segura. Creo que si es por línea paterna, sí se puede; ahora, si es por línea materna, tienes tres generaciones. Es una huevada. Qué machistas, ¿no?

—Yo quiero tener la colombiana —dijo la esposa del ambateño.

—¿Para?

—Para viajar adonde se me dé la gana.

—Sí, pero mira que hay lugares donde le hacen fila especial a los colombianos.

—Sí, es verdad. En Estados Unidos yo lo vi.

—Y cuando tú saques la canadiense, ¿no tienes que renunciar a la de acá?

—No sé.

—El gringo te hace renunciar.

—Ah, ¿sí?

—Tu no tienes doble nacionalidad cuando eres gringa.

—¿Sí?, puede ser. Tengo que averiguar eso porque es importante.

—Chau fronteras, ¿no? —dijo la mujer—. Ya es época, ya es hora.

—Sí, yo creo lo mismo.

—No, no va a pasar. Difícil. Si Europa no lo logró que ese era el proyecto... Además, si tienes un cabrón como Trump eso no va a pasar.

—¿Sabían que una tía mía votó por él?

—¡No, no me digas!

—Votó por él porque ella está convencida de..., a ver..., no es la primera persona que conozco que votó por Trump y comienzo a explicarte la razones. En realidad, ellos sí quieren que se haga una depuración, pero no de todos los latinos y no de todos los inmigrantes. Pero sí dicen que hay mucha gente que no le hace bien al país. ¿Desde qué visión? Desde la de ellos por supuesto.

—Pero si te pones a pensar los que más daño le hacen al país son ellos mismos.

—¿Los inmigrantes?

—No, ellos mismos. Los mismos políticos son los que más daño le hacen a su país.

—Pero, lo que Trump está planteando es un mensaje racista, clasista, sexista...—agregó la misma mujer—. Ese hombre es todo lo que está mal en el mundo. Todo lo que está mal en el mundo es el Trump. Yo no entiendo cómo es que está él.

—Porque hay gente súper conservadora que cree que el mundo necesita corregirse —le respondió su amiga—. Es más, el otro día que hablaba con esta tía me decía: *«Bueno, allá, en ese lado de los Estados Unidos* —refiriéndose a California— *sí hay que ponerles un poco de orden porque son muy liberales.»*

Y el tema del muro, no crean que es Trump, eso ya estaba con Obama. Yo tengo una amiga que trabaja en lo que es derechos humanos en California donde hay millones de mexicanos y...

—Aunque no lo creas hay montones de países en el mundo que tienen murallas en sus fronteras. Hasta hay una muralla en América Latina. El otro día estaba leyendo de eso.

«Que te sea leve»

En la madrugada del lunes, su esposa lo había llevado al aeropuerto con el auto que María Belén les había ofrecido muy gentilmente la noche anterior. Habían llegado al aeropuerto dos horas y media antes de abordar el avión y, después de hacer un breve *check in,* se habían quedado charlando un rato sentados en el hall del aeropuerto que estaba prácticamente vacío. No era mucho el tiempo que les había quedado para la despedida pero en ese corto tiempo se dedicaron, entre algunas otras cosas, a coordinar la comunicación entre ellos y a contarse qué cosas tenían para hacer cada uno en sus respectivos lugares durante los días de ausencia mutua. Al final tardaron unos minutos interminables en despedirse como si esa fuese la última vez que iban a verse o como si sencillamente fuesen a desaparecer de sus respectivas historias.

Ahora él estaba sentado en la sala de embarque junto a la puerta que correspondía a su vuelo. Su pensamiento giraba en torno a su conversación con el doctor Morales y al intrigante escrito que su tía le había dejado hacía unos años atrás para cuando ella ya no estuviese entre nosotros. No obstante, su intriga fundamental estaba originada por su tío Carlos, de quien nunca había sabido nada, y de por qué era tan importante para su tía Isabel que tuviese una conversación con él. Entonces recordó que el doctor Morales le había dicho que tenía los datos de Carlos y de que finalmente su tío había accedido a recibirlo en su casa. Allí nomás sacó su celular del bolsillo de su pantalón y se alistó a enviarle un mensaje a Morales para avisarle que ya estaba saliendo —en eso habían quedado la última vez que se habían comunicado por mensaje de texto—, sin embargo pensó que no era una buena hora para molestarlo y decidió dejar el mensaje para luego, para cuando llegase a Rosario y pudiese comunicarse con Morales desde el hotel. Así fue cómo se dispuso, antes de volver a guardar su celular en el bolsillo, a revisar su tarjeta de embarque en el dispositivo y a verificar que su pasaporte esté a mano para cuando le tocase abordar.

Cuando anunciaron por el altoparlante que habían habilitado el embarque de su vuelo, no le importaba saber qué hora era, solo le interesaba que, a pesar de ser de madrugada, ya había bastante gente haciendo la fila para abordar. Entonces tomó su equipaje e hizo pacientemente la fila que avanzó a un ritmo lento pero sostenido hasta que en un momento se encontró caminando por la manga casi llegando a la aeronave. Entró al avión con parsimonia, puso su equipaje de mano y su mochila en el compartimento de arriba de su asiento y se apostó en la ubicación que le correspondía. Desde allí podía ver la noche cerrada que se empapaba de una fina llovizna que se traslucía con las luces de un señalador luminoso blanco de forma cúbica que contenía el número catorce en negro y que correspondía a una plataforma cercana. En ese instante sintió la vibración de su celular en el pantalón que lo obligó a revisarlo nuevamente, así se encontró con el mensaje de su esposa donde le avisaba que había llegado a la casa de María Belén y donde le deseaba amorosamente un buen viaje. Entonces alcanzó a despedirse de la misma cariñosa manera antes de que el procedimiento de seguridad del vuelo lo obligase a ponerse el cinturón de seguridad y su dispositivo en modo avión. Un momento después, en medio de una tormenta, la aeronave remontó vuelo y él, desvelado, extrajo su libro electrónico para continuar leyendo.

—Aquella tarde me quedé profundamente triste, con una angustia que me carcomía el alma cada vez que recordaba la conversación que había tenido con ella —*Todavía recuerdo aquel último día que la vi con su* sweater *fino color mostaza y la camperita gris larga, y el instante que se perdía en el pasillo cuando un guardia la llevaba con sus cosas al piso de la maternidad.* Inmediatamente después de que ella se fue, tomé unos rollos que tenía para revelar, le avisé a uno de los guardias que iba a estar trabajando y, con un nudo en la garganta y una angustia que me carcomía, me metí en el cuarto oscuro, lo que me garantizaba estar a solas sin que nadie me molestase.

Apenas entré al laboratorio ocurrió algo que nunca me había pasado mientras estuve en cautiverio, ni siquiera cuando fui objeto de las peores atrocidades. En ese instante irrumpí en un angustioso y desesperado llanto, un llanto que no podía —ni tampoco quería— contener y que me desbordó de manera abrumadora. Aunque me quedé mucho tiempo en aquel lugar sin que nadie sospechara nada, en ningún momento encendí la luz roja del cuarto, me quedé allí llorando desconsoladamente en la más absoluta y cerrada oscuridad, sentada en el rincón donde estaban las reveladoras. En ese rato sentí —lo recuerdo muy bien a pesar de los años— las más intensas ganas de morirme, en ese instante quería estar muerta, no quería otra cosa que estar sepultada con el suelo encima. ¿De qué valía seguir de esa manera? ¿Qué justificaba tanto sufrimiento? En aquella oscuridad tan cerrada me pregunté varias veces qué me llevaba a continuar. Sin encontrar explicación alguna, en aquella oscuridad infinita, yo era sencillamente una mujer que no le encontraba ya sentido a la existencia.

Entonces recordé una vez más a mi familia. Nunca supe por qué aquellos recuerdos, que en un primer momento habían sido recurrentes, luego se volvieron tan esporádicos, tan lejanos e imprecisos, como si hubiese comenzado a perder la memoria de una vez por todas. Sin dejar de estar presentes aunque sea de vez en cuando, a veces venían a mí recuerdos triviales como recordar un lugar de la casa o alguna comida en particular sin más consecuencias que el de recordarlo, que el de tener la fugaz imagen del pasado en mi mente por algunos instantes. En otras ocasiones venían a mí recuerdos más significativos como el de algunos momentos de felicidad o tristeza, pero a esa altura de la historia ya casi me había olvidado de todo eso. Quizás haya sido por la cerrada oscuridad o por la consternación que recordé una vez más las ocasiones casuales o no que me había quedado sola con el hermano de mi padre. Entonces recordé la manera en cómo él me tocaba al mismo tiempo que me preguntaba si estaba bien o si necesitaba algo, recordaba también sus palabras diciéndome que a eso que hacíamos lo hacían las personas que se querían mucho, pero que ese era nuestro secreto y que no debía decírselo a nadie, ni siquiera a mis padres.

Cuando me repuse de aquella profunda crisis decidí instintivamente hacer algo para distraerme, así que agarré los dos rollos de película que tenía en el bolsillo, negativos que pertenecían a una distinguida fiesta privada de la farándula porteña, y me dispuse a hacer el revelado. Nadie como cualquiera de nosotros para manejarse a ciegas en la más absoluta oscuridad de cualquier cuarto o de cualquier lugar. Sabía dónde estaba parada, dónde quedaba cada recoveco limpio o inmundo dentro de aquel laboratorio que todavía recuerdo de memoria. Así que con mucha bronca en el alma extraje la película del carrete, tomé el tanque universal y la coloqué con cuidado allí adentro. Luego, secándome las lágrimas, destapé el líquido de revelado y lo coloqué completamente en el interior del tanque. En ese instante me puse a pensar algo demasiado humillante como para narrarlo y recuerdo que no dejaba de mover el tanque revelador al tiempo que me secaba angustiada las lágrimas que aquel pensamiento me provocaba con el hombro de la campera harapienta que ni siquiera era mía.

Como sabía que el revelado de aquellos rollos era sumamente importante, me vi obligada a poner suma atención en lo que estaba haciendo si es que no quería terminar golpeada. Si bien mi alteración había mermado un poco, recién conseguí calmarme un rato después durante el revelado de la segunda película, hacia el final, cuando puse el tanque revelador con la película debajo del chorro de agua después del fijador. Luego del último enjuague de la película, la extraje del tanque y la escurrí con los dedos, como era mi costumbre, para luego colgarla con las pinzas junto a la otra en el pequeño cuarto que teníamos para secar las películas al lado de la entrada. Al final me tranquilicé aún más cuando puse las películas en la ampliadora y advertí que el revelado estaba saliendo perfecto, cuando pude ver finalmente con nitidez las imágenes de la fiesta donde podía reconocer a muchísima gente que había visto, no hacía mucho tiempo atrás, en la televisión y en las revistas.

Aquel día recuerdo que dije que no me sentía bien y pedí permiso para irme a mi celda temprano. Ellos no me preguntaron nada. Era como si supiesen lo que me pasaba, algo que no les importaba en absoluto siempre que el trabajo esté realizado a tiempo y bien hecho.

«Que te sea leve»

El relato según Carlos

Aquella mañana llegó temprano a la casa de Carlos en la calle Grandoli. Por teléfono habían acordado verse después de las nueve de la mañana, pero él como de costumbre llegó unos minutos más temprano de lo previsto. Le pagó al taxista y bajó del vehículo sin quitar la mirada de la casa que de inmediato le había resultado familiar. Antes de llegar a la puerta, miró hacia la derecha y le pareció que el tiempo no había pasado en aquel lugar del cual tenía la impresión de recordar muy vagamente, no obstante, presentía de que algo había cambiado: unos chicos que estaban sentados en el suelo de la vereda de enfrente advirtieron la llegada del extraño a quien, sin el menor disimulo, analizaron en un silencio expectante cada uno de sus movimientos desde que se bajó del taxi hasta que se dirigió a la puerta de la casa de Carlos, un límite que aquellos chicos respetaban y no estaban dispuestos a cruzar.

Tocó un timbre medio destartalado que sin embargo sonó de manera estridente cuando escuchó de inmediato los ladridos de un perro que no le pareció de gran tamaño cuando los oyó. Por un buen rato los ladridos no cesaron en continuidad ni en una escandalosa ferocidad simulada, como si el perro, antes que atacarlo, pretendiese que el visitante respetase su presencia en aquel lugar que venía a visitar. En un momento escuchó que detrás de la puerta alguien le indicaba al animal que se calle al tiempo que escuchaba manipular la cerradura que hacía un ruido espantoso. Apenas se abrió la puerta, el perro dejó de ladrar y salió como tiro en busca del visitante que había aprendido de alguien, que cuando un perro se nos viene encima, amenazante, no hay nada mejor que quedarse quieto y demostrarle al animal que uno no es una amenaza. No obstante, apenas el perro se adelantó al dueño, recibió una fuerte orden de su amo que lo paralizó a unos cincuenta centímetros de las rodillas del extraño.

—Quedate tranquilo que no muerde —dijo Carlos con voz de mando.

—Está bien —alcanzó a decir el joven con un tono medio grotesco para reponerse de inmediato—. Hola, buenos días. ¿Cómo le va? ¿Usted es Carlos?

—Buenos días. Sí, soy tu tío Carlos. Si es que no te molesta que me llame de esa manera.

—No, para nada. No me molesta en absoluto.

En ese instante, el dueño de casa puso atención en el perro que estaba olfateando muy insistentemente al visitante y, tomándolo del collar, le dio un impulso hacia adentro, orden que el animal obedeció al instante.

—¡Andá pa' dentro vos! —le dijo mientras el perro cruzaba rápidamente el umbral de la puerta.

El animal se perdió entre los muebles de la sala de la casa ante la mirada del dueño para echarse en una colchoneta apestosa que había en la cocina cerca de la puerta que daba al patio trasero. Cuando estuvo todo en orden, el sobrino dio un paso hacia adelante y los dos coincidieron en estirar la mano derecha para saludarse viéndose mutuamente.

—¿Alguna vez te dijeron que te parecés bastante a tu papá? —le dijo Carlos poniéndole la mano en el hombro y observándolo como quien ve a un ser querido.

—*Cuando lo vio, a Carlos, se le vino el mundo abajo. No podía haber sido más parecido a su padre.*

—La verdad es que no. Nunca nadie me dijo eso. Ni siquiera mi tía Isabel —dijo sin pensar lo que decía en tanto que Carlos cerraba la puerta de calle y él lo esperaba a un lado para seguirlo en el interior de la sala.

—Tu tía Elizabeth nunca te hubiese dicho algo así —dijo con la intención de corregir el nombre de su hermana—. Viste cómo era ella de discreta...

—Sentate —dijo cordialmente Carlos permaneciendo de pie cerca de la puerta del patio y del animal.

—Bueno. Gracias —respondió el joven tomando un asiento opuesto de donde había observado, por algunos indicios, que estaba sentado Carlos antes de que le abriese la puerta.

—¿Querés tomar unos mates?

—Sí, gracias.

—¿Desayunaste?

—Sí... Desayuné temprano, pero me gustan los mates a media mañana —aclaró el joven.

En ese instante, el hombre ya mayor, pero con una apariencia enérgica y marcial, tomó la pava, le puso un poco más de agua y la colocó sobre la hornalla que había encendido unos segundos antes. El silencio que Carlos rumiaba mientras preparaba el mate transmitía en su sobrino una incomodidad interior por el hecho de que, si bien eran familia, se estaban conociendo en aquella situación tan peculiar.

—¿Viste que recién tarde un poco en abrirte? —dijo Carlos al tiempo que corría el periódico que estaba sobre la mesa y acomodaba su lugar en la punta.

—Sí —respondió el joven esperando oír una explicación que no necesitaba.

—Bueno, resulta que justo estaba terminando de leer este artículo. ¿Te enteraste de lo que pasó?

—No, no me enteré.

—Resulta que un chico de unos veinticinco años atropelló y mató a dos delincuentes que un rato antes le habían robado un dinero que él llevaba encima. Se ve que el chico había hecho un retiro considerable que llevaba en su mochila en el asiento delantero del auto y, cuando llegó a su casa y estacionó en la vereda, dos chicos en una moto le hicieron una entradera. Le apuntaron con sus armas y parece que hasta dispararon un par de tiros al aire para amedrentarlo, para que entregue el bolso con la plata. Cuando los choros se escaparon en la moto con el dinero, el chico los persiguió en el auto y cuando pudo los atropelló.

—¿Y qué pasó? ¿Murieron los dos?

—Sí, los mató a los dos en el acto. Lo que pasa es que hace décadas que estamos en este estado de subsistencia, en un estado social de guerra; por eso su reacción fue: o matás a tu enemigo o tu enemigo vuelve y te mata. No es racional. En ese momento uno no piensa en nada. Te puedo asegurar que no se piensa en nada.

Ahora el pibe está detenido. Pero para mí eso fue una batida. Siempre hay alguien que sabe que estás sacando dinero, o alguien en el banco mismo que te está observando y pasa el dato.

—¿Vos tenés dinero en algún banco de acá?

—No, gracias a Dios no tengo dinero acá.

—Hmm... Lo bien que hacés —dijo Carlos esta vez volviéndose para la cocina.

Mientras controlaba el agua caliente para que no hirviese, su tío hizo un silencio distendido y bien calculado. Y en cierto momento, Carlos, que no andaba con vueltas, rompió el silencio nuevamente sin más preámbulos.

—¿Y vos recién te enterás de todo? —preguntó, sin embargo, de manera cálida con total conocimiento de lo que sabía su sobrino.

—De todo no —dijo el joven cuando se acomodaba en la silla en la otra punta de la mesa rectangular—. A eso vengo supongo.

—Está bien —dijo el hombre agachando la mirada—. Te voy a contar lo que sé. Espero que te sirva de algo.

—Bueno, gracias —respondió su sobrino un poco más aliviado al ver la actitud positiva de Carlos.

—Anteayer me llamó Morales para contarme que habías llegado y para decirme qué te había contado él a vos.

—Sí, algo me dijo Morales ayer al mediodía cuando me llamó para decirme que había hablado con vos y para darme tu número de teléfono.

—Ah, ¿sí? Buen tipo ese Morales, ¿no?

—Sí, buen tipo. A él lo conozco hace mucho tiempo. Lo conocimos en Salta un año que fuimos de vacaciones para allá.

—Ah, mirá vos. ¿Y desde ahí se conocen?

—Sí, desde ahí nos conocemos. Después de esas vacaciones, empezamos a visitarnos, o nosotros íbamos de Morales o ellos venían para casa. De ahí en más mis tíos y él se hicieron muy amigos. Siempre fueron muy buenos amigos.

En ese instante, Carlos se dio cuenta, por el chillido de la pava, de que el agua para el mate ya estaba a la temperatura indicada. Se levantó de la silla medio apurado, apagó la hornalla y agarró el mate que ya estaba preparado sobre la mesada.

—¿Tomás amargo? —preguntó presuponiendo que no podía ser de otra manera.

—Claro —dijo el sobrino sonriendo levemente. Se calentó rápido el agua. ¿Estuviste tomando mate antes?

—Sí, estuve tomando. En realidad yo me levanto temprano y lo primero que hago es sacar al perro. A la vuelta pongo la pava para que el agua se vaya calentando mientras me afeito. Después me hago unos mates como para calentar las tripas antes de hacer cualquier cosa. ¿Querés unos bizcochitos? Estos están buenos —dijo Carlos agarrando la bolsa de bizcochos con la mano y ofreciéndole al visitante.

—Bueno, gracias —dijo su sobrino tomando uno de la bolsa que comenzó a comer en ese instante.

El viejo miró a su sobrino con algo de compasión mientras tomaba su mate. Lo veía como a un desconocido y, al mismo tiempo, como al hijo de su hermana a quien recordó pero de quien todavía no decía una sola palabra.

—¿Alguna vez hablaste con tu tía Elizabeth de este tema?

—No, nunca. Una vez mi tía y Rogelio me sentaron para charlar del tema, pero...

—No se animaron...

—Y yo tampoco me animé a preguntar.

—Cuando vos te quedaste con esa familia Rossetti, tu tía me reclamó porque pensó que yo había tenido algo que ver con lo que le sucedió a tu familia. No directamente, no creo que ella haya pensado que los había entregado, más bien me culpó por no haber hecho las cosas bien según lo que ella creía.

—¿Y qué pasó? —inquirió con la confianza que obliga la mateada, mientras le daba un sorbo al mate que le había alcanzado Carlos.

Lo que pasó fue que a tu papá lo fueron a buscar unos días después de un hecho que conmocionó a todo Rosario, que fue La Masacre de la calle Junín. Si bien tu papá militaba en política, no había estado involucrado en nada que fuese criminal. En realidad, tu viejo —que era peronista de ley— había recibido dos golpes muy fuertes: en el setenta y tres, la muerte de Rucci; y después en el setenta y cuatro, la muerte de Perón. Por aquellos días, él me había contado algo que todavía recuerdo: que había recibido una propuesta para unirse a los montoneros. La propuesta había venido por parte de un amigo suyo de la política que pensó que tu viejo se iba a enganchar en esa. Lo que pasó es que tu papá le dijo frontalmente lo que pensaba, y le dijo que él era fiel a Perón aunque se haya muerto. El hombre no lo tomó a mal porque apreciaba mucho a tu papá y porque sabía que estaba demasiado sentido con la muerte de Rucci como para jugar para ellos, además tu padre tenía familia y no andaba ni cerca de lo que andaban ellos.

La cuestión es que no sé quién lo señaló a tu padre, pero después supe que su nombre y apellido estaban escritos a máquina en una lista negra. Una vez, él me comentó que mientras era delegado lo fueron a buscar a la fábrica donde trabajaba y lo llevaron a la Jefatura de Policía para interrogarlo. Lo metieron en una sala donde había una mesa larga, lo sentaron en el lateral de una punta de la mesa y en el extremo opuesto, en la otra punta de la mesa al lado de la puerta, estaba sentado el flaco Martínez que había trabajado un tiempo con él en la fábrica. Vinieron los agentes de policía a hacerle el interrogatorio y mientras lo interrogaron, el flaco Martínez estuvo allí todo el tiempo. Entonces le preguntaron si conocía alguna gente de una lista que le pasaron. Tu papá se tomó el tiempo para leer uno por uno los nombres y los apellidos de los operarios de la fábrica que él conocía bien en tanto pensaba qué les iba a decir. Cuando se le ocurrió qué decirles, levantó la mirada y viendo a sus interlocutores les dijo, como quien tiene el ancho de espadas en la mano, que no los conocía por sus nombres y apellidos, que si ellos podían decirles cuáles eran sus sobrenombres tal vez él los reconocería. Les dijo algo así como: *«La verdad, ustedes saben que la fábrica es una granja. Ahí a uno le dicen el Conejo, a otro el Pato, a otro el Perro, a ninguno lo llaman por su nombre y apellido. La verdad es que así no reconozco a nadie de la lista».* Tu viejo era una persona de principios, nunca iba a entregar a nadie y creo que por eso también se la tenían jurada.

Aquella noche, yo estaba en el bar de Nico jugando al truco y tomando unos tragos con los amigos del barrio. Cuando volvía para casa, me encontré con mi esposa Gladis que se dirigía al bar para avisarme que Doña Inés le había ido a decir que a tu viejo lo andaban buscando. Ahí mismo le dije a Gladis que se volviese para acá de inmediato mientras yo me dirigía a tu casa para noticiarlo a tu papá de lo que estaba sucediendo. Hablé brevemente con tu viejo ahí nomás en la puerta, entonces decidimos sobre la marcha qué hacer y me fui a buscar el auto para llevarlos a la casa de unos amigos de tu papá; pero cuando volví ellos ya no estaban. Estacioné el auto en la puerta de tu casa, me bajé, golpee pero nadie me atendió; y cuando salí del pasillo de la casa, Doña Inés me llamó de enfrente para decirme que tu viejo ya había salido con vos en brazos, y que después habían venido unos hombres en un Falcon, que entraron al pasillo y que se fueron con tu mamá y tu hermana que era apenas una bebé. En ese instante, sin pensarlo dos veces me subí al auto y salí carpiendo detrás del auto que se llevó a tu mamá y a tu hermana. De tu papá no supe más nada hasta unos meses después; a tu mamá logré alcanzarla antes de que lleguen a la Sede del Ejército donde yo trabajaba. Yo sabía el recorrido que iban a hacer así que aceleré a fondo para alcanzarlos y los vi justo delante mío antes de la curva de Junín y Caseros. Cuando doblamos por Caseros comencé a hacerles señas de luces para que me reconocieran. Entonces, antes del túnel Escalada, doblaron a la derecha por un sendero entre la maleza alta donde había un claro de unos quince metros a la redonda. Yo no lo dudé un segundo. Me metí con el auto entre la maleza hasta que vi que se detuvieron y estacioné detrás de ellos; entonces vi a tu madre que me veía desde el asiento trasero con una cara de espanto que me impresionó. El que estaba a cargo de la operación era un conocido mío, así que él sabía que ella era mi hermana y sabía muy bien lo que estaba haciendo.

En un principio, yo no me bajé de mi auto para que ellos me viesen tranquilo. Cuando los dos de adelante se bajaron del otro auto (el que iba adelante de acompañante era el jefe del operativo), ahí me dispuse a bajarme calmado, para que ellos vieran que yo no significaba ninguna amenaza. Cuando me dispuse a bajarme puse las luces altas para que podamos vernos bien en medio de aquella oscuridad. Entonces me bajé de mi vehículo sabiendo que ellos habían dado aviso por la radio que tenían *«el encargo»*, y creo que por eso me alteré un poco. Alentado además por lo que había tomado aquella noche, los interpelé por lo que estaban haciendo. El jefe del operativo me pidió que me tranquilice y que discutamos el asunto de manera más calmada. Me alentó a que solucionemos racionalmente las cosas, así que los tres nos paramos a conversar delante de mi auto. En ese entonces, mientras aclarábamos la situación y decidíamos qué hacer con mi hermana y la bebé, ella permanecía sentada en el interior del auto junto a un joven custodio que apenas si tenía unos veinte años.

Mis compañeros me apreciaban mucho, por eso estuvimos más de media hora allí parados hasta que pensamos una coartada para que tu madre se viniese conmigo. Planeamos bien todo lo que íbamos a hacer y luego decir delante de nuestros jefes que en ciertas situaciones eran implacables. Si ellos iban a decir que tu padre aprovechó un descuido de los tres, para con un grupo de asalto rescatar a tu madre y a su bebé, nuestra mentira debía ser comprobable y parecer verdadera. Nadie sabía dónde estaba tu papá, pero todos estábamos al tanto de que él sabía arreglárselas solo. Incluso, tu madre y yo sabíamos que él había logrado dejarte en casa de sus amigos porque residían cerca y él había salido un rato antes de tu casa. Luego de aquel acuerdo entre compañeros, el que estaba a cargo del operativo le indicó a tu madre que saliera del auto y que se vaya conmigo. Tu madre se subió a mi auto con la bebé, acomodó el bolso en el hueco de los pies, luego me subí yo y salimos marcha atrás entre la maleza dejando a mis colegas en la oscuridad de aquel lugar.

—*En realidad, en ese momento, yo me puse de su lado. Me pareció lo más justo. Antes de bajarse del auto, él tomó una pistola del costado del asiento que no era la reglamentaria que usaba en servicio, le sacó el seguro —en ese instante le leí el pensamiento y, aprovechando que aquella noche había bebido, lo alenté a que lo hiciera—, entonces simuló bajar lenta y despreocupadamente del auto. Apenas se bajó con el arma escondida detrás de la puerta las cartas estaban jugadas. En un solo movimiento rápido y decidido, apuntó y disparó contra el jefe del operativo, luego se encargó del otro que venía acercándose por la izquierda y lo mandó también bajo tierra. El chico que estaba sentado adentro del vehículo apenas salía de su asombro cuando aterrado intentó sacar su arma que estaba aprisionada entre su cuerpo y la puerta trasera derecha para defenderse, cuando Carlos apuntó a su cabeza a través del vidrio trasero y le asestó un tiro detrás de su oreja izquierda, un disparo que salió por su cara y sacudió su cabeza hacia adelante como si fuese un títere. La cabeza del chico quedó en descanso sobre su pecho, torcida completamente hacia la ventanilla que le daba ese aire a cachivache que tienen todos los muertos que mueren violentamente.*

El estallido del vidrio, que había bañado de astillas el interior del auto, asustó a la mamá y a su bebé que bañadas de vidrios comenzaron a llorar casi al mismo tiempo. Carlos actuó rápido. Inmediatamente después sacó del interior del auto a la bebé y a su hermana que había quedado sentada al lado del muerto detrás del asiento del conductor que yacía desparramado en los yuyos. Habiendo verificado de un vistazo el resultado, Carlos limpió sus huellas del arma y la tiró en el asiento trasero del vehículo al lado del muerto antes de cerrar la puerta, mientras su hermana se sentaba en el asiento del acompañante en su auto con la bebé en brazos y acomodaba su bolso en el hueco de los pies. Carlos se tomó un par de minutos más para tomar una bolsa que había en el mismo vehículo y poner toda la documentación que podría identificar a los cuerpos. Agarró todos los papeles que había en la guantera del auto y robó de los cuerpos de los óbitos sus identificaciones. Luego se subió a su auto junto a su hermana que lloraba de manera desesperada para escapar rápidamente del lugar. Salió marcha atrás entre la maleza dejando aquel escenario dantesco que protagonizaban sus colegas en la oscuridad.

Sabiendo que yo tenía que presentarme recién el lunes en el trabajo y que con mis colegas habíamos decidido despistar a nuestros jefes con falsas suposiciones, tu madre y yo decidimos que ellas estarían mejor en la casa de una prima en el Paraguay. En realidad nuestra prima era del Chaco, pero se había casado con un paraguayo de Asunción que tenía un buen pasar económico allá en la capital. Entonces fuimos a la terminal de ómnibus donde me bajé cinco minutos para hacer dos llamadas: una para avisarle a unos vecinos de confianza que le avisen a Gladis que nosotros estábamos bien. La otra llamada fue al Paraguay para preguntarle a nuestra prima si podían darnos el encuentro en Resistencia, ya que se trataba de una situación muy delicada. Esa noche hablé directamente con el marido de mi prima que era un tránsfuga de aquellos allá en Asunción —se dedicaba al contrabando y andá a saber a qué otras cosas más—; pero conmigo no se metía. Le expliqué más o menos la situación y le dije que necesitaba la documentación para que tu madre y tu hermana pudiesen cruzar la frontera sin ser detenidas por la gendarmería. No sabría decirte cómo cruzaron esa frontera, pero recuerdo que el tipo me dijo: *«Usted quédese tranquilo que nosotros les damos el encuentro en Resistencia y yo me encargo de cruzarlas».* Tampoco sabría decirte a qué hora salimos de Rosario pero, una vez que agarré la ruta, no me detuve para nada y estuvimos en Resistencia ese mismo sábado a media mañana tal y como lo habíamos convenido con mi prima y su esposo. Nos encontrarnos en un lugar que todos conocíamos, que era la casa paterna de ella allá en Resistencia, y cuando nosotros llegamos, ellos ya nos estaban esperando. Entonces el marido de mi prima nos comentó que ya había hecho los arreglos pertinentes del caso, que tenía unos amigos que las iban a ayudar a cruzar la frontera para estar en Asunción al anochecer.

Aquella mañana ni siquiera me quedé a desayunar algo. Así como llegué, dejé a tu madre, a tu hermana y el bolso en la casa de mi prima, y me volví a Rosario para llegar acá a eso de las cinco de la tarde. Aquel sábado, apenas llegué al barrio, y antes de venirme para casa, quise saber qué había pasado con tu padre y con vos, así que pasé por la casa de Victorio y me confirmó que vos estabas ahí con ellos. De tu padre lo único que Victorio me dijo fue que lo vio salir por la puerta de su casa y hasta esa hora no había vuelto a saber nada de él. Ese mismo día, yo ya estaba de vuelta acá en mi casa para cuando, a eso de las siete de la tarde, vino un colega para comunicarme que habían encontrado a nuestros tres compañeros muertos en las inmediaciones del barrio Pichincha. Los habían encontrado asesinados a los tres sin identificación alguna dentro del vehículo, por lo que a la policía le llevó todo el día hacer las averiguaciones sobre las identidades de los óbitos. Luego mi colega me preguntó si yo sabía dónde estaba tu padre, porque sospechaban que él podría haber tenido algo que ver con los crímenes. Yo le pregunté por qué pensaba eso; y él no me respondió en absoluto. Solamente se limitó a decirme que el jefe necesitaba hablar conmigo; a lo que yo le respondí que no me sentía bien todavía de la resaca de la noche anterior, pero que si el jefe quería venir a conversar conmigo al día siguiente yo lo recibiría con mucho gusto. Al otro día, a eso de las nueve de la mañana, mi jefe estaba acá tocándome la puerta. Lo hice pasar —él entró con un aire desconfiado—, me preguntó cómo me sentía, nos sentamos en esta misma mesa, y comenzó a interrogarme frontalmente sobre si yo sabía algo de tu papá y de mis compañeros que habían sido asesinados la madrugada anterior.

—¿Y quién asesinó a tus compañeros? —preguntó el sobrino cuando agarraba el mate que le había cebado Carlos.

—La verdad es que nunca se supo. Pero acá entre nosotros, tu madre y yo nos salvamos por muy poco de esa balacera. Imaginate que fuimos los últimos en verlos de pie un rato antes, porque los encontraron muertos a pocas cuadras de donde nos habíamos parado a arreglar nuestro asunto.

—¿Y quiénes pudieron haber sido? —preguntó de nuevo, en realidad intrigado.

—La verdad es que no tengo idea. Eran tiempos violentos. Los montoneros se movían muy bien en la clandestinidad y los pudieron haber emboscado, por encargo o porque sencillamente se les presentó la ocasión. Mis jefes no me dijeron nada, es más, me apartaron de las averiguaciones del caso. No sabría decirte con precisión pero puede ser que mis colegas, a quienes encontraron muertos aquella noche, alcanzaron a dar aviso por radio que tenían a tu madre pero no a tu padre. Eso los llevó a suponer seguramente, que tu papá y su partida los emboscó y los asesinó para rescatar a su familia. Pero a esa información nunca me la confirmaron.

Claro, en el ejército sospecharon de tu padre; incluso, la Secretaría de Inteligencia del Estado investigó y nos interrogaron a todos, y principalmente a mí porque era familiar y residía cerca. Yo les dije una y otra vez la verdad: que no sabía nada de tu familia, que aquel primero de octubre volví del bar, donde había estado con los amigos del barrio, a mi casa y me acosté a dormir. Les dije que había estado jugando al truco, que me había tomado unas ginebras con los muchachos y que al otro día se me partía la cabeza, así que decidí quedarme en cama todo el sábado para recuperarme de la resaca. A esto lo habían presenciado aquel día mis amigos, mi señora, mi colega —cuando vino el sábado a la tarde—, y mi jefe al día siguiente. Eso era lo que Gladis y yo teníamos que decir si es que queríamos encubrir el escape de tu mamá con la bebé al Paraguay. El resto de los vecinos que fueron interrogados aseguraron no saber nada del destino de tu familia, incluida la vecina de enfrente a quien también interrogaron. Entonces buscaron frenéticamente a tu papá, porque, ¿quién más iba a estar interesado en asesinar a los integrantes de la patrulla que había tenido por encargo ir a la casa de tu padre y llevárselos a todos? Para aquel entonces a tu papá ya no lo buscaba solo la policía, sino también todo el ejército. Por eso es que tu padre desapareció de la faz de la Tierra.

Pero el asunto no terminó ahí. Unos cuantos meses después, el destino o las circunstancias hicieron que me reencuentre con tu viejo en un enfrentamiento en una estancia de la provincia de Buenos Aires. Cuando en el Segundo Cuerpo de Ejército se relajaron conmigo me comentaron que ellos pensaban que tu padre ya no estaba en el país, porque no había lugar donde ellos no lo buscasen y había desaparecido sin dejar rastro. Esperaron a que tu padre anduviese sobre su rancho como carancho, pero ni siquiera asomó la cabeza ni una sola vez. Supusieron entonces que se habría escabullido por la frontera y que estaría exiliado con otra identidad en algún lugar de Rio Grande do Sul. En aquel entonces, el jefe del Segundo Cuerpo de Ejército ordenó una partida para que buscasen a un par de hombres que la comisaría de Pergamino nos había reportado. Yo formé parte de aquella partida conformada por algunos de los mejores hombres de las fuerzas de Rosario y el resto de los efectivos eran las fuerzas de Pergamino. Los montoneros se refugiaban en una estancia ubicada a unas leguas del pueblo donde nos encontramos con los efectivos de la policía local para indicarnos dónde debíamos ir. Cuando llegamos nos dijeron con toda certeza que se trataba de dos hombres y que uno —precisamente la tarde que llegamos— había sido detenido cuando iba a comprar provisiones en un almacén de ramos generales de la zona. Se suponía que el otro, un hombre al que calificaron de *«medio salvaje»*, todavía permanecía esperando a su compañero en la morada de la estancia donde desde hacía un tiempo estaban cohabitando. Coincidimos que aquel preciso momento era una buena oportunidad para asaltar la estancia y apresar al otro que permanecía en la casa.

Los efectivos llegamos en tres autos al lugar y nos bajamos silenciosamente unos cincuenta metros antes de la propiedad que quedaba en la inmensidad más allá del pueblo. La noche apenas había caído límpida y estrellada en aquella llanura infinita. Sobre la tierra del camino solo veíamos nuestras figuras armadas en tanto caminábamos cautelosamente hacia la propiedad. Abrimos la tranquera con cuidado cuando oímos balar un animal que bien pudo ser un cordero o un ternero asustadizo dando aviso a su madre. En ese momento nos encaminamos de manera sigilosa hacia la casa cuando de pronto vi claramente las Tres Marías que titilaban como una caricia que consuela y que guía en la desazón. Nos encontrábamos caminando en aquella inmensidad oscura donde uno bien podría echar a la brisa sus quejas, pero nosotros no habíamos venido a eso. En ese instante en que mi mente pensaba cosas por el estilo escuchamos el estridente grito de un chajá, que me hizo sentir en el cuerpo el presagio de que algo malo pronto sucedería.

—*Durante las últimas horas de la tarde, el hombre había gestado una extrañeza, una mala espina porque su compañero no regresaba a la casa. Como precaución tomó la cuarenta y cinco y salió de la finca para guarecerse en una arboleda que estaba a pocos metros hasta que volviese su compañero. Permanecía allí en una soledad expectante, sentado en un tronco de árbol a un lado de la casa en la oscuridad de la noche que recién caía; permanecía a metros de la propiedad contemplando las estrellas y recordando los embates de su pasado, rumiando el resentimiento que cada tanto le venía a la boca pero que lo mantenía en la vigilia. En un instante escuchó el balar de un cordero, y luego el grito de un chajá que lo hizo parar la oreja, agudizó sus sentidos, presintió que no era su amigo, vio las figuras que llegaban sigilosas a la casa y supo que lo habían venido a buscar. En la oscuridad apenas se presentía la presencia de los otros, cuando se asomó de entre los árboles.*

—¿Qué hacen ustedes acá? —dijo con voz seca y resonante, que parecía retumbar más con la oscuridad—.

—Nos dijeron que acá se guarece un gaucho matrero —dijo un policía del pueblo haciéndose el bueno—, y al parecer tiene algunas muertes que todavía adeuda.

—No me vengan a mí con idioteces que hoy no estoy para esas cosas —respondió al tiempo que acostumbraba la vista en la oscuridad para identificar dónde estaban ellos parados—.

—Nada de idioteces. Vinieron de Rosario a buscarte. Tenemos a tu compañero y ahora te tenemos a vos —sentenció el jefe antes de un prolongado silencio—.

—No me vengan con que debo algo porque yo no maté a nadie. Y sepan que no me voy a entregar aunque vengan todos juntos.

En ese instante en que todos estaban seguros de que él era el indicado, lo rodearon como a un perro salvaje. En la oscuridad, el hombre tomó el arma que tenía en la parte trasera de su pantalón, se santiguó con el cañón de la pistola y la besó como pidiéndole que no le falle. Casi al mismo tiempo, tomó el arma con ambas manos y le quitó el seguro.

En ese instante alguien abrió fuego sobre él. Él vio el fogonazo del proyectil cuando partió y luego escuchó el zumbido que se perdía cerca de su cabeza. Ahí mismo se plantó detrás de un árbol que tenía al lado y le devolvió el disparo al bulto que saltó como sardina antes de caer a la tierra. Mientras todos abrieron fuego sobre él, otro le salió apurado al cruce como para primerearlo y le metió un solo disparo en el pecho que lo hizo detener su avance al tiempo que caía chillando como perro.

Después de un breve instante, en que él los advirtió bravos y diestros en el uso de las armas, dos se vinieron crudos en la oscuridad. El hombre que peleaba solo interceptó al primero con un disparo en las costillas que lo hizo dar media vuelta y lo tendió en medio de aquel claro. En el momento en que todos pararon de dispararle aprovechó para pegarles el grito.

—¡No me voy a entregar milicos de mierda! Por ustedes perdí a mi mujer y a mis hijos. Me van a llevar de acá con los pies para adelante. No me voy a entregar —sentenció con voz clara y resonante en medio de la oscuridad.

En ese momento se acercaron otros dos más. El que venía primero se sofrenó un poco cuando sintió en su pie el cuerpo de su compañero. Al presentir su titubeo, sin dejarlo respirar, abrió fuego sobre él y lo mandó a hacerle compañía. Ahí mismo los milicos abrieron fuego nuevamente al tiempo que vino otro que se entregó como ternero. A ese le dio dos disparos certeros y lo dejó tendido en medio de aquel campo abierto. Allí fue que se encomendó a la Virgen. En medio de los disparos que le pasaban cerca o pegaban en el árbol juró que si salía de esa iba a volverse buena gente.

En un momento dejaron de dispararle, cuestión que aprovechó para abrirse por un costado y entreverarse entre dos que habían llegado cerca. Se agachó para agarrar un puñado de tierra que le echó en la cara al primero al mismo tiempo que lo encomendó a Dios en voz baja antes de despacharlo. Entonces fue que sintió un rasguño en las costillas que le heló la sangre y lo sacó de sus casillas. Dio unos pasos para atrás y vio el avance del otro que metió la pata en un pozo y ahí mismo al pozo bajo tierra lo mandó. Se guareció detrás de otro árbol para cambiar el cargador de la Colt. Rápidamente largó al suelo *el cargador que estaba vacío y recargó con el otro que tenía en el bolsillo.*

Allí mismo vio que alguien se coló rápidamente entre los árboles donde él estaba.

Escuché que el hombre dijo en la oscuridad que no se iba a entregar, que si lo querían *«lo iban a sacar con los pies para adelante.»* En ese instante se me vino a la memoria tu papá, no porque le haya reconocido la voz, sino por aquello que dijo. Se me cruzó por la cabeza que los dos éramos víctimas de la misma situación. En ese instante me quedé expectante sin hacer nada, al lado de un árbol a metros del hombre que ya había reconocido como tu padre. Lo pensé por un instante y cuando lo vi rodeado, desesperado peleando por su subsistencia, ahí fue que le alcé la voz a la partida: *«¡No cuenten conmigo para matar así a un inocente!»*

En eso veo que uno de mis compañeros se me acercó medio por atrás y cuando lo tuve al lado, tu padre le salió al cruce y lo tendió de un disparo en el pecho. Cuando escuchamos caer el cuerpo a tierra, abrimos fuego contra los pocos que quedaban de la partida que huyeron como sabandijas. Tu padre quedó parado en la oscuridad desconcertado, porque no sabía quién había salido a su favor en aquella encarnizada contienda.

—*«Soy Carlos»*, le dije cuando un momento antes lo había llamado por su nombre.

Nos quedamos en la oscuridad desconcertados intentando recobrar el aliento, percibiendo a nuestro alrededor que no haya quedado ninguno. Quedamos los dos parados en silencio en medio de aquella oscuridad infinita. De repente, el concierto de los grillos quedó interrumpido por el ruido del motor de un automóvil que se oyó un poco a la distancia, cuando vimos la profunda oscuridad cortada por las incandescentes luces del auto que las sabandijas habían encendido para escapar del lugar y acaso buscar refuerzos.

—*Ahora sí había usado su arma reglamentaria y era cuestión de días para que se enteren de quién había matado al último hombre.*

Aquella noche dejamos todo así como había quedado. Los muertos en el terreno lindero a la casa y las pertenencias en el interior de la finca. Sabíamos que la partida no iba a tardar en dar aviso, así que hicimos una breve incursión en la casa para agarrar algo de ropa para cada uno y todo el dinero que podíamos conseguir. Luego usamos mi propio vehículo, que no tenía placas ni señas particulares, para escapar disparados del lugar. Cuando advertí que tu papá sabía por dónde salir de allí, le dije de inmediato que me indicase el camino. Salimos tomando por un sendero de tierra que tu padre conocía porque solía recorrerlo a caballo. No recuerdo sinceramente si lo usaba para ir a comprar provisiones o cómo es que lo conocía pero aquel sendero definitivamente nos salvó el pellejo. En esa hora y media que transitamos por el camino, tuve la mejor oportunidad para contarle sobre el rescate de tu madre de mis colegas y de su fuga a Resistencia y luego al Paraguay, mientras él se presionaba un rasguño de bala que tenía a un costado debajo del brazo que en ese momento no me pareció de gravedad. Tengo presente en mi memoria también que manejé por ese camino —que de noche y en auto era casi intransitable—, hasta que salimos a la ruta, bien lejos de aquel pueblo del demonio. Y al fin, allí mismo, doblamos hacia la derecha como yendo hacia San Antonio de Areco, como tratando de alejarnos de nuestros lugares de origen, como intentando perdernos definitivamente de cualquier realidad que pudiera alcanzarnos.

Recuerdo que luego hicimos una parada en la banquina para orinar y decidir qué íbamos a hacer de ahí en más. Tu padre seguía desangrándose de a poco, estábamos en el medio de la nada y de la oscuridad, y sabíamos que teníamos muy poco tiempo. La policía o los milicos no iban a tardar en llegar al lugar de la escena del crimen y en dar aviso de la identidad de los prófugos, así que lo que hicimos fue decidir rápido ahí mismo al costado del camino. Allí ambos acordamos nuestro destino: él decidió buscar a tu madre en Asunción para perderse en el exilio; yo decidí exiliarme también, pero al Uruguay; porque quería huir pronto del país sin comprometer a Gladis ni a nadie más. Así que lo siguiente que hicimos fue llegarnos hasta el teléfono público de una estación de servicio que había allí cerca para llamar a la casa de unos amigos del barrio y convenir una llamada urgente con Gladis. Una hora después, cuando pude hablar con ella, le conté lo que había sucedido incluido mi plan. Cuando volví al auto después de hacer las dos llamadas, encontré a tu padre volviéndose a sentar en el asiento del acompañante donde lo había dejado tendido torciendo la cara por el dolor de su herida. Yo le comenté lo que había arreglado con Gladis; y él entonces se enderezó visiblemente recuperado diciéndome que se iba con un camionero que iba para el Norte, diciéndome: *«Adiós, y gracias por todo».* Y ahí sí que puedo decirte que desapareció de la faz de la Tierra.

Ahora —dijo haciendo una concienzuda pausa mientras saboreaba su mate como urdiendo bien lo que iba a decir—, de quien supe algo hace algunos cuantos años atrás es de tu hermana, aunque yo siempre supe que tu mamá y tu hermana residían en Curitiba. Resulta que a los pocos días que tu madre llegó a Asunción, me comuniqué con ella que estaba en casa de nuestra prima y de su marido, el tránsfuga ese del que te hablé antes. Al parecer estuvo todo bien por un tiempo hasta que el tarado ese quiso propasarse con tu madre; no una, sino varias veces. Pero a esto no lo supe hasta que tu madre se comunicó conmigo pasados unos ocho o nueve meses, porque los primeros meses no había vuelto a saber de ella. Un día, estando ya en Montevideo, me llegó una carta desde Brasil (algo extraño para mí porque yo no conocía a nadie allí) y era una carta de tu madre. Entonces ahí fue que comencé a tener contacto de nuevo con ella.

—¿Y cómo fue que te encontró?

—Bueno, resulta que cuando yo me fui al operativo donde me lo encontré a tu padre, al día siguiente dio la casualidad de que tu madre se contactó con Gladis, que todavía estaba acá en la casa, antes de que fuese a ocultarse en el domicilio de nuestros amigos que nos prestaban siempre el teléfono. En esos cuatro o cinco meses que Gladis permaneció prófuga, estuvo en contacto con tu madre y conmigo al mismo tiempo. Así que para cuando yo llegué al Uruguay, mi esposa alcanzó a darle a tu madre la dirección donde yo residía. Después de eso, tu madre se comunicó regularmente para ver si yo me había enterado algo de Gladis. Incluso solía llamarme al teléfono de la dueña de la pensión donde yo me alojé los primeros años, pero no podíamos hablar mucho porque la vieja andaba siempre alrededor escuchando. Así fue como luego decidimos escribirnos. Nos escribíamos cada tanto, cada dos o tres meses —esos eran los tiempos de la correspondencia en aquella época, ¿no?—. Los dos habíamos cambiado de nombre y apellido. Ella se hizo llamar Clara y yo Pablo, así me conocieron mis compañeros de trabajo en el bar donde trabajé y me jubilé allá en Montevideo. Tu madre y yo nos mantuvimos en contacto hasta que, pasado un tiempo, ella vino a visitarme con tu hermana que apenas tenía tres o cuatro años. Para aquel entonces nadie podía volver, y sobre todo los que estábamos afuera no podíamos regresar. Mientras ella estuvo Brasil, se enteró de la muerte de su madre, no supo más nada de tu padre, y de vos sabía que estabas bien con tu tía Elizabeth. Unos años después de eso tu madre se enfermó de cáncer, una enfermedad que la postró y la consumió de a poco hasta que murió unos años después. De ahí en más de tu hermana no supe nada hasta que un día se comunicó conmigo, mientras yo todavía estaba en el Uruguay, un tiempo antes de venirme.

—¿Ella se contactó con vos?

—Sí, ella quería saber de su familia. Sabía que tenía un tío en Montevideo; una tía, Elizabeth —pero ella no me quería ni ver—; un padre en alguna parte y un hermano acá en Argentina. Quería saber de todos nosotros, y se contactó conmigo porque consiguió mi número llamando a unos amigos de acá del barrio. Ellos le dieron el teléfono para llamarme a mi trabajo y a mi casa allá en Montevideo.

Recuerdo que alcancé a decirle que, efectivamente, vos residiste en Rosario, pero que habías emigrado después de la crisis económica que pasaron acá. Me acuerdo que me llamó aquella vez pero, después de que le dije que no sabía nada de vos, perdí todo contacto con ella. Y después yo ya me vine para acá, ¿no?

—¿Y en qué año volviste?

—Yo volví hace trece años, después de que recuperé la casa y prescribieron un par de causas que yo tenía acá. Con el doctor Morales mantuvimos una comunicación bastante habitual, porque él era el que me ayudaba con mis asuntos. Recuerdo que en aquella época, él fue el que me dijo de que vos habías emigrado; también recuerdo que yo le comenté que tu hermana estaba en Curitiba. La verdad es que por unos cuantos años no quise saber más nada de este maldito país. Me prometí a mí mismo que no iba a volver nunca más, pero pasa que con la vejez uno cambia de opinión, ¿viste? En realidad, a uno siempre le tira la tierra y la sangre. No sé qué tienen la tierra y la sangre. Mi viejo y yo levantamos esta casa ladrillo por ladrillo. Crecí en este lugar desde que esto era casi un descampado con unas pocas casas. Ya casi no me quedaba familia: tu tía Elizabeth, que no quería saber de mí; vos, que no me conocías y un par de conocidos acá en el barrio, e igualmente quise volver. Lo cierto es que ni yo mismo puedo explicármelo. Con tu tía Isabel, como vos le decís, volvimos a hablarnos muy esporádicamente recién unos años después de que vos te fuiste.

«Que te sea leve»

Salieron del estudio que estaba en la zona céntrica de la ciudad de Buenos Aires y caminaron unas pocas cuadras por Carlos Pellegrini hasta llegar a la Avenida de Mayo. A pesar de aquella prolongada tarde de confesiones y de reconocimientos habían decidido tomarse un café juntas antes de irse cada cual a su casa. La límpida tarde de otoño después de la tormenta era ventosa y soleada cuando doblaron en Avenida de Mayo y vieron el rostro de Eva en una típica actitud suya como de madraza indignada. Tomaron la vereda del lado de la pared esquivando algunas personas —entre el bar de la esquina y la entrada de la estación de subte— que iban o venían con las manos en los bolsillos y la vigía de los ojos abiertos. En ese instante, la joven que iba tomada del brazo de su amiga miró casualmente hacia la derecha y puso atención en el mural del hotel de la esquina que estaba en la vereda de enfrente y observó por un momento a Piazzolla tocando el bandoneón cuando de su música parecía abrirse el corazón de la ciudad. Su amiga pasó por aquel lugar sin atender qué estaba viendo su compañera; en cambio, ella prestaba atención al piso medio resbaloso humedecido todavía por la lluvia del mediodía. Puso atención en las baldosas cuadriculadas que tenían pegadas las hojas secas que seguramente habían caído de los dos plátanos que estaban más adelante a la derecha sobre la misma vereda.

Caminaron unas dos largas cuadras por Avenida de Mayo en silencio, como soportando el viento y el frío atenuado por los rayos del sol del atardecer que alumbraban las cimas de las edificaciones de estilo arquitectónico variado, y que le daba a aquel paisaje urbano ese toque fabuloso que tienen las calles de Buenos Aires en el ocaso soleado de un día lluvioso de otoño. En cada inhalación aspiraban una mezcla de humedad fresca viciada por el aroma de los plátanos y del *smog* de los automóviles cuando se desplazaban raudamente desordenados en sentido contrario produciendo ese sonido acuático incesante de los neumáticos sobre el asfalto mojado. El olor de los plátanos era el perfume peculiar de aquella calle, en particular de ese trayecto que ambas podían identificar aunque tuviesen los ojos vendados, porque todas las semanas lo recorrían juntas para llegar al café. Intercambiaron algunas palabras por algo que seguramente vieron en alguna vidriera pintoresca momentos antes de pasar junto la estatua de Horacio Ferrer que había resistido el vandalismo y que ahora permanecía allí de pie, en medio de la acera, maravillosamente restaurado, como un loco soñador fantaseando una balada mágica o eterna inspirado por su amigo que, cómplice, tocaba el bandoneón dos cuadras antes en la avenida de la revolución de la insanía. Locura de dos *piantaos* soñadores cuya travesura consistía en imaginar un mundo delirante donde todo era maravilloso y lo mejor de todo: se lo hacían creer a todo el mundo con una inusitada seriedad simulada, muertos de la risa por dentro, como dos niños cómplices que acaban de hacer alguna picardía sonsa.

Las mujeres saludaron al portero del café que las conocía desde hacía ya varios años, desde que se les había hecho una necesidad verse inevitablemente todos los jueves —*Yo diría invariablemente*—. Siempre que iban al bar se sentaban en el mismo sector o en el mismo sitio, en una pequeña mesa de mármol que quedaba en la parte trasera del local, a la derecha del Salón de Alfonsina y a la izquierda de donde estaban Borges y Alfonsina sentados compartiendo la misma mesa junto a Gardel que los observaba de pie con su resplandeciente sonrisa. Más allá de que aquel fuese un antiguo *venue* de ambiente agradable donde podía tomarse un delicioso café con amigos, se lo percibía más como una rareza porteña con espíritu propio —*O habitado por centenares de espíritus que, sin embargo, se paseaban por entre las mesas como en un interminable evento social—,* un lugar más bien de ambiente fabuloso donde nada era lo que parecía, peculiaridad que le daba el carácter mítico que tenía. Porque para nosotros, un café es casi siempre un templo donde se celebra la amistad con alegría; un Olimpo donde Cupido se enamora perdidamente de Psique clavándose, de manera accidental, el escarbadientes de un tostado mixto en el pulgar; un consultorio psicoterapéutico sin Freud ni diván, pero con la oreja y la mano amiga; un consultorio médico donde las amistades te recomiendan una automedicación diferente cada semana con la seriedad de una eminencia; una Facultad de Filosofía sin *episteme* donde todos somos maestros indiscutibles de nuestra propia idiosincrasia; una trinchera donde cada quien sabe cómo resguardarse en sus pensamientos de la realidad que nos toca para salir ilesos de todo aquello; y, a veces, un manicomio que acoge a uno que otro *piantao* que no consiguió resistir. Todo coexiste en aquellos variopintos recintos: una foto de Enrique Cadícamo, Francisco García Giménez, Homero Expósito y Horacio Ferrer compartiendo la mesa, el olor del café, la charla y el interés por el otro que alienta nuestras horas. Es la ñata contra el vidrio, las quimeras de José y el recuerdo de Abel. El mismísimo llanto insensato de la Biblia junto al calefón y el nido del gorrión desde donde uno puede ver a Buenos Aires o a cualquier otra ciudad del mundo en una charla con amigos. Así un bar es todos los bares esté donde esté, en uno o en otro barrio, en otro país o al otro lado del mundo. Es invariablemente el mismo lugar donde uno se siente como en su lugar, como si nunca se hubiese ido a ninguna parte o como atenuando la tragedia de haberse ido; o mejor dicho, un limbo universal donde las almas siempre vuelven y se sienten a gusto, como en su lugar.

Se sentaron en aquel sitio y pidieron una lágrima en jarrita con una medialuna para cada una. Las dos mujeres, que habían venido en silencio durante toda la caminata, se sentaron a la mesa y permanecieron por un momento en casi el mismo estado de conmoción. En tanto la más joven permanecía en silencio; la mayor de las amigas, con sus casi sesenta años, supo reponerse una vez más y fue quien reanudó la conversación.

—¿Estás bien? —preguntó con un interés más que sincero.

—Muy bien, gracias —respondió la más joven viéndola a los ojos y luego posando su mirada en la mesa, aparentando poner atención en el pocillo de café donde estaba poniendo el azúcar.

La otra mujer coincidió en su actitud, quizás porque solo era la casualidad del momento de tener que ponerle azúcar al café o porque la actitud de su amiga le recordó que ella también debía endulzar el suyo. Las dos revolvieron sus lágrimas en silencio y nuevamente la mayor volvió a tomar la iniciativa.

—La verdad es que nunca había podido hablar de todo esto con nadie —dijo la mujer viendo a su amiga con cierto pedido de compasión en la mirada—. Y no fue únicamente por el trabajo de mi terapeuta que lo haya logrado, sino más bien porque siempre había tenido la necesidad de hacerlo aunque recién en este último tiempo haya podido. Cuando me liberaron nunca pude hablar con nadie de todo eso. Mi entorno familiar e incluso mis amigos no sabían qué hacer con su propio dolor y mucho menos sabían qué hacer con el mío. Ellos evadían el tema y yo era como un volcán emocional que necesitaba hacer erupción en algún momento, necesitaba sacar todo lo que tenía adentro y no tenía a nadie con quien hablar. En una época en que estuve muy afectada, recurrí a una amiga para que me ayudase y ella me recomendó con una terapeuta amiga suya. A decir verdad yo no creía que una terapeuta podría ayudarme y sin embargo he logrado grandes avances, por eso hoy en día puedo estar medianamente bien. Hace mucho tiempo que venía pensando en tener esta conversación con vos porque sabía que eras la única persona que iba a comprenderme. Ni con mis amistades, ni con mi familia, ni tampoco con mi terapeuta me abrí tanto y le conté las cosas que te conté hoy a vos. Sabía que vos ibas a saber escucharme tal cual lo hacía tu mamá. No solo te parecés físicamente a ella, sino que además tenés la misma inteligencia y sensibilidad para saber escuchar. Siempre advertí que vos y tu mamá tuvieron la palabra justa en el momento indicado y esa fue solo una de las tantas cosas que siempre me gustó de ustedes. Además, desde que te encontré siempre te consideré mi hija, como de mi sangre, más que eso, por pedido y por elección, sos mi hija del alma y eso es incondicionalmente invariable.

—Bueno, muchas gracias. Y yo desde que te conocí siempre te consideré mi mamá. Esa fue la manera que me lo hiciste sentir todo el tiempo, sentí que para vos era una hija y el camino para quererte se me hizo inmediato. Todavía recuerdo la sensación cuando me citaste por primera vez en un bar y yo hacía poco sabía quién era. Yo estaba *shockeada*. No sabía qué hacer en ese entonces y vos no solo me devolviste mi pasado sino que además me amaste en todo momento. Al principio me pareció extraño que me ames sin conocerme, pero luego comprendí que vos eras mi pasado, el pasado que me conectaba con mi origen y a su vez con mis antepasados. Y eso es importante. A mí me ayudaste muchísimo y siempre voy a estar agradecida por eso.

—Y a mí me ayudó mucho conocerte. La verdad es que la búsqueda que hice para encontrarte fue una manera de sobrellevar ese período nefasto.

Ayer estaba pensando que algo que me ayudó mucho en todos estos años fue mi actividad y la literatura. Si bien abandoné la carrera que inicialmente había estudiado, luego la abogacía me abrió las puertas a la lectura literaria y a la escritura. Cuando empecé a cursar el cuarto año de la Facultad de Derecho comencé a asistir además a los talleres de lectura literaria. Si bien algo había leído en el colegio secundario —digamos, lo que se pedía leer en aquellos años—, allí comencé a leer a los autores más importantes. Así conocí a los más grandes escritores latinoamericanos como Rulfo, Octavio Paz, Carpentier, García Marquez, Fuentes, Roa Bastos y Onetti; y a los autores argentinos, desde Lucio Mansilla hasta Borges y Cortazar, pasando por, José Hernández, Oliverio Girondo, Leopoldo Lugones, Ricardo Güiraldes, Roberto Arlt, Rodolfo Walsh, Manuel Puig, Alejandra Pizarnik, Alfonsina Storni, Adolfo Bioy Casares y tantos otros. Viste cómo es, un autor te lleva a otros, y un tema deriva en otro y en otras obras. Y así la literatura se hizo, más que un hábito, una necesidad, como quien se levanta a la mañana y necesita poner la pava para tomarse unos mates. La literatura se volvió parte de mi cultura. Por aquella época, mientras seguía reconstruyéndome entre la terapia y la Facultad de Derecho, también sentí la necesidad de escribir y eso también me ayudó muchísimo.

—¿Todos esos autores te dieron en los talleres de lectura?

—No, todos esos no. Algunos de esos autores me dieron en la facultad y a muchos otros los leí por mi cuenta. Lo que pasa es que cuando, por ejemplo, leí los ensayos de literatura gauchesca de Borges me llevó a leer a Ascasubi y a Santos Vega. Cuando leí cuentos como *El fin* y *Biografía de Tadeo Isidoro Cruz*, sentí la necesidad por releer a Hernández; cuando leí cuentos como *Los dos reyes y los dos laberintos* y el cuento policial *Abenjacán el Bojarí, muerto en su laberinto*, sentí curiosidad por leer el *Corán*. Eso me pasó con muchos autores, pero con Borges me pasó con cada cuento y con cada ensayo.

—Claro.

Yo te diría que la literatura, tanto lo que leí como lo que escribí luego, de alguna manera me salvó por completo. La actividad literaria me enriqueció como persona. Fui capaz de analizar mi existencia y mis procesos de una manera tan analítica como para lograr comprenderlos y saber qué hacer, cómo seguir. Esta actividad todavía me enriquece al mismo tiempo que me mantiene distraída haciendo lo que me gusta. Además cuando empecé a escribir me di cuenta de que podía expresarme y ser creativa, que podía ser, por ejemplo, una *concebidora de sueños*, inventar palabras y conceptos, manipular buenamente la percepción del lector y luego resignificar conceptos anteriores para darles otros sentidos más enriquecedores, jugar con la estilística según lo que esté contando y crear el universo que yo quiera donde nada sea un límite posible, o mejor dicho, donde sencillamente plantee los límites que a mí se me ocurran. Todo imbricado en una retroalimentación donde siempre esté presente esa realidad que siempre supera a la ficción, integrada con esa ficción que le pone matices y creatividad literaria a la realidad, donde incluso la verdad, la mentira, la imprecisión, la incoherencia o el disparate formen parte de la obra. Realidad e imaginación en estado de fusión pura, fuerte y vibrante, incalculable como una reacción atómica o el mismísimo *Big Bang*. Por eso algo de lo que te conté está en el libro que publiqué hace algunos años atrás y que goza de popularidad desde Toronto hasta Buenos Aires.

«Que te sea leve»

La visita al Dr. Morales

En un principio pensé que debía asistir a su estudio pero, en la conversación telefónica que habíamos tenido el día anterior, Morales me alentó a que lo visitara en su propia casa. Aquella mañana temprano me presenté a la hora convenida en su morada que quedaba en la zona céntrica de la ciudad. Después de tocar el timbre y esperar un par de minutos, el doctor abrió la puerta de calle seguramente con la certeza de encontrarme allí como lo habíamos pactado. Me dio la mano saludándome afectivamente como era habitual en él, abrió aún más la puerta de su hogar dándome la bienvenida y yo acepté la invitación a entrar gustoso de volver a su acogedora casa después de tantos años. La primera buena impresión que me llevé fue la de volver a verlo. Si bien no hacía tantos años que había emigrado, mientras residía todavía en Rosario, no lo había vuelto a ver; así que calculé que en total hacía unos quince años o más que no lo veía. El doctor Morales no había cambiado, había envejecido; pero sus ademanes, su manera de hablar y sobre todo sus códigos permanecían sorprendentemente intactos. Juan Carlos era un hombre marcial, de principios, que cuando por su profesión debía inmiscuirse con asuntos y personajes turbios, resolvía en forma decidida anteponiendo sus valores personales y profesionales los cuales siempre prevalecían.

La casa del doctor era la típica casa de un abogado que había tenido su apogeo durante la década del setenta, los ochenta e incluso los noventa. En su interior, la disposición de un sobrio amoblamiento de fina madera combinaba magníficamente con las obras pictóricas originales que revestían las paredes claras y con el reluciente *parquet* que recubría la sala por completo. El estudio no era menos suntuoso y acogedor, contenía la misma calidad de armonioso mobiliario incluida la biblioteca con sus inmensas colecciones de libros que estaban prolijamente acomodados desde el techo hasta la altura del escritorio donde comenzaba un mueble con puertas corredizas que seguramente encerraba centenares de biblioratos y carpetas con expedientes. A la casa del doctor Morales siempre la conocí inmaculada. No tenía un solo grano de tierra. Ahora que lo recuerdo, siempre creí que en aquella casa la empleada doméstica era como una especie de sirvienta egipcia que se desplazaba por la casa a discreción ocupada con el mantenimiento de los diferentes recintos, no como intentando detener el paso del tiempo, sino más bien como una persona que se había abocado durante tantos años a mantener la tierra alejada de la casa.

—Sentate, por favor —dijo amablemente Juan Carlos mientras me señalaba la silla que estaba enfrente del escritorio el cual rodeó para sentarse en su sillón.

—¿Cómo le va doctor? —le pregunté cuando terminaba de sentarse y de quitar las manos de los apoyabrazos del sillón.

—Bien, pibe. Bien —me respondió de manera amigable, secándose el sudor de la frente con el dorso de su mano—. Este calor nos está matando. Nos estamos asando.

—Cierto —coincidí con un dejo medio nostálgico—. Ya me había olvidado de cómo eran el calor y la humedad en Rosario. Si a esta hora de la mañana hace este calor y esta humedad, no quiero pensar lo que va a ser a las tres de la tarde.

—¡Un infierno! ¿Allá no es así?

—No, para nada. No se le compara. Aunque digan que en Toronto tenemos calor y humedad, no es nada comparado con la pampa húmeda. Lo que mata no es el calor, es la humedad.

—Cierto, lo que mata es la humedad. Hace tantos años que estoy acá y nunca me acostumbré a la humedad.

Y mirándome fijamente preguntó interesado:

—¿Y cómo están ustedes allá?

—Nosotros bien. Los dos trabajando y yo además haciendo la tesis.

—¡Está bien! ¡Está muy bien! Nada se consigue sin esfuerzo —me dijo recostándose en el espaldar de su sillón.

—Exacto. ¿Y usted cómo está?

—Yo bien. Acá trabajando, como siempre. Ya me quedan pocos años. Unos años más y me retiro. Ya me quiero retirar. Ya estoy cansado de los quilombos, ¿viste? Ya no tengo veinticinco años. Antes todo era otra cosa. Y eso que a mí me tocó una época brava, ¿eh? ¿Sabés los *quilombos* que había antes? —concluyó enfatizando la palabra quilombo, haciendo un giro con su brazo derecho por sobre su cabeza indicando el tiempo pretérito y la magnanimidad de los quilombos al mismo tiempo que rebotaba con su espalda en el espaldar del sillón—. Pero ahora estoy cansado. ¿Qué querés que te diga? Ya estoy cansado de los quilombos. Y la cosa parece que cambia, pero tenemos cada vez más quilombos.

—Bueno, le queda poco ya —agregué de manera esperanzadora para que se calme un poco.

—Cierto, me queda poco. Unos añitos más —agregó completamente satisfecho, quizás de haber llegado adonde nunca pensó que llegaría su subsistencia.

Después de una necesaria pausa para aliviar las tensiones y cambiar el clima de la charla, Juan Carlos comenzó con la conversación que nos ocuparía de allí en adelante.

—La verdad es que hiciste bien en venir. En un rato te voy a decir por qué —disparó las dos oraciones consecutivas con un suspenso intrigante que me dejó casi pasmado.

—¡Son buenas! —respondí medio de *remanye* aceptando la benevolencia de la jugada.

—Bueno, paso a comentarte un poco: como yo sabía que vos venías, preparé todo para que vos no tengas ningún inconveniente. Acá tenés la carta que elaboramos tu tía Isabel y yo hace unos años atrás. Que en realidad está en esta carpeta porque es un poco extensa, pero estoy seguro de que te va a interesar mucho —terminó diciendo al mismo tiempo que desplazaba la carpeta con su mano izquierda sobre el escritorio—. Vas a ver que te va a hacer mucho bien y, en alguna medida, va a ser muy reparadora para vos. Como en esos días yo hablé mucho con tu tía e intervine en la redacción de este escrito, te puedo decir que ella estaba muy apenada por todo lo que pasó y por no haber podido decírtelo antes ella misma. En un primer momento no te lo dijo porque tenía que protegerte, porque eras muy chico para entender semejante barbaridad. Después, para la vuelta de la democracia, ella y Rogelio seguían con sus dudas, no estaban seguros de si todo iba a seguir bien en el país. Nunca pasó que las cosas marchen bien acá, ¡vos sabés! Después del dos mil uno vos te casaste y te fuiste, y ella ya no pudo decírtelo. No pudo decírtelo y tampoco se animó. A mí me pareció que ella tenía cierto miedo a que vos la juzgues y, por otra parte, tenía mucho remordimiento por no habértelo dicho. Yo creo que nunca es tarde para saber y comprender lo que pasó, por eso cuando ella vino a mí con una simple cartita yo la alenté a que te contara todo.

Estas grandes revelaciones nos dan no solo un entendimiento de las cosas que nos pasan, sino además la comprensión de que los demás son como son y hacen lo que hacen quizás porque no tuvieron otra alternativa, o porque el problema los sobrepasó y no supieron cómo manejarlo en su momento. Yo estoy seguro de que vos sabés que Isabel siempre quiso lo mejor para vos, que ella haya manejado de esta manera el problema o que pueda parecer demasiado tarde, no quita que haya tenido las mejores intenciones para con vos.

—*De inmediato, el joven comenzó a hojear las fojas de la carpeta interesado por todo de lo que iba a enterarse. Por un momento dejó de escuchar a Morales, que continuaba diciendo un poco lo que él ya sabía, para poner atención en la cantidad de hojas que tenía el escrito. Hojeando el contenido vio, dentro de un folio transparente, la foto que había visto en el cajón de la mesita de luz de su tía Isabel y decidió no decir nada. Entonces pensó que tenía la verdad en sus manos y se emocionó. No pudo evitarlo. Achicó un poco los ojos para disimular la emoción y volvió a ver a Morales justo en el instante en que este hacía una pausa para darle la palabra, lo cual él aprovechó para agradecerle—.*

—Muchas gracias, Juan Carlos —le dije con la voz medio entrecortada. Y no me salía ni una sola palabra más.

—De nada pibe —dijo Morales que comprendía perfectamente lo que me pasaba.

Y ahí hubo una pausa donde volví a hojear la carpeta en tanto percibía que Morales me contemplaba como disfrutando el momento.

—Gracias Juan Carlos —repetí.

—De nada pibe.

Y después de una breve pausa me dijo de sopetón:

—¿Pudiste hablar con tu tío Carlos?

—Sí, me reuní con él hace unos días atrás. Parece buen tipo.

—Sí... —dijo suspensivamente Morales que hizo una pausa como dudando, ¿no?—. Sí, es un buen tipo —repuso—. La verdad es que no lo conozco mucho. Lo tuve como cliente hace unos cuantos años atrás, pero no sé mucho de él. En realidad, me contactó por un quilombo que tenía con la casa y con unas causas suyas que ya prescribieron. El tema de la casa lo resolví, pero me llevó algunos años. Eso fue para cuando él decidió volver a la Argentina y quería recuperar su hogar.

—Sí, algo de eso me comentó.

—¿Y qué tal te fue?

—Muy bien en realidad. Me contó de primera mano todo lo que sabía. Nunca hubiese pensado todo lo que pasó, ni siquiera me lo hubiese imaginado. Todavía sigo procesando todo esto. Es de no creer.

—¿Y al final qué te dijo de tus padres? ¿Sabía algo?

—Poco y nada. De mi mamá me contó cómo hizo para sacarla, a ella y a mi hermana al Paraguay, y cómo ellas llegaron a Curitiba donde mi mamá falleció; de mi papá me contó la última vez que lo vio, que se encontraron en una redada que le hicieron a mi viejo, y de cómo Carlos lo ayudó a escapar. También me dijo que esa noche decidieron separarse, él escapó para la capital y mi papá decidió buscar a mi mamá. Pero no sabía nada más. Esa fue la última noche que lo vi a mi viejo.

—La verdad es que sí, todo es de no creer. Esa fue una época de mierda y a ustedes les tocó eso.

—Sí, así es —le respondí con un poco de bronca y de resignación.

Y después de otra pausa breve, como para cambiar de tema y de ánimos, Juan Carlos me soltó la novedad.

—Mirá, y esto no es lo único que tengo para vos —me dijo señalando la carpeta que estaba delante mío sobre el escritorio.

—¡Ah!, ¿no?...

—No. ¿Te digo? —me preguntó Juan Carlos con un tono y una sonrisa exultantes.

—Claro —le respondí emocionado, medio apichonado por su actitud.

—Bueno. Finalmente, si querés, vas a conocer a tu hermana.

—¿Cómo?

—Sí, si es que te parece.

—Sí, claro. Por supuesto —repliqué esta vez *yo* exultante o más bien desencajado con la propuesta.

—Bueno, te cuento: porque así como me contacté con vos, me contacté con ella en Curitiba, y también me respondió. El que me pasó el dato de tu hermana fue precisamente tu tío Carlos, que sabía su nombre, su apellido y el lugar donde ella residía. Yo creo que en algún momento, cuando ella era una piba, se contactó con él allá en Uruguay y hasta lo fue a visitar. Pero a eso no lo sé muy bien. El asunto es que cuando tu tío Carlos se enteró de que vos venías a vernos, me ofreció si quería el contacto de tu hermana y me lo pasó.

Entonces me dediqué a hacer algunas llamadas hasta que logré ubicarla. Un día conversamos un rato por teléfono y quedó encantada con la idea de venir a conocerte. Ella te había estado buscando, sobre todo estos últimos años, pero no daba con Carlos que ya estaba acá de vuelta hacía mucho tiempo. Claro, ella perdió contacto con tu tío porque él ya no estaba en Uruguay sino en Argentina. No sé muy bien a qué se dedica ella allá, pero se ve que tiene el tiempo y el dinero para venir hasta Rosario.

En ese instante quedé atónito viendo que Juan Carlos continuaba hablando.

Al parecer llega el jueves de la semana que viene. Eso me dijo hace unos días atrás cuando me llamó para confirmarme el hotel donde va a alojarse.

—*Entonces miró a Morales y no pudo seguir hablando. De un momento a otro lo recordaba todo. Comenzaron a venir a su memoria imparables, como el caudal del Paraná, todos aquellos eventos que habían sucedido desde su niñez. Recordó el patio de la casa de la calle Vieytes, el ómnibus donde vio a los militares y la panza de su mamá, el trabajo de su padre, a su padre, las vacaciones y a las mozas. En ese instante, se aferró a los recuerdos, como las raíces de los árboles se aferran al alimento y la humedad de la tierra. Sintió entonces un alivio que nunca había sentido anteriormente. El alivio se debía, en parte, por saber que siempre había estado en sus cinco sentidos. En ese instante comprendió que sus recuerdos tenían un valor inconmensurable. Su memoria contenía sus recuerdos y los recuerdos lo valían todo. Ahora intuía que con ellos podría cambiarse el curso de la historia de una manera inaudita*—.

Cuando me repuse un poco, muerto de ansiedad, le pregunté a Morales qué más sabía acerca de ella.

—La verdad es que no hablamos mucho. Ella me dijo que viene para el feriado largo del veinticuatro, se queda el fin de semana y se vuelve el lunes. Eso es lo último que me dijo. Mira, acá te anoté el contacto de ella allá en Curitiba y el hotel donde se va a alojar mientras esté aquí —dijo Juan Carlos al tiempo que me alcanzaba el papelito de su anotador—. Lo único que ella mencionó es que va a llegar cansada porque ese día trabaja, se toma el avión y llega acá el jueves a la tarde.

—Sí, claro. A lo mejor me conviene pasar al día siguiente.

—Claro, así descansa.

Después de esa conversación, Morales y yo no pudimos evitar hablar una y otra vez de todo. Repasándolo todo, como queriendo explicar lo inexplicable. Luego, hacia el final de la conversación, hablamos sobre algunas otras cosas que parecen accesorias. Charlamos un poco de la actualidad, de la gente, de la política, de esas cosas que uno charla como haciendo catarsis de todo lo que nos toca en nuestra subsistencia de manera innecesaria.

El Hotel Jujuy

«*Aquella mañana no había desayunado bien. Se había levantado temprano como todas las mañanas y se había preparado los mates "para calentar las tripas", como él decía. Decidió dejar la novela que había estado leyendo para releer, una vez más, el revelador escrito que Morales le había entregado. Su historia había sido determinante, como quizás la de toda la humanidad lo había sido. En cada página imaginaba los hechos, una y otra vez, como queriendo desentrañar la insondable historia que lo había separado de su familia. Imaginó a su padre. Imaginó a su madre. Imaginó sus destierros y sus muertes. Lo imaginó todo, y no obtuvo más que eso. Entonces se sintió indigno. Se preguntó: "¿Por qué me pasó esto a mí cuando era apenas un niño? ¿Por qué les pasó a ellos? ¿Por qué los seres humanos se desquician de esa manera y dañan a los demás para el resto de sus días?" Para él no tenían excusa. Nadie tenía el derecho ni el privilegio de hacer una cosa así a alguien. Sobre todo porque cuando alguien es alguien, nadie es nadie.*

Después sintió además muchísima bronca. Sintió la impotencia de no poder hacer nada porque todo había sido hecho. Todo había sido cruelmente planificado, decidido. Ejecutado. Por un instante imaginó a los responsables. Los imaginó dichosos, saliéndose con las suyas, como siempre. Y se preguntó: "¿Por qué los perversos se salen siempre con las suyas?" Quizás porque su única meta es hacer daño y, una vez que el perjuicio está hecho, su propósito está logrado. Por más que terminen tras las rejas, siempre estarán satisfechos del ultraje que han hecho. Tomó un sorbo de mate y sintió el alivio de saber que él no pertenecía a esa clase de indignos, de sociedades enteras de desquiciados que van por el mundo arruinando a los demás para siempre. "¡Qué mundo de mierda! ¿En esto consiste la humanidad?", dijo para sí mientras volcaba el agua caliente por el hueco de la bombilla. Y, de manera asombrosa, había sobrellevado su subsistencia en aquel mundo con sus precarias tres reglas básicas, en una sociedad sin reglas (o con unas que él no compartía, e incluso con otras que ni siquiera sospechaba que existían). Aquella mañana temprano se sentía terrible. Por un momento pensó: "Quizás la naturaleza de la existencia del ser humano es la de ser indigna y hasta los perversos la padecen." Y, sin embargo, allí estaba impasible como Vainamoinen en su eterno universo, como quién sabe que lo importante se decide de una manera más sutil, oculta e imperceptible. No podía ser de otra manera».

Cuando llegué al final de mi historia pensé que ya nada podía hacerse, que todo había quedado predestinado de aquella abominable manera. Me esforcé una vez más por continuar, por pensar y establecer en mi rutina el patrón que me lo permitiese, esa manera de *ir haciendo* que uno necesita para sobreponerse con lo que uno tiene o con lo poco que le queda. Me había sobrepuesto a la devastación tantas veces, pero esta no era una de tantas. Las otras habían sido siempre parciales; esta era casi absoluta. Y no obstante allí estaba yo, sentado en la cama del hotel de la calle Jujuy porque algún sentido tendría seguramente mi permanencia en el mundo. En ese ir haciendo decidí darme un baño con el agua caliente que siempre reconforta. Con la cabeza gacha y los ojos cerrados sentía el incesante chorro de la ducha en la parte posterior de mi cabeza. Continuaba allí parado con mi avejentada desnudez como un testimonio íntimo que parecía querer decirme algo. Permanecía, allí, con la mente en estado original sin siquiera pensar cómo seguiría mi día, en un allí continuo de permanencia constante y absoluta.

Luego me secaba con las suaves toallas siempre abundantes que tienen los hoteles cuando, por un momento, me sentí contrariado. En ese instante fui consciente de la última vez que había estado en aquel hotel. No pude no recordarlo desde el primer día que volví a poner un pie allí. Ni siquiera supe por qué volví a aquel lugar. Entonces recordé a Gabriela y sus escapadas furtivas a escondidas de su esposo. Recordé las acusaciones que ella le hacía a él para justificar lo indecible: de sus desconfianzas *«injustificadas»*, de sus *«problemas»* sexuales, de su *«reprochable»* comportamiento con sus hijos y, por sobre todo, porque ella era la víctima indiscutible de aquella relación. Recordé sus mentiras perversas que en realidad, supongo, no engañaban a nadie, porque en el fondo se le notaba que no dejaba de ser otra mujer más a quien le resultaba despreciable el hombre bueno.

En lo más profundo de mí, sabía que no había esperanzas de que ella fuese una mujer mejor, porque nunca había evolucionado ni siquiera un poco. Seguía culpando a los demás por las consecuencias de las cosas que hacía porque jamás se hacía cargo de algo. Tenía una habilidad asombrosa para eso: culpaba a los demás maliciosamente y, mientras ella prevalecía, dejaba a los otros siempre muy mal parados. Usaba cualquier mentira, cualquier artimaña o manipulación que se le ocurriese (y se le ocurrían las mejores) para confundirlos, para dejarlos indefensos en tanto daba rienda suelta a sus más perversos deseos. Para ella esa conducta compulsiva constituía una cuestión de prevalencia, por eso para colmo era algo de lo que además se enorgullecía visiblemente. Entre sus amistades, especialmente entre sus compañeras de trabajo, siempre hablaba muy bien de su esposo y las convencía de lo *«bueno»* que él era. Tal era así que mostraba, cada vez que podía, las fotos de sus salidas con su pareja, de las graduaciones de sus hijos en las que el matrimonio posaba feliz o las fotos de las vacaciones que su esposo se encargaba de organizar y de costear. A mí, por su parte, me manifestaba de manera recurrente su sueño de dejarlo todo para estar finalmente conmigo, para que tengamos al fin la relación que nos merecíamos, donde no tuviésemos que ocultarnos de nadie. Me hacía regalos de cumpleaños caros con el dinero que no tenía. Me dedicaba canciones y poemas, y el tiempo que a su familia nunca le dedicaba. Arreglaba nuestros encuentros furtivos donde todo era deseo y algarabía. Lo hacía a sabiendas de que su esposo sospechaba de su conducta reprochable, pero eso no le importaba en absoluto. Empezando por ella misma, nada le importaba; y si a ella no le importaba ni siquiera su propia persona, ¿por qué iba a importarle a los demás?

Así y todo conmigo no era menos maliciosa. Me hacía sentir realmente especial aunque en el fondo yo fuese un hombre ordinario. Para justificarse o por simple cargo de consciencia —si es que la tenía—, a menudo hablaba con un profundo menosprecio de su esposo, aunque yo lo conociese y supiese que el hombre era una buena persona. Porque para ella yo había pasado a ser su ser amado, el que ella había elegido por ser tan *«especial»*, su cable a tierra de la miserable existencia que le había tocado en suerte. Yo era su remanso con quien ella tenía algo significativo, algo único que se encargaba de diseminar entre sus amigas más íntimas. A ellas era a quienes les contaba todo, signo indiscutible de su inmadurez, les decía exactamente lo mismo que me decía a mí: que yo era lo mejor que le había pasado, una especie de *«revelación»* que le había sucedido (y ellas, que eran unas inmaduras de la misma calaña, reforzaban a diario su estupidez con más insania e imbecilidad).

Y llegó el día en que ya me harté de semejante farsa, de semejante locura que parecía no tener fin, de toda esa red de relaciones insalubres que ella generaba en su entorno, de personas perniciosas de las cuales ella se rodeaba de manera casi excluyente y a quienes ella idolatraba. Entonces comprendí que sus términos no eran los mismos que los míos, sobre todo, porque aquella red de insania se hermanaba exclusivamente a través de sus carencias y perversiones más íntimas, por lo tanto ella no ´ sabía cómo relacionarse con las personas sanas o beneficiosas. Entendí que aquel sistema nocivo era perjudicial para la integridad psicológica de cualquier persona bondadosa que anduviese casualmente por aquella perniciosa atmósfera, un ambiente de personas que no pueden con su existencia y entienden que tampoco los demás deben poder con la suya, por lo tanto se encargan de arruinárselas a como dé lugar, voluntaria o involuntariamente. Un escenario perverso, fuertemente sofocante, del cual es necesario evadirse o al menos saber tomar la distancia necesaria, porque esas personas en muy contadas excepciones tienen remedio.

Y sentí vergüenza de que todo aquello me haya absorbido aunque sea por poco tiempo.

Entonces rememoré el último encuentro. La conmoción de la muerte de su sobrino. La desesperación. La atrocidad. Mi interrogante sobre qué hacía yo todavía con aquella mujer. Mi determinante decisión de cambiar mi existencia (y de que ella quizás pudiese cambiar la suya). Salí de aquel lugar con la certeza de que no iba a volver a verla, sabiendo que siempre había estado en una situación mejor que la de ella. Tomé una decisión rápida y definitiva como hago en esos casos cuando algo me harta por completo. Por eso, en el fondo, mis mejores deseos habían sido para ella, para que se vuelva una mujer más digna; porque, en definitiva, para el macho, las hembras que nunca amamos tienen algo de aborrecible; y aunque ella se definía una ferviente feminista, se enorgullecía, al menos entre sus amigas y ante mí, del rol que ocupaba en aquel hábito tan denigrante.

Mientras rememoraba todo aquello me vestía por intervalos que se debatían entre la contrariedad y la ansiedad por conocer a mi hermana. Entonces fui consciente de que era demasiado temprano para salir todavía. Aunque con ella habíamos quedado en encontrarnos a las diez de la mañana en el hotel de la calle Corrientes donde ella se alojaba, sentía la necesidad de apurarme. Estaba nervioso (como seguramente ella también lo estaba) y tenía la imperiosa necesidad de salir a la calle a tomar un poco de aire fresco. Ya no quería quedarme en aquel asfixiante hotel, quería que ya fuesen las nueve y media para estar saliendo. Sin embargo opté por quedarme en mi habitación ordenando mis cosas para tener alguna actividad kinestésica que calmara mi ansiedad. Mientras ordenaba recordé particularmente el día que conocí a mi esposa. Un día de gracia para Gabriela que para mí ya estaba con sentencia firme desde antes de nuestro último encuentro. Entonces recordé sus desesperados mensajes, sus reproches, sus insultos, y la nada. Aunque parezca mentira, no supe más nada de ella.

Mi esposa había entrado a mi realidad como alguna vez lo había hecho ella con la diferencia de que a mi esposa sí la amaba. Con mi esposa me sentí otra vez conectado con una mujer, sentí que estaba haciendo lo correcto y que estaba siendo un mejor hombre. En mi caso me comprometí sabiendo que, en lo que respecta a la integridad personal, nunca nada pudo dañarme de manera definitiva sobre todo en mi adultez. Con los años había aprendido a ser como el mar. En él podés caminar por la orilla, mojarte los pies y sentir la caricia de sus olas; podés meterte y flotar con el agua al pecho y olfatear su inconfundible aroma; podés nadar o jugar con las olas hasta extenuarte placenteramente, como en el amor, podés disfrutarlo todo lo que quieras; y también podés ahogarte, y esta es una decisión muy íntima que los demás a veces toman. Porque el amor debe ser incondicional, pero nunca a cualquier precio. Cuando uno es como el mar y da todo lo bueno que tiene, todo lo mejor, no hay mal o daño que a uno le llegue. Con ella también tuve mis grandes traspiés, pero es uno de esos casos en que uno tiene la plena seguridad de que todo va a sortearse. Sobre todo porque yo ya sabía de lo que ella era capaz o incapaz; ella únicamente sabía de lo que yo era incapaz, de lo que era capaz ya lo estaba sabiendo.

—*En ese instante prefirió no pensar en el pasado, prefirió no rememorar nada más.*

De repente recordé el encuentro con mi hermana. ¿De qué íbamos a hablar con esa extraña mujer que iba a conocer? ¿Hablaríamos del escrito, de la foto? ¿Hablaríamos de nosotros? Seguramente. Cuando terminé de acomodar todo, volví a sentarme a la mesa para cebarme unos mates más, mientras señalaba el escrito y pensaba qué era lo más importante y de qué hablaríamos ella y yo. Entonces comprendí que hablásemos de lo que hablásemos no sería tan relevante como entenderse. Agarré la foto del folio transparente y me quedé viéndola como tratando de anticipar a quién de la familia se parecería mi hermana. Después de ese instante en que le di vueltas al asunto volví a mi impasibilidad, volví a tener ese sentimiento, esa actitud que yo siempre había tenido y permanecí un buen rato sentado contemplando la foto entre mis piernas.

«Que te sea leve»

El hotel de la calle Corrientes

La calle Corrientes de Rosario alborea con el resplandor uniforme de las mañanas soleadas sobre las fachadas de los edificios atravesado de manera tajante por las bocacalles que, de este a oeste, dejan transgredir los rayos del sol que asoma majestuoso sobre el Paraná. Llegué caminando despacio sabiendo que era temprano y me detuve en la vereda cerca de la fachada del hotel para asegurarme que estaba en el lugar indicado. Saqué el papel que el doctor Morales me había dado con los datos de mi hermana y con la dirección del hotel donde ella se alojaría, miré a mi alrededor antes de sacar mi celular del bolsillo para ver la hora, crucé la puerta de entrada del hotel, caminé por el corredor principal y me dirigí directamente donde estaba el conserje para anunciarme. El joven impecablemente trajeado, con un par de movimientos rígidos como si se tratase de un autómata, buscó en la computadora, llamó al cuarto y le anunció con pocas palabras que yo la estaba esperando allí abajo. Luego de que el conserje me comunicara que ya bajaba, que si podía esperarla unos minutos, decidí sentarme en uno de los sillones que estaban más hacia el fondo del hall por si ella se tardaba bastante.

Por unos instantes, unas huéspedes entraban y salían de los ascensores mientras yo las observaba tratando de deducir quién sería mi hermana. Buscaba a una mujer de unos cinco años menor a mí que se llamaba Natalia. Eso era todo lo que yo sabía porque no tenía un referente con quien compararla: un parecido a mí, quizás; o un parecido con mis padres al momento que nos sacamos la foto, cuando ellos estaban en sus treinta, en el comedor del hotel de La Falda. Quizás ella era una mujer atractiva como lo había sido mi mamá, sobre todo cuando la observaba en la foto. Ahora la tenía presente. Desde que encontré la foto en el escrito de mi tía Isabel, tenía bien presente la cara de mi madre. Miré esa foto mil veces desde el día que visité a Morales y la volví a ver en el hotel de la calle Jujuy antes de ir a ver a mi hermana. Miraba la foto y trataba de dilucidar cómo habían sido aquellos días de los cuales ya no tenía memoria, sino algunas vagas imágenes que apenas comprendía. Cuando miraba la foto en el cuarto del hotel me sucedió lo mismo que me había sucedido con el escrito, la miraba imaginándome todo sin terminar de comprender por qué había sucedido lo que sucedió aquella noche. Y me volvió a invadir el mismo sentimiento: volví a sentirme indigno, de la misma manera, como me había sentido en aquella ocasión y en muchas otras ocasiones cuando repasaba el pasado.

En un determinado momento, una mujer sola bajó del ascensor y viendo un poco a su alrededor se dirigió hacia el mismo conserje para hacerle una consulta. El muchacho formalmente ataviado, para mi sorpresa, miró hacia donde yo estaba y asintió con su mirada como señalándole a ella que yo era el extraño que la buscaba —*«para mi sorpresa»*, dije, porque nunca pensé que iba a bajar tan rápido—. Entonces, ella le agradeció con mucha simpatía posando su mano suavemente sobre el escritorio para luego dirigirse caminando sensual y decididamente directo hacia mí. En ese instante me puse de pie lentamente como no pudiendo creer lo que estaba sucediendo. Yo no la recordaba en absoluto. Todo lo que tenía de ella era el vago recuerdo de haber estado aquella noche en la casa cuando todo sucedió. De saber que mi mamá estaba con mi hermanita en la habitación haciendo los bolsos mientras mi papá me sacaba de la casa. Al resto de la historia la fui construyendo en mi imaginación con los relatos fragmentados, inconsistentes, como cuando uno juega al cadáver exquisito: con una memoria vaga, el silencio de mis tíos, un escrito absurdo e insuficiente, una foto, y el relato de mi tío Carlos, que me contó lo que había querido contarme.

Como si todos hubiesen querido de alguna manera ayudar y, al mismo tiempo, como si no les hubiera importado demasiado, o al menos con esa actitud medio indiferente que tienen los seres humanos ante el duelo.

No obstante, mi tío había dicho una gran verdad: *«No sé qué tienen la tierra y la sangre.»* Mientras ella venía hacia mí nos miramos como tratando de reconocernos el uno en el otro, sabiendo que éramos dos extraños que compartían la misma *gine* y la misma absurda y trágica historia, nada más ni nada menos. Porque no habíamos compartido nuestras experiencias de hermanos, sino la insensata bifurcación de nuestras existencias, una elipsis sin sentido que como todo estaba llegando a su fin. Cuando llegó hasta mí, ella se detuvo a un metro de de distancia; y nos miramos a la cara con una nostalgia sensible que terminó en un paulatino abrazo, desde un principio, fundido, sentido y silencioso, como de un profundo duelo. Hasta que ella, apartándose un poco de mí, rompió aquel pacto silencioso viéndome de cerca a los ojos.

—¡Hola, hermano! —me saludó sentida como susurrándome en un español claro, como si se tratase de una hablante nativa.

—¡Hola, hermana! —le susurré paralizado de la emoción.

Y no pasaron más de dos segundos para que volviésemos a fundirnos en un solo y sentido abrazo otra vez.

Luego, en una breve deliberación, decidimos qué íbamos a hacer en lo que restaba de aquella mañana. Natalia me había manifestado que desde que llegó de Curitiba, lo único que conoció fue el aeropuerto y el camino que tomó el taxi para llevarla hasta el hotel. Me nombró de manera breve que le había gustado una zona comercial que quedaba unas cuadras antes de llegar al microcentro, por una calle bien transitada que el taxi había tomado desde la *«rodovia»* que estaba saliendo del aeropuerto. De inmediato comprendí que el taxista había tomado por calle Córdoba desde Circunvalación y de que la zona comercial de la que me hablaba se trataba del Paseo del Siglo entre Dorrego y Paraguay. Entonces le sugerí que a esa parte comercial sería mejor recorrerla durante la tarde cuando bajara un poco el sol y la temperatura mermara, y además el tránsito no sea tan pesado repleto de taxis y camiones comerciales.

Así que transitamos por el *hall* del hotel, y casi llegando a la puerta de salida, decidí darle algunas recomendaciones de cómo cuidarse mientras andemos por las calles de la ciudad. Ella no se asombró demasiado con mis recomendaciones, incluso conocía algunas variantes de estas porque decía en Curtiba era *«la misma cosa».* Caminamos dos cuadras por calle Corrientes hasta tomar por Córdoba que, por ser feriado largo, estaba algo apacible como si casi toda la población se hubiese ausentado de la ciudad. Caminamos un rato medio distraídos, zigzagueando entre algunas personas que esperaban los ómnibus sobre la angosta vereda oeste. En esos pocos metros, yo iba adelante como guiando y, al mismo tiempo, vigilando que ella viniese bien, rezagada un poco más atrás. En esos instantes en que me daba vueltas para verla, la encontraba observándome, como cuando a uno lo miran como una novedad, como cuando uno es chico y le regalan algo nuevo y uno tiene la necesidad cada tanto de mirar el obsequio, como si no pudiese terminar de creer que se lo regalaron. Cada tanto la veía también medio distraída con algún negocio que le llamaba la atención por lo cual pude deducir su gusto por el café, los chocolates y los zapatos. Y recién cuando llegamos a la peatonal Córdoba pudimos estar uno al lado del otro.

Allí percibí la brisa que venía del río, una brisa algo fresca que, a pesar del sofocante calor de las diez y media de la mañana, refrescaba bastante los pulmones con cada inhalación. No había visto la aplicación del clima, pero sabía que aquellos días secos, ventosos y despejados se mantienen así durante todo el día y son agradables a pesar del calor. Mientras comenzamos a recorrer la senda peatonal juntos, me quité las gafas que traía colgadas del cuello de la remera —lugar en el que al menos a mí me resultaba cómodo ponerlas ya que no llevaba bolso conmigo, y porque además traía en la mano izquierda la carpeta con el escrito de Isabel— y me las puse para mitigar el sol que teníamos de frente. Ella, por su parte, cuando advirtió que el sol pegaba como en el desierto, se quitó el saquito que tenía puesto y lo metió en su bolso al tiempo que sacaba sus anteojos de sol para ponérselos también.

—¡Qué calor hace! —dijo de sopetón medio espantada después de caminar los primeros metros.

—Sí, en esta época en Rosario es así. Pero ya no está haciendo el calor que seguramente hizo en enero. En enero y febrero hace muchísimo calor acá.

—En Curitiba hace calor, pero no mucho. No como acá por lo que veo. ¿Y cómo es en Canadá? El doctor Morales me dijo que resides en Toronto.

—Sí, estoy en Toronto hace ya algunos años. Allá el clima es bastante parecido al de acá. Tiene las cuatro estaciones, sin embargo, el verano es más suave, y el invierno es bastante más frío.

—En Curitiba tenemos un clima muy agradable. No hace ni mucho frío ni mucho calor. Tenemos una época lluviosa, mas la temperatura es siempre muy agradable.

—Es cierto. Un amigo que estuvo unos meses en Curitiba me comentó que los *homeless* duermen sobre el césped en las plazas.

—¡Sí, es cierto! —exclamó sorprendida de que yo supiese ese dato—. ¿Y aquí no es así?

—No, acá no. Los sintecho se mueren de frío o se mueren de calor. En verano tienen que buscar algún lugar fresco y en invierno duermen en la calle, pero se abrigan lo más que pueden y buscan aislarse del suelo con un colchón o con cajas de cartón. ¿Vos sabés que en Toronto, en invierno, los homeless se acuestan sobre una rejilla de ventilación del *subway*, se tapan con una frazada y pasan la noche durmiendo allí de esa manera?

—¡No, no sabía!

—Sí, es increíble. Duermen allí toda la noche a pesar de las temperaturas bajo cero, porque de esas rejillas sale un calor agradable y, si están bien tapados, los mantienen abrigados toda la noche.

—¡Cuánta gente desplazada!, ¿no? —dijo ella con un tono compasivo.

—Sí, ¡cuánta gente fuera de este mundo!

—Y cada vez más.

—A veces pienso que no sé hasta dónde vamos a llegar. Habitamos en un mundo que es abundante, suficiente para todos; y en realidad se convirtió en un lugar para unos pocos, e insuficiente para la mayoría. Paradójico, ¿no?

—Sí, es una locura —respondió ella viéndome caminar a su izquierda—. En todas partes es lo mismo. Ya no sabemos adónde ir. Es cierto lo que vos dices: El mundo es tan grande y no hay lugar para todos.

—¿Será que encogió y no nos dimos cuenta?

—¿Qué *coisa*? —inquirió muerta de risa porque sospechaba lo que yo iba a decir.

—El mundo.

—O quizás hay gente que está tan agrandada que se adueña del mundo, y por eso no nos alcanza.

Después de un momento de risotadas cómplices por lo que veníamos hablando, caminamos algunas cuadras conversando sobre cosas triviales que nos provocaba ver los distintos negocios de la calle Córdoba que a ella le parecía particularmente atractiva. Y cuando cruzamos la calle Maipú continuamos conversando.

—Vos moraste casi siempre aquí, ¿cierto?

—Sí, residí acá hasta la crisis económica del dos mil uno. Después me casé y nos fuimos unos años a Ecuador. Mi esposa es de allá —dije yo mientras me acordaba de ella.

—Está bueno. ¿Y para dónde vamos? —preguntó ella con esa fresca despreocupación que tiene la mujer brasileña.

—Nunca viniste a Rosario.

—No, nunca había estado acá.

—Bueno, entonces tenés todo por conocer. Mirá, si seguimos caminando derecho por esta calle, en la siguiente cuadra, salimos a una plaza donde está la catedral. ¿Vos sos católica?

— No, no creo en esas cosas —dijo sonriéndose.

—Está bien. Entonces doblamos en la catedral hacia la izquierda y entramos en un pasaje donde salimos directo al Monumento.

—¡Ah, sí! ¡El Monumento a la Bandera!

—Sí. ¿Y cómo lo conocías? —pregunté intrigado.

—Porque estuve leyendo de Rosario por Internet antes de venir. Y el río está ahí enfrente también, ¿no?

—Sí, está ahí mismo, cruzando la calle.

—¿Nunca quisiste volver a Rosario? —le pregunté para sacarme la intriga.

—Siempre pensé en venir a conocer, sí. Yo sabía que había nacido acá porque, antes de que mi mamá muriese, alcanzó a contarme todo lo qué pasó y de cómo llegamos a Curitiba. Aunque yo era una niña tengo patente el recuerdo de todo lo que me contó.

También sabía que acá habían quedado mi papá y mi hermano —agregó.

Lo que pasó es que, después de la muerte de mi mamá, *de mamá* —corrigió esta vez enfáticamente señalándonos a ambos con la mano derecha consciente de que correspondía compartirla—, me quedé con Mercedes, una entrerriana que fue la que se hizo cargo de mí. Ella también se encargó de que yo siempre supiese todo sobre mi pasado. Después terminé la escuela primaria; hice toda la escuela secundaria en Curitiba, me casé y me divorcié allá; y allá también es donde tengo mis amistades. Incluso, Mercedes falleció hace casi dos años allá. Entonces, en Curitiba me fui enraizando a mi tierra desde mi niñez hasta ahora.

—Claro.

—En una época se me dio por buscarlos a vos y a papá por Internet, mas no encontré nada de ustedes.

—Imagino que de papá no encontraste nada porque esa fue otra generación. Él era de una generación que, para los medios actuales, más de la mitad de esa gente nunca existió.

—Cierto, hasta que un día Mercedes me dijo que el tío Carlos estaba en Montevideo y que ella debía tener su número telefónico entre las cosas de mamá. Estuvo unos días buscando el número hasta que lo encontró y pude llamarlo. Lo que encontró en realidad fue el número del bar donde Carlos trabajaba, así que cuando llamé allí me dieron el teléfono de su casa. Mercedes también me dijo que cuando yo era chica había ido con mi mamá al Uruguay a visitarlo, pero yo no recuerdo nada de todo eso.

—Sí, algo me dijo Carlos de que lo habías contactado, pero que después él se volvió para la Argentina.

—Es verdad, él también me dijo de vos en aquella llamada. De ahí en adelante, no supe más nada de Carlos y no supe más nada de vos.

—Es una lástima. Yo hubiese querido conocerlos a todos —dije medio emocionado con un poco de pena y de bronca al mismo tiempo—. De mamá y de papá tengo un muy vago recuerdo, de cómo eran ellos, y de vos directamente no me acordaba. No tengo casi memoria de todo aquello. Sí sospechaba que existías, pero no me acordaba de vos para nada.

En ese momento nos vimos obligados a pararnos por el semáforo de la calle Laprida. Los dos mantuvimos un silencio introspectivo hasta que ella se acercó un poco y con su mano izquierda me acarició la espalda como consolándome; y yo la tomé por un momento del hombro para agradecerle el gesto.

—En cambio, yo nunca los conocí a vos y a papá —me dijo muy apenada, lo que me provocó darle un abrazo definitivo trayéndola hacia mí cariñosamente.

Cuando el semáforo nos dio cruce, transitamos por la senda peatonal para subir los escalones que acceden al perímetro de la Plaza 25 de Mayo. Caminamos en silencio por un momento bajo la sombra de aquella vereda arbolada directo hacia la Catedral. No recuerdo en este instante qué conversación tuvimos unos metros más adelante pero debió haber sido algo relacionado con el correo donde trabaja un amigo. Sin embargo recuerdo que cortamos camino por el lado de la fuente, por la parte interna de la plaza, para bajar directamente por la escalera que está a mitad de cuadra por calle Buenos Aires. Cruzamos la calle para ingresar al Pasaje Juramento cuando Natalia muy sorprendida dijo:

—¡Guau! ¿Ese es el Monumento? ¡Es hermoso!

—Sí, es increíble.

—¿Y se puede recorrer por dentro?

—Sí, se puede. ¿Te interesa?

—Sí, claro —me dijo entusiasmada—. Y me imagino que habrá otros lugares para visitar.

—Sí, seguro. Pero mirá que yo no soy el guía más indicado. Hace muchos años que ya no estoy acá —le aclaré—. Debe haber lugares nuevos que ni siquiera yo conozco.

—Bueno, no importa. De todas maneras yo tampoco pienso recorrer mucho. Vine a conocerte a vos y al lugar donde nací y con eso estoy hecha.

En ese rato caminamos lentamente por el pasaje cuando pasamos delante de tres chicos que estaban en silencio pero atentos y al mismo tiempo como escrutándonos para ver qué hacíamos. Creo que por la manera que nos vieron adivinaron que éramos de afuera y nos observaban absolutamente en todo detalle de cómo estábamos vestidos y sobre todo de lo que llevábamos encima. Nosotros mantuvimos la calma continuando la marcha como si nada pasara, alejándonos a paso lento y seguro e, ingresando a la pasarela central, nos percatamos de que en sentido contrario venían cinco chicas que pasaron junto a nosotros riéndose entre ellas sin siquiera percatarse de que nosotros estábamos allí.

¡Qué lindas estas estatuas! —dijo Natalia parándose a ver las figuras a ambos lados de la pasarela que cruza el espejo de agua formando dos fuentes de idéntico tamaño.

—Son lindas —dije yo tratando de recordar el nombre de la escultora el cual recordé al segundo—. Son las estatuas de Lola Mora. Creo que estas estatuas fueron recuperadas de distintos parques de la ciudad.

—¿Cómo que fueron recuperadas?

—Claro, fueron recuperadas del vandalismo. Al parecer estas estatuas eran parte de un proyecto escandaloso que a ella le habían encargado. Cuando no se cumplieron con los pagos del contrato, no se terminó con el proyecto y las estatuas terminaron olvidadas por mucho tiempo en un predio cercano. Luego, los miserables de siempre las usaron para *«decorar»* algunos parques de la ciudad. Años después, cuando los inadaptados comenzaron a deteriorarlas, decidieron *«recuperarlas»* trayéndolas acá al monumento. Ahora estos espejos de agua, que son estéticamente ornamentales, pretenden protegerlas del vandalismo de los de siempre.

—¡Qué locura! ¡Son hermosas!

—Sí, son hermosas, y muy valiosas además.

—¿Y qué es ese lugar que está ahí donde está la llama?

—Ese es el Propileo, y esa de ahí es la llama al soldado desconocido.

—Es grande el monumento —observó ella viendo primero el interior del Propileo y luego el Patio Cívico. ¿Y esta es la llama al soldado desconocido? —preguntó luego, mirando detenidamente la llama que irradiaba bastante calor.

—Sí, creo que es en honor a un soldado de la Batalla de San Lorenzo.

—¿Y no se sabe quién es?

—No creo que se sepa. Los que no somos notables mejor permanecemos en el anonimato. ¿Para qué?, no somos ejemplo para nadie.

—Ya lo creo —dijo ella sonriéndose.

Después de un breve silencio donde dimos dos o tres pasos llegamos al borde de las escaleras que dan al Patio Cívico.

—¡Hace un día hermoso! —dije poniéndome las manos en los bolsillos del pantalón.

—Cierto, hace un día hermoso. Y corre mucho viento acá —respondió ella al tiempo se detenía al lado mío al pie de la escalera.

—Sí, por eso quería venir para la costa. Porque está ventoso y soleado. ¿Vos desayunaste?

—No, tomé un café en el hotel nada más. Pero no tengo hambre. ¿Vos quieres desayunar?

—No, yo tampoco tengo hambre. En todo caso podemos caminar hacia un parque que está a unas cuadras de acá sobre la costa y después almorzamos algo. ¿Te parece?

—¡Legal!

«Que te sea leve»

El Bueno

—Este es el momento del día que más me gusta: cuando se hace de tarde; cuando cae el atardecer y los colores del paseo ribereño se tiñen de dorado; cuando baja el sol, que todavía estorba y sofoca un poco, pero que en un rato se pierde detrás de los edificios y la luz de la tarde en la costa se vuelve pareja, agradable, relajante.

—Sí, está hermoso acá —respondió ella observando a unos cuantos perros callejeros que dormían desparramados entre las mesas del patio del restaurante que se extendía sobre la vereda paralela al río.

—Realmente —dije al tiempo que contemplaba el eterno Paraná que corría sereno al sur, que nos provocaba una paz inconmensurable.

Luego nos quedamos un rato en silencio contemplando el paisaje ribereño, pensando quién sabe qué mientras el tiempo transcurría. En un instante, ella me miró como presintiendo que me hallaba definitivamente en mi lugar:

—¿Te hubiese gustado quedarte aquí? —inquirió con un tono algo melancólico.

—Claro —le dije *casi* sin dudarlo. Y digo *casi* porque conocía en mi interior la respuesta completa—. Me hubiese gustado; pero viste cómo es en nuestros países, ¿no?

—Comprendo —coincidió ella con un marcado desaliento, quizás motivado por el conocimiento que ambos compartíamos de nuestras realidades—. Una de las pocas cosas que me enteré de papá fue su deseo de querer cambiar las cosas. La verdad es que no estoy segura de lo que él hizo, pero creo que quiso hacerlo de la manera equivocada.

—Yo me enteré de lo mismo —dije haciendo una pausa eterna, y después de un mutuo silencio sentencié como justificando—. Fue una época de mierda también, ¿no?

—Cierto. Por lo que supe, fueron tiempos muy difíciles acá; aunque me parece que estos no son mejores para nada.

—Bueno, si bien son dos épocas distintas. Esta no es mejor para nada, cierto. La verdad, no sé cuál es peor ahora que lo pienso —agregué—. Asistimos en una dualidad contradictoria realmente alienante, porque, por un lado, la humanidad en muchos aspectos parece progresar y, por otra parte, parece venirse en picada como un kamikaze que va a estrellarse contra su enemigo acérrimo, directo al suicidio y a la destrucción conjunta e insensata.

—Hmm.

—Lo que sucede es que hoy más que nunca perdimos el Norte, porque no sabemos lo que queremos y, por ende, no sabemos cómo conseguir lo que no sabemos, ni qué cosas necesitamos para obtener lo que no sabemos cómo conseguir. Nunca hemos sabido cómo y qué, sencillamente porque no sabemos lo que queremos. Y no me refiero a una cuestión de conocimiento, sino a una actitud sumamente insustancial que tenemos ante todo.

Ella me observó con una atención aterida como tratando de entender por dónde iba con lo que le estaba diciendo. Y luego de tomar un sorbo de cerveza y de cavilar cómo iba a seguir, continué:

—El mundo está plagado de egoístas ignorantes, de gente que lo único que le preocupó en su existencia a cualquier costo fue su propio bienestar, de gente que nunca se preocupó por el bien común; porque a este mundo uno viene a subsistir, y pasa como sucede en todo naufragio: todos quieren salvarse cada quien por su lado. El ignorante no es aquel que no sabe, porque en este sentido todos ignoramos algo o no conocemos muchas cosas; porque es imposible saberlo todo. Por eso es tan deleznable la persona que simula saberlo todo, porque abusa de la buena fe de los demás, cuando todos sabemos casi sin excepción que es imposible saberlo todo. El ignorante es aquel que tiene una actitud deliberada de desdén hacia sus semejantes, porque no le interesa cómo es el otro, no le interesa comprender por qué el otro es como es, y mucho menos le interesa su bienestar. No se da cuenta que, como sujeto social, los demás somos también su propio sustento. Esto es porque él mismo se considera autosuficiente y ve en el otro a alguien que no le interesa o no vale la pena conocer, por eso no le importa ni la cultura ni el bienestar de los demás, ni tampoco el daño que pueda provocarles. No le importan otras culturas —ni la de su propio país, ni la del extranjero—, por eso practica la discriminación entre sus compatriotas y también la xenofobia como si él proviniese de alguna casta superior, porque la cultura del otro constituye la expresión de algo que ni siquiera vale la pena *reconocer*.

Y esa es la ignorancia más devastadora porque, a estas personas, esa brutalidad invencible no les permite salir de sus cuatro paredes, de sus cuatro pensamientos que, a su vez, no les posibilitan conocer ni entender el mundo de los demás, y mucho menos ponerse en el lugar del otro. ¡Y ni hablemos de empatía! Porque la empatía, en el mejor de los casos, es destinada únicamente hacía su grupo de *«minoría»*. Por eso, las ideologías —y aún más el fanatismo ideológico— son tan detestables, porque encierran a las jaurías en rediles diferentes desde donde se ladran furiosos unos a otros sin conseguir absolutamente ningún progreso. Solo se comportan así para subsistir, pero entienden la subsistencia de una manera primitiva, que es lo único que a la especie le funcionó por millones de años. En la mayoría de las sociedades, las ideologías, cualquiera sean estas, llevan a los individuos a agruparse en función de sus cuatro pensamientos que para ellos constituyen la única realidad, la única verdad invariable para siempre, algo que ellos ven como una indiscutible virtud de autenticidad y coherencia, cuando la Naturaleza está harta de demostrarnos que el cambio es lo único coherente y perdurable.

No se dan cuenta de que el pensamiento es algo que pueden hacer evolucionar de manera permanente hasta el día que se mueran, porque incluso estando ante la muerte, muy comúnmente cambiamos nuestra manera de ver la realidad, los valores, lo importante, todo. ¿Por qué tenemos que cambiar cuando somos conscientes que estamos ante el final, cuando todo el daño que hemos hecho es irremediable, en lugar de hacerlo a una edad más temprana, al menos, a lo largo de nuestra madurez? Aunque estemos ante nuestro último aliento podemos transformar nuestra manera de pensar y de ver el mundo, por eso aquel que subsiste sabiendo que en cualquier momento todo se termina y se interesa por los demás puede tener una cosmovisión más beneficiosa para todos.

—El problema es que no todos somos así. A la mayoría de la gente lo único que le interesa es su propio bienestar.

—Claro. ¿Sabés lo que pasa? Esa gente pasó toda su existencia sin importarle un comino el bien común, y cuando llegan a grandes, con sus hijos crecidos, siguen preocupándose por ellos mismos. Y cuando ven en el barro en el que terminan enfangados, despotrican contra todo el mundo. No se hacen cargo de nada aunque sean ellos los responsables de su propia desgracia; entonces culpan a los demás, porque no pueden disfrutar de todo lo que consiguieron y porque sus hijos no tienen futuro. ¿Y sabes cuánta gente de esa hoy en día es militante?

—Muchísima.

—Exacto, y sobre todo sus hijos. Los militantes pretenden que los demás *«entiendan»* que su causa es el problema del mundo (como ellos pretenden que todos lo entiendan, ¿no?), y no cabe duda de que ellos están en lo correcto. Creen ser *«mentes libres»* o *«progresistas»* cuando no salen de sus cuatro consignas mediáticas, de sus cuatro teorías de manuales de quién sabe quién los escribió y de su egoísmo, de que el mundo *tiene* que comprender que algún día sus causas tendrán que triunfar por el bien de todos, sino el mundo entrará irremediablemente en la ruina. Y para peor pretenden concientizar a los demás, porque se ve que ellos están en lo cierto y el resto del mundo son todos unos burros que no se dan cuenta de la brillante perspectiva de pensamiento que ellos profesan.

—Y si no evolucionan y quedan estancados, ¿qué será del pensamiento crítico entonces? —dijo Natalia medio pícaramente para salir de la densidad que yo le ponía a la conversación y para ponerle algo de buen humor.

—¡Olvidate! Olvidate ¿Vos te pensás que alguien que esté verdaderamente convencido en alguna ideología tiene una gota de pensamiento crítico, que piensa con su propia cabeza?

—¡No seas malo! —exclamó mi hermana riéndose—. ¿No te parece que se puede tener una ideología y al mismo tiempo tener pensamiento crítico?

—Imposible. Porque ya estás condicionado por la ideología que tengas, ese redil del que nunca salís por egoísmo o inseguridad, del cual nunca te movés un ápice. ¡En serio te lo digo! —expresé sonriéndome medio preocupado porque ella vaya a tener algún tipo de ideología—. ¿Qué pensamiento crítico puede tener una persona del manual: *Salvemos a la humanidad con esta ideología*? ¡Se harían millonarios y estaríamos ante la llegada de al menos un nuevo Mesías!, ¿no te parece? Porque, ¿querés que te diga la verdad?, ese es el halo del que ellos se valen —le dije de manera suspicaz señalándola con el dedo y luego poniéndomelo perpendicular sobre mis labios—. ¡Mirá lo que pasa en este país que está plagado de esta gente! Hace siglos que estamos estancados en esta discusión política que no solo no nos lleva a nada bueno, sino que además nos mantiene en un atraso opresivo permanente, una discusión que, para decirte la verdad, a mí ya me cansó. Y lamentablemente no vamos a salir nunca adelante, porque para colmo, en el contexto mundial, esta situación ya es general. Es algo imposible. Ya no se puede salir de esto. El mundo entero está carcomido por la corrupción por donde lo mires. Además las ideologías ya forman parte constitutiva del sistema, porque los gobiernos los apoyan de manera incondicional con el pretexto de mejorar en cuestión de derechos humanos, cuando en realidad lo que hacen es esclavizarnos a todos. Hace rato que en el mundo proliferan las ideologías de todo tipo, y no hay nada más totalizante o esclavizante que uniformar las mentes ignorantes con ideologías, que adoctrinarnos para que todos, casi sin excepción, hagamos lo que ellos quieren y que, quien se anime a no hacerlo, lo pague caro y quede sencillamente fuera del sistema.

Y lo peor del caso, ¿sabés qué es? —continué—, que los sectores de poder se dieron cuenta de que estos militantes son carne de cañón y que pueden usarlos para todo lo que a ellos les convenga, sobre todo para construir más poder y pseudobienestar para ellos mismos y para sus familiares y amigos. Y te digo más: Entre ellos, todos ellos, están todos entongados.

—¿Entongados?

—Sí, sí, entongados. —aclaré medio riéndome porque sabía que ella podía entender otra cosa aunque en portugués se dice diferente.

—¿Y qué significa entongados? —preguntó intrigada.

—Significa que están todos asociados en el fraude. *Tongo* es fraude —le expliqué brevemente.

—¡Ah! *Okey* —respondió haciendo una pausa para comprender el concepto relacionado a la idea—. Bueno, yo pienso lo mismo. No puedo creer que esos sectores de poder consigan sus *coisas* ellos mismos por sus propios medios. Necesitan de una gran cantidad de fanáticos que les sean funcionales militando para ellos.

—Tal cual. Y fanáticos *orwelianos* te diría —agregué—, que no tienen otra meta que la militancia para canalizar, a través de la violencia, las frustraciones que en sus egos insaciables les provoca no beneficiarse ellos mismos y su entorno. Las ideologías son engañosas porque simulan la reivindicación de un sector en pos del bien común cuando como comunidad buscan el beneficio propio. ¡A ellos no les importa el resto! —exclamé reclinándome lentamente en la silla y dándole la posibilidad a Natalia para que dijese algo aunque la noté algo ensimismada.

Cuando vi que ella se había quedado pensando quizás en la conversación sin responder, agregué:

—Yo no sé cuál es la verdad: Si las ideologías son la causa de la decadencia del mundo o si mientras el mundo más decae —y ahí sí no sabría decirte por qué—, proliferan las ideologías como signo inequívoco de su decadencia. Si creemos que la única manera de progresar es el enfrentamiento insensato, entonces tenemos que creer que las acciones negativas permanentes derivan en cambios positivos duraderos por una cuestión de equilibrio de fuerzas. Y creo que eso es estúpido. Si las ideologías siguen infestando a las sociedades, ahí sí, no solo vamos a perpetuarnos en el atraso sino que además, y de manera inevitable, vamos directo al naufragio. La humanidad es un Arca de Noé en sí misma y esta gente no se da cuenta de eso —concluí con cierta pena.

—Nuestros países están plagados de gente así —repuso ella—. Y no solo eso, de personas que ni siquiera llegan a ser militantes, de personas que se envician viendo en la tele toda la sarta de manipulaciones que los enloquece mientras se la dan de pensantes.

—Ese también es el problema. Parece inconcebible, pero es así —dije haciendo una pausa prolongada—. Los seres humanos tenemos esa dualidad innata que, por ejemplo, estos perros que están acá no tienen. Ellos instintivamente saben que vinieron al mundo a subsistir y sobrellevan la existencia de esa manera, y la pasan bien.

Ella soltó dos o tres carcajadas de su contagiosa risa que me hizo reír a mí también.

—Seguro, y están mejor que nosotros. Mira esa *«existencia de perros»* que tienen que sobrellevar —dijo irónicamente—. ¡Ojalá tuviésemos nosotros esa existencia! —agregó sonriéndose, mientras contemplaba la jauría de cinco perros callejeros que dormían al tibio cobijo del sol desparramados entre las mesas, las sillas y el pasillo por donde pasaban las meseras que los esquivaban de ida y de vuelta con la bandeja en la mano. Es que somos animales, somos *tan* animales, que todas las labores que hacemos a diario apuntan a intentar llegar a un ideal de ser humano que vaya a saber de dónde salió.

—*Él sonrió mirándola fijamente.*

A mí me gustan mucho los animales, particularmente los perros. Cuando era chica mamá y yo teníamos un perrito guardián que creció conmigo. Mamá falleció y un tiempo después falleció él.

—¿Qué le pasó a mamá? —pregunté después de un prolongado silencio sabiendo la lamentable respuesta que necesitaba confirmar.

—Mamá se enfermó a sí misma de cáncer cuando yo tenía nueve años. Ella empezó a sentirse mal hasta que un día Mercedes le insistió con que tenía que ir al médico. Ahí fue que le diagnosticaron el cáncer. Fue un final muy penoso entre tratamientos y dolores, de noches sin dormir; y casi un año después falleció.

—¿Y con vos qué pasó? Me dijiste que una mujer se había hecho cargo de vos.

—Sí, Mercedes, que era la amiga de mamá y para mí fue mi segunda mamá. Cuando nosotras llegamos a Curitiba, al poco tiempo, mamá empezó a trabajar en lo de Mercedes ayudándola con su discapacidad y con los quehaceres de la casa, y así fue como nos instalamos en su casa que queda en la calle Lúcio Rasera, bien cerca del Parque Barigui. Ella era una entrerriana que tenía la edad de mami y hacía algunos años residía allí con su esposo que era un empresario brasileño. Mercedes enviudó joven, cuando yo era muy chica. Yo no lo recuerdo a él, mas por lo que sé era un buen hombre. Ella y mamá de inmediato se hicieron muy buenas amigas, y cuando mamá murió yo me quedé con Mercedes. Ella fue la que finalmente me terminó de criar.

—¿Por eso hablás tan bien el español?

—No tan bien. A veces tengo que pensar lo que voy a decir.

—Bueno, menos mal. Bien por vos —le dije sonriéndome.

—Sí —asintió sonriéndose, comprendiendo el chiste.

—Bueno, vos te enteraste de lo que nos pasó —dije confirmando una pregunta.

—Sí, me contó Mercedes.

—A mí me pasó lo mismo en el sentido que me crió alguien más. La noche del *chupe*, papá me llevó a la casa de Victorio, un amigo suyo que residía cerca de casa, y esa fue la última vez que lo vi a papá. Por lo que me enteré, estuve allí unos cuantos meses hasta que la tía Isabel me llevó con ella. A mí me criaron la tía Isabel (como ella se hacía llamar) y mi tío Rogelio, en una casa de Capitán Bermúdez.

—¿Y te acordás algo de todo eso?

—La verdad es que perdí la memoria —dije para resumir—. La memoria es una gran cosa, pero a veces es un arma de doble filo en el sentido que uno cree recordar que las cosas fueron de determinada manera y los hechos demuestran algo diferente. Otras veces, la memoria nos lleva a lacerarnos, como cuando uno tiene una fuerte comezón y se rasca, y se rasca de manera incesante hasta lastimarse.

—Claro —dijo Natalia con un tono de conmiseración apenas perceptible—. Cuando yo era chica mamá me reveló algunas cosas de la familia. Me contó algo de papá, de vos, de la tía Elizabeth y del tío Carlos. No es que me contó mucho tampoco, creo que no se animó a decirme tanto. A papá siempre lo recordaba —aclaró—. A mí me refirió algunas cosas de cuando eran novios y de cuando residíamos en la casa de la calle Vieytes. Creo que para esa época ella sabía que estaba enferma, por eso quiso contarme, para que supiese al menos algo de la familia. Si bien ella habló poco, luego comprendí que calló demasiado por dolor. Yo creo que calló tanto que para mí a mamá la terminó la historia y el dolor.

Un día me contó con cierta alegría de cuando papá y el tío Carlos hacían los asados en la casa de la abuela y lo pasaban bien allí. ¡Ah!, también me habló de la abuela y de la muerte del abuelo, que creo que fue en este mismo río, ¿no? —dijo dándose cuenta en ese instante.

—Sí, fue en este río. Más al norte —aclaré señalando con la vista hacia sus espaldas río arriba.

—Lo que ella siempre me contaba era de unas vacaciones con vos y con papá en Córdoba. No recuerdo si fue en La Falda o en Capilla del Monte —yo todavía no había nacido—, y eran unas vacaciones que le habían gustado mucho. Yo siempre le pedía que me las contase porque me gustaba escucharla y ver la expresión de su cara —de a ratos de felicidad, de a ratos de nostalgia—, la veía desde abajo mientras yo estaba recostada boca arriba en el sillón de la sala apoyada con mi cabeza en su falda. Escuchaba la historia que mamá me contaba y podía imaginar lo que ella había disfrutado con ustedes. Me contaba de papá y de las cabalgatas que daba por el lugar mientras ella se quedaba con vos dando una vuelta por las afueras de una pequeña casilla que hacía de caballeriza para preparar los caballos que les alquilaban a los turistas. Recuerdo que yo le preguntaba de vos. Ella me contaba que a vos los caballos te daban miedo, entonces mamá se alejaba un poco del lugar para que te distraigas con otras cosas y te olvides de los caballos. También me contó que de chiquito te gustaban mucho los animales, que llegaste a tener unos cuantos en casa. Me dijo que tuviste un pichón de gorrión que encontraron después de una tormenta y quisieron salvarlo pero murió a los pocos días. Me dijo también que tuviste algunos animales extraños como una paloma rara que tenía los ojos rojos y un collarcito o algo así, una tortuga de agua —no cualquier tortuga— y que tuvimos un perro; y me dijo que te gustaban particularmente los perros.

Al parecer mamá no había experimentado muchas cosas buenas, por eso recordaba tan bien las cosas lindas que le habían sucedido. Siempre recordaba esas vacaciones de dos semanas y me las contaba. En cambio, Mercedes nunca me habló del pasado hasta cuando fui grande. Recuerdo que un día nos sentamos en la terraza de la casa a tomar unos mates —yo ya había terminado la facultad para aquella época— y tuvimos una conversación muy larga donde ella me contó todo lo que sabía.

Los primeros recuerdos que tengo de mi niñez son en el patio cubierto de la casa de Mercedes. Me sentaba ahí a jugar sola mientras mamá andaba por la casa haciendo los quehaceres y cada tanto venía a verme o se ocupaba de alguna cosa que yo necesitara. A mamá la recuerdo muy amorosa. Recuerdo que cuando me acostaba se quedaba jugando conmigo un rato. Ella me hacía un juego con las sábanas que me tapaba hasta la cabeza y me decía: *«¡Cuco acá ta'!»* Nunca me voy a olvidar de eso. Podíamos estar un buen rato haciendo eso, ella y yo, muriéndonos de la risa.

—¿Y qué cosas te contó Mercedes?

—Bueno... —expresó mi hermana acomodándose en la silla y luego reclinándose un poco hacia adelante como demostrando compromiso—. Me contó de aquella noche. Me dijo lo que se acordaba de lo que mamá le había contado. Entonces me enteré de que papá te había ido a dejar a la casa de unos amigos, mientras mamá tuvo que escapar conmigo de urgencia al Paraguay, porque en ese interín nos habían venido a buscar. Después, Mercedes me dijo que en Asunción llegamos a la casa de unos familiares y que tuvimos que irnos porque mamá había tenido problemas con el marido de la prima. Y allí una mujer que venía de Curitiba —no sabría decirte quién era—, la mandó recomendada a la casa de Mercedes, por eso nosotras terminamos allí. El resto de la historia anterior no la conozco. ¡Ah!, y también me contó que mamá se había comunicado con el tío Carlos que para ese entonces estaba en Montevideo, y que en un momento Mercedes le dio la plata para que vaya a visitar a su hermano. Ahí fue que Carlos le contó a mamá que la última vez que lo había visto a papá fue aquella noche en la casa y que no volvió a saber nunca más nada de él.

Un momento antes, perdí la atención de lo que Natalia venía narrando cuando me percaté de que un perro callejero de los que hay tantos en Rosario apoyaba su cabeza en mi pierna moviéndome la cola como pidiéndome un pedazo del carlito que aún no había terminado por estar conversando.

—¡Ah!, hablando del resto de la historia —repuse volviendo la atención a Natalia—. Te hice una copia del texto que la tía Isabel me dejó en lo de Morales. No sé si él te había hablado de esto —le dije mientras con la mano derecha le acercaba las fotocopias que estaban en una carpeta plástica.

—No, no me habló —dijo ella aceptando con su mano izquierda la carpeta que yo le acercaba.

—Bueno, mirá, yo te dejo esta copia para que la leas y te dejo el contacto y la dirección del tío Carlos por si querés hablar con él. Espero que te sirva de algo, como de algo me sirvió a mí leer el escrito y hablar con Carlos. Antes de morir, la tía Isabel quiso que yo supiese lo que había pasado. Yo no tuve la suerte de que ella me lo contara, pero dejó este escrito y el número de Carlos para que yo me enterase.

—Está bien, gracias, lo voy a leer. ¡Qué bueno! —dijo ella con una expresión de benevolencia en la sonrisa para quedarse ojeando la carpeta y pensando, cuando yo tomaba otro trago de cerveza.

—¿Y por qué fue que no te contó ella misma? —preguntó mi hermana de sopetón.

—La verdad es que no lo sé. Pudo haber sido por protección o por miedo. Yo creo que la tía tenía mucho miedo.

—Hasta a mí me da terror preguntar —dijo Natalia como si no sintiese obviamente pertenencia a lo que había acontecido.

—Bueno, pero a mí me podés preguntar lo que sea. Para eso estamos los hermanos mayores.

—Sí, claro —dijo ella sonriendo enternecida.

—¿Sabés?, ahora que lo pienso, no sé si vale la pena saber tanto.

En ese instante nos quedamos en silencio tomando un trago cada uno de su vaso, pensando, al menos en mi caso, qué hacer con semejante pasado. La historia, que supuestamente sirve para que no repitamos los mismos errores o para que aprendamos de ellos, sirve, creo yo, más para comprender el origen de lo que necesitamos resolver.

—Tampoco sé hasta dónde vayamos a saber. Viste cómo es la

historia, está compuesta de hechos azarosos que esconden detalles fundamentales que de saberse cambiarían la realidad por completo, ¿no? —dijo mi hermana.

—Es cierto, parece escurridiza la historia. Es como el agua entre las manos: mientras más la querés retener, más se te escurre.

«Que te sea leve»

Domingo

Nos habíamos convocado para cenar a las siete de la tarde, para que ella pudiese acostarse temprano y descansar antes de su vuelo de regreso al día siguiente que ya se percibía angustiosamente inevitable. Yo había llegado un rato antes como hago usualmente cuando acudo a una cita con alguien. Me siento en el restaurante o en el bar, me pido una cerveza y algo de picar, y me pongo a cavilar alguna cosa, porque siempre hay algún buen motivo que rumiar antes de tomar alguna decisión aunque sea nimia o apresurada y, sobre todo, si se trata de algún aspecto crucial sobre cómo continuar en esta subsistencia. En esa ocasión, a este restaurante —que era en realidad una especie de resto bar, pero bien puesto— lo elegí para que nos sintiéramos cómodos de tomar o de comer lo que se nos antoje y para que los dos compartiéramos una cultura gastronómica lo más similar posible a la de la capital del Estado brasileño de Paraná en la ciudad de Rosario.

Apenas llegué me senté junto a la ventana que daba a la calle como solía hacer muchos años atrás siempre que andaba solo, cuando sencillamente salía a dar una vuelta con la excusa de comprar alguna cosa y terminaba en un bar tomándome una cerveza solo, o mejor dicho, con la compañía de los parroquianos y de los mozos o mozas que a veces me resultaban familiares. En esas ocasionales salidas, muy habitualmente, iba de librería en librería, las recorría desde la zona más próxima al río hacia la zona más céntrica terminando en las que había por la calle Corrientes, y desde allí pensaba en algún bar, y entonces elegía hacia qué dirección dirigirme y por qué calles andar. Aquellas caminatas por las librerías eran tan largas y agotadoras que debían derivar indispensablemente, para recuperarme, en una silla bien cómoda y una cerveza fría acompañada aunque sea con un plato de maní salado. Cuando el clima estaba caluroso, solía sentarme en las mesas de la vereda para tomar además un poco del aire fresco que por lo general venía del río y entraba de este a oeste por las arterias principales de la ciudad ventilando las casas y los edificios con la brisa de la tarde mientras el sol se ocultaba resplandeciendo con fuerza, encegueciendo desde el occidente a todo ser que intentase fijar la mirada en algún objeto que se interpusiera en su camino. Yo me sentaba en algún bar sobre calle Córdoba o Pellegrini con la compañía fundamental de una flamante lectura recién adquirida, en lo posible mirando el ocaso para tener el sol de frente y poder sentir su último calor en mi cuerpo especialmente en las tardes de otoño y primavera.

Mientras recordaba todo aquello, uno de los mozos me sorprendió por la derecha con un cordial y claro saludo al que yo ya no estaba acostumbrado e incluso hasta había olvidado cómo sonaba y se sentía. Después de mi breve pero certero pedido para sacarme al mozo de encima, el joven se retiró directo a la caja para que le registrasen una pinta de una peculiar cerveza de buena consistencia y sabor, que alguna vez me habían ofrecido en aquel bar, con una pequeña tabla de fiambres para acompañarla. Sin la presencia del mozo ahora continuaba divagando en alguno de esos recuerdos, cuando sentí la necesidad nuevamente de todo aquello de lo cual incluso el mozo también formaba parte. Observé que el restaurante estaba casi completamente vacío a no ser por dos concurrentes que estaban dispersos, bastante retirados uno del otro incluso de mí, en aquel espacioso ambiente que tenía dos partes cubiertas y un patio trasero. Uno de los concurrentes, un hombre joven de baja estatura con una apariencia prolija y pulcra, parecía estar inmerso en una red social que recorría con el movimiento del dedo medio de su mano izquierda y una cara de felicidad que le provocaba seguramente el contenido de aquello que estaba viendo; la otra concurrente, que estaba junto a una pared de espalda a la ventana, que daba al otro lado de la ochava, estaba inmersa en su teléfono celular chateando con ambas manos de manera casi compulsiva vaya a saber con quiénes, porque se le notaba que estaba distraída en más de una conversación a la vez, pero por su aspecto sereno, que a veces alternaba con un semblante divertido, se adivinaba además de que sus interlocutores no podían ser otra cosa que familiares y algunas buenas amigas. En ese instante, como por costumbre nomás, decidí abrir mi teléfono celular en una red social que comencé a recorrer por el solo hecho de distraerme mientras esperaba el pedido que terminaba de hacer. No pasaron dos o tres minutos cuando de repente me detuve a leer un artículo en inglés que llamaba más la atención por la brevedad con la que informaban semejante barbarie. La noticia se refería a el descubrimiento de setecientas cincuenta y un tumbas sin identificar en una antigua escuela residencial en Saskatchewan donde mencionaban que este había sido el descubrimiento más significativo después de uno anterior de unos doscientos quince enterramientos en otra escuela residencial en Columbia Británica.

Por un instante miré a través del vidrio de la ventana y vi un grupito de niños: tres varoncitos y una niña más chica; ellos de unos diez u once años y ella de unos seis o cinco, que por su aspecto se adivinaba que eran chicos de la calle. Los niños venían caminando desde mis espaldas y se detuvieron con una pareja que estaba sentada en una de las mesas de afuera y que hacía rato había terminado de comer una pizza. Por lo que puse observar, los niños habitualmente andaban por la zona, porque en eso que ellos se acercaban a la pareja, uno de los dos trapitos que andaban dando vueltas por la cuadra los saludó haciéndoles alguna broma que yo desde el interior del bar no alcancé a comprender. El trapito, que venía caminando desgarbada y vigorosamente por el borde la calle en dirección contraria a la que venían los chicos, salió como tiro al ver seguramente que el dueño de alguno de los vehículos de la cuadra lo abordaba para irse del lugar. Mientras tanto, los niños se quedaron conversando con la pareja con la intención de conseguir seguramente las dos porciones de pizza que a la pareja le había sobrado o lo que sea que pudiesen conseguir de ellos.

Cuando mi conciencia volvió a mí, mi mesa tenía ahora la pinta y la tablita de fiambres que el mozo había terminado de traer silenciosamente, que le devolvieron a mi persona aquel sentimiento de soledad introspectiva que solía tener en otra época. Acomodé las cosas que tenía arriba de la mesa para disponerme a beber aquella deliciosa cerveza importada acompañada de la tabla de fiambres que por su aspecto se notaba eran de muy buena calidad, cuando miré por la ventana y alcancé a ver que los niños metían las dos porciones de pizza en una bolsita que ellos tenían con otros alimentos y le agradecían a la pareja por el gesto que habían tenido. En eso que los chicos estaban cruzando la calle en dirección noreste, nos alarmaron los gritos de una mujer a quien al parecer le estaban haciendo algo. Primero escuchamos los gritos y los insultos, y a continuación escuchamos unas detonaciones que parecían ser los disparos de un arma de fuego. En ese instante miré hacia el interior del bar y observé que los clientes, la mujer que estaba en la otra punta y el hombre bajo y pulcro que estaba más cerca mío, e incluso el mozo y la cajera, todos permanecían inmóviles en sus lugares viendo atónitos hacia afuera para poder determinar el por qué del griterío y los disparos. Los chicos que iban cruzando la calle terminaron de cruzar y se volvieron un poco medio alarmados para tener mejor perspectiva de todo sintiéndose quizás inocentemente seguros por el hecho de no estar involucrados de manera directa en aquel suceso. El barullo provenía de donde había salido corriendo el trapito que en pocos segundos apareció en escena junto a la ventana observando un poco más calmo el espectáculo que nadie en el bar podía ver. En ese instante observé que la puerta del bar se abría y la pareja entraba como refugiándose al mismo tiempo que el mozo, en una reacción lúcida que no le llevó más que dos segundos, trancó la puerta del lado de adentro para que nadie más pudiese entrar. El revuelo duró unos cuantos minutos más e incluyó más griterío y, de manera indudable, a un auto que a toda velocidad cruzó la bocacalle en un instante en el que gracias a Dios nadie cruzaba. Aunque dentro del bar nadie alcanzó a ver nada —ni siquiera la pareja que había estado sentada afuera— permanecimos en ese estado de consternación que duró varios minutos hasta que todo gradualmente volvió a la normalidad. Después de unos minutos, los niños volvieron sobre sus pasos por la vereda opuesta para retomar su rumbo, mientras que el trapito, mirando todavía hacia atrás medio alarmado, se dirigió en el sentido contrario del que se habían ido los chicos.

La tensión en el ambiente duró un buen rato quizás porque nadie supo en ningún momento lo que había sucedido allí afuera. Después de unos veinte minutos más o menos, la pareja le pidió al mozo si podía abrirle la puerta para poder irse mientras que yo comencé a inquietarme porque Natalia ya estaba unos quince minutos tarde. En un primer momento me desesperé cuando vino a mi mente la idea de que pudo haberle pasado algo, pero luego me calmé cuando se me ocurrió que ella no conocía la ciudad y que seguramente se tomaría un taxi que la dejaría en la puerta del bar. Entonces tomé el celular para llamarle cuando la vi bajar de un remisse que seguramente los conserjes del hotel le habían pedido. Allí mismo el alma me volvió al cuerpo. Ella aprovechó el momento en que la pareja salía del bar y que el mozo mantenía la puerta entreabierta para ingresar al local totalmente inadvertida de todo. Me buscó por el bar con la mirada hasta que me reconoció en el instante en que levanté la mano para que me viese. Revisando algo en la pantalla de su celular y guardándolo luego en su cartera, se dirigió sonriente y con paso decidido hacia la mesa en la que yo me encontraba. Yo atiné a levantarme para darle un beso antes de que se siente en la silla de enfrente y de que deje su cartera en la silla de al lado junto a la pared como hacen a menudo las mujeres que aprenden a no colgarla del espaldar de la silla.

—¡Hola! ¿Cómo estás? ¿Todo bien?

—¡Hola! Sí, todo bien, ¿y vos?

—Bien, bien. Gracias.

—Disculpame por la tardanza —me dijo agarrándome cariñosamente de la mano—. Es que estuve haciendo la maleta para tenerla medio preparada para mañana temprano, así mañana acomodo las últimas cosas, la cierro y la tengo lista.

—Claro, yo hubiese hecho lo mismo. No te hagas problema. Tampoco hace mucho que llegué.

—Bueno. Gracias —dijo con la consciencia un poco más aliviada—. ¿Te pediste algo? —preguntó viendo la tablita cuyos restos habían quedado esparcidos como una maqueta insensata entre nosotros mientras nos sonreíamos.

—Sí, yo tengo esa costumbre de llegar temprano y pedirme algo para esperar a los invitados.

—¡Ah! ¡Qué bueno! ¡Está muy bien! Una no sabe lo que el otro va a tardar.

—Por eso mismo.

—Claro, por supuesto. Si te toca una como yo... y si te da hambre... —chanceó para que nos riamos un poco más medio a las carcajadas.

—¿Ves? ¡Ahí tenés! Tengo que matar el hambre y la sed, si no ¿cómo?

Mientras estábamos en aquella charla, cuando ya habíamos dejado de reírnos y habíamos comenzado a charlar de otros asuntos que en este momento ya no recuerdo, las luces del restaurante se acentuaban cada vez más a medida que la noche cubría las calles de Rosario como había sucedido desde siempre. En algún rato, el mozo apareció con los utensilios de la cena y, mientras comenzaba a acomodarlos agencioso sobre nuestra mesa y retiraba la tablita vacía, nos preguntó si habíamos decidido qué íbamos a cenar. Fue entonces recién que miramos la carta que estaba claramente conformada por una cocina variada al tiempo que el mozo aguardaba paciente a un lado de la mesa y se ofrecía para aclararnos las dudas que tuviésemos en nuestra elección. Después de una deliberación poco exhaustiva focalizada solo en la pasta, que era lo que a los dos claramente nos había interesado, nos decidimos por unos sorrentinos con crema y una botella de vino tinto que el mozo trajo casi de inmediato. No sabría precisar cuánto tiempo tardó el muchacho en registrar nuestro pedido y en estar de vuelta con la botella de vino, pero cuando quisimos acordar el chico ya estaba sirviéndonos un poco de vino a cada uno para que lo probásemos y, recién cuando le dimos la aprobación, nos sirvió una medida a cada uno para retirarse del lugar. Tomamos nuestras copas y brindamos viéndonos en silencio. Sonreídos. Brindamos seguramente por todo, pero por sobre todo, por haber llegado a ese momento. Yo me sentí particularmente aliviado, me sentí menos solo en este mundo henleyriano de odio y de llanto, donde la oscuridad y el horror acechan de manera incesante, porque me sentí nuevamente querido, vinculado finalmente a alguien noble e incondicional como una hermana.

—¡Ah! Te cuento que anoche leí el escrito de Isabel —recordó de repente Natalia que hizo una pausa espasmódica.

—¿Sí? ¿Y qué te pareció?

—Me resultó impresionante. Nunca me hubiese imaginado cómo había sido tu pasado. Y el nuestro, ¿no? —agregó haciendo otra pausa, esta vez más breve pero menos relajada—. Uno nunca sabe las cosas que hay en el pasado de una persona, por eso siempre es preferible no juzgar a nadie, porque uno nunca sabe lo que los demás pudieron haber experimentado.

—Bueno, sí. Esa es una posibilidad muy cierta que además puede traer mucha paz. Pero a veces, en ciertas circunstancias comprometedoras, nuestra existencia puede depender de tener un buen juicio. ¿No te parece?

—Sí, puede ser. Sin duda. A mí también me parece que eso es cierto —coincidió haciendo un sostenido silencio—. Pero fíjate lo que pasó con papá. Si mamá hubiese tenido la certeza de lo que podría haber hecho papá, la historia hubiese sido distinta.

—No sé. Puede ser —reflexioné haciendo dos pausas bien marcadas—. Lo que pasa es que no estoy ciento por ciento seguro de que papá haya intervenido en semejante locura. A mí me cuesta mucho creerlo. Yo no puedo creer que él haya hecho una cosa así.

—Bueno, mirá... —dijo ella haciendo una pausa marcada—. A mí Mercedes me contó que mamá le dijo que ella tampoco estaba segura de si él había formado parte de eso. Lo que sí le aseguró mamá a Mercedes es que por aquella época él había estado llegando tarde casi todas las noches hasta unos días antes del desastre. Mercedes no me dio más detalles porque supongo que tampoco los tenía. Hubiese estado bueno enterarme por mamá directamente, pero entiendo que yo no tenía la edad para que ella me contase semejantes cosas.

—Yo no creo que papá haya intervenido en algo así —enuncié convencido de lo que estaba diciendo.

—¿Y qué pasó entonces? —dijo ella visiblemente desorientada.

—No sé —respondí antes de quedarnos los dos en silencio por un momento: yo por mi desconcierto; ella quizás por un motivo diferente—. No sé —repetí luego—. Vos eras una bebé, pero yo lo recuerdo muy bien a papá. Él no era así. Yo veo la foto, esa que te di a vos, y él no era así.

—No sé —emuló ella medio apesadumbrada—. Por lo que tengo entendido, si bien él era un militante, nunca había formado parte de una organización como esa. Mamá le dijo a Mercedes que ella no tenía idea de lo que pudo haber pasado, que la hipótesis de que él haya podido participar en un atentado era poco probable. Pero parece que unos días antes del hecho alguien fue a casa, golpeó la puerta y habló con papá en el pasillo de adelante. Ella no sabe qué pudieron haber conversado, y después de eso mamá lo notó seriamente perturbado, como si estuviese a punto de morirse. Mamá le preguntaba una y otra vez qué le pasaba, y él le decía una y otra vez que nada, mientras se quedaba en un profundo silencio que evidenciaba su malestar. Mercedes además me dijo que aquella noche, papá había hecho desaparecer algunas cosas que podrían haberlo comprometido, que las tiró en un baldío detrás de la casa por si la policía o los milicos ingresaban y las encontraban. Mamá dijo que ella nunca supo que él tenía cosas escondidas, pero parece que eso fue cierto. Ella recordaba que mientras estaba en la habitación haciendo los bolsos, él sacó unas cosas por una ventanilla trasera que daba un baldío. Y parece ser que mamá siempre se quedó con la duda de lo que pasó aquella vez. A mí me parece todo tan incoherente... Mirá, te cuento algo: Hoy al mediodía fui a verlo al tío Carlos.

—¿Fuiste a ver al tío Carlos? —pregunté asombradísimo.

—Sí. Fui a preguntarle algunas cosas que no me cerraban, de las que estaban en el escrito de la tía Isabel y de lo que él te había contado a vos.

—¡Dale, contame! ¿Y qué pasó? —inquirí con insistencia.

—Bueno, la verdad es que anoche cuando leí el escrito de la tía Isabel coincidía con lo que vos me habías contado que Carlos te había dicho excepto por dos o tres cosas que vos no sabés. El escrito de la tía Isabel dice que la última vez que el tío Carlos vio a papá fue en una redada que sucedió unos meses después de que los milicos nos fueran a buscar a casa.

—Sí, a mí Carlos me dijo lo mismo.

—Bueno, sin embargo, yo recuerdo claramente que mamá me contó que cuando fuimos a visitar al tío Carlos a Montevideo, cuando yo era chiquita, Carlos le dijo que la última vez que él había visto a papá fue en casa la noche del *chupe* y que nunca más había vuelto a saber de él. También el escrito de la tía Isabel dice que Gladis, la esposa de Carlos, había logrado esconderse por unos meses en la casa de unos amigos de Carlos que eran quienes les prestaban el teléfono.

—Claro, eso mismo me dijo Carlos a mí.

—Sí, pero hace unos cuantos años atrás, cuando lo llamé al tío Carlos a Montevideo y le pregunté si sabía algo de vos y de papá, él me dijo que vos habías emigrado y que de papi no sabía nada, que la última vez que lo había visto fue en nuestra casa cuando yo era apenas una beba. Me lo dijo con una seguridad asombrosa por lo que tomé como error lo que me había dicho su vecina. Yo recuerdo que aquella vez que me comuniqué con ella, cuando yo te andaba buscando a vos, fue cuando entre los números telefónicos de la libreta que Mercedes encontró en casa estaba el número de esta gente como número para llamar a Carlos con una aclaración entre paréntesis que decía *«(vecinos de Carlos)»*, y recuerdo que la mujer cuando habló conmigo me aseguró que a Gladis se la habían llevado los milicos después de que Carlos encontró a papá en una redada y que, al parecer de esta señora, esa fue la última vez que habían visto a papá. Además, ni yo recuerdo haber visto a Gladis cuando visitamos al tío Carlos en Montevideo, ni mamá le contó a Mercedes o a mí nada relacionado con Gladis, algo que me resulta bastante extraño puesto que mamá y ella eran cuñadas muy cercanas.

—¿Y esta mujer cómo sabía?

—No tengo idea. Pero recuerdo que cuando me lo confió lo hizo hasta con cierto temor, lo que demostró que podría haber estado diciendo la verdad. En este sentido, haciendo memoria y cotejando los hechos con los que nosotros teníamos, la historia se me había vuelto incoherente. Hoy a la mañana me levanté, desayuné algo en el hotel y me puse a cavilar qué podría haber pasado. Y después de un rato de pensar el asunto, la única opción que me quedaba era que Carlos hubiese estado mintiendo por alguna razón.

Ahí mismo, no lo dudé ni un minuto. Tomé un taxi hasta su casa en Nuevo Alberdi y llegué allá a eso de las diez de la mañana. Lo encontré solo con su perro, un cachorro lindo, cariñoso —vos vieras—, hasta le di de comer y todo, ¿sabés? El tío Carlos me hizo pasar de inmediato, en un principio totalmente asombrado de que yo haya ido a visitarlo, luego con una actitud entre amoroso y nostálgico. No sé. Algo le pasaba. Estuvimos hablando un rato. Yo le conté todo el pasado de mamá. Todo lo que habíamos pasado desde que llegamos a Asunción y luego a Curitiba. Le conté de la enfermedad de mamá y de su lenta y dolorosa agonía. Después le conté algo de mí, de lo difícil que fue crecer entre gente extraña con costumbres diferentes en un país que sabía que no era el mío. Lo noté un poco apesadumbrado, quizás por estar bien entrado en años o porque algo serio seguramente le sucedía. El asunto es que no me animé a confrontarlo. Vaya a saber qué sucedió. ¿Por qué será qué contó que Gladis se había escapado al Uruguay con él? Y de lo que encontró a papá en una redada quizás haya sido un error de la vecina que ya no me puede aclarar.

Ya todo me resultaba familiar en ella: conocía su cara —que en algo me recordaba a la que yo reconocía todas las mañanas en el espejo—; su aspecto físico delicado con su manera de caminar o de moverse agraciada como si estuviese siempre desafiando con una asombrosa creatividad las normas de lo establecido; su modo de hablar con esa casi imperceptible tonada del portugués que le daba un aire exótico sobre todo cuando se detenía a expresar alguna idea compleja o al menos complicada de expresar. Aunque éramos dos completos desconocidos, la percibía como si la hubiese conocido desde siempre o al menos como si hubiese aprendido a predecir de manera intuitiva sus respuestas y sus actitudes. Aquel fin de semana nos habíamos dedicado a recorrer algunos lugares de la zona céntrica de la ciudad, aunque nuestro principal interés había sido reconocernos, conocernos todo lo más que pudiésemos y en asumir de manera decidida, en la medida que lo posibilitaban aquellos tres breves días, nuestra consanguínea fraternidad.

Ahora, la escuchaba hablar sin comprender lo que estaba diciendo, conmovido hondamente desde el instante que me contó lo que finalmente Mercedes le había dicho de papá. Nunca supuse que papá hubiese arriesgado todo de esa manera, que hubiese comprometido el destino de toda su familia como quien juega una mano de truco y se va a su casa a seguir con su rutina. Hasta donde yo creía, a papá nunca le había gustado meterse en nada raro, en nada turbio, en nada que a él no le gustara o vaya en contra de sus principios, y esto que ella me contaba me resultaba demasiado increíble para asimilarlo de un momento a otro, creer que un hombre bueno, un padre con una familia a la que amaba la hubiese puesto en riesgo de esa manera involucrándose en algo por el estilo resultaba al menos difícil de entender. De todos modos, Mercedes le había referido a Natalia que tampoco mamá tenía la certeza de ello, que mamá suponía que pudo haber pasado algo por el estilo, que ella unos días antes le había preguntado sobre aquello y él lo había negado todo.

A veces me pregunto, ¿qué nos mueve a hacer lo que hacemos en determinados momentos sabiendo que ese hecho será inverosímil para nosotros? Estaba allí sentado en aquella mesa con Natalia hablando e imaginaba la situación, lo imaginaba a mi padre con aquella hermandad planificando y haciendo aquello, reuniéndose en secreto como si nadie fuese a saberlo nunca, planificarlo todo y acatar las órdenes con la frialdad de un sayón. Natalia continuó hablando por un instante más hasta que hizo una pausa que me obligó a prestarle atención nuevamente.

—Sin lugar a dudas. ¡Es todo tan incoherente! —enfaticé.

—Creo que nunca vamos a saber lo que pasó, pero al menos nos tenemos el uno al otro y eso es lo único coherente. La felicidad es una cuestión de coherencia en un mundo incoherente.

Nos quedamos hablando unas dos horas más, dándole vueltas al asunto, especulando, y deteniéndonos de tanto en tanto ante la infranqueable cerrazón del pasado y de la historia, nos quedamos dando vueltas en círculos hasta que nos cansamos, como hacen los perros cuando pierden el rastro, yendo y viniendo sin rumbo fijo por donde seguir, y luego se echan a dormir en la última vuelta cuando la realidad se les vuelve inevitable.

Natalia y yo nos dimos un abrazo interminable en la puerta del bar y nos juramos visitarnos para continuar reconociéndonos. Nunca voy a olvidar su expresión de felicidad en medio de aquella partida *«¡Chau, Gabriel!»*, me dijo mientras se subía al taxi y continuaba saludándome detrás del vidrio de la ventanilla del auto. Cuando el taxi partió, volví a entrar al restaurante, me senté de nuevo en nuestra mesa y llamé al mozo para pedirle una *stout* bien fría como acostumbramos a tomarla en Rosario. Ahora estaba allí sentado en uno de los lugares más recónditos de la Tierra, solo, como cuando venimos al mundo, como solemos estar quienes necesitamos de la soledad para reponernos, para hacerla el germen de nuestro porvenir, porque la realidad nos perpetúa en esas instancias paradójicas desde el primero hasta el último día de nuestra existencia.

La iba a extrañar porque cuando queremos a alguien en el sentido más amplio, no queremos perderlo, no queremos que se nos vaya de ninguna manera, porque forma parte de nuestro apego a la existencia, a las cosas buenas, a lo lindo que hemos pasado con esa persona, aunque aquellos hayan sido apenas instantes y hayamos compartido cosas simples, y en eso consiste quizás la felicidad: en aquellos intermitentes momentos sencillos —en unos casos más, en otros menos— de absoluta dicha con los seres queridos que nunca se nos olvidan. Pero también nos une la desgracia, la tragedia, aquella que no queremos de ninguna manera, pero que cuando se nos presenta nos amalgama en el sufrimiento como si fuésemos uno solo, y además con los de la misma sangre es otra cosa, la sangre tiene un llamado instintivo, poderoso, que reúne, que integra y en muchos casos reintegra, según nuestras vicisitudes personales. Natalia me había caído estupendamente y para colmo éramos de la misma sangre, habíamos compartido los hechos fundamentales que nos hacían quienes éramos, que nos conformaban tal cual éramos a pesar de la historia, la distancia y del tiempo.

Aquel día sentí una nostalgia enorme en el instante en que tomé consciencia de que no volvería a verla quién sabe hasta cuando;

porque los seres van y vienen, y en ese ir y venir nos perdemos enmarañados en las circunstancias que algunas veces son tan implacables como el tiempo o la verdad misma.

En ese instante, en el silencio de la madrugada, me pareció escuchar claramente en la calle, el grito de un chajá.

«Sit tibi terra levis»

—*A Carlos no le alcanzó el arrepentimiento inicial y, al final, no pudo con la desintegración de su familia; con el crimen de sus colegas; con la traición de entregar a su cuñado a cambio de su esposa Gladis; con el asesinato inmediato de su cuñado y de Gladis en manos de sus compañeros; no pudo hacer prevalecer las incoherencias ante la implacable verdad; no pudo reencontrarse con sus sobrinos. No pudo. No pudo con tantos años de recuerdos y sobre todo de consciencia. Carlos ya no pudo más. Cuando su perro comenzó a ladrar incesantemente luego de la detonación, como pidiendo una ayuda desesperada, su cuerpo yacía inerte boca arriba sobre su cama con la cabeza ensangrentada y el arma reglamentaria manchada de sangre en su mano derecha.*

«Que te sea leve»

Norberto Rosalez

info@idealesliterarios.com

CPSIA information can be obtained
at www.ICGtesting.com
Printed in the USA
LVHW100057150722
723507LV00004B/326